Rose river
曾经，她在《刺猬的优雅》里看到过这样句话："我们都是孤独的刺猬，只有频率相同的人才能看见彼此内心深处不为人知的优雅。"
当时，她也深信自己和陈景迟就是那个频率相同的人，所以拼命地想靠近他。但后来，她清醒了，他那样的人，能够得上所有人的频率，也能让所有人追随他的频率。

魅丽文化 花火工作室

栽进你心里

零砚——著

江苏凤凰文艺出版社
JIANGSU PHOENIX LITERATURE AND ART PUBLISHING

图书在版编目（CIP）数据

栽进你心里 / 零砚著 . -- 南京 : 江苏凤凰文艺出版社，2023.11

ISBN 978-7-5594-8021-7

Ⅰ . ①栽… Ⅱ . ①零… Ⅲ . ①长篇小说 – 中国 – 当代 Ⅳ . ① I247.5

中国国家版本馆 CIP 数据核字 (2023) 第 191467 号

栽进你心里

零砚 著

责任编辑 张　倩
出版统筹 曾英姿
封面设计 刘芳英
封面绘图 遐屿璐
出版发行 江苏凤凰文艺出版社
南京市中央路 165 号，邮编：210009
网　　址 http://www.jswenyi.com
印　　刷 湖南天闻新华印务有限公司
开　　本 880mm × 1230mm　1/32
印　　张 9.75
字　　数 280 千字
版　　次 2023 年 11 月第 1 版
印　　次 2023 年 11 月第 1 次印刷
书　　号 ISBN 978-7-5594-8021-7
定　　价 46.80 元

目录 Contents

楔子

她好像以一种最温和的方式，

划清了他们之间的界限。

“迎接旅客的各位请注意，由巴黎飞来本站的CA521次航班已到达，谢谢。”

深夜，京宁国际机场内人头攒动。

机场大厅广播里正机械地播报着各个航班的信息，来往的人行色匆匆，脸上带着憔悴和冷漠，被银白的灯光一打，就像是一群行尸走肉。

谭卿挤在人群里，拉高口罩遮住一脸的疲态，她勉强打起精神往外走。

估计是撞上了哪位明星下机，接机口聚集了不少粉丝，其中还有人手举各种应援小条幅，上面印着“时光陪伴，与你同行”“老婆，我爱你”等字句。

谭卿眯着眼看了几秒，正要收回目光，人群里突然骚动起来。就像发现蹲守已久的猎物一样，那一群兴奋的“猎人”齐刷刷地朝她的方向奔袭而来。从那些热切的眼神中，谭卿看出了目标是自己。

这也能认错？谭卿一时竟不知该质疑这些人对那个明星的感情，还是担忧自己现在的处境。但所幸，那一群“猎人”里很快就有人发现了不对劲——

“羽毛们，认错了，那不是时雨！”

这人应该是拥有身经百战的经验，她的嗓音穿透了人群，整个混乱的场面像是被按了暂停键，一瞬间安静下来。保安闻讯赶来，一场乌龙事件最终以人群解散收场。

谭卿暗自松了一口气，从包里摸出手机，余光里却发现一个走近的人影。这估计是还不死心的粉丝。

她蹙了蹙眉：“抱歉，我不是——”

“请问您是谭卿吗？”

很清润的男生嗓音，谭卿的指尖在手机屏幕上微顿了一秒，似乎想到了什么，她抬起头问道：“你是？”

“夏蓁，是蓉姐让我来接你的。”大概是因为紧张，男生的表情有些不自然，他低头呆站了一会儿，才想到按亮手机屏幕给谭卿看，“之前和你联系的也是我。”

谭卿草草地扫了一眼登机前的聊天记录，“嗯”了一声算是回答了他。

现场又安静下来。她一向不擅长和陌生人打交道，最终，还是那个男生磕磕巴巴地挤出一句“车在外面”，两人这才尴尬地微笑着离开了机场。

深秋的夜风卷着阵阵寒意，灌进车里，吹得人清醒了几分。

谭卿关上车窗，窗外，鳞次栉比的高楼一闪而过，映入眼帘的除了璀璨的灯光，还有望不到尽头的车流。

七年的时间足以让一座城市在迅速发展的时代中改头换面。

“听这个吗？”在车子终于摆脱龟速行进的困境，驶上了高架桥后，夏蓁调了一个电台频道，问谭卿。

谭卿表示没意见。

电台的主持人正在连线听众，今晚互动的主题是“你曾经最后悔的事”。

第一位连线的听众是昵称叫“乔木不是木”的女生。她说自己读书时暗恋过隔壁班的一个男生，那个男生经常去图书馆借书，为了见他，自己就隔三岔五地偶遇对方。当她偷看男生借书卡的记录时，发现他借的次数最多的书是《哈利·波特》。后来的某一天，她用攒了许久的钱买了一整套《哈利·波特》，藏进男生的抽屉里，和书放在一起的还有一封她写了很久的情书。但现实总是残酷的，那天晚自习下课时，她撞见了同班的一个女生，正费力地抱着那一整套书。原来，爱看《哈利·波特》的并不是那个男生，而是他喜欢的女生。

“那后来呢？”主持人问。

“后来大家毕业后分散在天涯海角，就没有再见面了。去年国庆假期，我在朋友圈刷到了他婚礼的照片。”

很现实的结局，但偏偏意难平才是大多数人的生活常态。

主持人唏嘘不已：“那你现在是后悔当初没早点向他表明心意吗？”

“不是。”女生的声音很平淡。

对面挂掉了电话，主持人发愣了片刻，然后调侃自己刚刚经历了最后悔的时刻，然后又连线下一位听众。

“最后悔的肯定是没好好读书，考个好大学。”

“我后悔自己为什么要长大，读书时还有理由说家长和老师不让早恋。现在好了，大家都知道我是因为又懒又丑还宅在家里才找不到对象的。”

“那可多了去了，印象比较深的是，学校运动会我报了跳高项目，上场的时候却因为害怕本能地从杆子底下钻了过去……卖弄风骚失败不说，还被人做成表情图在年级里传阅，直接丧失择偶权。”

……

各种令人啼笑皆非的回答，直接冲散了之前低落的氛围，主持人兴许是察觉到自己快控制不住场面了，于是精挑细选了一位昵称看起来就高冷值拉满的用户——“。”。

“这位叫句号的朋友，关于今天的话题，你有想分享的吗？”

良久的沉默后，主持人又问：“这位朋友，你还在吗？”

“我没有连线你们。”终于有了回应，是一位男士，他的态度虽然很冷淡，但声音很有磁性，干净中带着一点低沉。

谭卿快合上眼皮子的时候抬了抬，不自觉地坐正了身体。

“怎么了？”谭卿细微的举动落在夏蓁的眼里，他小声试探着问了一句。

电台主持人还在自圆其说：“哦，这是我们后台随机抽取的。曾经听过我们节目的听众，都有可能被选中。所以这位句号先生你遇到过哪些回忆起来觉得后悔的事呢？”

“没有。”那边传来汽笛声和风声，男人的声音听上去有些模糊不清。

“没有后悔的事情。”几秒钟后，他重复了一遍。

这次的回答清晰了，谭卿打了个哈欠，靠在椅背上：“没什么，就是觉得有点吵。”

“嗯，这个主持人有点不太专业。”夏蓁顺着她的话说，伸手去换电台，然而手刚碰到屏幕，前面的车突然停了下来。他猛地一脚刹车，但还是来不及。

轮胎摩擦地面，发出尖锐的刺耳声，谭卿的身体随之剧烈地晃动了一下，再抬头时，前车的车尾已经被撞得不忍直视。他们的车也没好到哪里去，车头凹陷，大灯也被撞得七零八落。

第一次遇到这种追尾事故，夏蓁也蒙了。还没等他做出反应，有人敲了两下车窗，应该是前面的车主。透过玻璃，虽然看不太清楚长相，但能看出个子很高，至少有一米九。

如果等会儿打起来，即便他俩一起上也不一定是他的对手。谭卿第一个想到的是这个，而夏蓁已经老实地下车了。

谭卿坐在车里观望，几分钟后，夏蓁回来了。他说先把车开到不影响交通的地方，等保险公司的人过来处理。看来两个人沟通得还算顺利。双方把车开下高架，停在附近空旷的地方。

放好警示牌，夏蓁继续去与对方交涉，谭卿也没在车上待着。一是太闷，二是坐在事故车辆上毕竟不安全。她走到道路一侧的护栏旁，打量着对面。除了最开始来敲窗的男人，对方车上还有一个女人，此刻她也下了车，身穿皮衣、戴着墨镜，与这个夜晚显得格格不入。

不知道是不是她的错觉，谭卿觉得那个女人也在偷偷观察着她，但是当她看过去想求证时，对方又立马移开了目光，跟猫抓老鼠似的。

谭卿懒得再去探究，就任她去了。

过了十来分钟，夏蓁走过来："谭卿姐，你知道我们撞的是谁的车吗？"

这个称呼一下子把距离感拉近不少，谭卿没有纠正他，反而问道："谁？"

"时雨，还有她的助理，怪不得坚持要私了，要是走交通事故责任认定，万一被娱记拍到又得上热搜了。"虽是猜测，但他振振有词。

谭卿疑惑道："明星吗？"

"对，就是在《夜澜天华》里演那个女配角的。"夏蓁见谭卿似乎没反应，思考了几秒，又说，"今天机场接机时，认错人的那些就是她的粉丝。"

这么说，谭卿想起来了："哦，看来缘分还不浅。"

"说实话，当时其实我也以为你是她。"

"我们，很像吗？"

"不像，非要说像的话，你们的气质都很出众吧。主要是你当时戴了个口罩，来接机的粉丝那么多，大家估计都没仔细看，挑了个最扎眼的就冲上去了。”

他这话虽然听起来有恭维的成分，但绝对是真实且发自内心的。谭卿是属于那种清冷系的美人，整个人透着一股生人勿近的气息，但五官一点也不寡淡，长相十分精致。尤其是那双眼睛，清澈透亮，明明看人时眼神很淡，却给人一种有光在里面流转的感觉。

“明星气质吗？那和部蓉商量商量，让她签我出道好了。”谭卿开了句玩笑。

夏蓁反而不好意思起来，他挠了挠头，转移话题：“等保险公司的人过来处理，估计还要很久，要不我先给你叫辆车吧？”

谭卿没有深夜吹冷风的癖好，她没有客套：“好的。”

可惜，事与愿违。这个地方貌似不好打车，夏蓁在网上下单许久都无人接单，倒是对面好像有人叫了他们一声。

谭卿转过身，发现时雨正朝他们走来：“有人来接我了，你们要一起走吗？这里打不到车的。”这突如其来的热情让谭卿有点意外。

夏蓁好像不太意外，他凑近几分，压低声音说：“估计她察觉到自己被认出来了，明星要时刻保持人设，你要不顺便搭一下她的车？不然一直在这里等着，我不好和蓉姐交代。”

谭卿真的不愿意和陌生人打交道，但显然寒风的杀伤力更大。她犹豫着，那辆车又往前开了一点，停在他们旁边，打着双闪，像是无声的催促。

“走吗？”时雨再次问道。

夏蓁递给谭卿一个眼神，见她点头：“那就麻烦了，帮我把她送到云栖珑庭。”

“好。”时雨拉开后座车门坐了上去，谭卿紧随其后。

“你这是把我当司机吗？”关上车门，驾驶座上的男人突然说了一句。

谭卿正在系安全带的手一顿，她错愕地抬头，看向前面的后视镜。男人穿着一件烟灰色的衬衫，最上面的扣子没扣，隐隐露出瘦削的锁骨。再往上看，眉目疏朗，鼻梁直挺，如此优越的五官，谭卿的脑海中迅速浮现出一张熟悉的脸。

所以，来接时雨的人是……陈景迟？一时之间，谭卿内心有些慌乱。

谭卿尽量掩饰着内心的慌乱将安全带插进凹槽里，而时雨已经换到了副驾驶的座位。车子发动后，时雨还在小声抱怨："我这不是习惯了吗，坐前面被人认出来怎么办？"

"天那么黑，有人看你？"

"有啊，那些记者恨不得二十四小时蹲守我。"时雨年龄不大，即使是抱怨，少女轻柔的声音听着也像是在撒娇。

谭卿从包里摸出一个口罩，趁着车内光线昏暗偷偷戴上。

"对了，你叫什么？"时雨转过头问她。

车内安静了几秒，谭卿："Rachel（瑞秋）。"

时雨的脸上闪过一丝诧异："你是外国人吗？"

谭卿没回答，时雨也没有再追问："对了，你男朋友刚才说送你到哪儿？"

"云栖珑庭。"她觉得没有解释的必要，又报了一遍地址。

时雨"哦"了一声，在导航里输入地名，刚搜索出来，就被陈景迟调掉。

"哎，你干吗？"

陈景迟："先送你回家。"

"可明明——"时雨想说谭卿的地址更近，但话到嘴边，她突然耐人寻味地轻笑了一声，又憋回去，"你什么时候开始听这个电台了？"

"随便放的。"

"哦，他们以前那个主持人的声音特别好听，还会讲故事，现在换了这个，没意思了……"

和以前一样，陈景迟话不多，但基本都会回应，即使只是一个简短的"嗯"字，都表示他在耐心倾听。

谭卿默默地听着两人聊天，觉得这条路好像有点漫长，尤其是在时雨下车后，车内长时间的安静似乎让空气都变得黏稠起来。

好在一路上畅通无阻。终于熬到了目的地，谭卿推开车门的动作难掩她的急迫。

"瑞女士。"谭卿刚走出一步，车窗突然降下来，陈景迟侧过头喊了她一声。声音故意顿了一下，带着散漫的笑意，但眼神是平淡无波的。

七年时间，足以让一个相识不久又从未联系的人消失在记忆里。

谭卿摸不透他的意思，垂眸思索了几秒，然后从钱包里抽出了一张面值一百的钞票，从车窗丢在了副驾驶座位上。

或许是因为她的动作过于傲慢，陈景迟的眉头轻蹙了一下。但很快他的眉头又舒展开来，一双桃花眼似笑非笑地看着她："国内物价还没有这么高。"

"小费，不用找了。"她说完，没有半点停顿，转身走进小区。

陈景迟的车还停在那里，熄了火。窗外路灯的光线照进来，显得静谧又冷清。看着副驾驶座位上那张崭新的人民币，在这一刻，他突然有了一种真切的溃败和无力感。

她好像以一种最温和的方式，划清了他们之间的界限。

第一章 柠檬草

没了夜色的遮蔽，

那张印象里很好看的脸彻底有了清晰的轮廓。

时间回到 2015 年 6 月 12 日，这一天是谭卿和陈景迟相识的日子。

同样是一个夜晚，只不过这个夜晚有些喧嚣和炽热，穿街过巷的风里都涌动着一种躁动不安的因子。

黎川的一家 KTV 包厢里，撕心裂肺的歌声把包厢里的人折磨得苦不堪言。

“只能说我输了也许是你怕了……”

“我们的回忆没有皱褶，你却用离开烫下句点……”

“你算什么男人，算什么男人，眼睁睁看她走却不闻不问……”

郃蓉一个人霸占着话筒，她从《淘汰》一路唱到《算什么男人》，感情投入得淋漓尽致，就是那调已经跑到了十万八千里之外。

坐在一旁的谭卿已经陷入自我怀疑，等到散场，她可能需要去报一个手语班了。

看着郃蓉又将自己点的歌切上去一首，谭卿终于忍不住说道：“我们小区对面新开了一家烧烤店，要不我们现在过去吃个夜宵？”

包厢里噪音太大，郃蓉压根没听到，继续嘶喊着：“我给你最后的疼爱是手放开，不要一张双人床中间隔着一片海……”

明明手都没牵过，还能扯出“双人床”。看来，她受刺激的程度有点严重。

事情还要从今晚的毕业聚餐说起，毕业季又被称为“告白季”和“分手季”，但郃蓉属于前者。

她暗恋的男生叫贺佳明，是重点班的，也是十三中的校草。

当然，“校草”是郃蓉私底下自封的，“暗恋”也是她的自我理解。

在谭卿看来，贺佳明和校草偏差很大，毕竟之前一起玩游戏，两人的聊天风格基本都是——

郃蓉：“我不太会玩这个游戏，很菜。”

贺佳明：“乖，别怕，你跟我走下路，我保护你。”

郃蓉：“你游戏玩得也这么好呀。”

贺佳明：“还好，不是有你在吗，我怎么舍得对面打你。”

谭卿每次都看得浑身起鸡皮疙瘩。如果那时候有“人间油物”这个词，肯定非贺佳明莫属。而且她还看过两人的聊天记录，没几句就发一个“抱住”“小心心发射”的表情图，只要贺佳明的智商比狗高，眼睛不瞎，都能看出郃蓉对他的意思。可他从来没有正面回应过她，也没有表现出任何拒绝她的态度。

郃蓉以为他是怕早恋影响学习，就一直这样和他相处着。一直到今天，他们几个班都在一个酒店里聚餐，她想着是时候借机戳破两人之间这层窗户纸了。但没想到她刚到酒店大门口，就撞见了贺佳明牵着一个女生的手。看他俩那亲密的姿势，加上后面打听到的消息，郃蓉证实了自己的猜测，那个女生是贺佳明的女友，两人是高考结束后在一起的。

就这样，郃蓉的情绪开始崩溃了。吃完饭出了酒店，她还不愿意回去，非要说失恋的夜晚要喝醉才回家，要去谭卿她们班蹭第二场局。

既然规劝没用，谭卿掏了掏嗡嗡响的耳朵，凑过去用力拍了一下郃蓉的肩膀。

“干吗？”郃蓉转过头问道。

谭卿夺过她手里的话筒：“先回去。”

郃蓉没说话，只是盯着谭卿看。

谭卿以为郃蓉没听到，于是清了清嗓子，刚准备提高音量重复一遍，她突然笑了一声：“谭卿，你这绿衣服，好丑啊。”

虽然是从衣柜随便挑了件衣服出门，但是，谭卿低头看了一眼身上的白T恤，有些无语。

“太丑了！”郃蓉又嚷嚷了一句，然后转过身在沙发上摸索着，手都快摸到相隔一个位置的男生的屁股下了。

谭卿一把将人拉回来：“你在干吗？”

“我的包呢，我的包被人偷了。”

“……在这儿呢。”谭卿按住郃蓉的肩膀，从背后拿出她的包。

郃蓉一把抢过包，开始翻里面的东西，大概半分钟后，她从里面翻出一个袋子，嘴里嘟囔着：“还好我带了裙子，给你换上。”

她一边把袋子塞给谭卿，一边又把手伸进包里：“你的眉毛怎么了，怎么一大一小？”她一边说，一边又从包里翻出了口红、睫毛膏、眉笔……一堆乱七八糟的东西。

她翻出一件，谭卿收走一件，然后放进自己的包里先保管着，直到一个塑封的小盒子被丢过来。

谭卿拿起那个盒子，借着KTV闪烁的灯光瞄了一眼——超薄体验……等看清上面的字后，她迅速反应过来，火速把东西塞进包里。

“好了，别再翻了！”谭卿害怕郃蓉再捣鼓出一些不可描述的物件，赶紧抢过她的包。

郃蓉没了可以玩的东西，又拿起桌上的饮料，咕噜咕噜喝了两口：“换衣服啊，你怎么不换，你这衣服太紫了，简直像个茄子。”

谭卿发誓要不是还有其他人在，这里可能会变成“案发现场”。

郃蓉没完没了：“还有你这裤子，是不是偷了小区门卫大爷的？快去换了。”

“这里这么多人我怎么换？你陪我去卫生间换。”谭卿想着先把人骗出去，然后叫辆车，再把人塞进去。

然而，这只是她的设想。事实证明，喝多了的郃蓉方向感依旧很好，出了门直奔厕所，谭卿都没来得及拦住她。谭卿暗骂了一句，又不放心地跟上。

“呕——”原来是要吐知道找地方了。

怕郃蓉吐在外面的洗手台上，谭卿把她扶进了隔间，掏出一包湿纸巾塞到她的手里，然后带上隔间门，在门外等她。

“郃蓉，好了吗？”两三分钟后，谭卿见人还没出来，就朝里面喊了一声。没人应答，郃蓉不会是抱着马桶睡着了吧？谭卿觉得郃蓉真的能干出这事来，赶紧推开门。然而眼前的这个人就像悬疑电影里的变态，她不知道从哪里找了一个拖把，一下一下地敲着另外一个隔间的门。

那扇门紧闭着，里面明显有人。

谭卿拍了拍额头，一把抢过郃蓉手里的拖把，对着隔间的门说道：“不好意思，她喝多了。”尴尬地道完歉后，里面竟然没有一丝动静。谭卿正在纳闷里面是真的没人，还是人已经被吓晕之时，门突然从里面打开了。

“谭卿？”

说话的人她认识，是和郃蓉一个班的。她是十三中有名的校花——许蔚。不论是长相，还是气质，她在一众学表演的艺术生里都是出类拔萃的。

没想到对方会认识自己，谭卿愣了一下，回过神来顿时觉得更难为情了："抱歉，吓到你了。"

"没事，郜蓉是喝醉了吗？"许蔚指了指半个身子都靠在谭卿身上的人。

谭卿"嗯"了一声，扶着郜蓉往外走，因为地面上有水，还差点摔了一跤。

许蔚上前一步扶住郜蓉的肩膀："你们在哪个包厢，我帮你把她扶过去。"

"没事，我们要回去了，我带她坐电梯到楼下就行。"

"我朋友刚好来接我，我让他顺便送你们回去吧。"话音刚落，她朝站在走廊上的一个男生招了招手，"潘潇，这边。"

男生长得挺抢眼，穿着一件酒红色的冰丝衬衫，领子敞着，散发出风流的气息。他大步地朝她们走来，把许蔚拉到身边："发生了什么事？"

"没事，这是我的同学，她喝多了。"许蔚温和地笑了笑。

那男生上下打量了两人一眼，谭卿估计他们在交流刚才厕所里的"惊悚"一幕。

"对了，我同学刚好也要回去，你能不能顺路送送她们？"

对于这突如其来的热情，谭卿有点招架不住。她刚想找个理由拒绝，潘潇已经点头："可以啊，我们先下去，阿迟在门口等着。"

许蔚："他怎么过来了？"

"这个嘛，我晚上喝了点酒，开不了车。"他一边说着，一边按下电梯键，见谭卿她们落在后面，就回头拉过郜蓉的手臂，半扛着人往电梯走。

谭卿不得不跟上。

"那个，还是我来扶她吧。"虽然许蔚没介绍男生的身份，但根据谭卿的初步判断，他们俩应该是情侣关系。所以，看着电梯快到达一楼时，谭卿马上接过郜蓉。

潘潇也没推托："车就在外面。"

"好，谢谢。"

几个人走出 KTV，一股热浪扑面而来。

此刻是夜宵时间，巷子里摆满了各种小吃摊位，各种食物的味道交杂蔓延，渐渐唤醒了刚刚麻痹掉的神经。

“阿迟。”潘潇朝不远处喊了一声。

谭卿循声望去，那里停着一辆黑色的越野车。此时，车灯熄着，但因其体型庞大，在这个狭窄老旧的巷子里显得十分扎眼。

几秒钟后，一个男生从车里下来，他穿着白色 T 恤和黑色工装裤，脚上是一双联名的运动鞋。

和扎眼的潘潇相比，男生明明是极其低调的打扮，但还是和周围熙攘的人群划了一道界线。

谭卿的目光只落在他的身上。

“这两位是许蔚的同学。”直到潘潇的声音再度响起，谭卿大脑里被卡住的那根弦才复位。

男生的目光随之落在谭卿的头顶。

谭卿眨了眨眼睛，仓皇地看向地上，捏紧的手心全是汗，其实她不太想在这个场景下介绍自己，但几个人似乎都在等着她开口。

大概是察觉到现场气氛有些尴尬，许蔚替她开口：“她叫谭卿，还有这位是郃蓉，她喝多了，能绕路送一下她们吗？”

“嗯，住哪儿？”男生问。

许蔚拍了拍谭卿的肩膀：“谭卿？”

“哦，新乐小区。”她回过神，对方已经转身往前走了。

谭卿扶着郃蓉慢慢地走着，不敢靠太近，她听到潘潇在和许蔚聊天：“你这同学挺高冷的啊。”

许蔚：“可能只是因为不熟，而且陈景迟不是也没说话吗。”

“他不是因为不熟，他是怕装模作样失败。”潘潇欠欠地笑道。

可能是这笑声太有感染力了，郃蓉突然清醒了几分，她试图挣开谭卿的手：“我的话筒呢？”

“给你放包里了，回家再唱。”

“那我的包呢？”

谭卿真想把郃蓉丢在这里，让她去抱着电线杆过一夜算了。

“怎么了？”走在前面的陈景迟停下来，回过头看了一眼两人，“不肯走吗？”

陈景迟问的是郃蓉，谭卿有点为难，心想要不你们先走吧，但还没酝酿好，刚才还摇摇晃晃的郃蓉突然一下拽住了陈景迟的衣摆：“渣男，垃圾。”

陈景迟一脸疑惑。

谭卿恨不得找个地缝钻进去，只好连连道歉：“不好意思，她喝多了。”

陈景迟扯回衣服：“没事，概括挺精准的，就是搞错对象了。”说着，他偏过头用眼神示意了一眼走在后边的潘潇，不在意地笑了笑。

谭卿心里绷紧的弦松了松。

“走吧，我帮你扶她过去。”

“不用，我——”没等谭卿说完，陈景迟已经提着郃蓉肩膀一边的衣袖，往车停的位置走过去。

谭卿只好跟上，连哄带骗把郃蓉塞进后座，才暗暗松了一口气：“谢谢。”

“陈景迟。”

突如其来的自我介绍，让谭卿愣了一下。

“我的名字。”男生又补充了一句。

车门还没完全关上，陈景迟懒散地靠在后座的车门上，他一只手随意地搭在车窗顶，说话声平淡而又随意，还带着一丝百无聊赖的感觉。

声音顺着风轻飘飘地吹过来，让谭卿的耳尖有些发烫。好在巷子里的路灯多年无人清理，上面积攒着层层叠叠的污垢，加上四周飞舞的小飞虫将光线遮蔽得极为昏暗，应该是看不清她此时的模样，和她那身不修边幅的打扮。

“谭卿。”她在大脑里翻来覆去地搜刮着措辞，最终小声地报出了自己的名字。

对方循着她的话问：“‘天方夜谭’的‘谭’？”

“嗯。”她点头。

“那‘qing’呢？”

“卿……‘卿本佳人’的那个‘卿’……”这个解释有几分自夸的嫌疑，于是她的音量小了许多。

对方轻笑了一声：“不是‘卿卿我我’的‘卿’吗？”

“不是——”谭卿下意识反驳了一句，突然又反应过来，这不就是同一个字吗？

“是吧，‘卿卿我我’的‘卿’。”他眼尾的笑意越发张扬，简单的一句话，从他那副好听的嗓子出来，别有一种旖旎的情调。

谭卿的眼睫颤了两下，一时不知道该怎么回应，好在许蔚和潘潇已经跟上来了。

“你俩聊什么呢？”潘潇打趣地看了两人一眼。

陈景迟没理潘潇，绕过车子坐进驾驶室。

潘潇轻“啧”了一声：“聊什么把人家妹妹脸都聊红了。”

谭卿：“……”

“你还上不上车了？”看许蔚坐进后座，关上车门，陈景迟发动车子，一副没准备等潘潇的态度。

潘潇见状赶紧钻进副驾驶座，但说话依旧不依不饶：“你急什么啊？我不上车难道走路回去吗？”

“随便，你想爬回去我也没意见。”

“陈景迟！”

陈景迟被潘潇吼得耳朵都要聋了：“行了，走几步路慢得和‘鬼打墙’似的，安全带赶紧系上。”

“你别乱说话啊，我昨晚刚看完一部恐怖片。”潘潇说自己从小丢过魂，一到晚上就哭闹，后来跟着他奶奶去寺庙住了一年才好，所以平时很避讳这些东西。

其实不过是他胆子小罢了。陈景迟以前也懒得拆穿他，但次数多了，还是忍不住想治治他，尤其是昨天半夜潘潇给他打了十几个电话搞得他不得安宁。

“哦，那你今晚更得注意点，有些东西认路，还会找回去的。”

“我——”意识到后座还有人，潘潇到嘴边的脏话又憋了回去，“少搞封建迷信那一套。”

陈景迟：“……行，相信科学。”

“再说，我又不怕这种玩意儿，骗小孩还差不多。”潘潇又画蛇添足般地补了一句，许蔚听了忍不住轻笑出声。这回，潘潇彻底安静下来。

车子驶出巷口，经过减速带，部蓉又动了动。这下让谭卿的神经绷紧，她担心部蓉吐在车上，于是手忙脚乱地翻开包，抽出里面装裙子的纸袋，勾在手上后接在部蓉的下巴处。

所幸一路相安无事，车子在小区大门外稳稳地停下，谭卿扶着部蓉下车。

陈景迟用余光扫了一眼后视镜：“人半夜的，你去送送她？”

潘潇环顾了车外一圈，此刻昏暗得让人害怕，但他装作义正词严的样子：“你去吧，许蔚一个人在车上，我不放心，我得留在这儿保护她。”

“行。”陈景迟拔掉车钥匙，推开车门，大步跟上两人。

“我自己扶她就行。”担心他再次帮忙，谭卿这回先开口。

谭卿声音冷冷的，听上去很抗拒。不过大晚上的，自己和他们才一面之缘，又是异性，警惕点也很正常。想到这些，陈景迟低低地笑了下：“好。”之后，没有任何越界或企图靠近的举动，他放慢脚步，跟在谭卿身后。

老旧小区的维护真的很差，大部分路灯都坏了，路面也不平坦。安静地走了一段路，陈景迟摸出手机，打开手电筒功能，刚才模糊的视野瞬间被光线照亮。

谭卿愣了一下，偏头看他：“谢谢。”

“没事，看路。”

她小声“哦”了一声，心跳还是有些失常，但眼神不敢再乱晃。

等走到门口，看到陈景迟消失在楼梯转角处，她才轻手轻脚地关上门，把睡死的人丢到床上。然后她火速跑到窗口，往下看了一眼，底下漆黑一片，什么也看不清。

“糟糕的物业，明天就去投诉。”但想想，物业这两年也没怎么收过物业费，谭卿只能作罢。她坐回床边，拿过部蓉的手机，给她的妈妈发了一条“今晚住同学家”的信息，转身去了浴室。

洗完澡出来，已经是夜里两点半。谭卿打开电脑和手绘板，斟酌着从以前的半成稿中挑出一张进行修改和上色。她尽可能快速地处理完画稿，等不及细化后就登上了自己的贴吧账号，将画稿发布了出去。

1 楼：“哇！抓住一个熬夜画稿的太太！！”

2 楼：“这个背影是学长吗？”

9 楼：“虽然只有一个背影，但看看这身高，这迷人的气质，还有连头发丝都绝美的后脑勺，绝对是。所以我们温柔、美丽、善解人意的西楼，你终于记起五百年前大明湖畔的小玫瑰了吗？”

“西楼”是谭卿在贴吧的昵称，起初只是“绘画吧”里的小人物。平时她发出的画稿，除了偶尔会收到寥寥几条意见或鼓励，大部分都会淹没在一众帖子里。

谭卿也无所谓，只把这里当成一个记录的地方。但从两年前，她单独开了个帖子更新条漫开始，一切发生了变化。条漫名叫《玫瑰河》，是很典型的少女风格的漫画，描绘的内容是女主角在校园的日常生活和一段暗恋的情感故事。

大概是整个漫画的画风偏轻松和温馨，十分适合大家在闲暇之余消遣阅读。又或是太贴合青春时期朦胧的少女心，更容易引发读者的共鸣。条漫在不断更新后，渐渐有了一些热度，随之而来的读者也越来越多。后来还有读者专门为此建了一个名为“玫瑰河”的贴吧，日常在里面催更、聊天，偶尔还有人会写写小剧场。

只不过碍于学业，谭卿更新条漫的频率并不高。进入高三后，她已经有将近八个月的时间没有更新了，所以半夜看到一群人在讨论，谭卿感到很诧异。

55 楼：“楼主，《玫瑰河》是要恢复更新了吗？！”

西楼：“高考完了，应该有时间。”

60 楼：“用我爷爷的放大镜看了好几遍，为什么没有我们言宝的影子，是我们言宝不够漂亮不够可爱吗？”

西楼：“大概是言宝觉得自己还没准备好。”

69 楼：“突然发现楼主今天回帖好有耐心哟，你变了，不再是那个冷漠的女人了。”

70 楼：“既然楼主今天心情这么好，我能求一个两人同框吗？”

西楼：“你应该这么想，万一他们已经同框过了呢？”

72 楼：“在哪里？！除非你把画稿给我看，不然我不信。”

74 楼：“大胆点，同框算什么，我要看亲亲抱抱的那种！”

眼看着帖子里聊天的内容逐渐失控，谭卿又回复了几条跟帖，试图将话题拉回到正轨上。然而，事实证明这样做不仅行不通，反而像是在火上加油，她只好无奈地合上电脑。

天将亮，她眨了眨酸痛的眼睛，拉开抽屉，摸到最上面的一个硬纸盒，思考了一下，最终还是将它塞回去了。

等谭卿醒来时，已经是下午了。

郜蓉比谭卿先起，她应该是洗过澡了，换上了昨天放在包里的新裙子，此时正萎靡不振地坐在餐桌前吃泡面。

“还有吗？”谭卿理了理睡觉时被压乱的头发，用脚尖勾出被人踢到茶几底下的拖鞋，穿上后不紧不慢地走过去。

“有啊，我还给你留了鸡蛋，你先去洗个脸，我去给你煮面。”郜蓉放下筷子，殷勤地钻进厨房。

谭卿猜到郜蓉大概是心虚了，就没说什么。谭卿洗漱完出来，泡面已经端上桌。她拉开椅子坐下后，默默地吃了两口面，然后抬起头看着郜蓉。

郜蓉被谭卿看得心里发慌，只好刻意地找着话题：“你妈今天不在家啊？”

谭卿“嗯”了一声：“出去旅游了。”

“那怎么没带上你一起去？”

“她和魏历华一起去的，我跟着干吗。”

这个名字有些耳熟，郜蓉回忆了一圈：“就是那个比你妈小七八岁的男人？”

“严谨一点，八岁半。”

“牛！”郜蓉竖起大拇指，眼里透出一丝八卦的光，“你妈不会打算要和他结婚吧？”

“不知道。”毕竟在以前，余惠萍从来不会把男人带回家，唯独这个姓魏的，两个人在一起一年多，已经来过她家四次了。不过，这和自己好像也没太大关系。

郃蓉倒是替谭卿察觉到了危机：“那你得提防他俩给你生个弟弟或妹妹。”

“为什么？”

“烦啊，万一和我弟那样，每天能把人耳朵吵炸，说他一句就跑去我妈面前告状，还会添油加醋……”

谭卿体会不到郃蓉的感受，也不太能理解她为什么经常和一个七八岁的小孩吵得不可开交。不过她还是安静地听郃蓉抱怨完，才转移话题：“昨晚，是许蔚和她的朋友送我们回来的。”

终于，郃蓉不愿面对的事情还是来了。郃蓉故作轻松地笑了笑：“是吗？那我喝醉后没做什么糗事吧？”

“没吧，也就是在厕所里敲许蔚隔间的门，骂她的朋友是垃圾、渣男。还有别的吗，我再想想啊——”

喝醉酒后最痛苦的莫过于第二天醒来会有人帮你回忆过去，而且她本来就不太喜欢许蔚，这下还在人家面前各种出丑。

“停！你别说了。”郃蓉此刻懊悔得恨不得把自己活埋了。

谭卿也不再打趣她：“吃完就拿上你的东西赶紧回家，不然我怕你妈杀我这儿来了。”

“知道了。”

“还有塞我包里的那些乱七八糟的东西也带走。”

郃蓉：“什么啊？”

“你说呢，你昨天带那个东西出门是想干吗？”

郃蓉反应过来谭卿说的是什么。其实她起初根本没这个心思，就是去网上搜和暗恋的男生表白的攻略时，看到一个“灌醉他，拉他去酒店”的离谱建议，一时脑热，竟然信了。现在想想，真的挺丢脸的。

“这不是怕万一吗……算了，不和你说了。”郃蓉自知理亏，也不再犟嘴，愤愤地走回卧室，收拾自己的东西。

几分钟后，卧室中传出她泄气的声音：“没有啊，你把那个东西扔了吗？”

谭卿叹了一口气：“在我包里，你再找找看。”

“真的没有！”

谭卿笃定是郜蓉没仔细找，只好无奈地起身。然而她把包里的东西全翻出来，一根头发丝也看不到时，心里突然生出一种不祥的预感。

陈景迟是真没想到会在自己的车里发现安全套这种东西。所以，当洗完车后，工作人员把那个东西交给他时，他那张一向平静无澜的脸上露出了一丝惊讶。

“先生，一共30元，请问怎么支付？”

当时是2015年，移动支付还没普及，陈景迟从钱包里抽出一张50元，递了过去。

“这是找您的20元。”工作人员将零钱和那个小盒子一起递给他，还意味深长地看了他一眼，“需要办卡吗，我们这里有优惠，做一次车子的保养送五次洗车，还有一瓶——”

“不需要。”陈景迟接过零钱和那个盒子，头也不回地走向车子，拉开车门，坐进驾驶室，一脚油门，只留下车子驶过后扬起的灰尘和尾气。

“人长得很正，也挺有情趣的，就是脾气不太好啊。”工作人员遗憾地摇了摇头。

车子一路疾驰。到家后，陈景迟连鞋都没来得及换，就直上二楼，用力敲了三下锁着的门。

潘潇翻了个身，踢开被子，迷迷糊糊地下床开门。看见是陈景迟，他又穿着拖鞋走到床边，一头倒下，语气不满地说道：“你干吗啊，这么大动静，我还以为家里进贼了呢。”

“你是不是有东西落在我的车上了？”陈景迟开门见山地问道。

潘潇：“什么东西？”

“就问你有没有，怎么那么多废话？”陈景迟捡起了一个掉在地上的抱枕，朝床上扔过去，正好砸中潘潇。

潘潇“嗷”了一声，睡意也全消了，他骨碌一下爬起来：“你吃炸药了啊，你不说我怎么知道？”揉着脸抱怨了一句，看着陈景迟失去耐心的眼神，潘潇只好认输，“算了，不和你计较，你让我先找找。”

昨晚听他说完那句吓人的话后，潘潇虽然嘴硬，但也没敢一个人回酒店睡觉，把许蔚送回家后，他就直接来陈景迟这里了，身上所有的东西应该都在房间里。他在视线所及的地方翻了一遍：“没少，钱包、手机、银行卡……反正全都在。”

“你确定？”

“确定，我要是有东西落在你车上，你是我爹好吧！”

陈景迟：“我可生不出你这种基因的儿子。”

潘潇被气到无语，他憋着口气，把东西一样一样地摆到床上：“你不信，自己过来检查！老子连半包面巾纸都没丢！”

“那许蔚呢？”

“她应该也没丢，昨天上车，她的包是放在我这里的。”说完，潘潇还怕他不信，“我打个电话帮你问问，让你死心，好吧？”

几秒钟后，电话接通了。潘潇特意开着免提：“许蔚，你昨天没丢什么东西在阿迟的车上吧？”

许蔚应该是在外面，那边声音有些嘈杂：“没有，我昨天穿的裙子，手上只有手机，包里的东西也都在。”

“听到了吧？”潘潇对陈景迟做了个口型。

许蔚：“你问这个做什么？”

“没事，就是有人突然抽风，先挂了。”挂断电话，潘潇有了底气，“我就说没有吧，所以到底是什么东西啊？”

陈景迟没理他，转身往楼下走。

潘潇不甘心地跟上：“既然不是我们的，那肯定就是许蔚同学的，你这是不打算还给人家了？”

“没说不还。”

“那到底是什么？反正都要还，我让许蔚帮你带给她同学。”

陈景迟：“不劳烦你了。”

哇，这都不上套，潘潇觉得自己心态要崩溃了。

陈景迟：“你让许蔚把她同学的微信推给我一下。”

“麻烦，不想。”潘潇摆起了架子。

陈景迟也无所谓，完全没有求人办事的态度：“那随便，我待会儿找师傅来把门锁换了。”

“换就换，你以为我喜欢住你这小破房子啊。”

潘潇一开始还很有骨气，但半个小时之后，陈景迟就听到手机的提示音响了一下——

“英俊潇洒潘大帅”向您发来了好友推荐。

当看到联系人里冒出的那个鲜红的“1”时，谭卿不得不承认自己是有一点紧张的。毕竟这么尴尬的事，放谁身上也不能心平气和。

“你快点通过啊。”郃蓉在旁边催促道。

谭卿冲郃蓉翻了个白眼：“别吵。”

郃蓉是个急性子，两人以前是一起学过画画的，但因为她根本坐不住，老师也拿不出招数，于是三番五次地暗示她妈，这孩子不适合学画画。

这要放在以前，郃蓉这时会上手直接帮谭卿点“通过”了，但奈何这事源头是她，也只好闭上嘴。

谭卿点开那条好友申请，昵称很简单：C，头像是一只狗，她认不出是什么品种。谭卿点了通过，界面跳到聊天框。谭卿的心态顿时变得更加忐忑不安，这种情况要怎么开口呢？她第一次觉得自己的沟通技能如此匮乏。

“你先给他发个表情图，可爱一点的那种。”“社交女王”郃蓉忍不住凑过来充当狗头军师。

谭卿：“我没有表情图。”而且她原来也不用微信，是因为高考完后，她们班非要拉个微信群，她才被迫注册的。

“我有啊，这时候知道我的重要性了吧。”郃蓉得意地拿出手机，精挑细选之后，发了一连串的表情图。

谭卿上下划拉着屏幕，皱着眉头道：“你没有正常点的？”亲亲抱抱就算了，竟然还有“捏你屁股”这种不雅的图？

偏偏郃蓉还很委屈：“哪里不正常，表情图不都这样吗？不然你自己来挑？”

她把手机递过去，陈景迟那边也没主动说话。谭卿不好让对方一直等着，她草草扫了一眼，点了个“猫咪探头”的图片，转发过去。

这下，那边有反应了。

C：“你有东西落在我这里了。”

他没有明说是什么，但谭卿知道他肯定看过，所以才需要这么掩饰。

越想越尴尬，她只能硬着头皮回了一个字：“嗯。”

C：“什么时候来拿？”

“晚上，明天？还是说看你什么时候有空？”她一边念着，一边在输入框里敲字。

郜蓉打断她：“你不能这么说！”

谭卿：“嗯？”

“你先告诉我，他长得帅不帅？”

谭卿不明所以，郜蓉接着说：“如果他长得帅，你打扮一下，约个时间去拿；如果他不帅，你就说不方便去拿，要不就送给你吧。”

第一次听说送人安全套的，还是以这种理由，谭卿感到十分无语。

郜蓉：“所以他到底帅不帅啊？”

“不知道，天黑没看清。”

“早就让你配副眼镜了，你看看他的朋友圈。”郜蓉说着，熟练地点开了陈景迟的微信头像。

谭卿无法理解郜蓉昨晚还要死不活的，今天就能像记忆清除了一样，兴致满满地开始研究起别的男生：“你不是昨晚才失恋吗？”

“那我现在走出来了不行吗，总不能一直困在原地吧。”她说得理直气壮。

谭卿：“你确定不是用跑的吗？”

“不重要，反正男人又不是什么濒危物种，我才不要吊死在一棵大树上。而且我今天在朋友圈刷到别人发贺佳明的照片，我突然发现他怎么那么丑，我之前是瞎了眼吗？”

郜蓉一边吐槽，一边往下划拉着：“这人朋友圈怎么没他的照片啊，发的都是一些视频剪辑和电影。他是做什么的？摄影师吗？”她嘴里冒出一大堆问题，而对方的消息正好发过来。

C：“明天早上，可以吗？”接着是一个地址。

谭卿从郜蓉手上拿回手机，思索了片刻：“可以。”

回复后，郜蓉“呀”了一声：“我突然想起来，李兆前天给我介绍了一个什么剧的角色，约好明天过去看看。”她们学表演的艺术生中，有几个人是原来接过戏或拍过广告的。比如许蔚，还演过电影，虽然只是些配角，但红过一阵子，微博上也有喜欢她的一批粉丝。

郜蓉虽然没有那么光鲜的履历，但之前也接过几次平面模特的工作，多多少少认识一些影视圈里的人。现在有这种机会，也不意外。但就是这个时间，正好撞上——

郜蓉不怀好意地笑道：“所以，明天只能辛苦你自己去了，宝贝。”

“滚吧。”

“好，”郜蓉抱起自己的东西，还不忘再次叮嘱，“你去了记得站远点先观望一下，要是长得不行，马上掉头就跑，千万不要犹豫！”

谭卿给了她一个白眼。

两人约好上午八点钟见面，但谭卿五点就起床了。

外面的路灯还没熄灭，除了偶尔有车辆驶过，此时的街道显得空荡又安静。屋内的灯也亮着，谭卿从各个抽屉里搜罗出一堆的瓶瓶罐罐，洗完脸后坐在书桌前，试图开始一番化妆的大工程。

化妆品是之前和郜蓉一起买的，几乎没用过。她拆开其中一个盒子，睫毛膏已经彻底干了，刷头连拔出来都很费力。她只好将睫毛膏丢到一边，又去拆其他的，还好大部分东西凑合着能用。

回忆了一下之前看过的上妆步骤，给画稿中的人物上色她一向是手到擒来，在自己脸上，技巧却如此生疏，最后还是上网搜了一个化妆教学视频。

其实这时候她真的挺需要郜蓉的。她虽然平时看着不着调，在装扮这方面却很有天赋，尤其很会编发，所以一到学校有晚会表演，她就是个抢手的香饽饽。

如果不学表演，谭卿觉得郜蓉日后去做造型师也能混出点名堂。但这个时候，怕是叫不醒她。没办法，只能自力更生了。

一个多小时过去了，之前灰蒙蒙的天此时已经大亮。

化完妆后，谭卿对着镜子欣赏了一下自己的化妆成果，但效果不如预期，可能是手法问题，也可能是粉底的色号不对，涂在脸上就像是在刷墙，看上去颜色惨白又厚重。

纠结了一会儿，她还是决定去卫生间洗掉。最终，她只涂了点防晒霜，描了眉毛、擦了口红。她从衣柜里翻出来一条白色短裙，摘掉吊牌，换上了它。裙子是余惠萍给她买的，微微束腰的款式，胸口有一处手工刺绣的设计，质感很好。虽然这些年，余惠萍平时很少管她，母女俩话也不多，但物质方面，一直是大方的。

收拾完一切，谭卿看了一眼时间：七点十分。

陈景迟给她发的地址不算太远，同样是老城区中的一个小区，但因为附近有两所中学，这个时段人流量并不少。路上的公交车走走停停，为了防止迟到，她还是选择打车过去。

谭卿到达陈景迟家小区门口时，离约定的时间还有二十分钟。太阳已经没了清晨时的温和，变得灼人起来，谭卿没吃早饭，被晒得有点晕乎乎的。环顾了一圈，她挪向一旁稀疏的树荫下，点开陈景迟的微信：

“我到了。”

“你出来了吗？”

“你什么时候好？”

每一句话都有一种催促的意味。谭卿删来删去，最终一条消息都没有发出去。她站在那里，门卫大爷看不下去了，拉开岗亭的小窗子问她要不要进去等人。谭卿还没回答，手机振动了一下。

C：“到了？”

Q：“嗯，在门口。”

C：“那你等一下，我现在过来。”

Q：“好。”

五六分钟后，男生出来了。陈景迟今天穿了一件白色的T恤，胸口印着简单的英文“Common（普通的）”，这和他本人可一点也不相符。

没了夜色的遮蔽，那张印象里很好看的脸彻底有了清晰的轮廓。一双桃花眼，瞳仁趋于琥珀色，鼻梁上有一颗很浅的痣，光线不强的话，可能都看不清。五官是真的很端正，像是精细描绘出来的。但面部线条又利落得恰到好处，不会显得过于柔和，反而有一种少年的锐气。

“嗯，你的东西。”他从口袋里摸出一个黑色的小袋子。

谭卿接过袋子，立马塞进随身背的挎包里：“麻烦了。”

“不打开检查一下吗？”

谭卿正在拉拉链的手一顿，听出他话中有几分玩味的意思。

其实她想这样解释的：说出来你可能不信，这东西不是我的，是我朋友一时抽风为表白准备的。她本来很有信心能表白成功，并且预想好了后面顺其自然发生的事，但没想到第一步就失败了。于是这东西意外地落到了我这里，又意外地掉在你车上。

但这么说，郜蓉大概就暴露了。

陈景迟看着谭卿额头上细密的汗和微微蹙起的眉，抬手揉了揉后颈，转移话题：“你等很久了？”

谭卿摇头。

门卫大爷耳朵尖得很，探出头来：“人家都在这儿等半天了，你才出来，这么年轻一小伙子，怎么磨磨蹭蹭的，我看以后很难娶到媳妇。”

门卫大爷说话跟吼似的，声音十分洪亮。

谭卿听得一愣，看向陈景迟。他没生气，反而漫不经心地扯了扯嘴唇：“那可不劳烦您担心，我长得还行。”

“长得好不会疼人有什么用，白瞎！”门卫大爷气哄哄地瞪了他一眼，唰的一声拉上了小窗。

陈景迟乐了：“你别见怪，他就这样，上次他撞见潘潇和人在门口拉拉扯扯还报警了。”

和许蔚吗？谭卿没好意思问这种私事：“那他为什么要……骂你？”

“可能是看到我有几次和潘潇一起进出。”

“所以，他觉得你也不正经？”

陈景迟眯了眯眼，低头看她：“什么叫也？”

意识到说错话了，谭卿摸了摸发烫的耳尖，生硬地解释：“我不是那个意思。”

但相比起来，自己随身带这种东西，才更不正经吧，怎么还有勇气去说别人啊。可是话已经说出去了，再懊恼也于事无补。她垂下眼帘，尽量不看他："那我先回去——"

"站过去点。"

"嗯？"

"太阳晒过来了，不热吗？"陈景迟看着她白嫩的脸被晒得发红，扬了扬下巴，示意她往后面的树荫里走。

谭卿本能地退了两步，听他又说："在这里等我，我去开车。"

这是又要蹭车了吗？她心跳得有些快，但语气老气横秋地回道："我可以打车。"

"我刚好要出去一趟，顺路送你。"

一回生，二回熟。谭卿的心还没熟，脸倒是快熟了。还是上次那辆车，但这次车里除了他，只有自己。她侧头假装在看窗外的街景，如果忽略那张贴在车窗上的脸，她装得还是挺逼真的。

"很热吗？"陈景迟问。

谭卿的指甲盖在车窗和玻璃连接的那一道缝隙上轻轻地敲着："还好吧。"

陈景迟把空调又调低了两度，打开中控台，切到广播频道。

"这位叫'背包去远航'的听众提出的问题是：和老婆吵架把她气回娘家了怎么办？"

这个主持人的声音听上去有些熟悉，谭卿有些诧异地问道："你也喜欢听这个电台吗？"

"没有，估计是潘潇之前随手调的，你经常听？"

"也没有经常，就偶尔……坐我妈的车的时候会听一下。"她随口扯了个谎。毕竟哪个年轻人会像自己一样，没事总听这些呢。

"看一下我们的留言区，听众'天涯何处无芳草'说不用管她，等气消了自然就会回来，看来这位朋友很有经验啊。"

"这位'今天没疯'的听众回答得也很有意思，当然是让她骑着我回来啊。我想问一句，你们俩这是家住隔壁吗？"

"雷哥，这不错，下次你把嫂子惹生气了也用这招。"另一个女主持人调侃道。

“那不行，你嫂子娘家一千多公里远呢，我背着她，然后还不能上高速，这得走到猴年马月啊？”

两个主持人你一言我一语地说着，谭卿悄悄观察了一下陈景迟的神色：“是不是很无聊？要不还是听歌吧。”

“没有，挺有趣的。”陈景迟大概是在安慰她。

陈景迟把谭卿送到小区门口，但她并没有回家，而是看着他的车开远后，转身去了附近的商场。她是去买化妆品的。大概是难得遇到一个爽快的客户，化妆品专柜的店员还给她化了一个全套的妆，看上去精雕细琢的。

等走出商场时已经将近十一点，谭卿又顺便去吃了个午饭。谭卿吃饱喝足回到家，睡意也铺天盖地地向她席卷而来。谭卿这一觉，睡得格外沉。一直到门外响起一阵敲门声，她才迷迷糊糊地睁开眼。

太阳已经落山，只剩下余晖将云层染成成片的金红色，像是油画上被晕开的颜料，天空看上去仿佛也被压得格外低。

“谁啊？”谭卿收回困倦的目光，穿着拖鞋，走到门边。刚打开门，有人就像一阵风似的拉住她的手腕，往里走了两步。门砰的一声关上了。谭卿被震得灵台清明，看着面前喘着气的郜蓉：“你被人追杀啊？”

“不是。”郜蓉松开她，靠着玄关柜子，深吸了一口气，“我和你说，我今天碰到一个人。”

“贺佳明？”

郜蓉：“不是那个丑男，是个帅哥，绝世大帅哥！”

她说话一向夸张，用“绝世”来夸人基本上是被她美化过七八成了，谭卿并不感兴趣，但还是淡淡地问了一句：“谁啊？”

“陈景迟！”郜蓉说话的尾音都是飘的，见谭卿没什么反应，她赶忙解释，“一看你就不知道，他之前也是十三中的，据说是京宁来的转学生，长得超级帅。我给你找找啊，贴吧上应该还有他的照片，反正我今天在影视城遇见了都没敢认……”她小嘴跟点了炮仗似的，话噼里啪啦地直往外蹦。

谭卿怔在那里，好半晌才从一大段废话中读取到有用的信息：“你说你在哪里遇到他的？”

“影视城啊，怎么了？”

没记错的话，影视城和这儿，一个在城南，一个在城北。原来他早上说的顺路，绕了大半个黎川。

郜蓉没有注意到谭卿的异常，满腔心思都用在给她证明“陈景迟长得到底有多么惊为天人”这件事上。抱着手机找了半天，郜蓉终于在学校贴吧里翻出了那个陈年旧帖，标题简单粗暴——“盘点十三中帅哥”，镇楼图就是陈景迟的照片。

陈景迟穿着十三中的校服，外套拉链拉到下巴，头微微低着，应该在听身边的人说话。十三中的校服是出了名的丑，款式宽松肥大，没有型。尤其是裤子，穿上分分钟变成矮胖，私下被学生吐槽“穿校服上街，连抢劫的都不愿看你”。但照片里的人虽然穿着一身校服，身形依旧修长亮眼，明明是有些散漫的站姿，却有一种说不出的韧性和挺拔，藏在少年的脊背里。

帖子底下的评论被堆成高楼：

“我惊呆了，这谁？重金求他的联系方式。”

“高二八班的陈景迟，不谢。联系方式吗？我也求。”

“十三中居然有这等帅哥，有女朋友吗？”

“没有，但你们也别想了，人家成绩很好不谈感情，之前有人表白都被拒绝了。”

“是不是很帅？不过我感觉这张照片的角度没拍好，只有侧脸。”

郜蓉退出那个帖子，又试图去找其他的。但大概是他本人太低调，关于他的帖子并不多，有关他的照片也很模糊。

郜蓉叹了一口气：“反正，本人是真的更好看，不过他后来不是考去A大了吗，怎么会来这边拍电影呢？”在喘口气的间隙里，郜蓉终于发现了谭卿的走神，“哎，你有没有在听我说话？”

谭卿的眼睫动了动：“听着呢，你说什么拍电影？”

“就是李兆介绍给我的那部电影，听说他是导演，怎么样，是不是觉得非常意外？”

原来他是因为这个才来黎川的吗？从那天晚上起就在思考的问题终于有了答案。但她要是告诉郜蓉，他就是那个被她骂了的许蔚的朋友，她会不会觉得更意外？算了，还是给她留点活下去的勇气吧。

谭卿：“是挺意外的，所以那部电影你觉得怎么样？”

“挺好的，不过那部是网络电影，还是以单元拍摄形式的故事。第一个故事据说已经拍完了，现在来这边拍剩下的两个。”

谭卿听她语气里的兴致低下去了：“那你是不喜欢？”

“不是，这哪儿轮得到我喜欢啊，我又没拍戏的经验。是李兆，一开始让我试试女二号的角色，但效果不是很好，我估计没戏。真是太遗憾了，失去了和帅哥共处的机会啊。”她十分夸张地长叹了一声，脸上倒是没看到半点遗憾，反而盯着谭卿看了几秒后，眼神一下子亮了起来，“哎，你化妆了啊？”

“嗯。”

“哇，谭卿，你没发烧吧？”郜蓉抬手去摸她的额头。

谭卿往后退了一步，冷漠地躲开：“犯病了？”

“不是，你原来都不化妆的！你怎么——”郜蓉突然想到什么，露出一抹坏笑，“哦，我懂了，你是为了去见小哥哥是吧。谭卿你变了，你变得和俗人一样，为了爱情改变自己了。”

谭卿真想让郜蓉去医院看看脑子：“这是我去买化妆品，店员免费给我试的妆。”

“狡辩。”

谭卿懒得理她，转身往卧室走。

郜蓉跟过去，等看到桌上一堆没拆封的化妆品盒子时，她不得不死心：“行吧，我还以为你终于开窍了，不过好像还不错啊，我给你拍几张，纪念一下。”说完，也不管她同不同意，郜蓉已经举起手机，咔嚓咔嚓拍了几张。

“怎么样，好看吗？”

谭卿瞥了一眼，照片里的自己站在桌边的窗台下，背后刚好洒进几缕金色的落日余晖，将她整个人衬得温暖了几分。是有那么点意境，但她嘴上还是不咸不淡的：“一般吧。”

“那我给你修一修。”郜蓉拉了张椅子坐下，指尖在屏幕上戳戳点点。

“对了，那个男生到底帅不帅？今天太阳这么大，你可别再说没看清啊。”郜蓉一边修图，一边问谭卿。

如果按照她进门时讲得绘声绘色的激动样子，陈景迟应该是帅得前无古人后无来者的程度了。但是，谭卿清了清嗓子，给了一个保守的评价：“还行吧。”

陈景迟到家时，潘潇正盘腿坐在客厅的地毯上看电影，脚边摆着一堆零食和啤酒，其中喝空的罐子横七竖八地倒着。

陈景迟皱着眉头走过去，踢了踢潘潇的脚。没想到他这一脚把潘潇吓得一下从地上蹦起来：“你要吓死我啊，走路怎么和鬼一样没声音。”

陈景迟揉了揉快被震聋的耳朵，看向投影屏。上面正在放映的是一部很多年前的惊悚片，故事的画面和一些技术处理在现在看来已经挺陈旧的了，所以他也不太理解潘潇怎么能吓成这样：“你下次还是看点动画片吧。”

潘潇知道陈景迟在嘲讽自己，但这会儿也没什么气势了，他捡起遥控器一把关掉，嘴里挤出没有威慑力的三个字：“你管我。”

“不管，所以赶紧起来，把这里给我收拾干净了。”

“收拾就收拾。”人在屋檐下，不得不低头。潘潇虽然心里极不乐意，但还是不得不去拿扫把，清理完，看陈景迟跟个大爷似的坐在沙发上监督自己，又认命地拖了一遍。

“这下行了吧，陈少爷？”

陈景迟：“还可以，以后片场的保洁就交给你了。”

“滚吧。”潘潇不知道这个人为什么总是喜欢给人设圈套，“我是来给你做美术指导的，不是来帮你干杂活的。”潘潇真想把扫帚砸在陈景迟的头上。而且，这样浪费他整个美好假期的活，如果不是因为多年的兄弟情谊，他才不会来呢。想了想，他又把话题转到最关心的问题上，“所以，你到底什么时候开始拍摄啊？”

陈景迟伸手拿起地上的一罐啤酒，拉开拉环后喝了一口，没有说话。

“我说，要不把之前那个姚婧叫回来算了，你这一时半会儿也找不到合适的演员，总不能一直拖着吧。”真不是潘潇急，主要是两三个月看着长，但只要不上课一晃就过去了。而且场地租金一直在花钱。

陈景迟被潘潇的嚷嚷声弄得耳朵疼：“我没说要拖着，今天去看了几个演员。”

“怎么样，有没有合适的？你也别那么挑剔了，反正前期作品你就当是试水，再说艺术都是有瑕疵的。”他理论上的功夫倒是一套一套的。

陈景迟放下啤酒，拎起沙发上的文件袋扔给他：“你看看？”

“什么啊？”潘潇打开袋子，取出一摞资料，是演员的个人信息和履历。他一份份翻过去，“这个不错啊，身材好，是模特吧？这个也可以，眼睛这么大一看就很有戏……”只是盯着上面的照片点评，等翻到倒数第二份时，他突然停住了。

陈景迟问道：“怎么了，又碰到你的天命真女了？”

“不是，这是那个郜蓉啊！”他的声音有些激动。

“谁？”

“就是许蔚的同学，那天喝醉后坐我们车回来的那个，你不记得了吗？”

陈景迟对她确实没有什么印象了。

“不会吧，才两天而已，你难道老年痴呆了吗？”潘潇马上换上一副恨铁不成钢的表情，“年纪轻轻的，你爹我真为你感到难过。”

“有病就滚去吃药。”陈景迟抽回潘潇手上的资料，目光落在郜蓉的个人信息表上，“那你说，那天另一个女生叫什么，别去翻备注啊。”潘潇知道他们加了微信，盯着沙发上的手机，“看吧，是不是也没记住？我真服了你——”

话音未落，陈景迟不咸不淡地打断：“谭卿。”

潘潇愣了一下：“不容易啊，老实说，你们是不是加了微信后就暗度陈仓了？”

“还东西算吗？”

“这么快？什么时候，在哪里还的啊？”

陈景迟觉得潘潇没去做《十万个为什么》的主编真是可惜，不然就冲着这种追根究底的精神，这本书一年可以更新十册了。

毕竟潘潇是个从小能在课堂上问出“老师，为什么我妈妈都是坐着尿尿，但一定要让我站着尿尿”的人。他记得当时带他们班的还是个新来的女老师，被问得一脸尴尬，只说“男生女生的生理结构是不一样的”。潘潇没听懂，下课还非得追着同桌小女孩问人家是不是站着尿尿的，把小女孩吓得直哭，死活不肯回教室上课。最后老师无奈只能把双方父母叫来，因此潘潇喜获他妈一顿狠揍。

“早上，小区门口还的。”陈景迟敷衍地回了一句。

潘潇：“就只还了东西？”

“不然呢，学你在小区门口亲亲抱抱，然后被保安叫警察？”

一提到这个，潘潇就觉得没面子：“那个保安就是个傻帽儿！不说了，这些人里，就没你觉得合适的？”

陈景迟翻了翻资料，一时没说话。

潘潇趁机又说：“要不就那个部蓉吧？许蔚后来也和我提过，两人一起上过表演课，虽说没什么经验，但专业方面应该还行，长得也好。”

“嗯。”

“你这是同意了？”潘潇之前没提，就是觉得他不会答应，现在虽说刚好赶上机会，但以陈景迟的性格，潘潇以为至少没那么容易松口。

“不都说了是许蔚的同学吗。”陈景迟淡淡地瞥了他一眼。

所以这是给人情了？潘潇一脸怀疑：“我之前给你介绍过那么多人你都没要，你什么时候开始讲朋友情谊了？”

“那就再找找——”

“别别别，”潘潇怕陈景迟反悔，立马抢话替他应下，“就这样，她和许蔚认识，两人也好搭戏不是？”

“行，那你联系她吧，沟通一下合同签约和后面的事。”

不紧不慢地说完，他将部蓉的那份资料抽出来丢给潘潇。等潘潇反应过来，陈景迟已经上楼了。不是，为什么要他去联系？他既不是负责人，又不是助理！

部蓉压根没指望那天的表现能通过面试，所以已经开始准备假期的出游计划了。

“哎，你真不和我一起去啊。”郜蓉最近看了很多攻略，选定目的地后，又去黎川的几家旅行社对比了价格。

暑假正是旅游高峰期，各家旅行社都把看家本事使出来了，什么“双人团有史以来最低价”“半价享受豪华双人游，参加活动还有机会抽免单”等优惠活动应有尽有。他们一顿天花乱坠的推销，把郜蓉勾得心动不已，一天来谭卿这儿无数次，企图说服她一起去旅游。但谭卿每次的回答都是“不去”。简单又无情，这次也不例外。

郜蓉刚开始还会动之以情，晓之以理地全面分析，以求谭卿改变主意。后来被拒绝多了，她也习惯了，上来干脆省略了大段无效的说辞，只打感情牌。

“你真的放心让一个如花似玉、弱柳扶风的美少女独自出门吗？”

谭卿不假思索：“很放心。”

“谭卿！”弱柳扶风的气质马上垮台，郜蓉噌的一下站起来，走到谭卿身后，用力敲了敲她的椅背，“假期这么久，你一直在家待着也没事啊。”

“我有事。”

郜蓉知道她说的是画画：“那你可以把电脑和画板都带上呀，大不了我给你背着。再说你们画画的不是需要多出去走走，寻找灵感吗？”

“不需要，我有灵感。”

郜蓉真的败给她了。

察觉到自己成功把天聊死了，谭卿停下笔，抬头对上郜蓉幽怨的眼神：“你们班没组织毕业旅行吗？”

“组织了啊，但你又不是不知道我们班的女生，一个比一个有主见，怕是下辈子都定不好去哪儿，而且我也不想和她们一起去。”她惆怅地长叹了一口气。

谭卿：“那你爸妈——”

“别，我是出去玩的，不是去坐牢的。”郜蓉赶紧打断她这个恐怖的想法。

和余惠萍对谭卿那种放养式的教育不同，郜蓉她妈每天能从头到脚数落她八百个毛病。

“所以，我只有你了。”郜蓉换上一副可怜巴巴的表情，见谭卿没说话，立即乘胜追击，“你要不要看一下我做的旅游攻略？”她说着打开手机里的文档。那逐条的分类和页数，怕是比她高中三年的笔记做得还详细、用心。

“拍出来是不是超美？我长这么大还没去过西藏呢。”她说着随手往下划拉了几页，手机突然响了起来。她果断挂断，手机却再次响起，而且锲而不舍。

“最近怎么这么多的推销电话，看我不骂死他。”她烦躁地接起，“喂，不买车不买房不办贷款，你是帅哥吗，是的话我考虑把你买了怎么样？”

说话都不带喘气的，谭卿觉得学表演都不够她发挥的。

不过没等来后面更精彩的发言，手机啪的一声掉到了地上，然后谭卿就看她僵硬地蹲下去捡起，唯唯诺诺地“嗯嗯哦哦”了几声。

“你妈打来的？”电话挂断后，见郜蓉还蹲在地上，谭卿拍了拍她的肩膀。

郜蓉难得安静，此刻她一动不动地蹲在那里。

谭卿觉得诡异：“怎么，你又犯什么事了——”

话音未落，郜蓉突然起身，整个人差点扑到谭卿身上，声音震得人耳膜嗡嗡响：“我通过了，谭卿，我居然通过了！”

谭卿大概猜到了，她把人往外推了推：“那部电影？”

“对啊，我那天就随便发挥了一下，你说他们是不是瞎了眼？！”

谭卿想说倒也不必如此贬低自己，至少你在情感投入这方面应该还是很充沛的。但这些话谭卿也没真说出口，倒不是怕她得意过头，而是怕信息有假。

“你确认过对方身份了吗？现在诈骗电话很多。”

“是哟。”郜蓉被谭卿说得马上警惕起来，但又想到了什么，“不过他给了我微信，我先加一下看看。”

说着，她找出刚刚那个号码，一番输入和添加后，对方很快通过了。

不管是谁，郜蓉的第一反应就是先翻他的朋友圈。

“不像骗子，你看看。”她向下划拉了几条，把手机举到谭卿跟前，“这照片是他本人吗？还挺帅的。”

谭卿目光落到手机屏幕上，是一张单人照。虽然刻意找了角度硬摆造型，但还是能从那似曾相识的浪荡气质中认出是潘潇本人，而且配文是：今天又是帅气到被陈狗嫉妒的一天。

“陈狗”……说的是陈景迟吗？

“哎，你想什么呢？”郃蓉抬手在谭卿眼前挥了挥，“被帅到了？”

谭卿无奈地瞪她一眼：“不是。”

郃蓉其实就是见谭卿走神，才和她开个玩笑：“不是就不是呗，不过这人可真能发朋友圈啊，连棵草都要拍下来发一发，我划拉半天连这个月的都没划拉完，骗子应该没这么多闲工夫吧。”

“嗯。”谭卿还想说什么，就被郃蓉打断了。

她又“呀”了一声：“他发消息过来了。”

谭卿已经习惯郃蓉的一惊一乍了，她平静地问：“是什么？”

“可能是合同吧。”郃蓉打开那份文档，内容十分简单且清晰，一眼就看到片酬那一栏的数字，她不太确定，又数了两遍。

谭卿：“有问题？”

“没有，就是没想到我原来这么值钱！”看郃蓉那眸光里藏不住的欣喜，谭卿刚准备说的话又咽了回去。

那边已经把时间和地址一并发了过来。

谭卿纠结片刻，还是拍了拍郃蓉的肩膀。

郃蓉回完一句“好的，没问题”，抬头看她：“怎么了？”

“就这个人，你应该见过。”郃蓉一脸茫然，谭卿犹豫再三，还是把那晚的事和她说了一遍。

“你说许蔚的朋友就是陈景迟他们？”郃蓉脑子差点转不过来。

谭卿：“嗯，所以你还要拍这个戏吗？”

“拍啊，”出乎意料的是，郃蓉没有丝毫迟疑，“有钱又有帅哥看，为什么不拍？”

果然，谭卿还是低估了郃蓉的心理素质。

郃蓉见谭卿不说话，疑惑起来：“你不想我去拍吗？”

“没有，我怕你尴尬。”其实谭卿还挺开心郃蓉能接下这部电影的。自从知道他们是来黎川拍电影后，她这两天其实还上网找了一些影视城的招聘，只不过没找到他们剧组的。

“没事，只要我不尴尬，尴尬的就是他们。”郃蓉一脸的大义凛然，不知道的还以为她做了什么惊天动地的壮举。不过没几秒，她又想到了什么，表情微妙地盯着谭卿，然后笑出声，“那个东西，你没说是我的吧？”

“不然是狗的？”

“那不是都怪贺佳明吗？”郃蓉整个人像突然扎了洞的气球，瞬间瘪下去。

看来还是要脸的。谭卿没心思再和她开玩笑：“我没说。”

“那你去拿的时候，他没问什么吗？”

“没问。”不光没问，还让她检查一下，谭卿到现在都不敢细想自己在他心里，究竟留下的是一个怎样的印象。反正，不会太好吧。

“以后有机会我再解释吧。”郃蓉见谭卿脸色不对，忙转移话题，“明天签合同，你陪我一起去呗。”

“去哪里啊？”

郃蓉把地址给谭卿看，还是上次见面的那个小区，只不过这回对方把详细的楼栋门牌号都发过来了。

上次的事，在谭卿心里算是留下了小疙瘩，所以她挺怕再次见面的，毕竟自己还没做好心理准备。但当郃蓉又问一遍时，说不清出于什么心理，谭卿还是答应下来了。

次日，下午一点半。

在确定没有认错门牌号之后，两人按了第四遍门铃，里面终于有了动静。

来开门的是穿着睡衣的潘潇。他脚上踩着两只不一样的拖鞋，头发乱得像个鸡窝，俨然一副刚睡醒的样子。

“来这么早？进来吧。”他抓了一把头发，自顾自地往里走。

郃蓉打量了潘潇一眼，凑到谭卿耳边小声说：“照‘骗’啊。”

谭卿一时没领悟到她的意思：“什么？”

“实际情况和朋友圈不符。”

事实证明，还是符合的，只不过需要点时间。等潘潇洗漱完，换了套衣服下来时，又变回了平时的样子，郃蓉都看傻了，没忍住，脱口而出就是一句：“你这是去整容了？”

潘潇心想这姑娘还挺逗：“哪家医院啊，做手术这么快？”

意识到自己有点冒犯了，郃蓉心虚地闭上嘴。不过，有这么个小插曲，气氛也活跃起来了。尤其潘潇和郃蓉两人都是那种自来熟的性格，没聊两句，就变得像是认识十年八年的老朋友了。

“不放心签啊，我是不是还得给你找个律师陪同？”潘潇敞着腿坐在沙发上，看着举着合同迟迟未动笔的郃蓉调侃了一句。

郃蓉摇头：“不是，这甲方，怎么不是你的名字呢？”

“又不是我付钱，当然不是我的名字，怎么，觉得这名字配不上你？我也觉得他这名字不行，‘迟迟迟’显得啥都赶不上趟，不过你放心，发钱应该会赶上。”他一副吊儿郎当的语气。

谭卿看了一眼合同，甲方那一栏写的是陈景迟的名字。和这个年纪大多数男生的字不同，他的字笔锋回转，刚劲又漂亮，看来是提前签好的。其实在进来时，她就默默观察了一圈，客厅外的阳台上晾着的T恤是陈景迟上次和自己见面时穿的，还有门口鞋架上放着的鞋也和潘潇的完全不是一个风格。陈景迟大概也住在这里，不过现在只有潘潇在，他应该是有事出去了吧。

谭卿这么想着，潘潇突然长叹一声：“名字也能写错啊，我真是甘拜下风。你告诉我，这个贺佳明是谁，能演戏吗？”

“贱人。”

潘潇咂着嘴：“你怎么还骂人呢？”

郃蓉平复了三秒，解释道：“没骂你，你这儿有多余的合同吗，不然我去附近再打印一份吧？”

“打印机有，但阿迟不在，光你签字没用。要么你找个时间再来，要么今天你先签好，然后两份都留在这里，等他回来签字后，有时间再给你送过去。”

这样听起来都好麻烦，郃蓉哪个都不想选：“那他大概什么时候回来，我下午没事可以等他一会儿。”

“这个，我得打电话问问。”他说着拿起沙发上的手机转身离开。

一两分钟后，潘潇打完电话回来，然后又去书房打印了两份合同放在餐桌上，还贴心地从冰箱里拿出两罐果汁。

谭卿没要果汁，潘潇丢了一罐给郃蓉，自己打开另一罐喝了两口：“他大概要一个小时才能回来，你们能等吗？”

郃蓉点头。

潘潇又问：“看电影吗？”

郃蓉不假思索：“看啊。”

其实她早看上客厅里的那个大屏幕了，还纳闷一般人家里怎么会装这种和电影放映厅一样的设备，就像个小型影院。

郃蓉：“有恐怖片吗，我喜欢看恐怖片。”

这下，两人算是彻底的一拍即合。潘潇立马带着她打开电视柜下面的抽屉选片子：“我和你说，陈狗这里其他的没有，就影碟最多，很多都是原译版，没有删减的，你一般喜欢看国内的还是国外的？”

“都可以。”

最终两人挑了一部几年前的恐怖电影。郃蓉其实是属于又怕又爱看的那种人，观影全程眼睛都躲在指缝里，还随着背景音乐不定时地大声尖叫。

谭卿已经习惯了，但令她没想到的是，潘潇一个男生胆子也那么小。他整个人都快贴到郃蓉的背后了，要不是那惊恐的表情如此真实，她都要怀疑对方想趁机占便宜。只有她，一脸冷漠，和整个客厅的氛围格格不入。

时间在等待中变得漫长起来。要放在往常，这么无聊的电影，她早就掉头离开了，但现在因为心底埋下的期待，让她始终安静地坐着。

不知道过了多久，门铃终于响起。她看了一眼两个浑然不觉的人，放轻动作起身去开门。门外是陈景迟，他应该是没想到开门的会是谭卿，眼底闪过一丝诧异。

谭卿忙解释：“他们在看电影。”

“嗯。”他的声音很轻，没有什么情绪。

进门后，潘潇终于察觉到有人回来了，不过也没有打算起来，抱着抱枕冲陈景迟喊了句："合同在餐桌上。"

仔细听，他的声音还有点抖。

陈景迟漫不经心地"嗯"了一声，似乎已经习以为常，径直往餐厅走去。

谭卿跟过去，看着他坐下后拧开笔帽，飘逸又散漫地落下几个字，做好了心理建设才开口："外面下雨了？"语气尽量保持平常，但陈景迟最后一笔还是顿了一下，他饶有兴致地抬起头看她："你怎么知道？"

潘潇把窗帘拉得密不透风，要不是留了盏过道的射灯，不然这么暗的光线他能把字签到桌子上。

"你头发湿了。"其实不止头发，他背后的衣服也被打湿了一些，谭卿从陈景迟进门时就发现了。

陈景迟没想到这姑娘心还挺细，轻笑了声："嗯，是下雨了，所以你们带伞没？"

"没有。"谭卿想起进门前放回包里的遮阳伞，脸不红心不跳地答道。

"好吧，那你们再玩会儿，我先上去了。"陈景迟放下笔，拿起其中一份合同放进透明的文件袋里，递给她。

谭卿淡淡地"嗯"了一声，接过文件袋时，还是暴露出一丝不易察觉的紧张，食指轻轻地擦了一下他的手背。

手很冰凉，像是雨水渗透肌肤直接灌进了他的血管。但转瞬间，又有些发热。等谭卿回过神时，陈景迟已经消失在楼梯口了。她捏着那份合同回到沙发旁，抽出被郃蓉压在背后的包，把合同放进去，拉上拉链。谭卿索然无味地坐了一会儿，心早就飘到了别处。最终，几番纠结之后，她还是拍了拍郃蓉的肩膀，轻声说："我出去一下。"

"干吗？"

"买点东西。"她背上包，声音含糊。

郃蓉的注意力都放在电影上，压根没听清，只是敷衍地"哦"了一声。

雨势比预想中的大，谭卿下楼后拿出包里的伞，直奔小区对面。那里有一家药店，她上次来就注意到了。这个时间段，店里没有其他顾客，店员是个四十多岁的男人，正趴在柜台上，一副昏昏欲睡的样子。她走过去敲了敲柜台，男人被打扰到，不悦地抬起头，见是个年纪不大的女孩，语气也不太好：“买什么药啊？”

“有没有预防感冒的药？”

男人一听这话，好笑地“哼”了一声：“你没生病吃什么药，等真生病了再来吧，现在的小孩怎么都这么搞笑，下雨天还出来乱晃，是假装生病不想去上学吧。”

谭卿的眼神黯淡了几分，但没走。

就这么僵持了一会儿，男人兴许也想快点把人打发走，就指了指对面的架子：“第三排，板蓝根自己拿吧，要是真感冒了，下面的银黄颗粒感冒灵也可以拿一点。”

谭卿默不作声地拿完东西，付了钱。回来后，门还没关上。这是她出门时特地用东西卡着留了条缝。现在看来两人压根就没起身过，这才稍微安心了些。她轻手轻脚地合上门，把包放在餐桌旁的椅子上。

她走进厨房，目光锁定在台面上的电热水壶。她烧完水，冲了一包板蓝根，然后又转头去看了一眼坐在客厅的两人，确定他们真的没注意到自己，才借着昏暗的光线悄悄摸上了楼。

因为下着雨，外面天色阴沉，屋内二楼走廊里的光线也很暗。三扇房门都关着，这时她才意识到自己根本不知道陈景迟住在哪一间。杯子里的热气混着微涩的药味一缕缕往外蔓延，她握紧杯子，眉头紧蹙，最终还是凭直觉走到了最里面的那间，敲响了房门。

此时，她的心里是忐忑的。尤其是门打开的那一刻，她觉得自己就像是马戏团里临时闯上台的小丑，接受着台下无数目光的扫视和审判。

“怎么了？”直到那个温和又带着倦意的声音在耳边响起，才缓解了她的焦虑。

她抬起头，陈景迟靠在门边，一只手搭在门把上，另一只手抓着毛巾。他换了身衣服，头发半湿着。两人离得有些近，谭卿能闻到他身上那残存的沐浴露的味道，清冽中又带着点薄荷的淡香。

谭卿往后退了一步，揉了揉鼻子：“潘潇让我给你拿上来的。”早就琢磨好的借口，但说出来时，底气依旧不足。

好在陈景迟不疑有他，接过她手里的杯子：“这是什么？”

“板蓝根。”

“哦。”他闻了闻，低头看着她，“要我喝吗？”

“嗯。”

“可是有点凉了。”他漫不经心地扯了扯嘴角，语气里倒是有些遗憾的意味。

谭卿一时两难起来，不知道是该说“那别喝了”还是“我下去给你换一杯”。

没等她斟酌出个结果，陈景迟已经把杯子递到唇边，微微仰着头，凸起的喉结因为药水的滑入一下下地滚动着。

下颌的线条真的很漂亮，这让她有一种想立刻把这个画面呈现在画板上的欲望。可惜，她现在没有笔和画板，只能在心里默默地勾画了一遍。

“喝完了。”陈景迟的声音将她的思绪拉回现实，“还有其他事吗？”

一般情况下，这句话无疑是逐客令。谭卿听得懂，于是摇头：“没事，那我先——”

“谢谢。”

“啊？”

“我说，替我谢谢，”他顿了一下，含糊地笑了一声，“潘潇的药。”

“好，那把杯子给我吧。”陈景迟没推托，把杯子递给她，谭卿又看了一眼他半湿的头发，想说记得把头发吹干，但话到嘴边又觉得幼稚，最终还是转身走了。

走了两步，陈景迟又叫住她：“厨房的柜子里有零食，要吃什么自己拿，还有不喜欢看恐怖片的话，让潘潇给你换一个。”

“嗯。”她愣愣地点头。

陈景迟靠着门看了一会儿，又走出来给她开了楼梯口的灯。明亮的灯光带着丝丝暖意，从裸露的肌肤照进心房。

等谭卿回过神，房门早已关上。但谭卿还是不自觉地微笑起来，突然觉得之前在药店被那个男人冷嘲热讽而受到的委屈，在这一刻消失得一干二净了。

这场雨来得很急，去得却不快。两部电影都放完了，雨还没有要停的架势。

最后，郜蓉的妈妈打电话过来，潘潇才不得不把两人送回去，之后又绕路去了一趟许蔚家。

潘潇到家时，陈景迟已经醒了，此刻正坐在餐桌旁吃面。潘潇走过去，一把拉开他旁边的椅子坐下，一只手支着下巴打量着陈景迟。陈景迟踢了一脚潘潇的椅子：“要吃自己去煮。”

“谁要吃啊，我和许蔚一起吃过晚饭了好吧。”潘潇无语地瞪他一眼，又怕他再来一脚，挪着椅子往后撤了点。

“就你们两个人？”

“不是，还有她的学长。就是之前许蔚参加舞蹈比赛时帮她编舞的那个，帮过她一次就缠上了，你是没看到饭桌上他那眼神，就好像这辈子没见过女人一样。周协要是在，估计早把菜盘子摔他脸上了。”他说得自己都来气了，但没过两秒，又低落地叹了口气，“你说周协这个浑蛋什么时候回来啊，自己把老婆丢在国内让我们看着，以后他儿子干脆认我们叫爹得了。”

陈景迟抬了抬眼，纠正道：“把那个‘们’字去掉，我可没这个爱好。”

“哼，你就装吧。”潘潇不屑，“对了，下午你和谭卿在楼上偷偷摸摸地干了什么？”

陈景迟没答。

潘潇是个八卦的性子，见他这副模样，更觉得是什么不可告人的事：“别装死啊，我都看见她上去了，你可别说她是找厕所迷路了。”

陈景迟：“真想知道？”

“废话，快说。”

陈景迟放下筷子，把椅子往后挪了挪，两只手抱在胸前看着他：“你去帮我把碗洗了，我就告诉你。”

“呵！”潘潇知道他又来这一套。换作以前，他肯定是不乐意的。但现在，潘潇耐不住那越发膨胀的好奇心，他瞪了陈景迟一眼，还是认命地端起碗筷，走进厨房。

两三分钟后，潘潇擦干手从厨房出来：“快点啊，你要是反悔我就把你的丑照发到学校贴吧里，让你这辈子都找不到女朋友。”

陈景迟无所谓，声音慵懒地回他：“没干什么，就是来和我说你看电影被吓哭了，让我下来哄哄你。”

空气凝固了那么一秒，潘潇咆哮的声音响起：“陈景迟，你骗谁呢！”

“你看，我说了你又不信。”陈景迟无奈地叹了一口气，起身往客厅走去。

潘潇知道自己被耍了，简直气不打一处来：“你和周协都是坏狗，你俩就是从一个狗窝出来的。”

陈景迟不痛不痒：“那不是，他顶多算路边捡的流浪狗。”

“真服了，你赶紧老实交代。”

陈景迟装作无辜的样子：“真的，不信你自己去问谭卿，不过她可能不太好意思当着你的面说，毕竟挺伤自尊的。”

“滚蛋，我才没被吓到好吧，是郜蓉一直在那儿又喊又叫，吵得我耳朵都快聋了。”潘潇丝毫没注意话题已经被他带偏了。

“是，所以我和她说你没哭，是电影音效。”陈景迟还挺善解人意地附和他。

“傻帽儿。”

陈景迟忍着笑：“差不多吧。”

潘潇知道从他嘴里撬不出半句实话了，只好咬了咬牙，又泄愤地骂了几句。

陈景迟打开电视，调到新闻频道，随口问：“是你送她们回去的？”

“不然呢，下那么大的雨。”

“她们没带伞？”

“带了吧。”潘潇记得两人下车时是撑着伞走的，“干吗，带伞就不能送了，你以为谁都像你这么冷漠。”

陈景迟垂下眼睫：“没，挺好的。”

“而且外面天也黑了，让她们自己走也不安全，就是郜蓉那朋友真的不爱说话，不知道是高冷还是内向。”

“谭卿？”

“嗯，不过我听说她是学美术的，你说把她也招来剧组怎么样，反正现在美术组缺人，她来还能帮我一起布景。”潘潇是学建筑的，也就是陈景迟这里一直缺人，才被叫来帮忙。再加上之前剧组的美术指导又跑了，他现在不得不身兼多职。

陈景迟思考了一会儿：“随你，你愿意把自己的工资分她一半就行。”

潘潇还是愿意的。

毕竟那点工资，对他这种从小在钱堆里打滚的少爷来说，根本不算什么。

当晚，谭卿就收到了潘潇的好友申请，申请内容：“妹妹，有要事商议。”

彼时谭卿正更新完《玫瑰河》，要是放在平时，这种轻佻的语气，她肯定理都不会理一下。但那过于显眼的昵称，让她一眼就认出来是潘潇，看在他送她们回来的分儿上，最终通过了他的申请，并且友好地回了一个：“嗯？”

英俊潇洒潘大帅：“晚上好啊，你们都安全到家了吧？”

谭卿看了一眼时间，已经十点半了。距离他们在小区门口分别后，已经过去了四个多小时。即便是蜗牛的爬行速度，她们也爬到家了。

于是，她回道：“到了。”

英俊潇洒潘大帅：“哦，那就好，我也到了。”

Q：“那你开车挺快。”

英俊潇洒潘大帅：“还行吧，这个小破地方不堵车，就是不知道今天哪个渣男又在发誓，回来的路上雨越下越大。”

谭卿实在没有和人闲聊的爱好，看他噼里啪啦扯了一堆，只好打断：“所以，是什么事？”

英俊潇洒潘大帅：“哦，没什么大事，就是问问你要不要打暑假工？”

Q：“你是中介？”

英俊潇洒潘大帅：“不是，是陈景迟那部电影的美术组缺人，你愿不愿意来？”

看到那熟悉的名字，谭卿心里突然涌出一股热烈的期待，但很快又被什么东西紧紧揪了一下。她的指尖在手机屏幕上停顿，好一会儿才敲出几个字：“我没经验。”

英俊潇洒潘大帅：“没事，我会教你，你只要帮我准备道具，布景的时候搭把手就行。而且邵蓉给我看过你的作品，挺好的。你要是愿意的话，也可以试着画一些气氛图或者海报之类的。我之前和阿迟去采景存了挺多照片，等下发给你，你看看有没有想法？不行我们可以约个时间再去一次。”

说完，他动作迅速地发来了三个压缩文件包。

Q：“嗯。”

英俊潇洒潘大帅：“那工资方面，你有没有什么要求？”

谭卿其实完全没想到工资的事，但不提的话，就真的显得自己别有用心。

和钱挂钩的问题，她不敢表现得太草率。思量许久，她才试探着问：“100 元一天，可以吗？”见那边没回复，她在想是不是自己开高了，又退了一步，“80 元也行。”

英俊潇洒潘大帅：“行，那就这么定了啊。”

这么果断，怎么有一种生怕她反悔的感觉。算了，反正她对报酬也不是很在意，回了一个“好”，那边就没信了。她对着聊天框看了几秒，突然想起了什么事，于是抱着几分期待打开了对方的朋友圈。果然，第一条就有。

“我宣布，陈景迟属狗，浑蛋的狗。”文字下面还附了一张照片，上面的男生盘着腿散漫地坐在沙发上，手上拿着一个游戏手柄，头上贴了个狗头。

谭卿放大照片，嘴角不自觉地扬起。保存好照片后，她顺手点了个赞，继续往下浏览潘潇的朋友圈，试图从中找到有关于陈景迟的蛛丝马迹。

直到低电量提示跳出来，她才放下手机，拿起睡裙，转身进了浴室。等出来后，手机电量已经充了不少。她拔掉手机充电器，躺回床上，正准备回复一下今天更新后的评论，推送界面突然亮了起来。

不知道是不是第六感作祟，心跳跳得比鼓还响，谭卿有些紧张地点开。

两条消息，均是三分钟前发过来的。一条是自己刚刚点赞潘潇那条动态的截图，另一条是，C：“嗯？”

简单的一个“嗯”字，让谭卿顿时如临大敌。陈景迟该不会觉得自己点赞是认同潘潇的发言吧，这下误会大了。

谭卿翻了个身，又坐起来，对着那条充满质问意味的消息，手指停在输入框上，半天没打出一个字。

这就像一场十分重要的考试，眼看着交卷时间就要到了，她却一个答案也写不出来，很焦灼又必须硬着头皮完成。

“抱歉，我不是那个意思。”思虑良久，她才终于挤出一句贫瘠的解释。消息发出后，谭卿的内心是忐忑的，她有点怕看到他的回复，但更怕他不回。

陈景迟其实没有专门等消息，发完后就放下了手机。等到和潘潇打完一局游戏，他捡起地毯上的手机看了一眼，才发现有新消息进来，字里行间都透露着一股拘谨。

吓到她了？心里冒出这个猜测时，他皱了皱眉。通过这两次的接触，他发现自己挺看不透这个小姑娘的。你说她内向胆小，她能第一次来就面不改色地敲他的房门；说她胆大，又不是郃蓉那种大大咧咧，和谁都聊得开的爽快性格。相反，她说话做事都收敛着几分，看上去很礼貌，但总给人一种不冷不热的感觉，他身边几乎没有这样的朋友。

“看什么呢，还玩不玩啊？”潘潇见陈景迟杵在那儿，叫了一声。

陈景迟抬了抬眼睫，把游戏手柄丢到茶几上，调整了一下姿势。他一只手撑在地毯上，另一只手在屏幕上敲敲打打：“嗯，知道了。”

Q：“我是顺手点的。”

陈景迟没想到她回得这么快：“还没睡？”

Q：“你没回我。”

这人还挺固执，而且不知道是不是他的错觉，话里带了点委屈的意思，倒是让他觉得是自己欺负她了。

C：“刚和潘潇在打游戏，没看到。”

刚发出去，那边被无视的潘潇终于冒火了：“你聋了啊，还打不打？”

“不打，你菜得跟狗一样。”

潘潇“滚”字刚到嘴边，陈景迟已经起身往楼上走了。关上门，谭卿又发来一条消息：“潘潇说你们剧组缺人，问我去不去。”

C:“嗯，你来吗？”

Q:“来。”

C:“那你们最好这两天再去把景采一遍，道具和布景都要提前准备好，下周开拍了。”

Q:“明天早上就去。”

陈景迟还挺好奇这两人是怎么沟通的，竟然能让潘潇那种万年赖床户把工作的时间定在早上。不过这种私人之间的聊天，他也没打算去打探，只是回了句“那早点睡”，就结束了话题。

谭卿的手指还停在键盘上，盯着刚打出来的“你去吗？”，又一个个删掉，重新打了几个字：“好，晚安。”还是不太对劲，她纠结了一下后删掉了“晚安”，点击发送。

第二天一早，潘潇被接二连三的电话铃声吵醒时，脸都是黑的。

不是谭卿打过来的，是郜蓉。郜蓉是个爱凑热闹的性子，自然是闲不住要一起跟来。所以在小区门口看到车内的两人时，她还热情洋溢地挥手打了个招呼：“早啊。”

“早。”陈景迟今天戴了一顶黑色鸭舌帽，温和散漫中透出一股桀骜的少年气。潘潇则一副睡眼惺忪的模样，声音也无力：“你也知道早啊，大姐。”

“我说我们才一日没见，你怎么好像老了十岁？”郜蓉歪着头，审视着潘潇，“这黑眼圈，是气数将尽了吗？”

“不会用成语的话，能不能不要乱用，赶紧上来，待会儿保安该出来骂人了。”

“哦。”郜蓉瞥了一眼执勤岗亭里探出来的头，立刻拉着谭卿钻进后座。

一路上，潘潇哈欠连天。他本来打算补个觉，但没想到，郜蓉一上车就捣鼓出个本子，开始读台词。偏偏她声音响亮，就和早读课上领读的课代表似的，吵得他脑袋嗡嗡作响。

潘潇连连哀求道：“别念了行不？”

郜蓉义正词严："不行，都快开拍了，我当然得背台词。"

"你不能默背吗？你叽叽呱呱的和小学生背课文一样，吵得我都快神经衰弱了。"

他这么说，郜蓉可就不乐意了："你神经是拉面做的啊，动不动就衰弱？再说我念得这么有感情，哪里像小学生了？"

说完，她还不服气地向陈景迟求证："陈导，我吵吗？"声音比刚才放柔了八个度。

陈景迟忍着笑："挺好，继续念吧。"

"听到没有，我就念。"

潘潇揉搓了一下快被困意缝住的眼睛，侧过头来看着他："陈狗，说谎的人，要吞一千根针。"

谭卿全程没有出声，只是转头看向窗外的间隙偷偷望了一眼前面的人，然后无声地扯动了下嘴唇。

一路上，得益于郜蓉不竭余力、充满感情的发挥，潘潇半秒钟都没睡。到了目的地，他开车门的动作都显得那么无精打采。而令谭卿和郜蓉则都感到诧异的是，陈景迟带她们来的是十三中。虽说剧本的主题是关于"校园暴力"的，但谭卿没想到会实地取景，而郜蓉没想到会在十三中取景。

"怎么刚才还生龙活虎的，一到学校门口就蔫了，学渣的本性暴露无遗啊。"潘潇抓住机会疯狂报仇。

郜蓉用眼神剜了他一下："你才是学渣呢，我是没想到会有人来十三中拍戏好吧。一般不都是去职业院校吗，我朋友在那儿都看见过好几次帅哥了。"

"你还有职校的朋友啊？"

"干吗，你还搞歧视啊！"没想到潘潇随口说的一句话，让她生气了。

他连忙跟上去，难得奉承道："我这不是感叹你交友广泛，人缘好吗？"

"你就瞎编吧。"

潘潇委屈地说道："我真没，我发誓——"

"你别站我这么近发誓，我怕待会儿打个雷连我一块儿劈死。"

两人吵吵闹闹地往校门口跑，谭卿抬头看了一眼旁边一脸淡然的陈景迟，试探着问："你带校牌了吗？"

陈景迟："没有，怎么了？"

"我也没带，保安有可能不会放我们进去。"

十三中虽然允许毕业生回母校看看，但需要出示校牌证明并登记，或者打电话给认识的老师，让对方出来接，但显然第二种方法不太方便。久而久之，毕业后依旧保留校牌成了十三中人的传统，而且毕业生校牌丢了也是可以补办的。

陈景迟若有所思地点了点头："嗯，不过你怎么知道我是十三中的？"

好像无意间暴露了什么，谭卿很想穿越到一分钟前，收回那句话，然而这世上并没有时光机。她的声音不自觉地小了几分："郜蓉说的，她在贴吧里刷到过有关于你的帖子。"

"哦，这样啊。"他似乎没怀疑，那双在阳光照射下，瞳仁呈现浅褐色的桃花眼安静地注视着她，"那我们怎么进去呢？"

打电话给老师是不可能的。谭卿不是那种让老师记忆深刻的学生，她在学校里一直挺沉默的，偶尔碰见老师也都是躲过去，师生之间的关系有些平淡。可是，她也不想在陈景迟面前说出"翻墙进去"这种话。

进退两难间，保安室里的郜蓉冲他们喊了一声："你俩站在那儿做吉祥物吗？快过来。"

事实证明，关键时刻，郜蓉有奇用。她曾因为模仿班主任的字迹代签请假条被抓住，也因此让众人记住了她的脸，所以保安一眼就认出来，这女生是实打实的十三中学生。

这会儿，保安还在调侃她："哟，这是你男朋友？"他指的是潘潇。

郜蓉一边在登记簿上签字，一边嫌弃地摇头："不是，我都说了我不早恋，而且我就算要找也不会找这么弱的吧。"

潘潇翻了个白眼："我哪里弱了？！你快点签。"

"你哪个'潇'？"

"'英俊潇洒'的'潇'。"潘潇一字一顿，见她半晌没反应，索性抢过她手中的笔，还不忘吐槽，"这都不会，真是服了你。"龙飞凤舞地签上自己的大名后，潘潇把笔丢下，瞥了陈景迟一眼，"别磨蹭，快点签。"

陈景迟没有要去拿笔的意思。

谭卿的目光在两人之间来回扫视了一圈，最终落在陈景迟身上："我帮你签？"

"嗯。"

潘潇怕她不清楚："迟到的风景。"

"明明是'不觉景迟沉西墙'的'迟'和'景'。"谭卿拿起笔，下意识地嘀咕了一句。

潘潇没听清："你说什么？"

"啊？没什么。"谭卿佯装淡定地摇头，又用余光偷偷瞄了一眼陈景迟，见他神色平静，应该是没听到，才暗暗松了一口气。

谭卿的字其实不丑。但这会儿，迫于陈景迟在，总感觉有莫大的压力，好像上课走神时突然被老师点名回答问题，她的一笔一画都变得有些别扭。仓促地写完名字，她飞快地将登记簿递给保安。

好在保安只是粗略地扫了一眼，也没不给面子地蹦出一句"小姑娘字写得和我家读小学的侄女一样"之类的话。

周末的校园空荡而安静。教学楼的架空层下偶尔有几个人走过，他们没穿校服，看着也不像老师，大概是和他们一样毕业之后回来的学生。

夏日里短暂的温和天气很快过去，转眼太阳开始炙烤着大地。潘潇出门时没来得及吃早饭，没走一会儿人就蔫了，直叫又热又累。

郃蓉实在看不下去他这副惨状，拉着几人直奔学校超市，幸好还开着门。

"我在这里等你们。"陈景迟在门口停下脚步。

潘潇似乎识破了点什么："你是不是怕结账？"

"是啊。"他没遮掩，潘潇愤愤地骂了句"真抠"，然后他又掏出了一百块递给潘潇，还不忘问，"现在呢？"

"帅得我无地自容。"金钱面前，潘潇一秒变狗腿，他接过钱顺便拿胳膊肘撞了一下郃蓉，"走，哥给你买吃的去。"

看着大摇大摆走进超市的两人，陈景迟垂眸看了一眼站在原地不动的谭卿："不进去吗？"

“我不渴。”

他没有客套地劝她，只是淡淡地“嗯”了一声，便拿出手机，自顾自地玩起来。

郜蓉在买东西这件事上向来很能消磨时间，等了半天，两人还在货架中间转悠。谭卿心里其实有点急，倒不是怕晒，只是单独和陈景迟待在一起，总会让她觉得无所适从。也想过主动找话题和他聊天，虽然在心里预演过不止一遍，但每次话还没到嘴边，她又退缩了。她怕冷场，更怕他发现自己其实是个无趣的人。

她就这么表面镇定，内心无措地站了一会儿。不远处，突然传来叫她的声音。她定睛看了几秒，辨认出来人后，表面上的镇定也装不下去了。

第二章 小雏菊

他们之间的距离又前所未有地近，

生怕被他听到发现什么。

陈景迟察觉到了不对劲，他打量了一眼朝这边走来的两个人："要先走吗？"

"不用。"谭卿觉得他误会了。

然而，没等她开口解释，贺佳明已经牵着他的女友走过来了。

"这是你同学吗？"问话的是他的女友，一副乖巧甜美的长相，声音也细细柔柔的。

贺佳明："不是，她是郜蓉的闺密。"

"哦，就是那个之前一直喜欢你的女生？"

贺佳明既没承认，也没反驳。

但听这两人的交流，就能知道他背地里编派过多少次郜蓉了，把别人的感情当成提升自己魅力的谈资，还一副沾沾自喜的小人模样。谭卿觉得挺可笑，但碍于陈景迟在，她也不能把话说得太难听。思索片刻，她表情平淡地说："不是，只是一起打过游戏，他之前自己上不去分，喊我们一起带带他。"

贺佳明的女友："真的吗？"

贺佳明打游戏确实不行，也就刚开始能骗一骗郜蓉。他生怕一句"不是"，谭卿就把他糟糕的战绩给揭出来，所以也只能硬着头皮笑了笑："嗯，就打过一两次，游戏嘛，人多好玩点。"

"对了，这是你男朋友？"强行给自己找了个台阶下，他估计也心虚了，赶在谭卿揭发前转移了话题。

谭卿抬头看了一眼陈景迟，见他没有半分要开口的意思，似乎是把解释权给到了自己。但她也不能太占便宜："朋友。"

"哦，郜蓉呢，没和你一起过来？"

谭卿一开始担心的就是郜蓉待会儿出来撞上贺佳明，毕竟按照她那个脾气，必定会当场闹起来，她不想让陈景迟他们看了笑话。光想想，她的心里就蒙上了一层灰，她要把这种可能扼杀在摇篮里。

"没有。"谭卿满腔心思都是赶紧把对方打发走。

然而天不遂人愿，话音刚落，郜蓉就抱着几包零食从超市走了出来。

"贺佳明？"郜蓉微微愣神，不过也就一瞬间，又马上笑意盈盈地看向后面的潘潇，"这个饮料瓶盖我拧不开。"难得一副温情蜜意的语气。

潘潇内心惊讶了一下，但好歹是在哪儿都能混得如鱼得水的男人，他很快就嗅出一丝非同寻常的气息。他一边贴心地拧开瓶盖递过去，一边还入戏三分地搂住郃蓉的肩，将人往身边带了带，用教育女朋友的语气说道：“我就告诉你别减肥，都说了你胖瘦都漂亮，非要饿着自己。”

“我又没有。”

“没有还不吃早饭，先垫垫肚子，待会儿带你去吃好吃的。”说完，他瞥了一眼贺佳明，“你是我们郃蓉的同学？”

“我们”这个词就用得很微妙了。郃蓉心领神会地接着演：“不是，是校友。”

“哦，校友啊。”潘潇不屑地笑了下。

贺佳明今天这脸已经快被打肿了，他尴尬得一分钟也待不下去了，只好找了个借口：“我们还有点事，先走了。”

“行，慢走啊。”

看着人走远，郃蓉拎开肩膀上的那只手，揉了揉脖子：“你这是搂人呢还是锁喉啊，快勒死我了。”

“出息，前男友？”

“什么前男友，癞蛤蟆想吃天鹅肉罢了。”郃蓉“哼”了一声，把手里的两瓶饮料分了一瓶给陈景迟，拉过谭卿就往前走，“贺佳明在这儿，你怎么不提前和我说一声？”

“他也是刚过来，我还没来得及通知你。”

“行吧，下次出门前看来要拜一拜，晦气死了，不过你刚注意到他女朋友没？也太明目张胆了。”

谭卿不解：“怎么了？”

“她一直盯着陈景迟看啊，要不是贺佳明在，我感觉她都直接上去要联系方式了。”

谭卿皱了皱眉，听她又说：“但也不能怪她，刚才陈景迟站在边上，我才发现贺佳明是真丑，果然没有对比就没有伤害，这换谁不得多看几眼啊。”

心里莫名有点不痛快。谭卿悄悄侧头，不着痕迹地看了一眼后边不紧不慢走着的两人，潘潇一脸愁眉苦脸地缠着陈景迟，似乎正在争论着什么。

隔了些距离，谭卿听不清他们在谈什么。她猜测会不会是潘潇要他保密刚才和郜蓉做戏的事，毕竟许蔚也是他的朋友。这么一来，谭卿本来对这种事高高挂起的态度也出现了点摇摆。

“郜蓉。”

“干吗？”

“潘潇，应该是有女朋友的。”

好像是听到了什么滑稽的话，郜蓉没忍住，笑了起来：“今天是愚人节吗？”

“……”

“哎，等等，你不会以为许蔚是他的女朋友吧？”

谭卿搞不懂她为什么这么一惊一乍的，只是淡淡地“嗯”了一声。

这下，郜蓉的眼睛都快笑没了：“他哪里有女朋友，虽然我不喜欢许蔚，但她眼光也没那么差吧。”

“那许蔚呢？”

郜蓉：“是他发小的女朋友，他那发小现在在英国留学，所以许蔚有什么事就叫他们多帮衬点。”

这可真快，才认识没几天，就把他的朋友底细给摸清了，估计再过半个月，连他家祖坟埋在哪儿都一清二楚了。谭卿挺佩服郜蓉的，又有点羡慕。

“怎么了，不信？”郜蓉问。

“不是，这些……你是怎么问出来的？”

郜蓉表现出一副“你是在侮辱我智商”的表情：“用嘴问的啊。”

“问什么？”后面的潘潇和陈景迟终于跟上来，潘潇好奇地打量着两人，“问我为什么长得这么帅吗？”

郜蓉“呕”了一声：“麻烦看看你旁边的人，再想一下有没有资格说这话吧。”

潘潇刚刚单方面和陈景迟吵了几句，这会儿看他更不顺眼了：“你离我远点。”

陈景迟懒得理潘潇，但看他快挨上谭卿时，还是拽了一把他的衣领把人拎过来："会不会走路？"

"我走个路你也要管？"潘潇瞪了他一眼，他是真有事和谭卿说。

"妹妹，咱俩换个饮料呗。"他眼馋地看着谭卿手中的那瓶果汁。潘潇本来也没这么多讲究，就是之前他有次买了两箱可乐回去，被陈景迟看到说了句"喝可乐'杀精'"后，吓得他赶紧抱着没开封的那箱可乐找老板退货。

老板当时还怀疑他是不是掉包换了过期的可乐来，对着研究了很久，最后还是没给他退。从那之后，潘潇就不喝可乐了。但刚才给郈蓉拧瓶盖时，他没注意把自己的那瓶果汁给她了，导致现在手上只剩下一瓶可乐。

走出超市已经有段距离，潘潇不想再折回去买，陈景迟又小气巴拉的，不和他换。所以，他只能把目标换成谭卿。

谭卿低头看了一眼手中的果汁，刚要递过去，却被郈蓉制止住："谁要和你换，我们不换。"

"哎，你这人怎么这么没良心，是谁喝了我的饮料？"

郈蓉："那你再换回来？"

"想得美，你都喝过了，想占我便宜啊！"潘潇一脸的不情愿。

谭卿怕两人再吵起来，赶紧把自己的那瓶饮料递给他："没事，我和你换。"

"看吧，谭卿就比你善良多了。"潘潇绝对是属于那种得了便宜还卖乖的，"还有，我刚刚只是帮你解围，说的话你可别当真。你还是多饿一会儿吧，以后可别喝可乐这种高热量的——"

"潘潇！"哪个女生都不愿意被人说胖，尤其还是郈蓉这种爱美的。

潘潇意识到自己打开了某个不可触碰的开关，赶紧把可乐丢给谭卿，分秒必争地开溜，郈蓉紧跟着追上去。

"潘潇，你跑什么跑！"

"那你别追啊！"

烈日当空，阳光耀眼，空气中没有一丝风。打闹声穿过疏浅的树影，穿插着校园里此起彼伏的蝉鸣声，好像奏响了夏日中一段平凡舒心的旋律。

"想什么呢？"一抹冰凉贴上了谭卿的脸颊。

谭卿的眼睫颤动了一下，她下意识地抬头，发现是陈景迟手中的果汁。

他已经收回手，但那冰冰凉凉的触感好像还没散。原来他也会做这种幼稚的举动。

谭卿摸了摸脸颊沾上的水迹，藏起嘴角的弧度："没什么。"

"换换？"

"什么？"

陈景迟："可乐，给我。"

"但可乐不是'杀精'吗？"大概是被前面两人鲜活的打闹声感染到，谭卿难得脱口而出，等反应过来，她尴尬极了，不敢去看陈景迟。

陈景迟没忍住，轻笑了一声："听谁说的，也是郃蓉？"

"不是，新闻上看的。"

"假的。"陈景迟拧开瓶盖后小心地递给她，"这是没有科学依据的事。比起担心这个，不如说喝多了容易得高血糖。"

"嗯。"

察觉到谭卿的情绪不对劲，陈景迟低下头，盯着她看："生气了？"

"没有。"

"那拿着。"

"好。"她小心地接过那瓶果汁，但还是不可避免地和他的手指轻轻碰了下。

温热、干燥，皮肤的肌理比自己似乎要硬一些。不敢多遐想，谭卿赶紧收回手，像个做错事怕被抓包的小孩。

陈景迟没有在意她这些小动作，又问："要不要撑伞？"

谭卿这才注意到，他另一只手上有一把塑料膜还没摘掉的伞，应该是潘潇刚才在超市里买的。

"不——""用"字还没说出来，伞已经撑开，罩在她的头顶上。

"站过来点。"他说。

毒辣的阳光明明被伞遮挡住了，但谭卿觉得伞下的温度比外面还要高，估计拿个温度计量一量，水银泵都能飙到顶。

偏偏陈景迟还总担心晒到她，又往她身边靠近了些。从她这个角度，一抬头就能看到他清晰的下颌线。视线再往下，还能看到被汗水濡湿的脖颈，和不时滚动的喉结。

谭卿一向不喜欢和异性接触，尤其是球场上那些大汗淋漓的男生。每次体育课下课，她总是避而远之。但现在，她发现自己非但没有一丁点厌恶，反而想拿出湿巾纸来，帮他擦一擦汗水。可能是被自己的这个念头吓到了，她的脚步忽然停了下来。

陈景迟也跟着停住脚步，察觉到她眼底闪过的几分局促，他抿了抿唇："潘潇，滚过来。"

"你会不会说话？"潘潇嘴上说着，人却走了过来。潘潇一过来，和他一起在那边打闹的郜蓉自然也就跟过来了。

陈景迟把伞递给郜蓉："你们撑着吧，别晒中暑了。"

郜蓉微微怔住，反应过来后立马欢喜地接过伞，挽上谭卿的手臂，笑得一脸灿烂："果然，还是帅哥比较贴心。"然后她又小人得志一般损了一下潘潇，"不像某人，长得丑嘴还毒，活该单身。"

"长得丑？我原来是附中的校草好吧。"潘潇很不服气地反驳道。

陈景迟怀疑地看了潘潇一眼。

潘潇不甘心地改口："在你转学后，行了吧！"说他某些方面不好，他勉强承认。说他丑，简直是侮辱他这张脸。

但郜蓉根本不听，丢下一句"那你们学校女生近视都挺严重的啊"后，就拉着谭卿往教学楼走了。

潘潇有气没地儿撒："女生可真是不讲道理啊。对了，你叫我干吗？"

陈景迟压了压自己的帽檐儿："陪我走路啊。"

"你是真有病啊，陈景迟！"

他们一行四人去的是高三年级所在的教学楼。

因为高三已经毕业了，里边的书本都搬空了，可以留给他们布置，当作电影中的教室用。但正式拍摄得在放暑假后，以防影响其他年级的学生正常上课。

潘潇和谭卿聊了下他的一些想法。谭卿一边"嗯嗯，好"地交流着，一边拿出手机，想拍些照片回去再琢磨。但当镜头转到走廊外时，心思就开始飘忽不定了。

陈景迟靠在走廊栏杆上，头微微低着，手里拿着手机，修长的手指有一下没一下地划拉着屏幕。明亮的光线从背后洒下，将帽檐儿下的那张脸衬托得俊逸非凡，又有些疏离。

谭卿的镜头悄悄偏移了一下。

“你在听吗？”感觉到自己被忽略了，潘潇拍了拍谭卿的肩膀。

谭卿飞快地摁灭手机屏幕：“你说有些道具可以提早放进来。”

潘潇没想到她真的在听，还准备说什么，却听她冲郃蓉说了一句：“你不是说要去之前的教室看看吗？”

“哦，对。”郃蓉想起来了，“潘潇，我带你去看看仙女上课的地方。”

“你确定不是做梦的地方？”

“快点！废话真多！”

潘潇在郃蓉的“威逼利诱”下，只好乖乖地跟着她走。谭卿又四处拍了些照片，其中还混进几张她带着私心的照片。

大概十一点的时候，陈景迟接了个电话先下了楼。

谭卿关好门窗，在楼梯口等郃蓉他们一起下去时，陈景迟正在和一个中年男人聊天。谭卿认出来了，是他们年级组的数学老师——葛良哲。

“走吧，老葛说一起吃个饭。”他对几人说。

“行。”潘潇一点也不意外，估计他早知道了。

看他们关系应该挺熟，谭卿和郃蓉一时也不知道怎么拒绝，就这么稀里糊涂地跟了去。

饭店选在学校对面。刚坐下，葛良哲一眼就认出了郃蓉：“你原来是王老师班上的学生吧？”

高一没分科前，王志群是郃蓉的班主任，数学教研组组长，四十来岁，平时不苟言笑，看着很有威慑力。郃蓉当时数学成绩常常亮“红灯”，那一年没少被老师叫去办公室，估计就是那个时候，数学组办公室的老师都对她眼熟了。

“嗯，葛老师好。”郃蓉平时看着大大咧咧的，什么话都敢说，但一到老师和长辈面前，乖巧得不得了。

葛良哲：“都毕业了，不用这么拘束，这是你同学吗？”

他问的是谭卿。

“对，她是八班的。之前市里举办的高中生美术创作大赛，您还有印象吗？咱们学校获奖的就是她。”

葛良哲恍然大悟：“原来你就是谭卿啊，我看过你的作品，真的很不错。”

“对吧。”郜蓉一听到有人夸赞谭卿，语气都骄傲了几分，“她不光画画好，成绩也很好的。”

“这个我知道，她以前的班主任经常夸她，说我们班的谭卿，一周上那么多的专业课，文化课也一点没落下。你看看这卷子，做得多漂亮。”葛良哲把谭卿班主任的语气学得有模有样的。

谭卿没想到自己在老师心中的印象居然是这样的，诧异的同时又有些感动，一时也不知道怎么回话。

葛良哲一点也不在意，又问：“听说你今年的艺考成绩很好，想过去哪所大学吗？”

“这个，”谭卿状似无意地看了一眼对面的陈景迟，笑了下，“还没有想好。”

“那不急，等文化课成绩出来了再慢慢考虑，郜蓉，你呢？”

郜蓉还在为刚才谭卿的回答意外来着，愣了一会儿才回过神：“我啊，谭卿去哪儿我就去哪儿。”

潘潇没忍住，扑哧一声笑了：“你这想得还挺乐观的。”

郜蓉在桌下捏紧拳头：“同一个城市不行啊。”

“行，挺好的。”葛良哲是个性格温和随意的人。一顿饭下来，师生之间的关系也因此熟悉了。最后，他抢着要去前台结账，陈景迟他们也没拦着，显然已经习惯了。

倒是郜蓉有些心虚：“真的要让葛老师付钱吗，我们这样是不是不太尊师重道？”

潘潇：“那你出去跟他抢着埋单试试看，他非得跟你闹。放心吧，到时候让陈狗给他孙子多买点玩具就行了。”

“好吧。”

从饭店出来，陈景迟没和他们一起回去，而是把钥匙丢给潘潇，自已坐上了葛良哲的车，大概是还有私事要去处理。

她们没多嘴问。直到对方的车开远后，郜蓉这个好奇宝宝才按捺不住："他俩这是叙旧去了吗？"

"嗯，顺便谈点事情。"

郜蓉两眼放光："什么事？"

"投资的事。"他见郜蓉一脸诧异，就笑道，"你该不会以为不用钱，对着空气就能拍部电影吧。"

"没有，我是没想到葛老师居然这么有钱。"

潘潇解释："不是他，他就是一个勤勤恳恳的人民教师，是他的一个朋友，刚好最近手上有个影视投资项目。他就当个中间人，给双方牵个线而已。"

郜蓉："那他对陈景迟可真挺好的。"

"毕竟陈景迟是他的得意门生。"

郜蓉又好奇地问："那能让你们进十三中拍戏也是他帮忙的？"

"不是。"一码归一码，没有的事可不能凭空捏造。虽然他知道郜蓉没有恶意，但还是说清楚为好，"拍摄的事是校方领导批准的，老葛可没那么大的权力，再说，是收了场地租用费的。"

"没想到有一天我需要花钱进学校。"郜蓉感叹了一句，"不过陈景迟挺行啊，以前就没人来十三中拍过戏，估计是说服不了李秃头他们。"

潘潇："母校嘛，肯定有点优势。"

"也是，像他这种长得好，成绩好，又乖的学生，在老师那儿——"郜蓉话没说完。

潘潇仿佛听到了什么笑话："乖？你哪只眼睛看出他乖了？"

"两只，不行吗！我知道了，他肯定是你爸妈口中天天拿来教育你的别人家的孩子，潘潇你嫉妒他，对吧。"郜蓉自认为分析得有理有据。

潘潇一只手压上她的肩："让我靠着笑会儿，没想到陈狗还挺有迷惑性啊，他可不乖，上大学擅自转专业都和家里闹翻了。"

郜蓉："真的假的？"

"真的啊。"主要是转专业这事当时在A大公共论坛上传得沸沸扬扬，潘潇觉得也没必要隐瞒，就一股脑说了出来，"我还以为他是因为编导系的女生多，不甘寂寞才硬要转去的。”

郜蓉：“结果呢？”

“结果都三年了，他还没找着对象，不行啊。”

“人家那是不想找吧。”郜蓉无语地看了潘潇一眼，“再说A大编导系不是也很好吗？他家人为什么不同意？”

“这你得问他爸妈啊。哎，我发现你怎么老爱打听陈景迟的事，你是不是对他心怀不轨啊？”

“我才没有呢，快点走，热死了！”

郜蓉说着甩开肩膀上的手，拉过谭卿，加快脚步，将潘潇甩在后面。

不知道是还没消化完两人刚才聊天的内容，还是在想其他的事，谭卿上车后，一路沉默不语。

潘潇又带她们去了一趟康冰大道。校外的取景地主要就在这一带，离影视城不算太远。边上有一条黎川最长的江，周边建筑虽然比较陈旧，但近两年政府大力开发旅游项目，这附近又有两个景区，就一并规划修整了，风景很不错。

谭卿沿途拍了一些照片。潘潇和郜蓉好像也察觉到谭卿似乎兴致不高，稍微转了转，也没再多做停留。

潘潇把两人送到小区门口。

两人下车时，正好碰上郜蓉的弟弟郜越拎着一个矿泉水瓶出来装免费凉茶。郜蓉也没了和潘潇互呛的心思，她朝郜越走过去，拽着他就往小区内走，其间还不忘抢过他的瓶子咕咚咕咚灌几口凉茶，气得郜越嗷嗷叫着推开她，要回去告状。

“这小屁孩，小气得要死，不就喝他两口水吗，以前我还给他换过尿布呢。”

谭卿看着那个剩下不到三分之一凉茶的矿泉水瓶：“你那是两口吗，不怕回去被你妈骂吗？”

“她最近忙着对付老郜，可没空管我。”

谭卿：“怎么了？”

“上星期老郜他们单位出去聚餐，一群老爷们儿都喝了酒，最后他们单位的一女同事开车送他回来，结果被我妈下楼倒垃圾时看见了。那女的刚好还是前段时间刚来的，总问老郜业务上的事，而且这人没有什么时间观念，有几次下班了还打电话过来，我妈说她心思不单纯。”

谭卿问：“那你爸呢？”

郜蓉叹了一口气：“他那个包子性格，我妈说什么他只会‘嗯嗯哦哦’，他哪里会拒绝人家。不过我妈也是想太多，就老郜那样貌和身材，丢到大街上也没人捡。”

有这么埋汰自己亲爹的吗？

“哎，不说他俩了，你妈呢，和你说过什么时候回来吗？”

谭卿想起昨天余惠萍给她发消息，问她有没有想买的东西，自己当时回了句“没有”，也就没下文了。

“没说。”她摇头。

“你妈过的这才叫生活，我爸妈那叫一地鸡毛。”郜蓉羡慕地感叹了一句，又突然转过头，神情认真地看着她，“谭卿，你说以后不结婚也挺好的，对吧？”

这个问题似乎离自己还挺遥远。谭卿：“不知道，得看和什么人吧。”

“也是，那你喜欢什么样的？”

什么样的啊？温柔坦荡，桀骜张扬，却懂得收敛锋芒……谭卿认真地思索良久，发现真的很难用简单的几个词概括陈景迟。

“看感觉吧。”最终，她还是给出了一个虚无缥缈又可以敷衍一切的答案。

郜蓉轻轻地“啧”了一声：“感觉这东西真不太靠谱，我妈年轻的时候还感觉老郜以后是个人中龙凤呢。”

“那你呢，喜欢什么样的？”

“我啊，首先长得帅，其次聪明、性格好、有能力，身高也不能太矮，起码一米八吧，不然会影响下一代。还有不要‘妈宝男’，否则我怕我和他妈吵架时连他一起揍……”

“陈景迟吗？”郜蓉一条条罗列着，谭卿突然问了一句。

郜蓉愣了一下，反应过来：“不是，你不会听信了潘潇说的吧？”

“也没有，就感觉……好像都挺符合的。”她状似无意地解释了一句，语气是一如既往的轻松淡然。

郃蓉也没察觉到不对劲：“话是这么说，但我对他可真没那意思。”

谭卿接着问：“为什么？”

“不合适呗，虽然你看他这人哪儿都挑不出毛病，但偏偏就是这种不能碰。”她在感情上的理论知识一向很老到，“太理智了，情商又高，表面上对谁都照顾得很周到，但实际和谁都保持着分寸，这种人骨子里其实挺冷的。今天递伞给我时，他都刻意避开手，而且潘潇说他大学没谈过恋爱，你觉得以他的条件可能吗？他要么就是有什么特殊癖好，要么就是谈了也不让周围人知道。”

谭卿竟一时找不到郃蓉说的话的漏洞。

郃蓉：“总之，这种帅哥，可远观，不可亵玩。”

“嗯。”

“我说这么多，你就‘嗯’？”郃蓉很不满意，眼睛盯着谭卿转了转，突然揶揄道，“你为什么突然提起陈景迟，你不会是看上他了吧？”语气是轻飘飘的，眼神也不太正经。

谭卿竟分不出郃蓉是在开玩笑，还是真看出了她隐秘的小心思，一时没想到反驳的说辞。

郃蓉见状，更来劲了，缠上她的手臂嚷嚷：“怪不得，你之前的目标明明是A大，今天在饭桌上却没说，你是不是看他在，不好意思说！”

谭卿深思几秒：“我怕我考不上。”

“我不信！”

事实证明，只要谭卿不想说，郃蓉也套不出话来。

谭卿回到家，煮了碗面，草草吃完洗了个澡就窝在卧室里。手机的电量已经充到百分之七十，她拔掉充电器，坐到书桌旁，在白天拍的照片里挑出有陈景迟的几张，将照片导进电脑，保存好，然后删掉手机里的备份。

微信里，和余惠萍的聊天记录还停留在昨天。她想了想，敲了一句话过去：“你什么时候回来？”

余惠萍没回信息，应该是因为时差，这时已经睡着了。谭卿没等她回消息，她把手机放到一旁，打开手绘板。上次更新的内容还有一点没画完，大概是她今天出去了一趟，心里又冒出不少灵感，因此再看前面画的，好像有点差强人意。

最终，她选择把部分场景修整一下。这是个费时的工程，等她一处处修完，收尾时天已经黑了。她活动了一下酸胀的脖子，起身去拉窗帘。今晚的月亮很亮，平时被稀稀拉拉的路灯笼罩得极为昏暗的小区，这一刻，也有了大致的轮廓。

好像她第一次见陈景迟的那个夜晚也是这样。

月亮很圆，很亮。那是初一的一个晚上，她刚来黎川。新的城市，新的学校，新的人，所有的一切对她来说都是陌生的。晚自习下课后，没有人与她结伴同行，她也没有让余惠萍来接她。学校离家虽然只有短短十几分钟的路程，但她迷路了，绕着两条街来来回回转了两遍，根本记不清早上出门的方向。她不敢向陌生人求助，更不敢尝试着走远。

她就这么焦灼又有点无助地在原地徘徊着，直到有人从身后拍了一下她的书包，她警惕地回过头，是三个比她高很多的男生。

“小妹妹，一个人在这儿转悠啥呢？”说话的是拍她书包的那个。

谭卿攥紧书包带，赶紧往后退了两步。

那男生反应过来自己被她当成坏人了，于是尴尬地挠了挠头：“大晚上的，一个小姑娘家不要在外面逗留，赶紧回家吧。”

谭卿没理他，转过身，快步地往前走。这回，书包又被人拎了一下，但她不敢再回头了，因为拎着她书包的那只手一直没放开。她试图把书包丢下，然而刚从书包带里抽出一只胳膊，对方就松开了手，绕到了她的面前。这是一张很好看的脸，她刚才就注意到了。

男生弯下腰，看着她：“离家出走？”

谭卿不说话。

“再不说话，那我就报警让派出所的警察过来了？”他嘴角露出一抹浅淡的笑，说出来的话却带着威胁的味道。

谭卿也确实被威胁到了：“不要。”

“那你一个小学生半夜背着书包想去哪里？”

她才不是小学生，只是发育得晚，长得矮了点，瘦了点。但谭卿也没解释，生怕他真打电话叫警察来，只好别扭地回答他：“我、我找不到回家的路了。”

“这样啊，你家住哪儿？”

她小声报了一个地址。

“阿迟，”那边，他的同伴叫了他一声，“你不会要送这个小学生回家吧？”

“嗯。”

同伴：“别吧，你还是把她送去派出所吧，万一被她的家长反咬一口说你想骗走他们的小孩就麻烦了。”

谭卿真的不愿意让余惠萍来派出所接自己。她悄悄拉了一下男生的衣摆，黑亮的眼眸蒙上一层雾气，眼神却很固执。

“没事，你们先走吧。”

同伴还想说什么，却被另一个拉住：“你就随他吧，反正他连老太太都敢扶。”两人劝说无果，先行离开。

陈景迟送谭卿回家，他腿长，全程走在前面。谭卿怕被落下，一边拼命加快步子跟上，一边偷偷捏紧口袋里的美工刀。

两人一声不吭地走着。一直到进小区上了楼，陈景迟才和她说话：“怎么不敲门，这不是你家？”昏暗的楼道里，他的目光中藏着某种审视，大概是怀疑她在撒谎。

“我带钥匙了。”她委屈地小声解释，从口袋里摸出一把孤零零的钥匙。但不巧，攥了一路的那把美工刀掉了出来，砸在坚硬的水泥地上，发出清脆的响声。她下意识地后退了两步，低着头不敢看他。

男生没有生气，或者质问她，只是弯腰捡起那把美工刀，放进她书包一侧装水杯的袋子里，很轻地笑了声：“没事，刀是用来保护自己的。”

那一刻，说不清是羞愧，还是其他情绪，谭卿心里忽然酸酸胀胀的。等回过神时，空荡荡的楼道里只剩她一个人了。

想起往事，谭卿忽然打消了拉窗帘的想法。她推开窗户，拿出手机对着那圆得离谱的月亮飞快地拍了几张，趁着小虫子还没涌入，又哐的一声关上窗。

挑了一张角度相对好看的，她打开朋友圈发了一条动态：“月亮知道你在看月亮吗？”这是她思来想去才编辑出的一句文案，她盯着看了整整三分钟后才点击发送。

郜蓉永远是回得最快的那个：“感情总归是淡了，你有时间看月亮，却没时间关心我没饭吃要饿死了。”

潘潇：“今晚有超级月亮，你这位置比我们挑的这破地方好多了。”

原来是这样吗？谭卿打开网页，搜索“超级月亮”，果然跳出很多讨论的内容。

怪不得今晚的月亮异常明亮呢。谭卿心里有一点淡淡的失落，说不出为什么，可能是因为不止她一个人发现了这不一般的月色吧。

切回微信界面，郜蓉和潘潇已经在自己的那条朋友圈动态下聊了起来。

潘潇：“没饭吃？我们在外面吃夜宵，你要不来对付一口？”

郜蓉：“你和陈景迟吗？”

潘潇：“嗯，还有许蔚和她的一个同学。”

郜蓉：“不去。”

潘潇：“为什么？我们就在南门巷子口这边，离你家不远，你不是快饿死了吗？”

郜蓉：“刚抢了我弟的三个星球杯，不饿了。”

潘潇：“……服了，谭卿呢，来不来？”

他大概是天生喜欢呼朋唤友，又将目标转移到谭卿这里。

“不去。”谭卿慢吞吞地敲出两个字。还没来得及发送，一条新的回复跳了出来。

C：“月亮知不知道我不知道，但现在我知道了。”

深夜的露台上，烧烤架上的炭火还未熄灭，火光星星点点地跳动着。

陈景迟低头看了一眼自己没有被回复的那条评论，放下手机，打开面前的一瓶啤酒，问了句：“回去吗？”

潘潇：“等一会儿吧，酒不是还没喝完吗。”说着，他又给自己倒了一杯，嘴里叼着个烤鸡翅问许蔚，“你俩要先走吗？走的话把钥匙留在这儿，我明天给你送去。”房子是周协的，钥匙只有她有。

许蔚从包里掏出一串钥匙，从中摘下一把丢到桌上，叮嘱道：“走之前记得把这里收拾干净。”

“知道了，地板都给你舔一遍。”

听着楼下关门声响起，潘潇才转过头，问陈景迟：“下午聊得怎么样？老葛介绍的人靠谱吗？”

“挺好的。”

“那就是有机会成了？”

“暂时没有，对方有个条件。”

潘潇眼里的欣喜不见了，问道：“什么？”

“他有个女儿——”

“懂了懂了，我说你干脆也别拍电影了，顶着这张脸直接下海吧，保准一圈的豪门阔太和小姐把你家的门槛踏破，或者直接去当个明星，一包装出道算了。”

陈景迟抿了抿唇，两只手抱在胸前，一副看傻子的眼神看着潘潇：“说完了？”也不管他有没说完，“他女儿，想要个角色。”

“这样啊。”潘潇撇了撇嘴，有点没劲，“他女儿多大？也是学表演的？”

“嗯，京校表演系的，大一。”

“那不错。”毕竟是国内顶尖的艺术院校，“反正你后面那个剧本，杨思也不确定有时间，让她试试也行，长得怎么样？有没有照片？”

陈景迟言简意赅地回道：“没有。”

“那和许蔚比呢？”他说出许蔚作为参照，又觉得不可行，“不能和许蔚比，肯定没她漂亮。”犹豫了几秒后，潘潇又问，“和谭卿比呢，她俩谁漂亮？”

陈景迟一直觉得审美是主观的，不能按照个人的标准把不同的异性放在一起评比，这是一件很无聊且不尊重人的行为。所以，对于这类话题，他从来都是置身事外的。但现在，他心里莫名地有些不爽。

“你觉得许蔚比谭卿好看？”陈景迟两条腿散漫地敞开着，鞋尖抵着桌脚轻轻踢了一下，声音沾着喝了酒后的慵懒，但目光有些锐利。

潘潇愣了一下，搞不懂陈景迟为什么突然这么问。许蔚是典型的美女，粉丝们给她的标签就是“神颜”。许蔚从小又是学舞蹈的，她的形态和气质都是一流的。而谭卿，她是学美术的，给人的刻板印象让人压根不会把她俩放在一个层次上去比较。

然而现在，对上某人的目光，潘潇竟然真的对自己的判断产生了怀疑，他托着下巴，仔细回忆起来：“谭卿，是挺漂亮的，皮肤也白，就是性格——哎，等等，陈景迟你该不会是看上人家了吧？”

陈景迟没理他。

潘潇：“我就说，你给人的评论怎么奇奇怪怪的，什么‘知不知道，我知道’，跟绕口令似的，原来搁这儿发送爱情电报呢。”

“傻帽儿。”陈景迟瞥了潘潇一眼，推开椅子，起身往露台走。

“哎，你干吗，大半夜去表白啊，我和你说男人不能这么主动，一下把牌都摊开，容易被玩死。”回应他的是一道不耐烦的关门声。潘潇得意地跷起二郎腿，把剩下的食物都挪到自己盘里，喜滋滋地打开最后一瓶啤酒。然而刚喝一口，他就突然意识过来，手机屏幕同时亮了起来。

C：“我先下去，剩下的就交给你了。”

潘潇：“嗯？”

原来陈景迟走那么快，是准备把他一个人丢在这里搞卫生？看着一桌子的狼藉和地上七零八落的酒瓶、竹签……潘潇突然没有吃下去的欲望了。

“陈景迟！陈狗！”他愤恨地喊了两句，无人应答，起身定睛一看，那个身影已经到楼下了，此刻正慵懒地靠在路灯旁。

潘潇拿起桌上的手机，给他发消息：“你爬上来和我一起收拾！”

装死，不回消息？潘潇：“我看到你了，你今天要不上来，我诅咒你结婚后洗一辈子的碗，拖一辈子的地。”

C：“哦，反弹。”

潘潇简直要气炸了：“反弹无效，诅咒你以后连老婆都娶不到。”

这回，一个红色的叹号冒出来：“您的消息已被对方拒收。”

电影正式开拍的那天，谭卿对着镜子纠结了很久，最终还是穿了一件粉白色T恤和牛仔短裤出门。

第一场戏拍的是外景，就在之前潘潇带她们去过的康冰大道附近的公园。为了节约时间，谭卿是打车过去的。她提前了大概两个小时到达现场，但没想到陈景迟已经在那儿了，半蹲在监视器面前，大概是在检查。

“早啊，迟哥。”一个和她同时到的男生，大声打了个招呼。

“早。”陈景迟淡淡地应了一声，抬起头，目光掠过那男生，又落到谭卿身上。

谭卿出发前，脑子里虽然已经演练过很多遍和陈景迟打招呼的话，但一想到上次那条有点引人遐想的评论，她还是磕绊住了。

“早上好。”最后，她艰难地挤出了三个字。

陈景迟拍了拍膝盖，起身走过来：“怎么来得这么早？”

“以前不是也来得这么早吗？我得提前来准备啊，就我住的那宾馆，一大早隔壁就吵死人了，搞得我根本睡不着。”

“我——”谭卿刚吐出一个音节，男生以为在问他，很自然地把话接了过去。

说完，那个男生还扭过头惊讶地盯着谭卿看：“唉？你是剧组新来的演员吗？”

“不是。”谭卿也不知道怎么定义自己这个临时工，思考了两秒，说，“我是美术组新来的助理。”

“潇哥的人啊，我是摄影组的，我叫江奇。”男生很阳光，年纪也不大，二十岁出头，看到新面孔觉得新鲜，免不了多问几句，“潇哥是怎么把你骗来的啊？”

谭卿三言两语也解释不清，倒是陈景迟轻咳了一声：“江奇，去买个早饭。”

“哦，你吃什么？”

陈景迟看了看谭卿，平淡地说：“都可以，顺便给其他没吃早饭的人也带一份。”

“迟哥报销吗？”

“嗯。”

“那大家都没吃。”江奇笑嘻嘻地去清点人数了。

这边只剩下他们俩，陈景迟也不等她想出话题来，看了一眼时间问：“潘潇叫你这么早来的吗？”

“不是，我本来就要早点来布景，还有道具，也要再检查一遍。”因为没有经验，谭卿最近查了很多资料，生怕自己出错。但好在他们是小制作的青春电影，不需要费时费力搭建那些繁复的场景。谭卿见他没说话，犹豫了几秒，试探着问，“你现在饿吗？”

“嗯？”

谭卿把双肩包转到胸前，然后拉开拉链，从里面掏出一个肉松面包和一瓶旺仔牛奶：“你……要不先垫一下肚子？”

陈景迟抿了抿唇：“那你呢？”

“我吃过了。”她其实有点怕被陈景迟拒绝，趁着他没表态，着急地把东西塞了过去，抛下一句“那我先去忙了”，赶紧走掉了。

陈景迟看着手上被挤压得有些变形的面包，失神地笑了下。

等他的准备工作收尾后，演员们也陆陆续续到了，许蔚在和电影中她暗恋的男生对台词。

潘潇拉了个凳子，坐在树荫里，强撑着眼皮，等着陈景迟时不时召唤他一下。而郃蓉，拿着一面小镜子正在补妆，神情是少有的紧张。

潘潇看她这样，忍不住损她：“你别涂了，不知道的还以为你演女鬼呢。”他一说，郃蓉更不淡定了，她对着镜子认真审视了几秒，喊来谭卿：“你快帮我看看，妆真的很浓吗？”

谭卿实话实说：“是有点。”

郃蓉本来就属于浓颜系的长相，妆一旦化得浓就美得过分妖艳了，在青春电影里会显得有点突兀。

“那怎么办？重化也来不及了吧。”她自己也越看越不对劲，急得像热锅上的蚂蚁。

潘潇：“你慌什么，是演戏又不是去打仗，而且这不是还没到你吗？前面还有一段许蔚的戏呢。”

“你不懂。”

第一次拍戏，紧张是难免的。而且这时候还在考虑妆容，郃蓉没办法静下心酝酿情绪，唯恐等会儿拍戏会出岔子。

潘潇也不落井下石了：“那你要不把妆卸了，反正演学生嘛，你看谭卿——”想起上次陈景迟问的那句“你觉得许蔚比谭卿好看”，这会儿忍不住仔细打量起来。之前他没发现，谭卿确实长得很漂亮，是那种细看很精致，也很耐看的美。脸小，眼眸澄澈，腿也是又白又直。

“这么打扮，不也挺好看的嘛。”他挠了挠头，含混地说出后半句。话音刚落，一个小道具不知道从哪里飞过来，吓得潘潇条件反射地从凳子上蹿起来。环顾一圈，他很快发现了罪魁祸首，“陈景迟，你是不是有病？”

“去把那边的东西收了。”陈景迟的脸上带着寡淡的笑意，朝潘潇身后扬了扬下巴，丝毫没有差点砸中人的愧疚。

潘潇回头看了一眼，是公园的两棵树中间拉了条绳，上面正晒着一床大红大紫的被单。他无语又无奈：“我也没办法，我总不能去把人家的东西丢了吧，你能换个角度拍摄吗，或者后期处理掉。”

“不行，那个位置取景最好。是吧？老汪。”

老汪大名汪顺其，是剧组的摄影指导。老汪年纪比他们大上七八岁，脾气火暴，爱较真，之前和不少剧组闹掰过。

老汪见不得潘潇磨蹭：“你去不去？不去我去了，这一看就是老太太挂的，这么大年纪，公园是她家啊，一点公德心也没有。”

看这一点就炸的架势，潘潇真怕他跟人干起来，只好不情不愿地应下：“我去，谭卿你——算了，我自己去。”

谭卿搞不懂潘潇欲言又止的原因，但那边陈景迟朝她招了招手，大概是有事，也就没追上去问。

最终，潘潇找到了被单的主人，真是个早起锻炼的老太太。潘潇和她商量，让她挪个地方，但老太太不同意。没办法，潘潇只能忽悠老太太这边光线不好，树都没隔壁长得高。于是在潘潇一番连哄带骗下，老太太好不容易才答应解下绳子，去隔壁树上晒被子。

潘潇处理完被单的事回来，发现陈景迟这边已经开始拍摄了。第一场戏是，许蔚饰演的女主角乔南，帮自己的同桌转交情书给江鹤白，结果被郃蓉扮演的角色看见了。

提前对过戏，许蔚又是有经验的，这种戏演起来并不难。但郃蓉就不同了，一开始机位都没找准。

陈景迟喊停之后，老汪过去教郃蓉调了一下站位，又给她稍微说了点找镜头的技巧。老汪对女生其实还挺好的，但天生说话比较硬。

郃蓉表面上一个劲地点头，实际上心里紧张得基本没听进去。

后面几条依旧拍摄不顺利。许蔚那边是早过了，但郃蓉一直找不准状态，好不容易有两次稳住了，但在换景时，情绪又没到位。

老汪边拍边叹气，陈景迟担心第一次拍摄就把郃蓉的心态搞垮了，索性暂停让大家先去休息，等她调整好状态再继续拍。

六月的太阳，早上就能把人晒得脱层皮，一群人三三两两地躲在树荫底下。

郃蓉一脸气馁，谭卿安慰了几句，收效甚微。

潘潇也不打击她了，给她出五花八门的主意："你就把江鹤白想成是你那个贺佳明，不能有那种吃瓜看戏的眼神懂吗，要嫉妒，又憋着坏水的那种。"

郃蓉叹了一口气："那不行，代入贺佳明，我替许蔚悲哀还来不及呢，有什么可嫉妒的。"

"那你换个假想对象，比如我。"

"真的吗？那我估计直接上去送许蔚一个垃圾桶了。"

"许蔚，你来跟她说！"潘潇怕自己再说下去，可能就会演变成一场"暴力"现场，果断走开。

剧组的工作人员不多，摄影组除了老汪就两人，灯光师和造型师都是临时找的。美术组除了谭卿和潘潇，还有个女生，但她今天没来，还有个负责统筹的也没来。平常本该归场务干的杂活都是谁闲谁上。于是，闲人潘潇和江奇出去抬了一箱水回来。

谭卿给郃蓉拿了瓶水，然后不自觉地开始找陈景迟的身影。陈景迟就在不远处，他正倚靠在凉亭的石柱上和老汪聊天。

思忖了一会儿，她又拿起两瓶水，悄无声息地走过去。

"你喝吗？"谭卿的声音有些冷冽，像她手里冷气化开后的冰水一样，听上去丝丝凉凉的。

陈景迟一时没接那瓶水。

老汪似乎瞧出点儿什么，调侃道："关心我们陈导的小姑娘可真不少啊。"

"也有你的。"为了掩饰尴尬，谭卿把另一瓶水递过去。

这回却被陈景迟接了过去，他半开玩笑半认真地说："他是老年人，大夏天也是菊花泡枸杞，不喝这个。"

"你小子，"老汪知道他是故意的，抛了个了然于胸的眼色，"行，你俩自个儿喝吧，我去找我的保温杯了。"

"郜蓉怎么样了？"老汪走后，陈景迟问了一句，一贯平淡的调调，看样子是没从老汪刚才那四两拨千斤的话里察觉到什么。

谭卿暗暗松了一口气，又觉得有那么点怅然若失："还好，许蔚在教她怎么调整状态了，她第一次拍戏，太紧张了，很多东西都发挥不出来。"

"嗯，那你呢？是不是觉得一个镜头拍那么久，挺无聊的？"

"没有啊。"

话题突如其来地转移到她身上，这让谭卿的神经一下子紧绷起来，她仔细回想着今天自己的表现。她应该没有表现出任何不耐烦吧？但她也知道，自己不是那种天生自带亲和力的人，平时不笑的时候，就显得整个人又孤僻又高冷。

"我没有觉得无聊。"她不擅长解释，执着又苍白地重复了一遍，但因为没底气，声音比之前小了几分。

陈景迟感觉心好像被烫了一下，他抿了抿干涩的唇，喉结上下轻滚着："没事，我是怕你无聊。"

挺容易引人遐想的一句话，谭卿的心绪跟着乱了起来。不过，没有给她理清心绪的时间，一阵微凉的风拨开了她额前的碎发。

陈景迟手上不知从哪里变出了一台小风扇，缩小版的扇叶吱吱地转动着，形成一圈蓝色的光影。

"热不热？自己拿着。"他又恢复了一贯云淡风轻的语调。他身后是树影，和几缕从缝隙穿透而下的阳光。影影绰绰的，将陈景迟那一双桃花眼勾勒得更如描似画。稍浅的瞳仁在阳光的映照下趋近于琥珀色，剔透、漂亮，眼神中又带着几分疏离感。

谭卿突然就想起之前郃蓉说的那些话，你别看他对谁都照顾得很周到，对谁都好，实际上和谁都保持着分寸，好像确实是这样。不只是对她，他会给组内其他人买早餐；会在郃蓉一直失误时，给她时间休息调整；也会在毕业聚会那种大概率会喝酒的场合去接许蔚。他似乎总是能照顾到每个人，但在这份挑不出错又游刃有余的温柔之下，始终给人一种距离感。

谭卿小心翼翼地避开陈景迟的手，接过小风扇："谢谢。"

"客气，"陈景迟轻笑了一下，"我从潘潇那儿拿的，他今天带了好几个过来。"

"嗯，他想得……还挺周到。"

"那先过去吧，准备一下差不多就可以拍了。"

"好。"

大概是心态终于调整过来，再加上有许蔚的指导，郃蓉终于找到了状态，后面的戏份拍得都还算顺利。

就是郃蓉每次中场休息时都要默念一遍"阿弥陀佛"，说自己本来是一个遇见不平就要见义勇为的人，现在却演一个施暴者，心理压力真的很大，戏外见着许蔚都觉得良心不安。

潘潇调侃说，当初就是看她长得像恶毒反派才选她来演这个角色，气得郃蓉刚念完"阿弥陀佛"就跑过去揍他。两人在那儿上蹿下跳的，比夏日的蝉鸣还要热闹。

其他人也纷纷围过来，打趣潘潇以后肯定是个怕老婆的。这样一来，郃蓉先不好意思了，红着脸停了手。

一行人一边起哄一边笑，有一搭没一搭地闲聊着，最后不知怎么就把话题聊到了校园暴力上。

江奇很有发言权："不知道算不算……我读高中的时候，因为个子不高，长得秀气，就经常被班里其他男生叫'娘炮'。当时住校，同宿舍的几个同学逼着我给他们带饭，搞卫生，时不时还借着男生之间打闹过来踹我一脚，反正我那时候……是真的挺害怕去上学的。"

他看着是一个特别开朗的“话痨”，说到这里，脸上的笑容也黯淡下去。

老汪拍了一下他的肩膀：“算啊，你没做错事，还有人给你找不痛快这就是欺负、霸凌，这些浑蛋以后都会倒大霉。”

潘潇：“老汪，你这脾气上学时没少被揍吧？”

“那倒没有，他们都打不过我，最多想想而已。不过，那时候我们班有个姑娘确实被人欺负过，而且也姓乔。你别说，和许蔚演的那角色还挺像的。”

“你怎么不英雄救美一下？毕竟你这——”郜蓉做了个抬臂的动作，指了指他强壮的二头肌。

老汪被郜蓉逗笑了：“当时没发现嘛，她们女生也不是上来就拳打脚踢的，都喜欢在背后搞些小动作，那姑娘平时又是特别闷的一个人，谁能看得出来？后来是被欺负到跳楼，大家才知道她被人霸凌了。”

郜蓉一直活得顺风顺水，偶尔和同学产生摩擦，顶多也就嘴上骂几句，从未见过事态发展到这种程度的。她震惊的同时又觉得有点揪心：“是因为什么事啊，这么严重？”

老汪说道：“具体的我也不是很清楚，大概是有人传她不自爱，和那些男生暧昧过，反正名字每回都不重样，还有传她和外面的男人关系不清白。”

“这种事，老师和家长都不管吗？”郜蓉没察觉到自己因为生气声音都拔高了几分。

“我们学校在小县城，管得不严，很多家长都是在外打工的，而且这种事谁会在老师面前说呢？很多女生都是在背后孤立她，她自己性格内向，也开不了那个口。”

郜蓉越听越感到心惊：“那后来呢，她跳楼——”

“没死。”老汪弹了弹烟灰，继续说，“她最后被学校管水房的大爷拉下来了。她还特地挑了大家都在上晚自习，没人注意的时候上的楼，但刚好那天水管有问题，大爷上去检查看到了她。不过，之后她没再来上学了。是不是觉得挺离谱的，那些话她只要不听，或者在她们嚼舌根的时候直接骂回去兴许就没事了。”

“你觉得可能吗？”一直在旁边安静地涂防晒霜的许蔚突然开口，“不是每个人都可以不在乎别人的眼光和看法的。而且在这个世界上，勇敢的人毕竟占少数，发生这种事大家不去责怪那些造谣者、霸凌者，却一副受害者有罪论，这是一件很不公正的事。”

印象里，许蔚一直是清高自傲的，就好像小说里高高在上，体察不到人间疾苦的仙女。所以，当听到她加入这个话题的讨论时，邰蓉很意外。但转念一想，她也听过关于许蔚的一些流言蜚语，大概是有一点感同身受的吧。

邰蓉轻叹了一口气，还没说什么，许蔚似乎察觉出她的同情：“看我干吗，我是少数人。”声音中隐隐地带着一点不屑。

邰蓉一口气顿时噎住：“谁看你了，我是想问那些传言，是不是真的？”

“半真半假吧。精神供养不可以吗？再说，二十二岁应该也不算老男人。”

当然不算，那简直是风华正茂。邰蓉：“那你为什么不解释，任她们在背后一直非议你、诽谤你？”

“没有用的。”许蔚无所谓地笑了下，“当那些人对你已经有偏见时，你无论说什么，在她们看来也都是狡辩，她们只想听到她们愿意听的，而且语言暴力的成本本来就低，不过也打击不了我，不想浪费精力。”

许蔚见邰蓉皱着眉，应该还没明白：“算了，你不懂，谭卿就比你聪明多了。”

没想到话题突然转到自己这里，谭卿微微怔住。好一会儿，她才挤出一句：“嗯，别在意别人说的。”而且不知道是不是她的错觉，说完这话，陈景迟的目光好像跟着飘了过来。

慢半拍的邰蓉终于反应过来：“我怎么不懂，你在说我蠢是不是，你刚刚就在语言暴力我！”

“实话实说。”

“许蔚！”邰蓉站起来，绕到她身边，磨了磨牙，“所以你男朋友是叫周协吗？”

这话题转得也太快了，许蔚用一副要打人的眼神看向潘潇。

“呃……这不是我说的，你问阿迟。”潘潇无力地解释着。

陈景迟一副与他无关的模样，转身往监视器的方向走：“可能是她算命算出来的，还有两分钟，下一场戏准备了。”

“那周协帅不帅，能看看照片吗？”哪怕只有两分钟，郃蓉也要见缝插针地八卦。

许蔚越过她，往场地走：“帅，但是没照片。”

郃蓉撇了撇嘴：“异地恋没照片，谁信啊。”

“他晚上托梦给我的时候就能见到，不用照片。”

除了表演经验不足，郃蓉是一个共情能力挺强的人，很容易入戏。恰好这也是一个人物的内心情感表现强于故事情节的剧本。即使她的表演技巧有一定的欠缺，总体上瑕不掩瑜，因此后面几天的戏份进展得比想象中的顺利不少。

很快到了高考即将出分的日子，而剧组美其名曰——为了给组内的三名高考生接好运，大家决定晚上在一起聚餐。

“怎么办？我从现在就开始紧张了。”拍完戏后，郃蓉开始蹭着谭卿的胳膊念叨，“要是我考不上京宁的学校，你能陪我一起进击大西北吗？”

谭卿：“不能。”

“哼，绝情的女人！”

“与其担心这个，你倒不如想一下怎么应付你妈那边。”

说到这个，郃蓉的脸色更苦了：“怎么办，我暂时还不想被我妈赶出家门，上天保佑我一定上三百六十分——”

“啊，你干吗！神经病发作了吗？”祈祷词还没念完，潘潇从后面拍了一下她的肩膀，“嘀嘀咕咕念什么呢？”

郃蓉双手合十：“求老天爷赐我一个上大学的机会。”

“没用，老天不度文盲。”

话音刚落，他贱兮兮地跑开，气得郃蓉丢下手里的水瓶，追上去：“潘潇！你才是文盲！”

水瓶慢悠悠地往前滚着，谭卿叹了一口气，走过去弯腰将它捡起来。

起身时，眼前覆下一片阴影，还有那熟悉的声音从头顶飘下来：“好了吗？”很干净，又带着一点慵懒的磁性，像是夏日打开的一罐可乐，冒着冰冰凉凉的小气泡，勾得人喉咙干渴。

谭卿握着水瓶的手悄然收紧了几分，抬头看他：“好了，现在走吗？”

“嗯，不过我要回一趟影视城，你要和潘潇他们先过去点菜吗？”

经过这么多天相处下来，剧组的氛围已经很融洽了。一群人在一起时，热闹又有趣，可谭卿还是不想和大家先走。毕竟他不在，再热闹，对她也没有吸引力。犹豫了一会儿，谭卿胡诌了个借口：“我早上有条手链好像落在影视城了。”

“那跟我一起？不过我要拷一份之前的片子，估计会有点慢。”

目的达成，谭卿狡黠地弯了弯眼睛：“没事。”

谭卿坐上了陈景迟的那辆黑色越野车。

因为后座堆着一堆器材，这回她只能“身不由己”地坐上副驾驶座。没有了座椅的阻隔，他的任何表情和小动作都能一览无余。想到这些，谭卿有些紧张，又有一点隐秘的欢愉。

“安全带。”车子发动时，陈景迟提醒了一句。

谭卿“哦”了一声，她动作略显急躁地拉过边上的卡扣，卡进凹槽里。车内被暴晒了一下午的余温还未散去，加上她心不静，此刻额角和鼻尖上开始冒出细密的汗。

陈景迟的余光浅浅地扫过来：“很热？要不要把帽子摘下来？”

谭卿下意识地扶了一下头上的棒球帽，和他之前戴的那顶是同一个牌子的。自己这顶是白色的，她买的时候顺便给郃蓉也挑了一顶粉色的。她这几天也经常戴着，除了被潘潇调侃戴着像一只长了毛的桃子，大家也没觉得奇怪。这会儿摘下来，汗湿的碎发估计都一缕缕粘在额角，想想就很丑。

她摇头：“还好，不是很热。”

陈景迟没再说什么。两人回到影视城，他径直去了剪片室。剪片室是用黑色帘子隔出来的一个小房间。外面堆着器材、道具，杂七杂八的什么都有。

谭卿在外面假模假样地四处找了找，然后就坐在墙边的小木凳上等他。这几天白天要跟组，晚上要画画，哪怕咖啡一包接一包泡着喝，似乎也没什么作用了。没坐一会儿，睡意肆无忌惮地朝她袭来。

陈景迟怕谭卿等太久，所以用最快的速度，把前两天的片子拷了一份。没想到他出来时，发现谭卿已经睡着了。她轻轻靠着墙，帽子朝一边歪了点，露出一张白净的小脸，睡得好像有些熟。

手机铃声忽然响起，是潘潇打过来的，估计是催他们快点过去。陈景迟手快地按掉，将手机调成静音后，放轻脚步走过去，在谭卿身旁蹲下。谭卿的眼睛安静地合着，眼底有一层很淡的青灰。

最近这么累吗？他静静地盯着谭卿看了一会儿。不知道出于什么心理，他突然有一种很想捏捏那张小脸的冲动，但很快又被自己否定了。他有些干渴地舔了舔唇，松开撑在膝盖上的手，正准备起身，熟睡中的谭卿突然动了一下，身子一瞬间失去平衡，眼看着就要栽倒。

陈景迟反应迅速，一只手扶住她的肩膀，另一只手垫在了马上就要撞上墙壁的后脑勺上。陈景迟的手撞在墙上，发出一声沉闷的响声。

这下，谭卿即使是睡神附体，也该醒了。眼睛有些发涩，她本能地抬手揉了揉，然而当视线里浮现出那张好看的脸，并且近在咫尺时，睡意瞬间消散。

她下意识地要站起来，但实际上肩膀被他握住，人丝毫未动。掌心的热度透过轻薄的衬衫传递过来，谭卿心跳得飞快，而他们之间的距离又前所未有地近，生怕被他听到发现什么。

“陈景迟。”她叫了一声，声音可能是刚醒来的缘故，有些沙哑。

他低低地“嗯”了一声，收回按在她肩膀上的手，托着她后脑勺的那只手也稍稍活动了一下关节。等到那阵麻木的感觉消散，他伸手扶了扶她歪掉的帽檐儿，解释道：“刚刚看你差点摔倒，所以扶了一下。”

谭卿没说话，也许是语言功能一时没恢复。好在口袋里的手机这个时候振动起来，她拿出来看了一眼，接通后，那边嘈杂的背景音中传出一道穿透力极强的女声：“你们怎么还没到，车在半路上被人抢了吗？”

“快了，你那边太吵，我先挂了。”她仓促应付，挂断了电话。

陈景迟显然也听到了，他拍了拍膝盖起身：“走吧。”

车子驶上宽阔空荡的马路，车载音响放着曾经挺火的一首歌——《以父之名》，这是她特别喜欢的曲风和旋律。但此时，她完全没心思听歌，目光只注意着那只握着方向盘的手。骨节凸出，皮肤冷白，手上的青筋道道分明，很符合“手控”审美的一双手，但手背关节处有几道细微的擦伤。

来时还没有，受伤的原因不言而喻，这让她有些如坐针毡。终于在车子驶过一个街口时，她忍不住开口：“前面能不能停一下？”

陈景迟闻言靠边停车，侧过头本想问一句怎么了，但谭卿已经先一步推开副驾驶的门，往前面的一家药店跑去。她很快又折返回来，手上多出一个白色塑料袋。

谭卿把袋子递过去，指了指他那擦伤的手背：“要不要先处理一下？”言语中带着几分小心翼翼的试探。

陈景迟没接袋子，而是直接把手伸了过去：“我左手不太灵活。”潜台词就是：你帮我。

谭卿错愕了一瞬，但下一秒，抬头对上那双微微上挑的桃花眼时，她又没了拒绝的理由。她拿出袋子里的碘伏、棉签和一盒创可贴，然后用棉签沾上碘伏，然后有些紧张地握住他的手指，小心地涂抹着擦伤处。触感温热，手心很快渗出黏腻的汗来。

她低着头，咬了咬唇，又松开一点。之前没这么近距离观察，没注意到那些擦伤的地方还蹭上点灰白的墙灰。谭卿心里更加愧疚了，她不自觉地将动作又放轻了些，不时地用余光打量他的表情，倘若皱眉，就再轻一点，但似乎没有。

“好了。”处理完擦伤的地方，她终于松了一口气。

“嗯，谢谢。”陈景迟打量着手背上的两片创可贴，又看了一眼耳根泛红的谭卿，突然又轻叹了一声，“这个——”

谭卿立马紧张起来：“怎么了，很痛吗？”

“没事，我以为你们女孩子都会买那种有可爱图案的创可贴。”

他不说，谭卿压根没意识到，自己一向用的就是这种棕黄色的普通版创可贴，而且刚才比较急，随便拿了一盒就付钱了。

“这家只有这种。”她又撒了个谎，又密又长的眼睫毛半遮着乌黑清亮的眼眸，从包里翻出一支马克笔，思忖着说，“不过我可以给你画些图案在上面。”

陈景迟把手举到她面前，一副任她为之的意思，谭卿也不负所望。很快，看着创可贴上两只可爱的小鸡，陈景迟问：“你喜欢鸡？”

“不是，送给你的。”不对，好像有点歧义。“你属鸡，所以我就画了你的生肖。”谭卿慌忙解释。

陈景迟眯了眯眼，有那么点郑重其事的意思：“谭卿。”

“嗯？”

“我不属鸡，属狗。”

听着怎么更像骂人了呢，谭卿有点尴尬：“那潘潇总叫你陈——”后面一个字被她自动消音，接着说，“是因为你属狗吗？”

“你要这么想，也行。”

另一边，饭店的包厢里，酒和菜都已经上桌了。两人迟迟不来，一群人看着一桌子菜却不能吃，潘潇终于忍不住了：“不等了，我们先吃吧，阿迟待会儿来付钱就行。”

江奇：“那迟哥要是不来呢？”

“那我付总行了吧。”也不知道是不是这句话有魔力，刚说完，包厢的门就被人推开了。

陈景迟丝毫没有姗姗来迟的不好意思，他一贯散漫地走向空着的位置坐下，顺便拉开了边上的空椅子。谭卿关上门，坐了过去。

“你俩这是干吗去了？”大概是察觉到现场突然安静下来，潘潇目光在两人之间穿梭了一遍，笑得意味深长。

陈景迟：“没干吗。”

“没干吗这么慢？我之前给你打电话也不接，你就装吧。”

“那时候在开车，腾不出手。”

潘潇显然不信：“这才多远啊，那时候就在开车结果现在才到？你别说黎川堵车啊。”

“是没堵车，车半路熄火了，我下车推了半里地。”他语气一贯平淡，就好像真的在陈述事实。

“……你就胡扯吧。”潘潇也不和他继续瞎扯，拿起桌上的开瓶器，连开了三瓶啤酒，分别摆到两个人面前，“既然迟到了，那就先自罚三杯，这不过分吧？还有谭卿也要罚酒哟。”说完，他开始对其他人使眼色。

江奇立马收到：“对，男女平等，不得有别。”

陈景迟狠狠地递了个眼神过去，他又讪讪改口：“不过，迟哥愿意代喝，也是可以的。对吧，老汪？”

老汪剥着小碟里的水煮花生，已经喝上了：“没错，陈导这么怜香惜玉的人，怎么会让女生喝酒呢。”

几个人你一言我一语，又把矛头转向了陈景迟。陈景迟悠悠地叹了一口气：“我们剧组什么时候有这规矩？”

“一直都有啊，潜在的规矩。”潘潇料定他要耍赖，“现在废除来不及了啊，今天人数不全，没法投票，改个规定也得讲求民主不是。”

剧组今晚就来了八个人。除了老汪、江奇、许蔚，再加上潘潇他们四个，还有美术组的另外一个女生。这个女生名叫刘飞逸，身高一米七六，短发。人如其名，是一个又酷又帅的女生。

“行吧。”陈景迟也不推托了，伸手拿走谭卿面前的酒杯。

看这架势，陈景迟是要替她喝。谭卿其实不太意外他会为自己解围，换成任何他认识的女性朋友，估计都会这样。但谭卿小声拒绝了陈景迟的好意：“我自己喝吧。”

“真的吗？”陈景迟倒酒的手停顿了一下。

谭卿：“嗯，三杯，应该可以。”

他“哦”了一声，接过她的杯子，然后拿过桌上的一罐椰子汁，拉开拉环，倒满又放回她面前：“喝吧，三杯可以慢慢喝。”

这是在故意逗她吗？谭卿指尖轻轻搭在杯壁上，没说话。

倒是坐在她身边的刘飞逸，看到这一幕忍不住打趣起来：“可以啊，陈老板，这是追过几个女生了？这么会做人。”

“无可奉告。”

她又将目光投向潘潇：“潘总，爆料一下？”

“爆料多没意思，待会儿你们找机会让他自己说。”潘潇一语带过，看着陈景迟爽快地喝完一杯，忙不迭地抢过他手里的酒瓶，“我来，你倒的半杯都是泡泡，作弊啊。”

酒精是个能够催化气氛的东西。很快，大家就玩起了酒桌上的小游戏——猜点数。骰盅里一共有十个骰子，玩家在摇之前要先报一个数，然后开盖后把猜中的点数拿走，接着轮到下一个玩家。没猜中的人就要接受惩罚：真心话或者大冒险，这也就是潘潇说的那个“机会”。

第一轮从刘飞逸开始摇，她报了“3”，开完后里面有两个“3”。骰盅里还剩八个骰子，她递给了许蔚。许蔚报的是“5”，中了三个，她温婉地笑了笑，传给了江奇。

“真狠啊，果然玫瑰都是带刺的。”江奇犹豫地报了一个“2”，还好开盖后有一个“2”，顿时松了一口气。

游戏进行到后面，玩的人越来越紧张。轮到潘潇时，只剩下两个骰子了，他摇了半天，结果没中。

“真心话，问吧。”不等其他人说话，他自己先选了。

老汪：“你真窝囊啊。”

江奇：“和上一任分手的原因是什么？”

“她说我指甲盖上没有月牙，活不长，不想守寡。”

“哈哈哈哈！”一群人忍不住笑了起来，潘潇烦躁地把骰盅丢给了陈景迟，“笑屁啊。陈狗，轮到你了。就两个，我不信你能猜中。”

陈景迟随口说了个“6”，然后不紧不慢地盖上骰盅，摇了几下，打开。两个骰子上下叠在了一起，朝上的那面正好是六个点。

“你今天是踩到狗屎了吗？”潘潇损了他一句，又同情地看向谭卿，“记得待会儿的仇都算到他身上。”

“不是还有一个吗？”陈景迟散漫地笑了下，拨开上面那个。

又是六个点，潘潇惊叹地看着：“你老实说，是不是作弊了？”

“没有。”

到谭卿这儿又是新的一轮，最安稳的开局，她悄悄地打量了一眼陈景迟。几轮下来，其他人都快把黑历史掏光了，可偏偏就避过了这两个人。大家玩得眼都绿了，决定临时改规则。一轮游戏中，若是骰子中途就猜完了，不再直接从后面一个人重新开始，而是没参与的都要接受惩罚。

这样一来，终于坑到了陈景迟。最后一个骰子，在他前面的潘潇，阴差阳错地猜对了。

“选吧，真心话还是大冒险？”潘潇一副小人得志的模样。

“大冒险吧。”

江奇：“迟哥真勇敢啊，快出题。”

老汪也跟着说：“不能太容易啊。”

机会来之不易，一行人立马犹如面临机密大事，压着声音商量起来。经过一番紧锣密鼓的交流，最后，刘飞逸笑了笑，宣布：“陈老板，现场选一个人接吻，怎么样？”

第三章 满天星

除去这些，

眼前的这个人身上还有更灿烂的东西。

这纯粹是故意整他的。陈景迟无奈地揉了揉眉心："不能做违法乱纪的事，换一个吧。"

"这怎么算违法乱纪了，又没让你强吻别人！"潘潇怕又让他浑水摸鱼躲过去了，"这样，你可以先征求一下对方的同意，不愿意再换一个人。"

刘飞逸一副看热闹不嫌事大的样子："对啊，我们陈老板这么帅，不会有人拒绝的吧？而且你要选外面的人，我们也没意见。"

老汪："刚好之前我们来的时候，楼下可是坐了两桌美女。"

谭卿对这个有印象，自己和陈景迟进店时，那些美女的目光就飘到了他身上。而且同为女生，她感觉得到她们是什么意思。心中隐隐有些烦躁，谭卿眉心轻蹙了一下，然后借着去拿旋转台上的饮料，侧了侧身子，余光不动声色地打量着陈景迟。他一只手放松地搭在椅背上，眼睫半垂着，似乎在思考应该选谁。

谭卿握着饮料的那只手不自觉地紧了紧，另一只手拉开拉环时，一下没控制好力度，清脆的一声响后，前半段直接断了，没办法再打开。但几秒后，另一瓶拉开拉环的饮料，被默默放到了她面前。

谭卿抬起头，陈景迟依然维持着之前的姿势，没在看她。而其他人也没注意到她这边的小动作，一门心思都在那个刺激的惩罚上。

潘潇："快点啊，当初选专业都没见你想这么久，别搞得跟生死大事似的。"

"嗯，想好了。"

"谁啊？"潘潇追问，眼里满是八卦。

陈景迟抬了抬眼皮，目光懒懒地落到潘潇身上，笑得漫不经心："你说呢？"

指向性很明显。潘潇怔了两秒，反应过来后一把推开椅子，站起来："你是不是有毒？"

"我记得你们好像没说一定要选异性吧，不过你也可以拒绝。"他说得好像很通情达理，就是拿捏住了潘潇是个铁打的直男。

太贱了。潘潇真没想到陈景迟这么会钻空子，一口气堵在嗓子眼那儿不上不下："陈景迟，你比整个三院的人都有病。"三院是有名的精神病院。

陈景迟无所谓地“哦”了一声，然后说道：“你们也看到了，他不同意。”

刘飞逸：“换一个。”

陈景迟：“江奇。”

江奇吓得瑟瑟发抖：“迟哥，求放过。”

“行吧。”陈景迟轻轻敲着玻璃杯，故作遗憾地叹了一口气，“没办法，换个真心话吧。”看来他是铁了心打算赖过去了。

刘飞逸真的对这位大哥的套路叹为观止，用仅有的思考能力添了一点阻碍：“反悔的话那就换三个问题吧，陈老板。”

“行。”他答应得爽快。

几个人面面相觑，由老汪先问：“谈过几个女朋友？说实话。”

你这问题问得真垮啊，潘潇在心里咆哮了一句。

陈景迟：“没有。”

老汪和江奇一脸不信：“真的假的？”

“真的啊，说了你们又不信。”

刘飞逸：“发个毒誓，说谎单身十年。”

“一辈子行吗？”声音一贯平淡，大概是完全不在意这种虚无的东西。

刘飞逸竖起大拇指：“牛，那你和之前组里的那个姚婧是什么关系？”

“没关系。”

“敷衍了吧，我有次看到她晚上去敲你房门了。”

放在平时，这些好奇心只能吞在肚子里，但现在大家喝了酒，又玩开了，刘飞逸脱口就问出来了。

陈景迟一时没答。

谭卿收回悄悄打量他的目光，低下头默默地喝着杯子里的椰奶。

刘飞逸：“你俩有猫腻吧？”

“没有，她来敲门是和我说她临时有别的工作安排，想推掉这部剧，她那天白天也找过我，只不过我不在。”

解释得好像无懈可击，刘飞逸也没觉得哪里不对劲：“怪不得她后来就走了，违约啊。”

陈景迟：“完了吧，三个问题。”

“三个，不是才两个吗？”刘飞逸回想了一下，觉得很亏，“姚婧那个只能算一个问题吧，你们谁再问一个？”

刚刚提到姚婧时，陈景迟的脸色似乎阴沉了一下，所以此刻没人开口。

刘飞逸看了一圈：“谭卿，你来问吧。”

谭卿没想到刘飞逸会突然提到自己，她差点呛到了，急忙扯过桌上的面巾纸捂住嘴，擦了擦后侧头看向陈景迟。

他一脸平淡：“问吧。”

谭卿有点为难：“让我想一想。”

“好。”他似乎也不着急，就这么安静地等着。

但谭卿还是有压力，她不敢耽搁太久。大概两分钟后，她开口问道：“陈导，你喜欢什么样的女生？”

“噗！”刘飞逸和江奇没忍住笑喷了，“我本来以为老汪已经够菜的了，没想到还有更菜的。”

两人的反应让谭卿觉得自己问了个很幼稚的问题，期待中多了一丝懊悔和不安。她转头去看陈景迟，他的眼帘轻垂着，一副俨然在认真思考的模样。

沉默良久，在周围其他人的催促声中，他这才慢条斯理地开口：“有感觉的。”

前面铺垫的时间太久，众人还以为他会发表几句隆重的言论，结果就这短短的四个字？！

潘潇：“不至于这么敷衍吧，陈狗。”

江奇：“过分了，迟哥。”

刘飞逸“啧”了一声：“难道搞艺术的都喜欢这种虚无缥缈的感觉吗？”

“什么感觉？”老汪兴许是酒喝多了，接的腔也跑了方向，“是人长得美，光是欣赏就有感觉呢，还是一起睡觉时有感觉？”

“都要有，不行吗？”陈景迟敞着双腿，手散漫地搭在桌上，眼尾卷着浅薄的笑意。那么不正经的话，从他嘴里云淡风轻地说出来，却一点违和感也没有。

谭卿其实一直很讨厌这类话题。哪怕是玩笑，她也觉得龌龊又下流。以前听到班上男生聊这样的话题，尤其是聊到兴头上时脸上露出的那种猥琐的笑，她都想把那些人狠狠地踩在脚下。

但面对陈景迟，不知道是他说这种话时语气坦荡，还是眼神太正经明亮，让她完全捕捉不到半点卑劣的意思。

其他人也怔住了，等回过神瞬间炸开了锅。

刘飞逸：“哇哦，陈老板看不出来啊，表面是温文尔雅的君子，内里是风流成性的浪客！”

潘潇跷着二郎腿：“什么浪客说得那么好听，淫贼好吗？生在古代绝对被砍头十八回都不止。”

刘飞逸：“长得帅，万一有人愿意被采呢？像老汪那种，肯定就不行了。”

“哎，聊天归聊天，别人身攻击啊。”老汪弹了弹烟灰，看向谭卿，“这回可看清楚我们陈导了啊，以后别再给他送水了。”耐人寻味的一句话，被他用教育小辈的语气说出来。

其他人的视线也跟着看过来，她之前的小动作就这么明晃晃地被当众揭穿了。

不大的包厢里，正在运作的空调在这一刻好像失去了效果。谭卿直觉得脸上滚烫，她托着下巴，手不经意地掩住脸颊，平复了一会儿，才装作若无其事地开口：“没有，水我都是顺便拿的，也有……给你们拿。”

潘潇意味深长地“哦”了一声：“陈狗听到没，只是顺便给你拿的，别再自作多情在那儿偷着乐啦。”

“那即便是顺便的，你好像也没有？”陈景迟淡淡地笑了一声。

在潘潇听来，是满满的挑衅意味，他不服气地说道：“我每次都自己去拿，不像某人，跟断手断脚了一样。”

“这样啊。”他也不理会潘潇的嘲讽，眸光落到谭卿身上，“那以后，还能有顺便吗？”

谭卿知道他是在开玩笑，但看向那双漂亮的桃花眼时还是败下阵来：“有空的话，可以。”说完，她就急急地移开目光，端起桌上的杯子，咕咚咕咚地猛喝了几口。

陈景迟没忍住，轻笑了一下：“怎么？是想着在查分前大醉一场吗？”

谭卿愣了一下：“喝椰奶也会醉吗？”

“会吧，不然怎么会有人醉奶？”

谭卿小声纠正：“那是小孩。”

“你不是吗？”

“不是。”

陈景迟见谭卿嘴角不自觉地往上翘了翘，又开了一罐，默默地放到她手边，不再逗她。

玩闹过后，一群人酒兴上来，开始侃天侃地。各种八卦和人生中的不平事，还有他们无数次淹没在尘土中却因不甘和热爱无法放弃的理想，都在这个夜晚闪耀般重燃起来。

老汪说自己要有一个最厉害的摄影团队，让曾经那些对他颐指气使、啥都不懂的导演回来求他合作，然后他再狠狠地拒绝。

江奇说自己要拍出一部伟大的作品，哪怕这部作品在十年或二十年后才被人知晓，反正有就行了。

刘飞逸是个现实享乐派，要赚花不完的钱，喝最烈的酒，拥抱最好看的人，而且一抱就是一辈子。

潘潇喝得醉醺醺的，扬言要让京宁以后的地标建筑都注明他是总设计师，不然就只能花钱买下来，推倒自己重建。

饭桌上，其他人豪言壮语层出不穷。唯有陈景迟，他慵懒地靠在椅子上听着。被老汪问到时，他也只是轻描淡写地笑了下，说反正以后都会实现的，没必要现在剧透。

退去一贯的温柔和闲淡，此刻他的脸上呈现出从骨子里散发出的狂妄，就像是春寒料峭时，荒原上破土而出的种子。即使迎着风雨，也会顽强生长。

对上他眼角露出笑意的那一秒，谭卿在心里默默重复了一遍自己的愿望。

这顿饭，大家一直吃到了深夜。

其实大家的兴致还很高，但面对店内已经走光的客人和老板多次强烈的暗示时，他们不得不先散了。

陈景迟翻出潘潇的钱包结账。老汪和江奇一道打车回酒店，刘飞逸骑着炫酷的摩托车送许蔚回家，谭卿、郜蓉则和陈景迟他们上了同一辆出租车。

潘潇喝多了，一坐上副驾驶就直接睡死过去，连车门都还开着。陈景迟替他关上门后，和谭卿、郜蓉坐进了后座，谭卿坐在中间。

出租车后排的空间不大，陈景迟身高腿长，他一坐下，整个车厢瞬间变得逼仄了不少。谭卿感觉头顶的空气都变得稀薄了，她只好悄悄地往郜蓉那边挪了挪。

司机是个眼尖的人，打趣道："小姑娘是不是觉得挤啊，干脆坐你男朋友的腿上得了。"

"我不——"不等她解释，司机一脚油门，语速就和这车速似的："你们这些小姑娘啊，也别太惯着男朋友，还是得多使唤使唤，好男人都是被这样使唤出来的。有时候别光看人长得帅，有些人就是个绣花枕头，中看不中用。"

谭卿其实也不算一个脸皮薄的人。以前有个大一届的体育生经常来找她，那人行事张扬，很快就闹得众人皆知的地步。那段时间，她去食堂打饭都能听到有人在传播自己和他的事，但每次也就当耳旁风吹过。只有当胆子大的人来求证时，她才冷漠地声明和他没半点关系。

可现在，仅仅是被司机调侃了一句，她就不自觉紧张起来。不想让他觉得自己有意占便宜，但又说不出漂亮的话来解释，她的思绪乱成一团。

陈景迟似乎并不在意，整个人松弛地靠着椅背，手搭在门边的扶手上，突然侧过头来，似笑非笑地看着谭卿："怎么，真要坐？那也不是不行。"说完，他还善解人意地拍了拍自己的大腿。

窗外的路灯透过没有贴膜的车窗照进来，光线细碎地落在他的发梢上，将那双清冷的桃花眼染上了几分夏日的温度。

谭卿一时分不清陈景迟是开玩笑还是真心话，整个人怔在那儿。

司机"嘿嘿"地笑了两声。

陈景迟察觉到谭卿害羞了，就轻轻踢了踢司机的椅背："师傅你可别说话了，看着点路吧。”说完，他垂眸看向谭卿，“别生气，我——”

“你什么你？”话音未落，今晚有些安静的邰蓉突然抬头瞪着陈景迟，“还没开始睡呢，你就做梦了？还坐你腿上，我看你是想占便宜想疯了！”

不是平常朋友间那种互损的语气，邰蓉是真的在厉声斥责陈景迟。

司机一听这话，吓得把方向盘别了一下。谭卿愣了好半天才回过神来，她意识到了事情的严重性。这已经是第二次了，这次还是在邰蓉清醒的情况下，她暴躁地把人骂了一通。

场面一度陷入死寂。谭卿硬着头皮，往邰蓉那侧又挤过去一些，捏住她的手腕，压着声音问：“你怎么了？”

她扭头看向窗外，没说话。

谭卿不敢去看陈景迟，更不敢当面道歉，一是没想好说辞，二是现在道歉就好像默认了是邰蓉的错，担心再刺激到她，双方失控地吵起来。

这一路，真是让人无比煎熬。好在司机也不想继续浸泡在这诡异的气氛里，一路前行。终于，车子刚到小区外，邰蓉唰的一下推开车门，准备跑路。谭卿一把拽住她，跟上去，低声道：“今晚去我家睡。”

大概是意识到了什么，邰蓉小声抗议：“我妈给我留门了。”

“没得商量。”

进了门，邰蓉直奔卫生间，锁门。

谭卿也没管她，坐到书桌前，拿着手机，皱着眉在备忘录里打字：“对不起，邰蓉因为明天要出分太紧张了，一下没控制住情绪才说了那些话，希望你别在意。”

什么牛头不对马嘴的话？而且骂都骂了，还叫人家别在意？人家又不是菩萨下凡，专门来度你的。

——对不起，她当时其实是睡着了，说的梦话。

也没人会睁着眼说梦话吧，而且还口齿清晰，眼珠子转得比谁都灵活。

这解释的难度，不亚于给她一个臭鸡蛋，让她孵出一只活蹦乱跳的小鸡。

——对不起，郜蓉说的那些话，真的很抱歉。

再三斟酌后，谭卿还是敲下了最苍白的几个字，点开那个置顶的头像，复制到对话框，点击发送。

一分钟，两分钟……和自己预想的差不多，对方并没有回复。又等了十分钟，她纠结着要不要再发一条消息求证时，手机突然振动了一下。

谭卿悬着的心一下子提到了嗓子眼，就好像自己现在是法庭上做完最后的陈述，等待审判结果的犯罪嫌疑人。然而当她小心翼翼地把屏幕朝下的手机翻过来，看清发送人时，所有的忐忑、焦灼和期待瞬间变成了生气和无语。

谭卿扔下手机，一把拉开椅子，起身走到卫生间外，重重地敲门："出来说。"

"我不要，我需要保证人身安全的交流。"因为心虚，郜蓉的声音没了以往的气势。

谭卿："我又不动手。"

"我不信，没有一个行凶者动手前会说自己要杀人。反正，我不出去。"

"那行，我去拿钥匙来。"谭卿放下敲门的手，走到门边。

听着那脚步声远去，郜蓉最后一道防线终于被击溃，她猫着腰走到门边，按下门把手，试探地打开了一点。然后，一道尖叫声响起，门就彻底关不上了。

卧室里，颇有几分抓捕犯罪现场的气氛。郜蓉垂头丧气地坐在床边，谭卿坐在对面的椅子上，秀气的眉微皱着，一脸严肃。

郜蓉感觉连空气中都飘荡着"坦白从宽"几个字，她只好举白旗："好吧，我承认我是故意骂他的。但说出来你可能不信，我当时感觉自己就像突然被大罗神仙附身了一样——"

"你等等。"谭卿拿过桌上的陶瓷杯，"来，你现在让它冒个光。"

郜蓉绝望地盯着杯子："……好吧，我当时就是心情差，然后那个司机又一直在说个不停，我更烦了，一上头就没忍住。"

"为什么心情差？"

"明天不是要查分了吗？我紧张，心情不就差了。"郜蓉自认为很有道理地掰扯了个借口，然而谭卿显然是怀疑的。虽说高考成绩是大事，但这也是分人的。郃蓉就属于那种嘴上鬼喊鬼叫，实际上对待成绩的心早就和杀鱼的刀一样冰冷了。而且，明明出发前她和潘潇忽然吵得跟两个小学生似的。

郃蓉见她不说话，底气渐渐不足，刻意转移话题："不过你今天怎么回事？陈景迟那样接话，你居然没生气？"

"他开玩笑的。"提到这个，谭卿神色有一丝变化。

郃蓉"啧"了一声："不对劲，以前有人开玩笑你可不是这样，老实说，你们俩是不是真有点情况啊？"

"没有。"

见谭卿这么着急地否认，郃蓉更来劲了："那就是你对他有意思，对不对？你先别急着否认，撒谎的话陈景迟会倒霉一辈子。你说是不是？是的话，我马上给他道歉，绝不做你爱情路上的绊脚石。"

谭卿不想承认，主要是郃蓉这张嘴就是电量充沛的喇叭，不须多时就能把你的事情经过一通浮夸的润色后传遍每个角落。但面对那幼稚的诅咒，她又迟疑了。

"你起开，我要去洗澡了。"一番纠结之后，谭卿选择回避这个问题。

不过没等她走开，郃蓉又一惊一乍地"呀"了一声："你手机响了。"

不过，这次真的是陈景迟。他回复了两个简单的字："没事。"

是真的不在意，还是无可奈何懒得计较了？谭卿代入一下他看到消息时的表情，瞬间更自闭了。

"哎，你别哭啊。"郃蓉凑过来，看了一眼屏幕。

谭卿："你见过有人眼泪是隐形的吗？"

"我这不是怕你哭吗？"郃蓉挠了挠头，突然把人往外推了推，"你先赶紧去洗澡吧。"

搞不懂郃蓉的反应，谭卿警惕地看了她一眼，又不放心地折回去，拿上自己的手机，才往浴室走。

听着关门落锁的声音响起，郃蓉做贼似的掏出手机，飞快从通讯录里找到陈景迟的头像，戳进去。

"睡了吗，陈导？

“睡了能醒吗？有事和你说。

“还没醒，那我要不断打你电话咯。”

郜蓉噼里啪啦地发出几条消息。

两分钟后，对面发来了一串省略号。郜蓉丝毫不在意对方的冷漠态度，得到回应后，开始了她一个人的独角戏。

浴室中的谭卿刚洗完澡，满脑子还在想要不要回复那条消息，洗手台上的手机突然响了起来。

——陈景迟。看着屏幕上跳动的名字，她有一种措手不及到想逃跑的冲动，但是手一抖，电话已经被她接通了。

“陈景迟。”

“嗯。”

简单的开场白后，是战略性的沉默。双方好像都在试探彼此会不会先开口，最后，还是陈景迟先问了一句：“你哭了？”

这是什么奇怪的走向？谭卿一脸茫然：“没有啊，你为什么会这么问？”

陈景迟也没想隐瞒，坦白道：“郜蓉说你哭了，她说你怕我生你的气。”

谭卿捏紧了拳头，不用想也知道她又说了多少乱七八糟的话，刚才就该把她的手机也一起拿进卫生间的。

“没有。”思来想去，谭卿言语匮乏地重复回答了他。但因为刚洗完澡，声音好像被氤氲的热气泡软了一样，听起来真有几分哭过之后还死倔着不承认的感觉。

一时之间，她都不知道要不要继续说话了。纠结了一会儿，她咽了咽口水，尽量让声音显得正常：“陈景迟，我真的没哭，郜蓉她喜欢胡说——”

“嗯，我知道，没哭。”像是察觉到她的情绪，陈景迟给了她一个台阶。即使隔着听筒，但声音温柔得像是在哄小孩一样。

她都觉得自己有那么点无理取闹的意味了，谭卿选择闭上嘴。

那边也跟着安静下来。话筒里传来清浅的呼吸声，这提醒着她通话还在继续，不知道过了多久，陈景迟又叫了她一声：“谭卿。”

“嗯？”

“我当时没回消息，是因为去洗澡了。还有今晚的事，是我的问题。”他不疾不徐地解释，声音有些低沉，像融进夜色里，随着风穿过层层阻隔，就那么飘到了谭卿的耳边。

声音很近很近，近得谭卿似乎都能听清楚那撩人的音色和起伏的气息。她摸了摸自己发烫的耳尖，心思被搅得有些混乱。

“没关系，我也经常不注意看消息。晚上的事，我知道你是开玩笑的。”谭卿思考了良久，脑子里也预演了很多遍，自认为算是用尽毕生情商给了一个礼尚往来的台阶。

但那边好像很轻地叹了一声，这让她有点拿不准。

“陈景迟？”

“嗯。没事，早点睡吧。”

“好，那你也……晚安。”

挂断电话后，陈景迟抓起放在床边的毛巾，擦了两下已经半干的头发后又丢在床上。干坐了好一会儿，他才起身走到占了卧室将近四分之一面积的大书桌前，打开电脑。

等他剪完两组片子，外面的天已经翻起鱼肚白了，但心里那股隐隐的躁郁仍旧没有散开。他丢开鼠标，有些疲惫地靠在椅子上，闭上了眼。但没几分钟，他又泄气地睁开，拿起桌上的手机，点开了一个昵称叫“没事离我远点”的对话框。

C：“睡了吗？”

C：“睡了能醒吗？有事。”

其实，在某些时候，陈景迟是个没啥耐心的人。见半分钟没回复，他电话直接就打了过去。

那边应该是被电话吵醒，接起电话后的暴躁都要冲出屏幕了：“潘潇，你是不是有病？会看时间吗，需要我给你送个钟挂床边吗？”

“……是我，陈景迟。”

那边大概是睡意没散，还有些迷糊，等了好一会儿之后才转过弯来：“哦，你啊。你也被潘潇传染了吗？你知道英国现在几点吗？”

陈景迟懒得和他废话："我有事。"

这叫有事求人的态度？周协一口气堵在那儿，没好气地说道："什么事？快点说，说完老子要去睡觉了。"

陈景迟又陷入了沉默。过了两三分钟，当那边隐隐地传来鼾声时，带着一丝不自然的声音才响起——

"你是怎么追的许蔚？"

这大半夜的，陈景迟特意打电话过来，就是为了咨询自己的恋爱史？

"陈景迟，你是潘潇上身了吗？"周协没想到陈景迟也会八卦这种事，呛了一句，但几秒钟后，他又反应过来似乎有哪里不对劲，"等等，你不会是……喜欢上谁了吧？"

"你先回答我的问题。"

认识这么多年，周协深知陈景迟这个人一向是只要自己不想说，别人就休想从他嘴里挖出半个字来。

交换就交换吧。周协不着调地说："我啊，我这张脸还用追吗？许蔚对我一见钟情的好吧。"

陈景迟："等下，你再说一遍。"

"怎么了，不信吗？你不信也没办法，许蔚当初对我真是一见钟情，个人魅力这种事——"

"好了。"

周协被他这莫名其妙的打断搞得一头雾水："什么啊？"

"录好了。"陈景迟淡淡地解释了一句，见那边似乎没反应过来，不紧不慢地将录音文件传到电脑上，然后点开了播放键。

周协听到自己刚才那句大言不惭的话，一字不落地又传回耳边，还在循环播放着。他愣了几秒，彻底爆发了："你是真有病啊，打个电话你还录音！"

陈景迟："不录音怎么证明？"

"证明什么？你当我是犯罪嫌疑人吗！"周协暴躁地骂了一句，但很快又想到了什么，他一下子紧张起来，"你不会是要发给许蔚吧？"

陈景迟没说话。

周协以为他默认了，脾气也忍不住上来了："陈景迟，我告诉你，你趁她现在睡着赶紧给我撤回，不然等我下次回国，你就提前叫好救护车吧。”

“你确定？暴力造成人身伤害可是犯法，你非要动手的话，还是提前适应一下监狱生活吧。”陈景迟无视周协的威胁，还是一贯那种漫不经心又欠揍的态度。

周协拳头都攥紧了，要是在国内，就算连夜开车，他也得去揍陈景迟一顿。但现在他身处异国他乡，除了生气，别无他法，还是得好好商量：“陈景迟，我和你说，你现在撤回，咱俩还是——”

“我还没发。”

周协真的无语了：“你说话能别那么大喘气吗？”

“是你没等我说完。”他慢条斯理地解释了一句。

周协听得心里直骂这人两面三刀，平时装得人模人样的，比谁都温柔明事理，实际上阴险无比。但现在把柄握在陈景迟手上，他不得不低头：“行，我的问题，所以你到底想干吗？”

陈景迟也是个会适时给台阶下的人，他善解人意地笑了下：“就刚刚那个问题，再请教一遍。”

“追人啊。”周协吃了大亏，不敢再敷衍，而且这人精明得很，根本没法糊弄。他认真思考了很久，才谨慎开口，“其实简单来说，就四个字——死缠烂打。”

陈景迟：“流氓吗？”

“也不能这么说，就是追人你不能太矜持了，被拒绝几次也别放弃。有些女生就是口是心非，对你可能也有点意思但她不会表现出来，主要是想多考验你一下。这时候你就要多约她出去玩，看电影、吃饭、去游乐园……反正挑女生喜欢的那一套来。”他说起来显得很有经验，“还有女生都喜欢惊喜和浪漫，现在流行包下广告牌示爱，在广场上布置鲜花和蜡烛表白，不行你也试试。”

陈景迟听得沉默了几秒，然后才悠悠开口：“如果对方不喜欢这些方式，又不知情的话，这算不算是道德绑架？”

周协真的败给他了：“陈景迟，我原来怎么不知道你的道德标准这么高呢！”

“一直都挺高。”

“给你根竹竿你还真敢往上爬，反正，你就各种方法都试试，说不定就成了。我追许蔚时就是这样，她看着高冷不理人，但其实心软得很。”

陈景迟不太认同：“许蔚对人不是挺温柔爱笑的吗？”

被深深打击到，周协觉得这天没法聊下去了：“那你说说，你到底看上哪个女生了？”

“你不认识。”

周协不屑地“哼”了一声：“搞得这么神秘，我去问潘潇不就知道了。”

“那录音——”

周协马上改口：“行，我不问，我才懒得找他，那什么类型的总能说说吧？”

人漂亮、安静、会画画……陈景迟看着洗澡前被撕下来，贴在硬质小卡片上的两张创可贴，认真地思考起来。好像没有词能准确形容，就是她在一旁时，自己的目光会不自觉地被吸引过去，看她笑、皱眉、思考……甚至会期待她靠近自己。反正是前所未有，又很特别的一种感觉。

“说不上来。”良久后，陈景迟敷衍了一句。

周协：“那漂亮还是聪明，或者性感？”

陈景迟：“我困了，挂了。”

“……傻帽儿。”

自从挂断那通电话后，谭卿彻底失眠了。直到下楼吃过早饭后她才睡着，这一觉直接睡到了下午五点。

等她起来时，邰蓉已经回家了。窗帘倒是给她拉得严严实实的，热烫的光线一丝也溜不进来。

昏暗中，她摸过放在床头柜上的手机，上面显示有两条新消息。其中一条是余惠萍发的，说自己再过一周左右就回来了，还有祝她考到自己满意的分数。

这样看来，余惠萍还是知道自己今天出分的。和大多数的家长不同，余惠萍从来不会拿她的成绩和别的孩子比较，也不会揪着考试名次退步，批评教育她。关于学业，她说得最多的一句大概就是：挺好的。仔细想想，在学会接受孩子的平庸，不把自己的情绪和想法强加给孩子这一方面，余惠萍应该算是个很优秀的母亲。

谭卿给她妈妈回了一句“谢谢”，然后打开另一条消息，来自郜蓉，问她醒了没，有没有吃晚饭。

谭卿摁灭手机屏幕，打算装作没看到，门却十分不合时宜地被敲响，不用想也知道是谁。谭卿烦躁地拉过被子蒙住头，但显然外面那人更能坚持。她无奈地掀开被子，走下床。

刚拉开门，郜蓉赶紧撑开门缝挤进来。

“你刚睡醒啊？”大概是昨天得罪了谭卿两次，此刻郜蓉的态度有些卑微。

谭卿：“嗯，干吗？”

“没干吗，就是我妈今天包了饺子，想让你一块儿去吃。”

“不去。”

“别嘛，”郜蓉可怜兮兮地看着谭卿，“有你喜欢的玉米鲜肉馅的饺子，而且是我妈让我来叫你的，说晚上要出分了，让我蹭蹭你学霸的光环。你不去的话，我可能进不了家门了。”

谭卿依旧无情地拒绝：“那就不进吧。”

“不行啊，你不去的话……我妈只能亲自来请你了，谭卿卿，谭大画家？你真的忍心看我无家可归，风餐露宿吗？”郜蓉卖萌耍贱一向有一手。

最终，谭卿还是耗不过她，跟着她去了。

谭卿去过几次郜蓉家。和自家的清冷不同，她家到处都是一家四口生活的痕迹，阳台上挂满的衣服，茶几上的剃须刀，还有沙发上乱丢的玩具。虽然看着有些拥挤，但处处充满着生活的气息。

而且郜蓉的妈妈赵霞女士就属于那种刀子嘴豆腐心，爱夸赞别家小孩的家长。一进门，她就开始热情地切水果，拿零食。谭卿难得觉得自己像个被人念叨的小孩，一开始虽然有点不适应，但还是乖乖地全接下了。

吃完晚饭，赵女士大概也察觉到自己在，谭卿有点放不开。于是她收拾完就带着郜蓉的弟弟出门散步去了，把空间留给她们俩。

“我妈是不是特啰唆？”人一走，郜蓉赶紧拿出冰箱里的最后一盒杨梅，一屁股窝进沙发里，然后打开电视。

谭卿："其实这样挺好的。"

郜蓉一脸惊恐："她天天在你耳边念，你就不觉得好了。刚才吃饭你听见没，她还让我报黎川或者周边的大学，让我周末回来。"

谭卿："那你是怎么想的？"

"我肯定不会同意。不是说好了和你一起去京宁吗？再说了，陈景迟也在京宁，以后大家还能偶尔出来吃个饭聚一聚，多好。"还不知道分数，她已经满眼期待地安排上了大学后的美好生活了。

谭卿也不敢打击她，一边听着她的美好愿景，一边抽空刷着班级群的消息。群里全是在焦急等待查分的，有同学甚至提前去网吧占了位，就担心待会儿网络不好卡得进不去。

郜蓉心想自己家宽带的网速还不错，应该不用担心这个。结果下一秒，电视突然嗞了一声，头顶的灯一瞬间黑了下来。

"怎么回事，跳闸了？"郜蓉一骨碌从沙发上坐起来，"我去看看。"她摸黑走到墙边的电闸开关处，检查了一遍，"没跳啊。"

谭卿看了一眼窗外，一片漆黑："好像是小区断电了。"

"不会吧，关键时刻掉链子，今晚还要查分呢，什么时候来电啊？"

"不知道。"

两人在沙发上默默等了大概十来分钟，完全没有任何要来电的迹象。最后，两人还是打开手机的电筒下了楼。楼下已经站了不少人，大家议论纷纷。

"怎么会突然停电？我儿子今晚还要查分呢。"

"听说是小区变压器和线路坏了。"

"那今晚能修好吗？"

"这哪知道，咱这小区线路确实太老旧了。以前和隔壁职工宿舍楼共用变压器的时候，隔三岔五就停电一宿。"

大人们着急的、抱怨的都有，只有小孩们开心地跑来跑去。谭卿想着是不是该在群里问一下，哪个网吧还有空位。她刚摸出手机，电话就响了起来。

竟然是陈景迟打来的，她感到心跳突然加快，深呼吸后接通电话：

“喂……有事吗？”

那边低声说了句话，还没听清，就被周围嘈杂的声音盖过去了。

谭卿想拉着郤蓉走到安静点的地方，但转身看了一圈，没找到人影。回过头，那边的电话也已经挂断了。谭卿觉得有点失落，因为自己这边实在太吵，也不敢贸然打过去。她只好一边往人群外走，一边给郤蓉发消息，想先找到人再说。

可是人群乌泱泱的，她眼睛又有点散光，天一黑，根本看不清。刚走出几步，郤蓉的人影没看到，倒是一个骑着滑板的小孩飞速地朝她冲过来，滑板的轮子还闪着彩色的光。

就在要被撞上时，一只温热的手抓住她的手腕，将她整个人往后拉了一把。她的头撞上有些坚硬的胸膛，鼻尖上很快漫开一股清冽又有点熟悉的薄荷香。

像夏日里的一股凉风，将四周纷乱的嘈杂声渐渐吹散。

谭卿揉了揉额头，站稳后看了一眼扣住自己手腕的修长漂亮的手指，抬起头看到了一张熟悉的脸。

迟疑了一会儿，她还是觉得难以置信。

——陈景迟。他怎么会……在这里？

谭卿出神间，陈景迟也在看她。

他那双平时总是微微扬着的桃花眼，此刻有些严肃地绷着，似乎在确认什么：“没事吧？”

谭卿赶紧摇了摇头。

他眼底的郁气才因此消散了一点，低头去看那骑滑板车的小孩。

小孩的车已经停下，蹙着两条眉毛，仰头瞪着他，恶狠狠地说：“你干吗踩我车，让我过去！”

谭卿这才注意到，那滑板车的前轮正被陈景迟踩着。

因为没有滑动，此时轮子已经不发光了。陈景迟丝毫没有要挪开脚的意思，语气中带着点逗弄，和小孩商量：“你差点撞到这位姐姐了，先道个歉。”

那小孩脾气很倔：“我没有。”

“有，我可看见了啊。”

小孩估计是没遇到过这种故意和自己作对的人，气得想打人。他刚伸出小胖手，就被陈景迟一把拎到了边上。

陈景迟还使坏地将一只手压在小孩的肩膀上，另一只手灵活地把滑板车掉了个头。他左脚踩上踏板，蹲下去，和小孩平视着：“不道歉的话，你这车，可要赔给我了啊。”散漫的声音里带着几分威胁的意味。

小孩以为他真要把自己的车抢走，哇的一声大哭起来。很快，小孩的家长就闻声找了过来。应该是觉得有了撑腰的人，小孩立马换上一副可怜巴巴的面孔，告起状来：“妈妈，这哥哥打我，还要抢我的车，呜呜呜……”

陈景迟也没解释，不紧不慢地把车推回到装模作样在挤眼泪的小孩身边，轻笑了一声。

那位母亲以为他是默认了，顿时盛气凌人起来：“你怎么回事，这么大了还欺负小孩？你爸妈从小没教过你——”

“是你儿子刚才差点撞了人。”

谭卿不喜欢闹哄哄的小孩，尤其是这种无理取闹还要恶人先告状的。之前是碍于陈景迟在，她才一直忍着。但现在见他被诬陷，好脾气一下压不住，冷声打断那个女人：“他没打你儿子，只是帮忙扶了一下滑板车，不然，你儿子撞到人，自己也会摔倒。”

“怎么会呢？”小孩的母亲听她帮忙说话，自然把两人归为一伙，对她的态度同样很恶劣，“你们少冤枉我的孩子，天这么黑，肯定是你看岔了，我儿子平时很乖的。”

“没有，我开着手电筒。”谭卿一边平淡地说着，一边不经意地把手电的光往那男孩的脸上晃了一下。

周围的人也被吸引了过来。

“这就是你家孩子啊，刚才在那棵大树底下把老葛家的女儿撞了。”

“我就说刚才怎么感觉有人撞我的屁股，大晚上的，你怎么不看着点自家孩子！”

“就是，你这妈是怎么当的？”

大家都是停了电才聚在这里的。天热，蚊子又多，难免心浮气躁，说出的话都自带一股呛人的味道。

那母亲就算脸皮再厚，也不敢公然和这么多人起冲突，于是不情不愿地道了句歉，就扯着小孩走了。

谭卿低下头，看着还蹲在地上的人，轻轻叫了声：“陈景迟？”

“嗯。”

“你——”本来想问他怎么会出现在这里，但话刚到嘴边，对方已经把手朝她伸了过来：“拉我一把。”

“怎么了？”

“腿麻了。”他的眼尾轻轻耷拉着，伸着的手也有那么点可怜的意味了。

谭卿“哦”了一声，把手心里的汗往衣服上蹭了蹭，才伸手握住那只手。比自己的手大很多，骨节匀称，掌心很干燥。手心又开始冒汗了，不过还好没有心慌意乱太久，她稍微使了点劲，就把人拉了起来。

陈景迟松开她的手：“谢谢。”

“没事。”

“我是说刚才帮我解释。”

谭卿怔了一下：“你本来也是因为帮我才被缠上的，而且是他撒谎。”

“你不怕我真的揍他吗？”

“你不会。”如果换成其他人，谭卿不会这么确定，但他是陈景迟。

陈景迟没想到她会这么笃定，失神地笑了下：“这么信任我，那一起走吗？”

“什么？”

“郃蓉的朋友圈，没看到吗？”

还真没看到，谁能想到这种时候，郃蓉还有闲情逸致发个朋友圈。谭卿赶紧打开微信，点进这位社交达人的动态。第一条就是：我上辈子是遭天谴了吗？高考出分当晚竟然停电！

底下回复得热火朝天。

于超：“来我家吗？百兆网速不卡顿，水果零食已就位。”

郃蓉回复于超：“不去，你家狗太丑了。”

潘潇：“准考证号、身份证号报来，我帮你查。”

郃蓉回复潘潇：“拒绝，你不配看本仙女的分数。”

潘潇：“那点分数，能有你电话号码加起来多吗？老子还懒得看呢。”

郃蓉暴躁地回了他一个“滚”字，然后温柔地问陈景迟：“陈导，我可以去你家查个分吗？自备电脑也行。”

潘潇：“陈狗说不可以，太晚了恕不接客。”

郃蓉：“哦，忘了说，谭卿也一起。”

C：“可以。”

……

所以，他是因为这个才特意来的？可也不对啊，谭卿又确认了一遍那条消息回复的时间。虽说他家离这儿不远，但也不可能在短短十分钟内就能到。

大概是看出了她的疑惑，陈景迟解释：“今晚刚好和潘潇在附近吃饭，要去我那儿查分吗？到时候查完，我再送你们回来。”

顾虑都替她打消了，而且他说得太坦荡了。她现在拒绝是不是有点不近人情了，况且她心里是想去的。

谭卿不再犹豫：“好，那等我先找一下郃蓉。”

“她已经在车上了。”

“……”

两人倒是没那么夸张地自带电脑，主要是郃蓉家是台老旧的台式电脑，而谭卿的那台笔记本电脑里又藏着不少秘密。

最后，陈景迟把潘潇房间的那台笔记本电脑拿到楼下的茶几上，给她们用。

学校通知的查分时间是晚上八点。但因为查分的人太多，网站已经崩了，一直刷新了将近二十分钟，才进入登录页面。

郃蓉握着鼠标，紧张得眼都不敢眨一下。

潘潇在一边催道：“你查啊，怎么着，还要先洗个手吗？”

“不是，”郃蓉脑子一下有点迷糊了，她看向谭卿，“我身份证的后四位数是多少来着？”

谭卿：“3723 吧。”

“准、准考证呢？”

“你当初没拍一张存着吗？”

“哦哦，有的。”郜蓉手忙脚乱地掏出手机，翻开相册，她对着图片，一个数字一个数字输进去时，手都在抖。

在分数即将跳出来的那一瞬，她又用手掌遮住了电脑屏幕。

潘潇真的表示无语了：“你到底行不行啊，不敢看你就把眼睛蒙上，我帮你看。”

“不要！我自己先看，你们都把眼睛闭上，快点！”她跪在地毯上，两只手遮得严严实实。

三人只好无奈地配合。然而他们刚闭上眼，就听到一声惊天动地的尖叫，潘潇被震得差点从沙发上摔下去。

“你号叫什么？在这儿杀猪呢！”

“358！358！”郜蓉一把推开电脑站起来，然后蹭到谭卿身上，“去年京宁艺术类的本科线是不是344分？！谭卿，我是不是可以和你去同一个城市了！！”

“是。”谭卿差点被郜蓉推下沙发，好在陈景迟眼疾手快地扶了一下她的肩。

陈景迟对潘潇使了个眼色。潘潇见状，一只手捂着耳朵，一只手把郜蓉挪开：“姐，待会儿再吼行不行？先让谭卿把分查了吧！”

“哦，对，谭卿你快查！”郜蓉赶紧把电脑端到谭卿面前。

哪知道退出后重新登录时，网站页面又卡住了。

郜蓉：“这是什么破网站？”

陈景迟看了一眼谭卿轻蹙着的眉头：“给我吧。”

谭卿不明所以，但还是把电脑递了过去，只见那骨节分明的手指在键盘上有序地敲了一通她看不懂的东西，页面就变得流畅了不少。

郜蓉一脸惊奇地问道：“他做了什么？”

潘潇：“帅哥的事少打听。”

陈景迟没有要解释的意思，直接把电脑递给谭卿：“查吧。”

谭卿其实也是紧张的，毕竟是她追求了三年的一个结果，马上就要出现在眼前了。所以在敲下准考证的最后一位时，她虽然脸色如常，但手指还是停住了。

陈景迟："要帮忙看吗？"

谭卿深吸了一口气，点头："嗯。"

"最后一位？"

"9。"她下意识地闭上眼，听见手指在键盘上敲下最后一个数字时发出的一声轻响，然后耳边突然安静了下来。

一瞬间，谭卿脑子里闪过许多个坏结果。她甚至开始拼命回想自己的答题卡是不是涂错了，但很快，从头顶飘下一道温和的声音："665分，恭喜。"

谭卿紧张的心瞬间轻松起来。她睁开眼，看着屏幕上清晰的分数，没有预料中那种猛烈的欢喜，反而有一种不真实又有点想流泪的感觉。

她吸了吸忽然发酸的鼻子，刚想缓和一下心情，旁边的郜蓉如大梦初醒般激动起来："谭卿，你这分数可以稳进A大了吧？！"

潘潇："啊？谭卿想上A大吗？"

"对啊！怎么了，艺术生不能上A大吗？！谭卿艺考专业的综合分可是全省排名第二！"

潘潇感觉到冤枉："我又不是这个意思。"

"那你是什么意思！"

两人跟点燃的炮仗一样，噼里啪啦地拌起嘴来。

而坐在沙发上的陈景迟，散漫又似有深意地看着谭卿："你想报A大？"

现在否认，是不是有点欲盖弥彰了？谭卿脑子里也挺乱的，但出于心虚，还是尽量若无其事地遮掩着自己的小心思："嗯，A大的美术学院不是很好吗？很多人都想去吧。"回答得冠冕堂皇，眼睛却不太敢看向他。

不过，陈景迟大概信了，淡淡地"嗯"了一声。

谭卿暗暗地松了一口气，郜蓉已经在给她妈妈打电话报喜了："我在同学这儿呢。对啊，本科铁定能上好吧，你就说我有没有给你和老郜长脸？升学宴就免了吧，你们还不如把请吃饭的钱奖励给我……"

听她那邀功自傲的语气，潘潇小声吐槽："不知道的还以为她考了省状元。”

“你懂什么，”郃蓉已经挂掉电话，一巴掌拍在他的脑袋上，嘴上振振有词，“照你这么说，那么多人一辈子都挣不到比尔·盖茨财产的一个零头，岂不是都不能开心了，各人有各人的目标和追求。”

“你还挺乐观。”潘潇揉了揉头，“哎，谭卿，你不和你爸妈说一下吗？”

谭卿一时间完全没想到这个，她怔了几秒，才慢吞吞地起身，往客厅外的阳台走去：“我去打个电话。”

报个喜，又不是什么听不得的事。潘潇觉得有点奇怪，但陈景迟已经抢先开口：“去吧。”

也不知道余惠萍有没有睡着，谭卿纠结了一会儿，还是拨通了她的电话。有点出乎意料的是，余惠萍接得很快，但两人都不是擅长聊天的人，简单说了几句后就冷场了，谭卿对此早已习以为常。

不过，挂断电话后，谭卿没有马上收起手机，而是维持着这个姿势，在原地站了几分钟，才推开门进去。

“他们去哪儿了？”客厅里只剩下陈景迟一个人。

陈景迟：“郃蓉说要庆祝一下，潘潇带她出去买烧烤了，你要去吗？”

不去，这样可以和他单独待一会儿。去，好像才显得比较正常。谭卿一时觉得两难。

陈景迟没逼她做出决定：“你如果想去，我们可以现在过去。不去的话，我们就在家等着，他们应该很快就回来了。”

谭卿心一横，厚着脸皮坐下了：“那……还是在这儿等他们吧。”

“好，你想吃什么？我发给潘潇，让他带回来。”

谭卿摇头：“不用，我不饿。”

“那是烤鸡翅、羊肉串、鱿鱼，还是茄子、土豆片？”

陈景迟这人真的很会诱惑人，就这么一副懒懒的语气和你说话时，都让人不忍心拒绝或敷衍他。

谭卿彻底放弃了抵抗：“我都可以。”

“好。”他不紧不慢地在手机屏幕上敲着，大概在告诉潘潇菜名。

谭卿往沙发的另一端挪了挪，一边假装看着手机，一边时不时用余光偷偷地瞄他。没有被发现，她暗自庆幸。

然而没几分钟，他突然起身，谭卿下意识地跟着站起来。

“我上楼拿个东西，你在这儿坐一会儿，嗯？”

察觉到自己的反应有些反常，谭卿立马尴尬地坐下，嘴上乖乖地应着：“哦，好。”

没骗她，真的只是一会儿，陈景迟很快就下来了。这回，他没坐到刚才的位置。而是隔着刚刚好的社交距离，坐到了谭卿的身边。跟变戏法似的，他的手上多出了一个青灰色的小盒子，他将盒子不紧不慢地递到她面前。

谭卿诧异：“这是什么？”

“礼物。”

“今天……不是我的生日。”

“是吗？”他好像真的在遗憾，不过嘴角很快又微微扬起，“那就当成给你的奖励，恭喜你高考取得好成绩。”狭长的眼尾下垂着，那双勾人的桃花眼此时像夜空中的星星，闪耀而明亮。

谭卿突然有些出神，心里似乎有一种东西摇摇晃晃的，在他抬头的那一瞬间，然后毫无理智地陷进他那双犹如一泓清泉的眼睛里。

不知发怔了多久，直到耳边再次传来他的声音。这次带着点叹息，又有些倦怠：“不打开看看吗？我手都酸了。”

从来没有人因为这种理由送过谭卿礼物，哪怕是余惠萍。知道分数后，她也只是平淡地夸赞了两句。

对她来说，大家忙着处理好各自的喜怒哀乐，才是人生常态。但偏偏，只有他，打破了她的这种惯性心理。在这个本该可以平凡地过去，又特别的晚上。

这份礼物此时出现在她的眼前，说明他早在之前就准备好了。

看着那个外表是丝绒质感的小盒子，谭卿心里很乱，就好像有一张大网，将她整个人包裹住了，一时半会儿解不开。

她看不透对方的心思，眼下都不知怎么应对这份礼物。

陈景迟似乎等得有点无聊，他将小盒子轻轻地递到她手中，然后悠悠地叹了一口气：“不要先看一眼，再拒绝吗？”

谭卿“啊”了一声，赶紧摇头：“不、不是。”

陈景迟：“那先看一眼？”

“好。”怕他再误会，谭卿赶紧接过盒子，打开盒子，入眼是一条手链。挺小众的一个品牌，但恰好郈蓉之前沉迷研究首饰，给她看过这个品牌的不少产品，工艺的精细度很高，设计也非常独特，就是价格不是她们这个年龄段的学生能承受的。当时，郈蓉还立志等拍完电影拿到片酬后，入手一对这个品牌的耳环犒劳一下自己。

结果没想到，陈景迟会送她一条手链，似乎还换了个普通的首饰盒子，是怕她知道价格有心理压力吗？

陈景迟见她目光停住：“怎么了，不喜欢？”

“没有。”谭卿咬了咬唇，尽量掩饰住自己的不自然，她指了指那条手链，轻声叫了一句，“陈景迟。”

“嗯？”

其实她想问他是只给自己准备了礼物，还是剧组里的其他毕业生都有，但又怕答案不是自己想听的。试探的话在心里车轱辘似的来回转了好多遍，终究还是没敢问出口。

“没事，”她默默地叹了一口气，又用随意的语气说道，“我就想问，这个礼物，你是不是把我的工资都抵进去了？”

陈景愣了一下，很快又想到什么，轻笑了一声：“可以吗？”

谭卿犹豫地摇了摇头：“不可以。”

“那抵一半？”

谭卿还是摇头，陈景迟见状继续让步：“一半的一半？”

“嗯，差不多……也行。”明明用全部工资都不够抵账的，但谭卿还是厚着脸皮，把礼物收下了。

陈景迟看着她眼里藏不住的笑意，突然有些心疼，想说本来就是送你的礼物，用工资抵账只是开玩笑的话。但话到嘴边，他又恐怕她有心理压力，不好意思收下，只能改口问：“现在要戴上吗？”

不戴上的话，手里拿个盒子会不会更显眼。一想到郈蓉八卦的眼神和激动的声音，谭卿还是小心翼翼地把手链拿了出来。

手链是玫瑰金的，中间还镶嵌了一颗精致的莲蓬状的小坠子，上面点缀着细钻，在客厅的吊灯下熠熠闪着光。很漂亮的设计，就是接口处的卡扣不太好扣，她单手试了好几次，都没能扣上。就在她暗骂自己没用时，他的声音又从头顶传来：“我帮你？”

谭卿以为自己听错了，捏着手链的手倏然停住了，还没扣上的手链就这么从手中滑下去，刚好被那只修长的手接住。

好丢人。谭卿下意识地想要逃开，但那条漂亮的手链轻轻搭在了她的手腕上。陈景迟的身上带着一股淡淡的薄荷清香，和手链贴在肌肤上的金属质感一样，冰冰凉凉的，让人觉得很舒服。

动作比谭卿娴熟多了，他好像做任何事都那么游刃有余，轻轻松松地就扣上了最里面的那一小环。

谭卿就没这么淡定了，生怕自己混乱的心跳声泄露出去，于是刻意地压抑着自己的呼吸。直到他温热的指腹在她的手腕上轻点了一下，她才从紧绷的情绪中缓解过来。

“好了。”陈景迟已经收回手，垂眸看着被一圈手链点缀得更加纤细、瓷白的手腕，有片刻的失神。

“很漂亮。”他的声音十分低沉，却含着笑，像是在认真夸赞，又像是在哄人。

谭卿觉得被他指尖碰过的肌肤又灼热起来，她本能地抬手摸了摸，脑子也有点迷糊：“陈景迟。”

“嗯？”

“你以前经常给女生戴手链吗？”

陈景迟愣了一下，几秒后想到了什么，扯动着嘴角：“应该还好，也就几次？”

几次是多少次！一两次，还是五六七八九次！谭卿打量他的目光停滞下来，又密又长的眼睫毛颤动了几下，她在纠结着该怎么不动声色地问他。

一道巨大的推门声响起。

“快点，你真是走得还没我奶奶坐的轮椅快。”

“大小姐，你也不看看我拿了多少东西？你以为我是八爪鱼吗？！”

潘潇和郜蓉推门而入，或许是察觉到屋内有一丝异样的气息，在互呛了一句后，都不约而同地安静下来，齐刷刷地看向坐在沙发上的两人。

潘潇："你俩这干啥呢？谭卿，你脸怎么这么红——"

话没说完，已经刺激到郜蓉了。她一把冲过去，眼神凶狠地盯着陈景迟："你是不是占我们家谭卿便宜了，你这个衣冠禽兽！"

"喂，你过了啊。"潘潇虽然平时自己一口一个"陈狗"的，但听到别人骂陈景迟，还是要出来维护几句的，"阿迟在学校也是有很多人追的，出去吃饭都会有人轮流要微信，还不至于占谭卿便宜。"

"呵！就只有他有魅力吗？喜欢谭卿的人多到排队，而且有魅力和占便宜有什么关系，长得帅的人就不犯罪了？"郜蓉一向是个没理也不饶人的小能手，这会儿审视着陈景迟从眼前走过去。

谭卿趁她的目光还没落到自己身上前，她赶紧心虚地拿起腿上的手链盒，快速藏到沙发上的抱枕后。陈景迟瞥见她惊慌忙乱的小动作，忍不住轻笑了一声。

这让郜蓉更加怀疑了："陈景迟，你笑什么？你是不是——"

谭卿为了防止她重演上次的祸从口出，赶紧上前捂住她的嘴，压低了声音警告："你别瞎说，我们什么都没干，就只是单纯等你们回来。"

"唔唔唔……真的吗？"她挣开谭卿的手，深吸了一口气，"那你的脸怎么这么红？"

"这……是热的不行吗？你的脸不也很红？"

郜蓉走了半天的路，夏天的夜晚又十分燥热，出一身汗也很正常。她摸了摸自己的脸："是哟，都怪潘潇走得那么慢，热得我都想当街脱衣服了。"

谭卿见郜蓉注意力转移，接着问："对了，你们怎么买这么多东西回来？"

"这个……"

潘潇替她抢答："她听说贺佳明考砸了，就要加倍庆祝，都快把店搬空了。"

"不要再提那只癞蛤蟆！"

"行行行，说的又不是我，管他青蛙还是癞蛤蟆。"

难怪，不仅有烧烤，还有一堆的零食、饮料和啤酒。潘潇把袋子都放到茶几上，和陈景迟两人逐一拆开。

郜蓉伸手拿了一盒烧烤和两瓶冰啤酒。她打开一瓶啤酒，伸手正要递给谭卿，却被陈景迟拦住："你们还是喝饮料吧。"

潘潇："对，我怕你喝醉了把我们全部锁门外。"

郜蓉知道他说的是上次喝醉酒后她把许蔚堵在厕所隔间里的糗事，瞬间觉得很没面子："我那次只是心情不好！哪有人喝饮料庆祝的，我不要。"

"那你买这么多饮料回来谁喝？"

"好看，不行吗？"

潘潇真是服了她，陈景迟也不在这种兴头上和她争论，只看了一眼谭卿："能喝吗？"

"嗯。"虽然谭卿以前很少喝酒，但一两瓶啤酒应该没问题。

陈景迟去拿了两个杯子，很谨慎地给谭卿倒了半杯。

"来来来，先碰一个。祝谭卿去A大后能开开心心，交到一个体贴、帅气的男朋友，以后成为一个知名的画家。"

郜蓉的第一个愿望送给了谭卿。谭卿偷偷看了一眼身边的人，喝了一小口，好看的杏眼都弯起来了。

"再祝我们陈导这部电影成功杀青，票房大卖。以后的电影越拍越好，早日捧回各种最佳导演奖。"郜蓉是个很会搞气氛的人。

潘潇："那至少得捧回五六七八个吧。"

"总得给别人点儿机会不是？"

潘潇觉得不服气："哎，我发现你现在是不是对'陈狗'有点意见？"

意见是有的，谁让他对谭卿图谋不轨，但郜蓉脸上还是善解人意地笑着："怎么会呢？陈导年轻有为，不需要太多祝福，靠实力就能取胜。"

"可——"

"你赶快把酒喝了，你是不是不想真心祝愿陈景迟！"

真是无语，潘潇讪讪地闭上嘴。

"最后祝我自己以后成为一个大老板，有花不完的钱。"她郑重其事地说完，给自己倒上满满一杯酒，一饮而尽。

潘潇一言难尽地看着她：“你这就有点庸俗了吧，我以为你要祝自己成为出色的演员之类的呢。”

“我有钱，干吗还受那罪？”

行吧。潘潇勉强地干完一杯：“那我呢？”

郜蓉：“你？没有你啊。”

潘潇一口气梗在心口：“老子真的服了你，祝福都跳过我，还喊我出去给你当搬运工！我收回刚刚那杯酒，你的愿望作废。”

“作废无效。你都喝了，除非你再吐出来。”

“吐就吐。”潘潇重重地放下杯子，起身往厨房跑去，郜蓉一边嚷着“不行”，一边跟了过去。

客厅里又安静下来了。陈景迟扫了一眼出神的谭卿，轻轻地敲了敲她的杯子：“看电影吗？”

谭卿回过神：“看什么？”

“你想看什么？”

“我也不知道。”除了一些特别火的电影，她会陪郜蓉去电影院看，平时就很少看电影了。如果知道他读大学时会改专业学编导，那她一定两天看一部电影，看完后还会仔细撰写观后感的那种。

陈景迟似乎也不在意谭卿的为难：“带你去挑挑？”

谭卿以为他说的“挑”只是在几部里让她做选择，然而当走进二楼的储藏间时，才发现是自己的见识太浅薄了。

偌大的房间被一排排整理架划分成了各种分区。每种分区还专门做了不同类型的标签，有按题材分的：喜剧、爱情、悬疑、战争……也有按风格分的：写实主义、古典主义……

谭卿感觉走进了一个小型的收藏馆：“平时潘潇看恐怖片，是不是要进来找半天？”

“没有，”陈景迟靠在墙边，声音低沉而缓慢，“我平时都锁着门，不让他进来。一般我拿什么他就看什么，或者他有特别想看的，我进来帮他找。”

那他现在带自己进来？谭卿那本就不平静的心湖，此时像被砸进了一颗石子，瞬间荡开一圈圈无法停止的涟漪，将那些浮于表面的冷静和理智搅得稀碎。

“陈景迟。”她想起刚才被打断的那个问题，壮着胆子晃了晃手链，“你说的几次是？”

“忘了，可能也就四五次吧。”他随意地应了声，在窥见那双眼睛的光芒黯淡下去前，又扯了扯嘴角，“主要是我妹是个很难伺候的小鬼，总嫌弃我戴得不好。”

谭卿：“你妹妹？”

“对，很意外吗？”他直起身，走过去，又没骨头似的靠着她身边的架子，懒懒叫了一声，“谭卿。”

“嗯？”

“其实你是第一个。”

陈景迟说这话时，眼尾藏着浅浅的笑意，有些漫不经心，又有些不易察觉的认真。

谭卿觉得自己大抵是耳鸣了，听不太真切，但又不好意思让他重复一遍。对她来说，今晚的一切都太不寻常，就像是朦胧夜色下的镜花水月，一旦去求证，就恐怕一切都是虚妄。

她就保持着一开始仰头看着他的姿势，也无暇去思考怎么回应。不过，他说的第一个，是指自己是第一个收他礼物的人，还是有其他言外之意？

谭卿平时虽然不爱和人沟通，但并不代表她不会察言观色。一般人的一句话一个眼神，她都能猜到个大概意思。可面对陈景迟，不知道是他太聪明，还是太擅长把自己的情绪隐藏起来，她根本看不透，所以不敢随便去论断他的意图。

就在她冥思苦想，该拼凑出怎样一个既不冷场又不会出错的回答时，头顶的灯突然熄灭了。

“陈景迟？”她下意识地叫了一声。

很快，一只温热的手掌落在她的发顶，他安抚地拍了拍她。

黑暗总是能把各种声音无限放大，明明两人之间还隔着一段距离，可现在，谭卿觉得他的气息就落在自己的耳边，脸上不由得生出一阵烫意。

“你们小区也停电了吗？”她尽量压制住自己的紧张。

陈景迟：“不知道，你手机带了没？”

谭卿摸了摸自己的口袋：“没有。”

两人的手机都放在楼下的沙发上了。

陈景迟：“那你待在这儿，我下去看看？”

“不要。”他刚要转身，衣摆却被她拉住了。

陈景迟鲜少见她有这么情绪外漏的时候，片刻的愣神后，他弯了弯嘴角，试探地问：“怕黑？”

之前郁蓉家停电，天还没彻底暗下来，厨房和客厅又都有窗，多少能透进一点光。但他这个储藏室，四面都是墙。门一关，灯一灭，就是浓得化不开的黑。

谭卿低着头，没说话。

陈景迟使坏地扯了扯自己的衣服，没从她手中扯回来，反倒是被攥得更紧了。隐隐察觉到她的害怕，他凭感觉握住了那一截纤细的手腕。

“陈景迟！”

他淡淡地“嗯”了一声，反握住了她的手，扣在掌心，有些恶劣地笑了下：“我牵着你走啊。”

原来他不是要甩开自己。

两人走到门边，一拉开门，底下的吵闹声立即传上来。

“大小姐，你是不是有病！你把电闸拉了干吗！”

“这么开心的日子，我才不想看恐怖片。”

“那你把眼睛闭上呗，再说你开心又不是我开心，我就要看，怎么了？这么乌漆抹黑的，你也不怕把啤酒喝进鼻子里。”

“你管我。”

典型的杀敌一千，自损八百。

两人在黑暗中无语地对视了一眼。

陈景迟：“他俩年龄加起来有超过两位数吗？”

谭卿不太想让郁蓉丢面子，又实在觉得尴尬：“差不多，郁蓉七岁，潘潇三岁吧，现在怎么办？”

陈景迟拉着她摸黑走到楼梯转角处，一只手打开墙上的塑料盖板，把总电闸的开关推了上去，楼梯、走廊、客厅的灯光一瞬间都亮了起来。

陈景迟松开了她的手。

楼下的郜蓉也尖叫了一声："你刚刚去拉闸了？"

潘潇："没有啊。"

"那灯怎么就亮了？"

"大半夜的，你别吓人啊！"潘潇一下从地毯上跳起来，冲楼梯口喊，"陈狗，你是不是在楼上？"

谭卿刚要回应，陈景迟对她使了个眼色："别理他，去挑你要看的电影，他今晚不敢再看恐怖片了。"

"好。"虽然知道很不厚道，但谭卿还是选择和他沆瀣一气。

回到储藏间，谭卿的选择困难症犯了，她在架子之间来回穿梭了一会儿，最终挑了一部喜剧片——《三傻大闹宝莱坞》。倒不是因为它的名字奇特，而是影片 171 分钟的时长，让她动了私心。

陈景迟一开始就把选择权给了她，现在自然也没有意见。

两人不紧不慢地关上门，下楼。走到楼梯转角，正好遇上做完心理建设，互相推搡着上来查看电闸的潘潇和郜蓉。

空气有那么一瞬间凝固住了，然后就被暴躁的声音点燃。

"你们在楼上啊，我刚刚叫你怎么不应！"

"没听到。"

"放屁，我刚刚那么大声，你是聋了吗？"

陈景迟一副"我听不见你说话"的敷衍态度，推了一下潘潇的肩膀，错身往楼下走。

潘潇只能把目光抛向谭卿："你俩在楼上？"

"就选个电影。"谭卿赶紧把手里的"证据"递到他眼前。

郜蓉眼尖，趁机瞄了一眼："《三傻大闹宝莱坞》，这是什么片子啊，你让潘潇一个人分饰三角不就完了吗？"

"喜剧片，你一个学表演的没看过就算了，还没听过吗——"

潘潇没吐槽完，两个女生已经往楼下走去。

潘潇突然反应过来有哪里不对劲。就楼上那个宝贝房间，陈景迟平时都不让自己进去，今天他居然带谭卿进去？！

陈狗可真是重色轻友啊！潘潇一脸怨气地回到客厅时，电影已经开始放映了。

郃蓉没看过，这会儿一边吃着烧烤串，一边喝着啤酒，看得挺入神。

谭卿则比她安静很多。只有陈景迟，手搭在抱枕上，表面上在看电影，目光却不时地偏到谭卿身上，偷偷地停留几秒，显然在一心二用。

越琢磨越不对劲。潘潇凑过去，用力拍了一下陈景迟的肩："陈狗，出去一下。"

"嗯？"

"我有事问你，你不出去，我就在这儿问了啊。"他的眼神落到谭卿身上。陈景迟揉了揉脖子，不太耐烦地站起来，朝着阳台的方向，扬了扬下巴。

"有屁快放。"轻手轻脚地拉上门，陈景迟压着声音说了一句。

潘潇就不让他称心，故意磨蹭了一会儿，才开口问："你老实说，你和谭卿现在到底什么情况？"

"没情况。"

潘潇："少忽悠我，你别说今晚不是故意跑到她家小区附近吃饭？还有她手腕上的那条手链是你送的吧，她来的时候手上可没戴东西。"

陈景迟没想到潘潇观察得这么细致。

潘潇盯着他："你俩在一起了？"

"没。"

"那就是有意思，还没追到？"

陈景迟总觉得这种私事不太好对外人解释，尤其还是潘潇这种藏不住话的，到时候被赤裸裸地戳破，挺让谭卿尴尬的。

潘潇以为他默认了，忍不住贱兮兮地笑道："还真没追到，你不行啊。礼物都送出去了，谭卿她怎么说？"

"你给我小点声。"陈景迟踹了他一脚。

潘潇吃痛地"嗷"了一声："你这狗急跳墙啊，等等，你不会还没跟她说吧？"

"嗯。"

"你这不行啊。郜蓉和我说，最近可有人在追谭卿呢，别让人捷足先登了。"

陈景迟："谁？"

"不知道，同校的吧，"潘潇故意卖弄着关子，"就前几天她的朋友圈不是发了两张谭卿的照片吗？底下有个男生在求谭卿的联系方式，她说长得还挺帅。"

陈景迟摸出手机，点开了郜蓉的朋友圈。

他平时没有看朋友圈动态的习惯，这会儿从上到下翻了一遍，也没见到潘潇说的那两张照片。

"没有。"

潘潇想了想，说："哦，她说谭卿看到后让她删了。"

陈景迟："你存了？"

"没有，但她后来聊天的时候发我看了，还问我照片拍得好不好看。"

"发我一份。"他说得理所当然。

潘潇嘚瑟地摇头："我不，谁让你上次趁我喝醉后拿我的钱包去结账。"

陈景迟懒得和他掰扯："钱还你。"

潘潇狮子大开口："两倍。"

很快，一条银行的到账信息响起。潘潇没想到有生之年还能坑陈景迟一回，他心满意足地把谭卿的照片发了过去。

照片里，金色的夕阳从窗棂洒进来，谭卿站在书桌前，身上穿的是第一次见他时的那条白色裙子。他放在屏幕上的指尖停顿了片刻，然后逐一保存，又抬头瞥了一眼在看转账短信的人："手机拿来。"

"干吗？"

陈景迟没解释，直接从潘潇手中一把拿过手机，将相册和聊天记录里的照片全部删除，再丢回他手上。

潘潇无语地翻了个白眼："喂，要不要这么小心眼啊！"

"出去别乱说。"

"知道了。"毕竟收了钱，该保密还是要保密的，而且陈景迟那个警告的眼神让他也有点发怵，"陈狗，我感觉你完了，你陷入爱河了。"

“傻帽儿。”

“爱情果然使人暴躁，你今天骂人的次数加起来比一年的都多。”

两人回到客厅，郃蓉的身边已经多了两个空的易拉罐，手上还拿着一罐新开的，喝得正起兴。

潘潇看着挺胆战心惊的，他踢了一下她的脚：“哎，别喝了啊，醉在这儿的话我给你扔出去啊。”

“扔什么？”她抬头看着他，摇摇晃晃地就要站起来，结果踉跄了一下，一把拽住他的衣领，眼神有点迷糊，“郃越，你怎么长这么高了？”

完蛋，她已经喝多了。

“郃蓉，先放开。”潘潇拽开她要勒死自己的手，不仅被她用啤酒罐敲打了一下头，还听到她怒斥：“没大没小，叫姐姐！”

陈景迟没忍住笑了一声。

潘潇更恼火：“看戏呢，你快点过来把她拖走，我真是服了。”

“不要，有人身危险。”

“啊！你别把一手油抹我头上，”潘潇真的要崩溃了，“谭卿、谭卿……”

最终，谭卿过来搭把手，将人按回沙发上。郃蓉是真醉了，倒头就睡，酒洒了潘潇一身。

潘潇连连叹气，抱怨道：“怎么就喝醉了，谭卿你刚才没看着点她吗？”

确实没有，主要她刚才一直挺正常的，而谭卿也一直在关注阳台上的他俩。

“我没注意她——”

“行了，”陈景迟打断她，嫌弃地看了一眼正在疯狂抽纸巾擦衣服的潘潇，“你这样了还不去洗澡吗？”

“去。我现在感觉全身都是烧烤味，不过她怎么办，先躺这里？还是你先送她们回去？”

陈景迟：“我喝了酒没法开车。”

“行。”潘潇又看向谭卿，见她点头，把郃蓉放平躺在沙发上。

听到脚步声往楼上去了，谭卿抽出角落里的毯子给郃蓉盖上，自己坐在了沙发和茶几之间的地毯上。

陈景迟在她身边坐下，屈起双腿。

“你刚刚和潘潇出去聊天啦？”

“嗯。”

她也没继续问两人聊什么，而是认真划拉着屏幕，空着的那只手拿起一串豆腐，递过去问他：“吃吗？”

陈景迟“嗯”了一声，但一只手搭在膝盖上划拉着手机，另一只手撑在地毯上，完全没有要伸手去接的意思。

谭卿见状纠结了片刻，还是壮着胆把那串烧烤递到了他的唇边，等他咬住，又做贼心虚似的收回手。

陈景迟无声笑了下，不得不伸手接住那串烧烤。

两人安静地看了一会儿电影，潘潇洗完澡下来，对上陈景迟的眼神，识趣地绕到他旁边坐下。可惜，屁股还没坐热，躺在沙发上的人就在他背上毫不留情地踢了一脚。

潘潇脸都黑了：“她真睡着了吗？不会是装的吧！”

陈景迟：“可能是你在她梦中都欠揍。”

算了，总不能真和一个喝醉的女人动手。潘潇往外坐了些，就着夜宵喝着酒，熬到电影大概播到三分之二时，他实在是困得眼皮直打架，就上楼去睡了。上楼时，他还顺手关掉了客厅的大灯，只留了一线灯带。

昏暗的光线里，电影接近尾声，陈景迟垂眸看了一眼神色有些疲倦的谭卿，问道：“困了吗？”

谭卿一只手支着下巴，强行打起精神：“不困，电影挺有意思的。”

“是吗？”

“嗯。”她郑重地点了点头，“虽然现实中，拉加和法罕才是大部分人的写照，但并不妨碍他们向往成为兰彻那样的人。”

兰彻不阿谀奉承，敢于打破世俗和偏见。即使他身处晦暗，但骨子里的心气永远能点燃一束火把，不仅给自己方向，也能成为照亮别人的一点微光。

这真是很理想的人格。换作以前，谭卿不觉得现实中会存在这种人。但现在，她抬头看着轮廓被光晕勾勒得温柔又分明的人，突然觉得还是自己见识太少了。

不是不存在，而是除去这些，眼前的这个人身上还有更灿烂的东西。

“陈景迟。”她有些动容地叫了一声。

“嗯？”

“你以后肯定会成为一个很厉害的导演。”

很简单又不吝啬的夸赞，但谭卿的表情很认真。陈景迟被她的可爱感染到，他笑了下：“这么肯定我啊，但你有没有听过塔可夫斯基的一句话？”

“什么？”

“想当导演的人，是拿自己的一生碰运气。在学导演的学生中，有百分之八十都不适合这一行，他们终其一生都只能在电影周边徘徊。所以——”

“你会成为那剩下的百分之二十。”谭卿生怕他眼尾的笑意淡去，又改口，“不对，是百分之二十里能走到顶峰的那千分之一，可以吗？”

谭卿的眼眸透亮得像两颗黑曜石，隐隐地藏着些固执。陈景迟有一瞬间的愣神，随即他很配合地点头：“可以啊，不能辜负我们美术顾问谭老师的信任，以后多捧几个奖杯回来好不好？”

他这么顺着自己，谭卿倒有些不好意思了，小声说了句“好”。然后捧着杯子小喝了几口酒，才压下心里的尴尬，她试图转移话题：“你为什么想拍校园题材的电影？”

“要听实话吗？”

谭卿点头。

“因为资金有限。”

相比于其他题材，校园题材的电影不需要复杂的场景，团队构成相对简单，群演人数较少，也没有昂贵的设备和后期特效。总的来说，这种题材的电影确实是低成本的。而且近些年，社会各界越来越关注青少年的心理健康，校园暴力这个题材更引人注目。

陈景迟见她不说话，就起了个话题：“怎么了，是不是被现实的一面打破幻想了？”

“没有，”谭卿用力地眨了眨眼，生怕露出困意，“理想的实现暂时也需要靠现实来过渡一下，而且这不是现实，这是识时务。”

“有道理，那碰一个吗？”陈景迟拆开一罐牛奶，插进吸管，递给她。

谭卿摇头，给自己倒了一杯啤酒：“喝这个。”

断断续续地喝完两杯酒，谭卿真的支撑不住了，手臂垫着脑袋，直接趴在桌子上睡了过去。

陈景迟收拾了一下垃圾，去洗了个手。回来时，谭卿已经睡熟了，她的小脸蛋被酒精晕染得红扑扑的，因为没东西靠着，身子好几次往边上栽去，就像风雨中飘摇的小蘑菇。

陈景迟弯腰扶了她几次，收效甚微。最后他无奈地笑了下，拿起沙发上的外套，裹在她身上后一把打横抱起，往楼上走去。

体重是挺轻的，但人没平时看着那么安分。刚抱起来时，她的脑袋就往他颈窝里蹭了蹭，细软的长发磨得人又热又痒。一放到床上，揽着他肩膀的那只手不老实地拽住了他的领口。手腕上的一截链子还轻轻地晃着，不时地碰到他的锁骨，冰冰凉凉的。

反正她的行为就挺“过分”的。

“谭卿。”他一只手捏住她纤细的手腕，另一只手将她散乱的头发别到耳后，轻轻地拍了拍她的肩膀。等到人放松下来，他才小心扯开领口上的那只手。

刚准备站起来去把灯调暗，她翻了个身，脸贴着他的掌心，小声喊了一句：“爸爸。”

一瞬间，所有负罪感都上来了。陈景迟感到既无奈又好笑，掌心抵着眼角揉了揉。以前有事没事骗潘潇叫“爸爸”也不是什么稀奇事，但给女生当爸爸，属实是人生第一次。

第二天，谭卿和郜蓉回去后，陈景迟又十分贴心地给剧组放了一天假。

原因就是烂醉如泥的郜蓉不省人事地睡了一晚，醒来后整个人依旧处于半待机状态，别说拍戏了，估计台词都说不利索。再加上许蔚大概也和同学出去熬夜庆祝了，一大早就打电话来请假。

相比于她们困倦疲惫，谭卿安然且舒适地睡了一整晚。照理说，她应该是精力充沛的，但实际上，状态比郜蓉更迷糊。

谭卿怎么也想不到自己早上会在陈景迟的房间醒来。那一刻，她的脑子里一片空白，似乎所有的记忆和思绪都被一道齿轮紧紧地卡住了。

回到家后，谭卿独自在书桌前坐了很久。直到她从冰箱里摸出一罐饮料，在脸上滚过几圈后，冰冷的刺激感让她脱离梦境，记忆才一点点清晰鲜活起来。

所以，是他把她抱上楼的？应该是，她又没有梦游的先例。这个猜测一旦成立，那些原本只是盘旋在脑海里的想象，突然有了画面。

她放下饮料，抬手看了看手腕上那条漂亮的手链，在灯光的照耀下，它闪着细碎的光。

谭卿不自觉地浅笑了一下，打开手绘板。大概是昨晚给她的灵感太充沛了，等她抬起头时，窗外的天际已经弥漫了大片的赤红，是落日最后停留的余温，和她手中浪漫的色彩一模一样。

她静静地看了一会儿，登上贴吧。因为毫无预兆的断更，有不少嗷嗷待哺的粉丝着急地发来私信，她简单回复了两条，然后把刚画好的内容快速地上传上去。

很快，评论如雨后春笋般冒出。

“抱住失踪人口，西楼你要是再不出现，我们就要去报警了！！”

“哇！新的一章好甜啊！西楼，你老实交代到底挂了多少袋葡萄糖才画出这种绝世小甜画，我们言宝是不是马上要告白了！”

“不行！绝不能让我们言宝主动！学长呢？是时候让他站出来了。”

“就是，都送手链了，闷骚男人的心思现在十层窗户纸也遮不住了。”

“谁表白我都喜欢，双向暗恋也太好看啦。”

……

谭卿没想到会在这种奇怪的地方产生争论，思索了一会儿，她慢吞吞地敲字：“如果言宝想回礼的话，送什么比较好呢？有人能给些建议吗？”

“这题我会，爱他就带他去逛男装之家。怎样？”

“你真的好土，救命！”

“言宝，送他离开千里之外，然后你来我怀里，我不仅给你买手链，还给你买大房子，带泳池花园的那种哟……”

大多是不正经的回复，个别评论好玩得让谭卿都忍不住笑出声。终于在看了许久之后，出现了一条认真得不合群的回复。

“送耳机、鞋，或者手表？反正如果送男生礼物，挑他平时感兴趣的或者与职业相关的最好。”

认识陈景迟以来，他对一切的态度都随和又包容，从来没表露过自己的喜恶。若是和职业相关的话，拍摄设备吗？自己大概买不起，而且他也不会收吧。

“真是好难啊。”谭卿揉了揉酸痛的后颈，虽然没想出个结果，但还是在评论底下礼貌地回了一句“谢谢”。

很快到了填报志愿的日子。

余惠萍刚好在这天回来，不过她也没有插手谭卿的任何选择，只是带她去市中心新开的一家西餐厅吃了个饭。

一起吃饭的还有在她琴行工作比较久的几位老师，以及那个很可能会结婚的男人——魏历华。魏历华三十四五岁的年纪，长相斯文。两年前，他经人介绍来余惠萍的琴行教人小提琴，后来因为两人性格互补，慢慢走到了一起。去年余惠萍在黎川师大校区附近开了一家更大的分店，他就主动调去那边负责招生和管理了。

师大离十三中挺远的，谭卿和他没见过几次面，加上两人都不是热络的性格，算起来和陌生人也没什么区别。但今天，大概是余惠萍的指示，又或者是为之后两人关系的转变提前给谭卿一些心理上的铺垫。魏历华给她带了一份贵重的礼物，一个高级品牌的新款手镯。

谭卿其实对这些首饰并不感兴趣，但当着众人的面，她还是说了声“谢谢”，然后客气地收下了。不过只是放在手边，没有要拆开看一眼或者试戴的意思。

魏历华倒没什么不高兴的地方，他又笑着说了一些祝贺她考得不错之类的话。其他人对视了一眼，跟着附和着夸谭卿优秀，就算没参加艺考，这成绩也能读个重点大学。

谭卿把功劳都归结于余惠萍教育得好。她不喜欢掺和这些复杂的人情世故，但并不影响她扮演好乖乖女的形象。饭局接近尾声，手机振动了两下，她扫了一眼，和余惠萍打了个招呼，先行离开了。

郜蓉早就等在楼下了，一见到谭卿立马惨兮兮地扑上来："你这顿饭吃的时间可够久的啊，我饿得胸都变小了。"

"谁让你不上来一起吃点。"

"你妈，还有姓魏的都在，我哪好意思。"不了解情况，郜蓉也不敢随便说姓魏的男人是她后爸，轻飘飘地带过后，拉着她往外走，"对了，你今晚在你妈这儿住还是——"

"回去。"

余惠萍在琴行附近也有一套房，为了照看生意，她平时都是住在这边。而谭卿因为老小区离十三中近，为了上学方便，就一直没搬过来。她周末的时候偶尔会过来吃顿饭住一晚，不来的时候，余惠萍会抽空回去看她。

郜蓉："行，那就陪我去罗乌巷那家吃烧烤。"

"不去。"那家店的客人特别多，尤其是夏天，里面坐不下了，一张张桌子就全部摆到门口。又热，蚊子又多。

郜蓉："真的不去吗？可是潘潇已经在等我们了。"

潘潇在，那是不是代表某人或许也——

郜蓉见谭卿刚才还拒绝得干脆利落，现在又迟疑起来，看出点端倪，调侃道："走啦，你的陈景迟也在。"

"还不是我的。"好啊，她现在都懒得狡辩了。

郜蓉有点恨铁不成钢："迟早是你的，行吧，不过你现在可得把持住啊，千万不能——"

"不能先表白，不能先示好，男生要是真心喜欢一个女生，一定舍不得让她先开口的。"

自从那晚回来后，郜蓉彻底看出谭卿对陈景迟的心思，就天天对她耳提面命这几句话。

谭卿对这些话都能倒背如流了。虽然她觉得感情这种事，谁先表白都可以，和真不真心也没有必然联系，反倒是受性格影响比较大。

就好比她自己，这几天和陈景迟在微信上聊天明显比以前频繁不少，隐约能察觉出彼此的感觉。但一见面，她又完全不敢越界去戳破那层窗户纸。她害怕自己会错意，也害怕被拒绝。因爱生惧，所以她很难有坦白的勇气。

而郜蓉是怕她吃亏：“你记得就好，我是觉得陈景迟肯定对你也有意思。咱不急，等他忍不住了，自然会开口向你告白。”

谭卿：“你问过潘潇？”

“没有啊，谁找他问这个，你别看他表面上总是一口一个‘陈狗’，心里铁定向着他兄弟。我一和他说，他就绝对能猜到。他的花花肠子那么多，到时候说不定会怂恿陈景迟怎么拿捏你呢！”

不知道是不是自己的错觉，谭卿觉得潘潇大概已经知道了，只不过和她们一样装傻。

郜蓉：“反正我会坚定地站在你这边。”

“……我又不是去打仗。”

“我说立场！”

两人赶到烧烤店时，潘潇已经一边吃着串，一边喝着酒，他还特别识趣地空出了陈景迟身边的位置。

谭卿面不改色地坐下，给自己开了一瓶冰汽水。滋滋的气泡刺得舌尖发凉，她放下罐子，吐了吐舌头。

一抬眸，刚好和陈景迟的视线撞个正着，他没忍住，嘴角露出肆意又有些温柔的笑。

谭卿一开始还有点尴尬，但对上那双清透又张扬的桃花眼，也不自觉地跟着笑起来。

潘潇简直没法看了，他狠狠咬了一口手中的羊肉串，把桌上的盘子都移到了自己和郜蓉面前：“他俩不用吃了，我们吃。”

郜蓉纳闷道：“陈导也吃过晚饭了？”

“秀色可餐懂不懂？”

“什么意思？”

潘潇服了：“没什么，来，吃点猪脑。”

郜蓉忍住把盘子砸在他头上的冲动，不和他计较：“对了，你不是说叫了许蔚吗？她怎么没来？”

“她说准备睡了，不想动。”

“这么早啊，”郜蓉感叹了一句，“我怎么感觉她心情不好呢，你没觉得她最近有点不对劲吗？”

“有吗？”潘潇看向陈景迟。

陈景迟放松地敞开双腿，一副置身事外的模样：“不知道，我没太注意。”

潘潇的视线转到谭卿身上，意味深长地“啧啧”了两声：“这就开始洁身自好了啊。”

谭卿听出他意有所指，呛了一口水，赶紧转回话题：“好像是有点，她最近在片场好像都很少说话。”

潘潇：“你这么说，我也有点儿感觉到了。她这两天都是下了戏就马上走了，按理说她不是考得很不错吗，怎么会心情不好，难道来‘大姨妈’了？”

郜蓉：“这种事，我们怎么会知道，你应该去问她的男朋友。”

“别，我怕周协会连夜回国把我打一顿。”

说到这个，潘潇突然想到一些事：“陈狗，你有没有发现周协最近也很暴躁，我前天给他打电话被他骂了一顿，难道说小情侣连心情不好都是同步的吗？”

郜蓉：“你有没有想过一种可能，他们吵架了？”

“不会吧，许蔚性格那么好，而且你别看周协平时总是一副别人欠他八百万的样子，在许蔚面前，就完全像一条黏人、没脾气的大金毛狗。是吧，陈狗？”

“不知道。”

“再和你说话，我就是傻子。”潘潇又被泼了一头冷水，不再理他，“对了，谭卿你报了A大的什么专业？”

“数字媒体艺术。”

潘潇愣了一下：“你怎么想到报这个专业的？”

按理说，A大最好的是几个设计类专业，她的分数也完全够上。就算不选这些，他也以为她会选油画这一类纯美术的专业。

谁知道她会选这种偏向现代信息媒体的专业。

谭卿也怕被人看出破绽，于是不动声色地解释：“就挺感兴趣的，我想试一试。”

“是吗？但是选专业这件事还挺重要的，你之前了解过吗？别因为那个，就一时冲动，不然可能会后悔的，是吧？”潘潇意有所指地看了一眼陈景迟，希望他能识相点，客观地说句话。结果话音刚落，没等来他的配合，反倒被他在桌子底下暗戳戳地踹了一脚凳子腿。

“呸，”潘潇眼疾手快地扶着桌沿，一把稳住，“居心不良的浑蛋。”

郃蓉愣了一下，转头瞪他：“你才浑蛋呢！”

潘潇真的怀疑自己和郃蓉天生气场相冲，怎么一开口就能惹到她。

偏偏罪魁祸首还装作一副若无其事的模样，劝他：“吃东西时安静点儿，不然容易消化不良。”

郃蓉：“就是，吃都堵不住你的嘴，再说谭卿爱选什么专业选什么专业，你哪来这么多意见，家住海边都没你管得宽。”

口舌之能实在逞不过，潘潇只能选择闭嘴。他想着回去后再算账，但没等到散场，陈景迟中途接了个电话，交代他待会儿把两人送回去，自己却先走了。

陈景迟不在，谭卿也变得兴致索然。好在潘潇和郃蓉两人也没太耗时间，有来有回地互相伤害了几个回合也就累了。

回到家后，谭卿点开陈景迟的微信，纠结了一会儿，还是敲出“我到家了”几个字，发送过去。

陈景迟没回信息。他走得那么着急，应该是真的有事在忙吧。她等了十几分钟，揉了揉有些酸涩的眼睛，放下手机，转身去浴室。

洗完澡出来，又怀揣着一丝期待，她按亮屏幕看了一眼：还是没回。她有点沮丧地拉开抽屉，里面放着一盒香烟。

接触陈景迟之后，她发现对方不抽烟，身上永远是那种淡淡的薄荷香。

于是，她将香烟装进塑料袋里，扔进了最下层的抽屉里。等明天问问郃蓉她爸要不要，要就悄悄地送过去，不然就送给门卫大爷。

这么想着，她抱着手机，坐回床上。她一边刷着贴吧，一边时不时地切回微信看一眼有没有新的消息。

困意逐渐向她袭来，就在眼皮差点合上时，消息提示音突然响了一下。

C：“好。”

只有简单的一个字，但足以拯救她那颗失落的心。

不甘心对话就这样结束，她斟酌着打字：“你，回去了吗？”

C：“还没睡？”

时间已是0点43，好像确实有点晚了。

Q：“嗯，睡不着。”

那边又没了音信，大概是去睡了。

谭卿有些泄气，慢吞吞地敲出“晚安”，正要发送，语音通话先一步跳了出来。

她的手微微一颤，接起了通话。

“为什么睡不着？”好听的声音通过听筒，透着迷人的磁性。

谭卿捏了捏手心，总不能实话实说吧。大脑在飞速转动，然后她灵机一动：“我睡前看了一部恐怖片，然后就失眠了。”

“这样啊。”那边低低地叹了一声。

因为听筒离耳边近，谭卿听到那边有沙沙的风声。

“你还没回去吗？”她试探地问道。

那边没有回答，耳边只剩下轻轻的呼吸声。谭卿也不确定是不是自己问错了，一时不知道怎么转圜话题。

大概过了一分钟，磁性的声音又响起：“谭卿。”

“嗯？”

“我在你家楼下。”

大概是觉得难以置信，谭卿足足愣了半分钟。等回过神来时，她依旧保持着接电话的姿势，连鞋都没穿就跳下床跑到窗边，一把拉开窗帘。

小区的路灯有几盏年久失修，光线明暗交杂。她眯着眼，仔细辨认了一会儿，终于捕捉到隐在夜色里那个修长挺拔的身影。

“谭卿？”那头轻轻叫了一声。

“你等一会儿，我——”她怕对方会挂断电话离开，于是开了免提，把手机放在床边。她也来不及换衣服，一把抓起床头柜上的钥匙，套上拖鞋，飞奔着下了楼。

平时闭着眼随便走的楼梯，此时下楼的每一步都踩在她失衡的心跳上。紧张，更多的是期待。等到跃下最后一级台阶，看见不远处那个依然安静站着的身影时，她才稍稍松下一口气。

谭卿平复下混乱的呼吸，朝他走去。

陈景迟也察觉到了，转过身，看着走近的谭卿。她身上穿着一套灰色的棉质睡衣，披散着的长发，被风吹得有些散乱。整个人散发出融入静谧夜色中的乖巧。

他弯下腰，晃了晃耳边的手机："现在可以挂了吗？"

谭卿抬头看着他，没有说话。

陈景迟轻声笑了一下，无奈中又带了点央求的意味："快没电了。"

"哦。"谭卿无措地回过神，立刻挂断电话，把手机塞进睡衣口袋里。手没立刻拿出来，而是悄悄捏紧口袋里的布料，抿了抿干涩的唇，她尽量平静地问，"你怎么会过来？"

"想看看你。"很暧昧的一句话，他却没有任何要遮掩的意思，直白又坦荡。

谭卿的眼睫颤了一下，耳尖很快弥漫上一股烫意。

"你……是不是喝酒了？"好半天，谭卿才不确定地挤出一句话。

"嗯，闻到了？"他的喉结上下滚动着，似乎发出了一声很轻的喟叹。他退后两步，垂眸看着她。

谭卿心中突然发酸，想说自己并没有嫌弃他的意思。

不过没等她开口，前方又传来有些懒散的声音："不困的话，陪我走一会儿？"

"好。"走一夜都行。

谭卿不动声色地靠近他，其实刚才自己是瞎猜的。但现在离得近，她才闻到他身上真的有一股酒味。不过气味很淡，和他身上的薄荷清香混在一起，并不难闻。

两人沿着狭窄的小道，走得很慢。谭卿是因为紧张，而陈景迟大概是在配合她的速度。两人就这么漫无目的地走到了小区放置着健身器材的地方，陈景迟低头问她：“要过去坐坐吗？”

“可以。”

两个加起来还没到不惑之年的人，怎么有一种老年人聚会的感觉？不过那边有树遮挡，灯光更加昏昧。谭卿坐下后，少了几分局促，也敢光明正大地看他了。

“你今晚走了之后，是去吃饭了吗？”她犹豫着问了一句。

陈景迟：“嗯。”

有了夜色的遮蔽，她胆子放开了些：“那是和谁一起？”

“别人介绍的一个投资商。”

以前谭卿对拍摄电影这块完全是一无所知，但她自从进组之后，听着老汪他们聊天，耳濡目染也了解了一些。虽说这玩意儿，钱少有钱少的拍法，钱多有钱多的拍法，但投入多，产生的效果肯定是不一样的。而且后期的剪辑、宣传没一样是不花钱的，只要你想，这就是个销金窟，多少钱都能砸进去。

他之前确实也说过资金有限，拉投资是必然的。不过一想到这种酒局，谭卿满脑子都是不好的画面，她皱着眉问：“所以，是他们逼你喝酒了吗？”

陈景迟被她一副担忧又暗暗不快的小表情给逗到了，故意叹了一声：“差不多吧，不过要让别人掏钱，总得意思一下不是？”

“那，他们还有别的为难你的地方吗？”

“我想想啊，潜规则算不算？”

潜规则？！谭卿眸光有一瞬间的震惊，眉头皱得更紧：“投资人是女的？”

“男的。”

“那怎么还……”谭卿欲言又止。

陈景迟：“可能是我这张脸太有市场了，男女通吃。”

谭卿下意识想说“你脸皮好厚”，但对上那挑不出错的五官，又把话吞了下去：“那你答应了？”

这下，陈景迟忍不住了，鼻腔中轻轻地哼了一声：“我在你心里就这么禁不住诱惑，这么没原则？”

“不是。”她想说等以后自己有钱了，他或许可以不那么有原则。当然，这种流氓话，只能在心里想想。

陈景迟见她耷拉下眼尾，不再逗她：“和你开玩笑的，没有潜规则。见的是葛老师介绍的一个朋友，他有投资意向。刚好他的女儿也是学表演的，想进我们剧组尝试一下。”

之前好像是听潘潇提过一嘴。谭卿问：“那你怎么想？”

“之前是在考虑，最近他女儿放暑假回来了，就正好见个面看看。”

“可角色不都有演员在演了吗？”就连临时演员，之前也联系了一批。

陈景迟：“下一个剧本，不过她说最近可以先来剧组适应一下。”

差点忘了，这是部单元剧形式的电影。他这么说，就是那女生还不错，定下了的意思吧。谭卿心里突然有点不是滋味，但又没有立场发表意见。

毕竟自己又不是他的谁，就算是，他作为一个导演，以后合作的女明星也只会越来越多。

大概是察觉到她的情绪有些低落，陈景迟抬手在她的脑袋上不轻不重地揉了一下：“怎么了？”

“没事。”

“那接下来聊聊你的事？”

谭卿茫然道：“什么？”

“选的专业，是真的喜欢吗？”

原来，还是被他看出来了。谭卿想说是，但面对那双透亮的桃花眼，觉得说什么也没法糊弄过去。最终她只能摇了摇头：“不知道，这个很重要吗？”

“有点吧，不是说兴趣是最好的老师吗？”

“也是最冷酷的杀手。”她小声嘀咕了一句，但还是被他听到了。

“为什么这么想？”

“因为有些人明明坚持做着自己喜欢的事，但最后并不能得到自己想要的结果。”说完这句话，她把自己去参加美术集训时，遇到的一个学长的经历告诉了陈景迟。

那个学长是个复读生，有天半夜，他抽烟时烟头没有处理干净，差点把画室烧了。后来，他就退出了集训班。

走之前，谭卿去画室取东西，和他见过一次，他和她说了句“对不起，烧了你的画”。

谭卿一脸平静地回了句“没关系”。然后，他就崩溃地红了眼眶。

他说自己是第三次复读，家里人都不理解他，就连他的老师也不止一次隐晦地说过他没有这方面的天赋，让他早点换个方向。他说自己也很迷茫，分不清自己的坚持是出于热爱还是不甘心。

照理说，热爱不应该是充满希望的吗？怎么会让人变得这么痛苦又煎熬呢？

谭卿在这条路上一直走得顺风顺水，其实她不太能理解那个学长的感受。她也不擅长安慰人，只是认真地听完了他的发泄。

陈景迟安静地听完谭卿的讲述：“好像是有点道理，不过成功本来就是属于少数人的。而且也不知道他是不是习惯在做成一件事之前，就给自己设下过高的期望。太在意结果，反而会导致做事时束手束脚，加上分心，就没办法全身心地投入这个过程。”

“不知道，我只是觉得这么多年的努力不应该得到这种结果，而且他自己也说过如果当初没学画画，正常地上课学习，说不定也考上想去的大学了。”谭卿叹了一口气，“如果是你，你会后悔吗？”

“不会，说句欠揍的话。”

谭卿期待地看着他：“你说。”

“我一般想做的事都能成。”

果然很欠揍。

“不信吗？”

“信啊。”他那样耀眼的人，就像是永悬于天上的太阳，不论在哪个领域，都会大放光彩。简单的两个字，是她十足的坚定。

陈景迟看着一脸认真的谭卿，嘴角忍不住扯动：“后悔也是正常的，人在失意时，往往都会回头看，然后开始对当初的选择产生怀疑。”

“为什么？”

“因为他们一般选择性地看到没有走过的那条路上的鲜花和美景，而忽略其隐藏的风雨和荆棘。”

见谭卿似乎不明白，他想了想，又说：“就好比你的学长，假如他从小就选择了应试教育这条路，万一没有考到满意的分数，那他现在会不会又想，要是当初去学画画就好了，说不定已经参加过很多比赛，拿了很多奖了。”

这话好像很有道理。谭卿点了点头：“所以如果都有可能后悔，还不如选自己一开始就喜欢的，这样到时候还有个宽慰自己的理由，至少为自己的热爱尝试过了。”

觉悟还挺高。陈景迟：“是这个理，所以专业还要选数字媒体艺术吗？”

谭卿迟疑了几秒：“我还是想试试。”

“行。”陈景迟也没再继续劝她，松开搭在她脑袋上的手，“那现在还害怕吗？”

“害怕什么？”

“不是说看了恐怖片睡不着吗？”

差点挖坑把自己埋了，谭卿尴尬地笑了笑：“不害怕了。”

陈景迟：“那走吧，送你回去。”

“现在吗？”

“你坐在这里被蚊子咬得不难受吗？”

陈景迟还好，他穿着长裤，但谭卿的睡裤只到膝盖处，细皮嫩肉的，裸露在外的小腿成了蚊子的重点攻击对象。陈景迟不经意间帮她赶过几次蚊子，但完全于事无补。即使光线昏暗，他也能看到她白皙的肌肤上起了好几个包。

谭卿的注意力一直在陈景迟身上，现在被他这么一说，才感觉到腿痒。她下意识地伸手挠了几下，腿上很快出现一道道红痕。

陈景迟扣住她的手腕：“别挠了，家里有花露水吗？”

“有的。”

陈景迟就着这个姿势将谭卿拉起来：“走吧。”

她一路上腿痒得难受，陈景迟将人送上楼，嘱咐了一句“把门锁好”之后就走了。

有点沮丧，她还没来得及问他有没有被蚊子咬，需不需要也擦点花露水呢。

第二天一早，陈景迟给谭卿发来了一份文件压缩包。里面是A大与美术相关的各个专业的资料，从日常课程到就业方向和前景，整理得十分详细。

说不清是意外还是感动，又或是二者都有。谭卿的心被填得满满当当的，她一页页看过去，最后认真地回他自己考虑好了，还是决定选之前的数字媒体艺术专业。

那边回了一个“好”，后面还跟着一个摸头的表情图。

投资商的女儿是一周后来的，她叫鹿盈，名字取得很诗情画意。而且人如其名，皮肤白皙，五官干净柔和，声音很甜美，一看就是很讨长辈喜欢的类型。鹿盈性格开朗又热情，来的第一天就给大家带了水果和零食。

这种类型的姑娘，显然很受大家欢迎。老汪还开玩笑说要是自己年轻几岁，也要找一个这样的女朋友。只有许蔚和谭卿，对鹿盈态度如常。

许蔚是因为最近心情不好，对谁都提不起兴致。而谭卿，不知道是出于女生的第六感，还是她那狭隘的心理作祟，她总感觉鹿盈每次看陈景迟的眼神都有点令人遐想。

所以，当大家片场休息，鹿盈来分水果时，谭卿客套又敷衍地拒绝了。一旁的郃蓉都听得愣了一下，但也看出来不对劲了。等到鹿盈走后，她才凑到谭卿耳边小声问：“你怎么了？”

“没事。”

没事才有鬼。谭卿性格一向随和，这是郃蓉第一次看到她的眼神里带着刺。

不过没等她再问，谭卿已经起身，朝里面走了。十号之后才能进学校，最近的戏都在影视城内拍摄。比起之前的环境，这里更好。

前两天，谭卿还特意买了台迷你小冰箱，每天存放一些水果和饮料。打开冰箱门，她拿出早上带来的新鲜荔枝和饮料，往剪辑室走去。

“陈导，这是给你的。”还没走到门口，鹿盈元气满满的声音从走廊上传来。

谭卿脚步顿了一下，退回转角处，偷偷地循声望去。

陈景迟靠着门框，一只手搭在门把上，一只手插在口袋里，面前是鹿盈递过来的一个透明盒子。不用猜也知道，里面应该是切好的水果。

怪不得她要给大家买水果，原来醉翁之意在他这里啊。谭卿突然觉得有些懊恼，但转念想想，自己不也早早就对陈景迟图谋不轨了吗，现在总不能理直气壮地走上前不让他收吧。

她收回目光，正打算转身走开，一道身影突然挡住了她的去路。

“站在这儿干吗？”

第四章 粉玫瑰

那不是的话，

能正眼瞧你男朋友了吗？

再熟悉不过的声音，谭卿不用抬头也知道是谁，可他刚刚不还和鹿盈在那儿“相谈甚欢”吗？他是发现自己偷听，所以过来了？就这么猝不及防地被抓包，谭卿觉得有些狼狈，她下意识地捏紧手中的塑料袋，往身后藏了藏：“我就是路过。”

他漫不经心地“哦”了一声：“手上拿的什么？”

“荔枝。”

“给我的？”

本来是要给他的，但一想到被人抢先了，她还是很有骨气地摇头：“不是，我给郜蓉拿的。”

陈景迟轻叹了一口气，没说话。

谭卿又没骨气地心软了：“你不是有别人给你送了吗？”

“我没要。”

谭卿愣了一下，抬起头才发现对方的眼尾微微翘起，浅棕色的眼眸温和又透亮，根本没有想象中的丧气样。

“那鹿盈——”

陈景迟：“我让她拿走了。”

怪不得，她刚才用余光瞄了一眼走廊，发现早就空无一人了。

陈景迟低头看了一眼谭卿手上的袋子，低低地“唉”了一声：“真不是给我的啊，那我刚才没收她的，有点亏了。”

他这话怎么听着遗憾又委屈呢？谭卿象征性地犹豫了一下，马上把袋子递过去：“那给你吧。”

“不给剥一下皮吗？”

这还攀比上了！谭卿想了想还是好脾气地拿出一颗荔枝，把袋子塞给他，低着头，耐心地剥起来。谭卿平时没有留指甲的习惯，荔枝的壳又硬，她自己吃都是用嘴先咬开个缝，但在他面前，总不能这样不顾及形象吧？现在她只能用那没什么杀伤力的指甲，费劲地剥开一颗荔枝，然后手一伸：“给。”

陈景迟一点没有要伸手去接的意思，而是弯腰低下头。

这是要自己喂他吗？谭卿被他的这个意图吓得手一抖，然后眼看着那颗莹润饱满的果肉啪的一声掉到了地上。

“掉了。”

陈景迟：“嗯，所以呢，你想让我捡起来吃？”

那倒也不必这样。谭卿闷声把袋子递给他：“我不剥了，你自己吃自己剥。”

“这么懒啊。”

到底谁懒？！谭卿小声反抗：“手剥疼了。”

“行。”陈景迟接过塑料袋，直接挂在手臂上，然后不紧不慢地摸出一颗荔枝。他动作看着慢条斯理的，其实不慢，很快就剥好了一颗。然后下一秒，那颗饱满的果肉就递到了谭卿唇边，“张嘴。”

这太猝不及防了，谭卿感觉自己的大脑有点宕机了，但潜意识里还是配合地把果肉咬进了嘴里。软糯冰凉的触感在舌尖上化开，刺激得人又清醒过来。

“你——”因为嘴里含着果肉，她的声音变得模糊不清。

陈景迟没忍住，轻笑着打断：“我可没经常给女生剥水果，我妹也没有。”这是实话，别说伺候别人，在吃这方面，他还真是个不折不扣的大少爷做派。这种麻烦的水果，他从来不亲自动手剥。要么不吃，要么就吃剥好的，不然那汁水沾在手上，黏糊糊的，会让他瞬间失去耐心。

但现在，他好像觉得也没那么难以忍受。他垂眸看着腮帮微微鼓起的谭卿，喉结滑动了几下，压下嘴里的干渴，问：“甜不甜啊？”

“嗯。”

“‘嗯’是什么意思？”

“……甜。”

行，他也挺甜的。

大概是知难而退，接下来的几天，鹿盈没有私下再来找过陈景迟。但不论刮风下雨，她每天还是照来不误，很快就和剧组的人混熟了。

大家在忙时，她就独自在一旁抱着手机或者平板自娱自乐。遇到能做的事，她就会上去搭把手，很有眼力见儿。等到大家休息了，她又会露出灿烂的笑容和他们聊天。

恰好，潘潇、老汪等人都是话篓子，所以一到了中场休息时间，片场就变得和集市一样，一群人在侃天侃地。后来，潘潇还带了两副扑克牌来，休息的时候，一群人围着桌子打牌。

场面很热闹。但是越热闹，就越显得谭卿容易游离于人群之外。起初，郃蓉还会陪着她，但是郃蓉是个爱玩爱闹的性子，禁不起诱惑，很快就加入了他们。谭卿也不愿意郃蓉因为自己而变得“不合群”。而且，不知道是不是自己太敏感，她能感觉到鹿盈对自己的态度并没有表面上那么和善，但大家毕竟在一个剧组，表面的和气还是要维持的。

大部分空闲时间，谭卿都是一个人待着。当陈景迟忙完了过来，她又会立马找事情做，假装自己在忙。

以前她可以一个人待多久也无所谓，但现在，她有点怕被他看穿自己安静和随和外的无趣。不过，他似乎并未发现，还是照常和她聊天，有时带着她一起去剪片子。他专心致志地看着屏幕，她就悄悄地看他。

后来，许蔚嫌他们玩得又无聊又吵，也会过来和她说说话。

时间过得很快，七月中旬，高考第一批次的录取结果公布了，谭卿顺利进了第一志愿。为此，她还特地拍了一张录取通知书的照片，发布在许久不更新都要“长草”的朋友圈。

潘潇：“恭喜啊，这下某人可以近水楼台先得月了。”

江奇：“谁得‘月’？”

刘飞逸：“我得！以后我去京宁带你骑摩托。”

老汪：“这不好吧？京宁多冷啊，而且有时候雾霾很大，吸多了容易得肺病。”

刘飞逸：“我是买不起头盔吗？再说，老汪你还是担心你自己吧，天天抽烟得的可不是肺病，那可是肺癌。”

郃蓉：“让我拜一拜，蹭点好运。”

按照郃蓉的分数，她只能在第二批次里被录取。昨天她才报完志愿，前几所填的都是京宁的民办本科院校。根据以往的分数线，应该没问题。但为了以防万一，她最后一个志愿还是填了一所其他城市的学校。

底下难得热闹的评论里，谭卿一条条往下划，终于找到了夹在其中，简短得差点被埋没的两个字：“欢迎。”

等待的忐忑一下子烟消云散。她抱着手机沉思了一会儿，回了一个可爱的笑脸。

另一边，陈景迟的脸上不自觉地露出了笑意。

潘潇从冰箱里拿出一罐啤酒，然后走过来，心知肚明地“啧啧”了两声：“又在和谭卿聊天呢。”

陈景迟没否认，也没理他。

潘潇：“我说你还打算把人吊多久啊？”

“我有吊吗？”

潘潇觉得陈景迟脸皮是真厚：“谭卿又不是不喜欢你，现在也考去A大了，以后都不用异地恋，你干脆说开得了。”

“你怎么知道，你找过她？”陈景迟的眸光暗了下去。

潘潇一瞧气氛不对，就赶紧解释：“没有，我找她干吗，这不从郃蓉那里三两句话就套出来了吗？对了，听说她家还是开琴行的，就市里最大的那家，所以家境方面——”

“我需要在意这个？”

“是是是。”潘潇觉得自己真是咸吃萝卜淡操心，难免有些气，故意刺他，“你陈大少爷还用在意钱？哪天电影拍不下去了，服个软回去，可不又是想要什么就有什么了吗？”

陈景迟冷冷地扫了潘潇一眼。

潘潇见状立即点到为止：“行，不说这个了，许蔚的录取通知书应该也到了吧，她怎么没发个朋友圈？”

“不知道。”

“这怎么能不知道呢？她不是比京戏今年的录取线还高了20多分吗？周协明年差不多也可以回国了，这么一来，我们就不用帮他看着女朋友了。”

陈景迟再次纠正：“把那个‘们’去掉，只有你。”

潘潇表示十分无语：“服了，我就我，你看你的谭卿，行了吧？”

“事实而已。”

有女朋友了不起啊，再说人家暂时还不是你女朋友呢。潘潇不屑地“哼”了一声：“懒得和你计较，我还是找谭卿聊去。”

“聊什么？”

“吃饭啊，她和许蔚都考上了，是不是得请大家吃个饭庆贺一下啊？你没看她朋友圈底下都在讨论去哪儿吃吗？”

陈景迟忘记这群人最会整这一茬，他皱了皱眉：“你别跟着瞎起哄。”

“那你请？”

“嗯，我请。”

潘潇觉得陈景迟谈恋爱也不是件坏事，至少找得到机会坑他了，这要放在以前，可是千载难逢都遇不到的好事。

请客的时间定在周末，地点约在附近新开的一家海鲜馆。

刚好校外的拍摄也在这天结束，等整理完设备和场地，剧组下周就可以进驻校内了。

然而谁也没想到，在最后一场戏时，出了幺蛾子：许蔚在异国留学的男友不知道被什么风给刮回来了。彼时，正好在拍许蔚被泼了一身脏水锁在楼顶没人的教室里，结果被江鹤白发现，把人抱出去的一幕。因为是夏天，衣服薄，再加上两人身上都湿了，这种亲密的动作难免会更有视觉冲击，也更令人浮想联翩。

这么一来，周协就炸了。他阴沉着脸，二话不说就冲上去把许蔚拉下来，给了饰演江鹤白的邓怀一拳。

事情发生得太突然了，邓怀完全没有防备，被一拳撂倒在地。

“你谁啊？是不是有病——”脸上传来火辣辣的痛，邓怀支起手臂，刚要站起身，周协又一把拽住了他的衣领。

眼看着又是一拳到肉，陈景迟最先反应过来，他立马上去一把将人拉开。现场愣住的其他人也回过神来，忙把邓怀扶起来，拉到一旁。

潘潇关心地问道：“你没事吧？要不要去医院看看？”

邓怀抹了抹被牙齿磕破的嘴角，没开口。周协先暴躁地瞪了邓怀一眼，转头吼着陈景迟：“你别拦着我啊，不然我连你一块儿打。”

陈景迟：“你冷静一下。”

“冷静什么，冷静地看许蔚和别人搂搂抱抱，还是说冷静地看你给她排更亲密的戏？”

潘潇见势不好，赶紧解释：“老周，没了没了，就这一段，而且这也算不上是亲密戏。”

“那你还想怎么亲密！”周协更恼火了，挣了两下才挣脱陈景迟的搂抱。只见他捏紧拳头，就要往陈景迟的胸口砸去。没料到谭卿一下挡在了陈景迟前面，周协来不及收手，那一拳就重重地落在了她的背上。

力气是真大。谭卿痛得眼前一黑，身子跟着晃了一下，差点没站稳。庆幸的是，下一秒，她被一双手及时摁进了怀里。

“你发什么疯！”不再是之前温和的语气，隔着衣服，谭卿都能感觉到陈景迟的胸口剧烈地起伏着。

周协也傻了，谁能想到这个女生会突然冒出来，他虽然生气，但他没有对女生动手的先例：“不是，我——”

“很疼？”陈景迟根本不听他说话，揽着怀里的人，往后退了一步。

最开始那阵痛感缓过去后，谭卿皱紧的眉头松开了，额头抵在他的肩膀上：“还好。”

“去医院看看？”

“不用。”

“潘潇，你去开车，把邓怀也一起带上。”陈景迟不容她再逞强，把钥匙丢给潘潇，又看了一眼其他人，“你们先回去吧。”

气氛不对，其他人也不敢多话，一个个散得飞快。

现场只剩下许蔚和周协两人。许蔚完全没有要理周协的意思，她冷冷地扫了一眼，转过身就要走，可惜手腕被他一把拉住。

“怎么，我现在连走路的资格都没有了吗？”

“不是，你现在——”

“我现在怎么了？我现在不能决定自己去哪所学校读书，不能决定拍什么样的戏？和你在一起，我人生一点选择权都没有了是吗？”她回过头，眼眶是红的。

周协缓缓松开手，想说什么，张了张嘴却没有出声。他脱掉薄外套披在她的肩上，关心道：“你衣服湿了。”

“那也不用你管。”她扯下外套，丢给他，自顾自地往前走。

周协闭了闭眼，又睁开，大步跟上去。

“你送许蔚回去吧，我开车送他们去医院。”赶在潘潇上车前，周协把手上的衣服丢给他，自己钻进了驾驶座。

潘潇看两人这表情，就知道他们吵架了，只好默默应下。

很快到了医院，周协去停车，陈景迟带着两人去挂号。谭卿感觉自己没伤到骨头，但碍于陈景迟一脸不放心，还是硬着头皮去拍了片子。

邓怀没她严重，抹了点药就完事了，还被护士吐槽了一句小题大做。本来因为这无妄之灾，他心里就窝着火，这会儿更郁闷了。一处理完嘴唇，邓怀一刻也待不下去，他给陈景迟发了条消息，就先走了。

谭卿这边还在等检查结果。

其间，周协也过来了，但陈景迟冷着脸，完全没有要理他的意思。

一直到检查报告出来确定人没受伤，陈景迟的脸色才稍微缓和了一点：“走吧，去医生那里。”

“我还是自己进去吧，万一要看受伤的地方……”谭卿欲言又止。

陈景迟明白了：“好，那我在外面等你，有事叫我。”

“嗯。”

等谭卿走进门诊室，剩下的两人站在走廊里对看了一会儿，陈景迟终于出声：“你怎么突然回来了，和许蔚吵架了？”

“不算。”他皱着眉，“她报了榕城的大学。”

“所以呢？那里是穷山恶水，还是法律有规定不能去那里读书？”陈景迟心里有气，难得一副咄咄逼人的样子。

周协自知理亏：“可我明年就要回京宁了，短时间内没法去别的城市。”

“那你就自私地想让她为了你放弃自己的选择？”

回答陈景迟的只有沉默。陈景迟靠着墙，微微低下头，似乎在思考着什么。过了一会儿后，他又抬头看着周协：“周协，你有没有想过？”

“什么？”

“她不是你的附属品。”

周协觉得他这话真的伤人：“我什么时候把她当附属品了，我只是觉得她来京宁，以后我们就不用异地了，我可以照顾到她，况且京宁的好学校更多。”

“这只是你自己的立场。”陈景迟想着今天片场失控的一幕，“你连她今天拍的戏都不能接受，真的会让她学表演吗？”

“为什么不让，不是所有的演员都要拍接吻戏或者其他的亲密戏。”

“是，但她有权利选择接或不接。”

周协一想到那个画面，头就疼得要炸了：“你少在这儿拐弯抹角地指责我，你是站着说话不腰疼，等以后你女朋友和别人搂搂抱抱，我看你能不能接受？”

“哦，她职业又不是这个。”

真是欠揍！周协被他气得牙痒痒：“你——”

“你自己先回去吧。”听到背后轻微的推门声，陈景迟打断他。

周协也瞄到谭卿出来了，他也不打算继续和陈景迟僵持下去。他抽出钱包，把里面的现金都掏了出来，然后自己只留下一张，其余的都塞给陈景迟：“医药费和补偿费。”

“行，替你转交，还有呢？”

周协：“你还要什么？”

“打火机，给我一个。”

周协不明所以，但他不是潘潇那种喜欢打破砂锅问到底的性子，还是爽快地把身上唯一的打火机丢给他：“走了。”

陈景迟“嗯”了一声，把打火机塞进口袋里，朝谭卿走去：“好了？”

“嗯，医生让回去擦点药就行了。”

“那走吧，去拿药。”陈景迟接过她手中的袋子和病历本，又把周协给的钱递给她。

挺有分量的一沓钱。谭卿吓了一跳：“这是干什么？”

“周协给你的，拿着。”

医药费吗？可这也太多了吧。谭卿还是不敢接：“不用了，反正也不严重，就是一点小伤而已。”

她倒是大度。陈景迟没说话，直接打开了谭卿的小包，把钱塞了进去，然后径直往电梯走。

他怎么好像生气了？谭卿悄悄抬头瞄了一眼嘴唇绷得有些紧的人，不动声色地加快脚步，跟上去，喊了一声：“陈景迟。”

“嗯。”

声音也这么冷淡。她纠结了一会儿，清了清嗓子，挤出一抹还算自然的笑：“原来挨一顿打，能拿这么多钱啊，挺值得的，是不是？”

陈景迟真的要被她气笑了：“傻不傻啊？”

“不傻，没打到头。”谭卿歪着头，眼睛轻轻地眨了下，眸色又透又亮，看得出来在努力逗他笑。

心一下软得稀烂，他的喉结酸涩地上下滚动着：“以后遇到这种事，躲远点，知道吗？”

如果是别人，她一定二话不说就跑远了。但因为是他，她才会义无反顾。不过不想再惹得他生气或愧疚，她还是口不对心地应下：“知道了。”

两人拿完药从医院出来，街边的路灯已经亮起。一路走到停车场，谭卿精神有些蔫蔫的。

陈景迟看在眼里，低头问她：“累了？”

她没吭声，默默地走到后座车门。陈景迟先替她拉开车门，看着她坐进去：“累了的话，就先送你回家。”

什么意思？他原来没打算现在送自己回去吗？看着要关上的车门，她顾不上矜持，伸出手去轻轻扯了一下陈景迟的衣服：“不是很累。”

谭卿仰着头，秀气的眉皱着，像极了十分不情愿去上学的小孩子。

陈景迟没忍住，轻笑了一声：“怎么？不想回家啊？”

心思被他看穿了。心里的期待被填满的同时，谭卿又有些忐忑，她担心自己刚刚的举动显得有些急不可耐了。谭卿默默地叹了一口气，慢吞吞地缩回手，低下了头。

看着和小乌龟一样钻回壳里的谭卿，陈景迟不再逗她：“不回家的话，我带你去个地方，好不好？”

一听这话，心里顿时喜出望外，谭卿没有犹豫地点头：“好。”

没问他去哪儿，反正能和他多待一会儿，去哪儿都好。

一路上，陈景迟车开得并不快，谭卿摇下车窗，看着外面的景色。还残存着些许落日余晖的夜幕下，微热的晚风灌进来，夹杂着夏日独有的气息，拂开了她的长发，也吹干了身上黏腻的汗水。

车载广播里，正播放着她常听的电台。谭卿手肘搭在窗沿上，手掌托着脑袋，可以边听广播边欣赏沿路的街景，也可以借着位置优势，肆无忌惮地偷看陈景迟。

一切都惬意得恰到好处，导致她几次都放松得差点睡过去。

不知道过了多久，车子缓缓停下。陈景迟熄了火，打开车内顶灯，回头看她："到了。"

谭卿眨了眨有些睡意蒙眬的眼睛，立马坐正身子："我没困。"

还不打自招了。陈景迟压住嘴角的笑意，也没拆穿她："把靠背后面的外套拿上，下车。"

"我们来这儿——"谭卿看了一眼公路对面，被夜幕拉长的海岸线，"捡贝壳吗？"

这女孩怎么这么有意思呢？陈景迟拔掉钥匙，下车走到后座，拉开车门，靠着门看她："嗯，工具都给你准备好了，不捡完不许回去，还要下来吗？"

"要。"谭卿解开安全带，跳下车后把拿着的衣服递给他。

陈景迟解释道："给你穿的。"

风好像是有点大，但穿他的衣服——谭卿还在犹豫着，陈景迟索性伸手接过衣服，抖了抖外套，双手绕到她的背后，说道："抬手。"

明明是漫不经心的语气，但还是让人忍不住想乖乖听话。谭卿配合地把手套进袖子里，衣服确实太大了，穿在身上松松垮垮的。陈景迟给她拉上拉链，看一眼，又不厌其烦地帮她把袖子稍微往上折了下。

"好了，走吧。"

谭卿被照顾得心里美美的："不去拿工具吗？"

"拿。"不过不是工具，只见他打开后备厢，从里面抱出了一个四四方方的东西，上面还压着一个大袋子。

谭卿凑近看了一眼："烟花？"

"嗯。"

所以他是带她来海边放烟花的？也是，哪有人摸黑来赶海呢……也就他能糊弄住自己。

"怎么，不想看？"陈景迟见她没有要走的意思，他放下烟花，一副不慌不忙打算一直等着的意思。

谭卿："不是，你有打火机吗？"

陈景迟："准备充分，放心。"

谭卿"哦"了一声，指了指那个烟花："那我来搬吧。"

就她这小身板，糊弄谁呢？偏偏她还一副认真样。就算真的行，陈景迟也舍不得让她搬，但这么直言不讳地拒绝吧，又怕伤了她的自尊心。他凝眉思索了片刻，拿起烟花上的袋子轻轻地掂量了一下，递给她："来，拿着这个。"

原来是一袋仙女棒，谭卿悄悄看了一眼，乖巧地点头："哦，好。"

在车上看对面的海时，好像近在咫尺。这会儿走过去，才发现其实有一段距离。

咸湿味的海风肆意地从耳边吹过，发出猎猎的声响，谭卿下意识地缩了缩脖子。

陈景迟低头问："冷？"

"不冷。"自己还霸占着他的衣服呢，哪有资格说冷。她又把脖子抬起一点，有些刻意地找着话题，"今天，那个人是许蔚的男朋友吗？"

"嗯，是不是吓到了？"

"还好。"谭卿其实挺能理解周协的，毕竟看着自己的女朋友被别人抱在怀里，换成任何一个占有欲稍微强点的人来说，都可能会失控。

但看陈景迟一副颇有微词的表情，她突然起了几分试探的心思："如果今天是你女朋友的话，你会和他一样吗？"

陈景迟的眼眸动了动："为什么这么问？"

"就随便问问。"谭卿的语气轻松又随意，但那弱下去的尾音，还是泄露出一丝紧张。

陈景迟作势认真思考了几秒："让我想想啊，应该不会吧，这是她的职业，我肯定得尊重，是吧？"回答得多么大义凛然又善解人意。

谭卿却有些没来由的失落。或许自己和周协在某些方面是一类人，多疑、狭隘、对待喜欢的人占有欲强。就像平时，有异性接近陈景迟时，她也会不自觉地警惕起来，抱有一种防备心理。

陈景迟见谭卿不说话，就低头去找她的目光：“怎么了，不满意这个回答啊？”

“没有。”谭卿眨了眨眼，“我就是觉得能这么——能找到一个尊重另一半的男朋友，有点理想化。”

陈景迟意味深长地“嗯”了一声：“确实。”

怕再说下去会暴露自己的内心想法，谭卿没再继续这个话题，又聊了几句其他的。

两人走到海边，没下去。一是怕风大把她吹感冒，二是天黑看不清潮水的涨落，不安全。不过就算这样，也依旧能听到海水触礁拍岸的声音。

陈景迟放下烟花，接过谭卿手里的袋子，征询她的意见：“先点哪个？”

“都可以。”

“那就仙女棒？”

“好。”

他拿出两根仙女棒，掏出打火机，点燃后递给她。银色的火花在夜色里划开了一抹亮色，但仙女棒燃得太快，一会儿就没了。

“是不是不好玩？”陈景迟问她。

谭卿原先没玩过这个东西，以前看小区里的那些孩子玩得不亦乐乎，也只是默默走开，从来没觉得这个滋滋冒着火花的玩意儿有什么吸引力。可现在，她违心地摇头：“不是，很漂亮。”

“那再点两根？”

“嗯。”

打火机不是防风的，火几次都被风吹灭了。清冷的月色下，谭卿的脸被风吹得有些发红。陈景迟发现了，于是咬着打火机的另一头，腾出手来给她提了提领子，又把拉链拉上去一截。

陈景迟觉得自己真是个大笨蛋，怎么会相信潘潇说的，带女生大晚上来海边放烟花。他选了个逆风口站着，然后犹豫了一会儿，问：“要不，放完烟花就回去？”

“也可以。”

“那你靠边站点。”

看着谭卿走到两步开外，陈景迟这才蹲下，弯曲着手指笼起火光。引线被点燃的那一秒，他利落地起身，返回她身边。

几秒后，伴随着在上空炸开的鸣响，簌簌火光瞬间撕开了黑幕笼罩的夜空。和刚才那稍纵即逝的仙女棒相比，此刻的烟火盛大璀璨，甚至能看清远处的海面上因为潮汐涌起的粼粼波纹。

此刻，多像一场海上升起的视觉盛宴啊！

陈景迟看着身旁微微出神的谭卿，低声问："好看吗？"

"嗯。"

"那不许个愿吗？"

谭卿一边舍不得闭上眼，一边又担心真的灵验，不许的话就错过了。最终她还是慌忙闭眼许愿。

那烟花还在空中继续绽放，心里的愿望默念到一半，某人又轻轻叫了她一声："谭卿。"

她闭着眼答："嗯？"

"之前说的那个理想化男朋友，如果我说我想试试的话，你答应吗？"他声音懒懒的，又有些低沉，夹杂在烟花绽开的声音中，非但没有被掩去，反而一字字更清晰地落在她的耳边。

这下，烟花放完好一会儿了，谭卿依旧保持着闭眼的姿势一动不动。不是愿没许完，她是愣住了。

陈景迟叹了一口气："不答应的话，也不用站在这里吹风自虐吧。走吧，回去了。"

带着温度的手在她的头顶轻拍了下，谭卿终于从那凝固住的思绪中挣脱出来，她睁开眼，四周早已恢复了寂静。

陈景迟收回手，脸上一片平静，好像那句话是她做梦臆想出来的，可她明明没睡啊。

"不是。"她固执地站在原地。

陈景迟失笑道："什么不是？"

"你刚刚说的话，是……告白吗？"她鼓起勇气又确认了一遍。

"原来没听清啊。"陈景迟"啧"了一声，弯下腰，平视着她，"算是吧，所以，你要不要答应呢？"

当然要啊！但她也不能表现得太急迫吧。从来只有冷冰冰拒绝别人的经验，当遇到了期待已久的爱意时，还没人告诉过她要怎么大大方方地接受呢。谭卿不自觉地摸了摸耳朵，思来想去，小声地挤出几个字："我以为，你知道的。"

"嗯，知道。"他那么聪明的一个人，又是个招人的主儿，从小到大这种事见多了。但凡哪个姑娘对他有意思，他都能察觉到，然后不动声色地避而远之。虽然其中也不乏那种难缠的，但他也有办法和那些人划清界限。所以要说他没看出谭卿的心思，确实有些虚伪了。

他回答得很坦荡。

谭卿："那你，怎么还要问？"

"第一次谈恋爱，还是应该确认一下你的意见吧？万一是我自作多情了，又或者你要是什么性单恋型人格，只愿意自己默默喜欢，可怎么办？"

好谨慎，而且他连性单恋都知道？！谭卿轻声辩解："我不是。"

"那不是的话，能正眼瞧你男朋友了吗？"

谭卿"啊"了一声，下意识地抬起头。此刻他的眉眼里透着笑意，尤其是那双透亮的桃花眼中流淌出异样的认真，像是藏进了夜色里的点点星光。这真容易让人迷失其中啊！

陈景迟被她怔住的模样可爱到了，抬手轻轻掐了一下她的脸："怎么了，暂时还不能上位是吗？也行，再追追——"

"没说不能。"她抓住他的手，声音有些别扭。

陈景迟任她抓着："那就是答应了？"

谭卿压制着雀跃的心跳点头："不过，有件事我想告诉你。"

"什么？"

虽然现在回忆起来还是有些难以启齿，但私心不想他因为这事误会自己。所以思虑再三，她还是决定开口："第一次坐你的车回来的那天，落下的那个东西不是我的。"

陈景迟"嗯"了一声，一副等她继续说的架势。

"那个其实是……郜蓉晚上喝多了，从酒店出来后，她中途去超市买东西，在结账台看错成口香糖，随手拿的。"这编得还有模有样的。

陈景迟：“真的啊？”

“嗯，我当时扶着她，也没注意看。”

他点了点头，随即又若有所思地看着她：“那郜蓉上次怎么和我说，是她一时糊涂，为了搞定一个人特意准备的？”

原来，郜蓉之前说的不做她爱情路上的绊脚石，是这个意思。但她自爆前能不能和自己先对一下台词啊，不然自己的谎言被戳破，真的很难堪。

“可能是我记错了。”她找了个再蹩脚不过的理由，知道糊弄不过去，又小心翼翼地抽回手。然而，下一秒手就被陈景迟反握住，耳侧的头发被他撩起，别到耳后：“嗯，不说这个了，先回去庆祝一下？”

谭卿：“庆祝什么？”

“庆祝你拥有了一个帅得有目共睹的男朋友。”

听着挺自恋的，但谭卿看了一眼那张脸，又觉得似乎完全没问题。

“好，那走吧。”她转过身，迈出一步。

陈景迟把人拽回身边，指腹在她的手背上轻轻捏了捏：“走之前，不先抱一下你男朋友吗？他被这风吹得有点冷啊。”

谭卿不知道他还有这一面，她犹豫地抬起双手：“那，抱抱？”

话音刚落，陈景迟已经上前一步，将她拥进怀里。大概是顾虑着她背上的伤，他的手臂始终搂在她的腰间，没有用力。

谭卿的脸热得和发烧了一样。偏偏因为身高差，他还弯着腰，头压在她的肩膀上，温热的呼吸不时地拂过她颈间那一片敏感的肌肤。

心跳剧烈得都快跳出胸腔了，但因为第一次这么近距离地感受到他的气息，谭卿一点也舍不得推开他。

她咽了咽干涩的喉咙，试探着抬起手。刚准备环上他精瘦有力的腰，陈景迟突然松开了手：“好了，不冷了。”

谭卿皱了皱眉，手僵在那儿：“陈景迟。”言语中难得带了点小情绪。

“嗯？”

“你这算不算是过河拆桥？”

陈景迟摸了一下她的脑袋：“别生气，这里风太大了，等去车上再给你抱，抱多久都行。”

“谁要抱你了。”谭卿小声嘀咕了一句，但人已经很没骨气地转过身，往停车的方向走去。

身后的人迟迟没跟上来，她又不自觉地往后看，发现他正在捡刚刚玩过的掉在地上的仙女棒，还有烟花放完后散落下的大块纸屑。

差点忘了，她男朋友还是个有公德心的帅哥。

谭卿又折回去，陪着他一起收拾完垃圾。两人回到车上，陈景迟把装烟花的纸箱和一袋废屑丢进后备厢，然后才不紧不慢地走到另一边，拉开车门坐进去。

他是面朝外坐的。坐下后，微弓着背，手肘搭着膝盖，两条腿散漫地踩在地上，侧过头看着半个身子探进后座找东西的谭卿。他也不急，就懒洋洋地等着。

两三分钟后，谭卿终于从上方置物板和座椅靠背的间隙里找出一瓶没开过的矿泉水，又翻出一包抽纸，赶紧递过去。因为搬装烟花的纸箱，他沾了一手的灰。

谭卿打算帮他拧开瓶盖，但也不知道是自己手滑，还是这瓶水今天非和她作对，平时力气不算小的她，现在试着拧了两次，盖子都没有松动的意思。

“拧不动？”陈景迟也看出了她的窘迫。

谭卿觉得有点丢脸，小声为自己开脱：“这瓶盖好像有点紧，你介意我咬开吗？”

陈景迟作势认真思考了几秒，点头：“挺介意的。”

“好像是不太——”“雅观”两个字还没等她说出来，他突然轻笑了一声：“我都还没亲过我的女朋友，怎么能让它占了便宜呢，是吧？”

虽然他的声音听上去有些散漫，但是谭卿的脑子里好像有东西在这一刻轰然炸开，脸瞬间滚烫起来。

原来他也会说这种调情的话。

谭卿又想起上一次吃饭时，他的那句“都要有感觉”，顿时觉得脸更烫了，只想别开视线。

但他偏偏还看过来，眼神坦荡又无辜：“怎么，不对吗？”

哪里对了？咬个瓶盖就算接吻，那她岂不是早就亲了筷子千万遍。谭卿皱了皱眉，没说话。

陈景迟见状，收起那副不着调的模样，朝她伸了伸手："给我吧。"

"嗯。"

瓶子递到他手中，陈景迟轻松地拧开瓶盖，直接往手上浇了些水，抽出两张纸巾擦干后，又换另一只手。

"谭卿。"擦完手后，他拎着剩下一半的水瓶晃了晃，突然仰起头，看着她。漆黑的眼底没了刚才的散漫，透出的全是认真。

谭卿被他看得莫名紧张起来："怎么了……"

"没事，"陈景迟抿了抿嘴唇，停顿了几秒后，又轻笑了一下，"就是想告诉你，如果不喜欢刚才那种话，以后我就不说了。"

原来他以为自己因为那些话生气了吗？谭卿一时愣住了。

陈景迟等了一会儿，见谭卿没有反应，又轻轻踢了踢她的鞋子："可以吗？"

"不是。"谭卿脑子里一片混乱，都不知道该怎么解释，只能生硬地挤出几个字，"没有不喜欢。"

陈景迟："真的？"她这副样子看起来很像被强迫的。

谭卿无措地重复道："嗯，没有不喜欢。"

如果换作是别人，她肯定会生气厌恶，然后远离他。可他是自己喜欢的人，不一样啊。

谭卿觉得自己一直是个挺矛盾的人，从小到大性格比别人淡漠，情绪比别人浅薄，对身边大多数的人和事都抱着一副置身事外的态度。一旦遇到自己喜欢的东西，内心的热切和占有欲却比别人浓烈很多。

看着他挑着眉毛，一副怀疑的态度，谭卿突然想要证明什么。借着浓密的夜色，她释放出胆量，慢慢地朝他靠近，然后也确实如自己曾经幻想过的那样，手搭上他的肩膀，弯下腰，闭上眼睛。

女孩子的嘴唇很柔软，凉凉的。

贴上脸颊的那一刻，陈景迟也愣住了，手上拎着的半瓶水一下子晃了出来，滴滴答答地往下流。直到腿上传来一阵湿意，他才清醒过来，放开手，瓶子一下子扔了出去。啪的一声脆响，在四周无人的夜色中，突兀又清晰。

谭卿意识到自己做了什么，赶紧站直身子，下意识地想要后退，但手腕被对方一把抓住，往前又带了一步。这一次，她正好贴着他的腿，稍微动一下就能直接坐上去。

“亲完就打算走啊？”陈景迟的心跳失去了节奏，他深吸了两口气，才稍微平静下来，尽量不动声色地开口。

第一次，总不能在女朋友面前显得太纯情，没见过世面吧。否则，这尊严一辈子都捡不起来了。

谭卿不太敢看他的眼睛，只盯着被他握着的手，咬了咬唇，答非所问：“你的裤子湿了。”

“嗯，谁害的？”

“你自己没拿稳。”她小声嘀咕了一句。

见他没有动作，谭卿弯腰捡起不知何时掉在地上的纸巾，一只手依旧被他握着，另一只手抽出几张纸巾，轻轻压在他的腿上。

谭卿的动作很轻柔，细长的指尖隔着湿透的纸巾擦过他裤子下绷紧的肌肉，就好像一根羽毛轻轻拂过痒处。

她是故意的吧？陈景迟在心里暗骂了一句，抢过她手里的纸丢到一边，把人拉到另一条腿上，眼神中透着点危险：“先别擦了。”

“你不难受？”

是挺难受的。她在自己身上四处乱摸，最后还一脸纯洁地看着你，不难受才怪！他捏住那只不安分想试图抽离的手，喉咙干渴得厉害：“有点。不过能忍，先说说刚才强吻的事，怎么办？”

他是故意的。他明明都没拒绝，还说是强吻？谭卿知道他不会让自己蒙混过关了，但又不好意思说出“让你亲回来”之类的情话，苦恼地皱了皱眉。

陈景迟第一次等得耐不住，他抬手捏住她的下巴，把脸转过来，正对着自己：“怎么，不承认了？”

“没有。”

“那是不是也得让我亲回来？”他眼尾依旧是带着懒懒的笑意，因为姿势的关系，此时他微仰着头，那凸起的喉结上下滚动的样子更加明显。

“行不行啊？”见谭卿没说话，他又不厌其烦地问了一遍。

谭卿觉得这人是真的很色气，明明已经把别人的态度撩得很明显了，还非得让你亲口承认一句，才会有下一步。

狐狸精都没有他能欲擒故纵。谭卿咬了咬唇，直接用行动回答他，双手揽上他的脖子，闭上眼，把唇凑过去：“行。”

一个简单又细微的音节，彻底点燃了彼此藏在身体里的欲求和渴望。陈景迟扣住谭卿光滑的后颈，再没有半分停顿，覆上了那片柔软的唇。

动作生疏而又莽撞。男人的吻，像初出茅庐的学徒，没有上好的技巧，但也因为足够年轻热烈，每一下都带着在夏日里燃烧荒野的火，总能给女生最纯粹的悸动。

不知过了多久，两人的喘息声才慢慢止住。四下嚣张的风似乎也跟着停了下来，天边厚重的云层慢慢散开，露出一弯清冷的月。

谭卿坐在陈景迟的怀里，觉得自己手和脚都是软的，但心中已经被隐秘的欢愉填充得满满当当。

两人一时间都没有说话，直到他的下巴压到谭卿的肩膀上蹭了蹭，问了一句：“回去吗？”声音还是哑着的。

谭卿任他压着，没动：“可以。”

“那你下去。”

“……你先松手。”

“嗯。”他有些混账地笑了一声，收回圈在她腰间的手。谭卿老实地从他腿上下去，刚要往后走，却被他扯了一下领子。

“坐我身边啊，女朋友。”

哦，副驾驶。谭卿反应过来，乖乖地拉开车门，坐上去，系好安全带。

陈景迟捡起地上的空瓶，丢到后座上，关上自己那侧的车门，却没有马上要走的意思。

谭卿安静地等了一会儿，侧过头不明所以地盯着他：“现在，不走吗？”

“等会儿。”

“你裤子……还没干？”她低头，下意识地往他大腿处瞄了一眼。

但也就一眼，就被陈景迟捏着下巴，把脸转过去了。

她好像明白了什么。怪不得，她刚才坐在他的腿上，感觉有点硌人。为了维护男朋友的面子，她很配合地没有再去看他，只不过因为强忍着笑，肩膀一直在轻轻地抖动。

陈景迟松开手，无奈地叹了一口气：“别笑了。”

“没笑。”

陈景迟手搭在方向盘上，把头埋进手臂里，声音有些闷：“嗯，那再等五分钟。”

“五分钟，这么快吗？”

不知道是不是那句话刺激到他了，一路上，陈景迟都闷不吭声的。

谭卿不敢再乱说话，只能悄悄地打量他。

陈景迟显然也察觉到了，路过一个红灯，他伸手安抚似的揉了一下她的脑袋，无奈地问道：“你男朋友脸上有花吗？”

“有点帅气。”

陈景迟没忍住，轻笑出声。

谭卿一本正经地说道：“我是说真的。”她还觉得自己说保守了呢，何止一点，明明是很多点。

“行，那你这个有点帅气的男朋友，带你去吃夜宵，想吃什么？”两人晚饭没吃，陈景迟肯定不可能让她饿着肚子回去。

谭卿下意识地就想说都可以，但又怕他觉得自己敷衍，思考了一会儿，才说：“小龙虾，可以吗？”

“你背上有伤，能吃吗？”

“可以，没破皮，只是有点瘀青。”怕他不放心，她又说，“我们可以不吃那么辣的，十三香的好不好？”

陈景迟不想扫她的兴，答应了下来。两人拐去了东街口一家谭卿和郜蓉常去吃的店，味道不错，因此生意也很好。

他俩的运气更好，前脚进门，后脚就有一桌刚吃完。原先两人还以为要等待很长的时间。

入座后，陈景迟点了一份一斤半的小龙虾，几样小炒和凉菜。等菜都上桌，谭卿看着没戴手套的人，才意识过来：“你不爱吃小龙虾吗？”

“嗯，有点脏。”

“其实还好，他们这儿的小龙虾洗得挺干净的。”虽然知道有点强人所难，但她还是抱着几分期盼解释了一句。不然光自己一个人吃，好没劲。

“不是，是手脏。”原来是不想剥。

脸上的阴霾瞬间一扫而光，她麻利地戴上手套，抓起一只小龙虾，忍住烫剥好它，蘸了蘸汤汁，放到陈景迟的碗里，期待道：“试试看？”

陈景迟还没动筷，双手懒散地抱在胸前，双眼微眯着看向她，一副大少爷模样。

谭卿被盯得有点不好意思：“不喜欢吃的话，也没关系——”她伸手去拿他面前的碗，陈景迟抢先用手掌盖住。

“没说不喜欢。”

谭卿小声嘟囔：“那你为什么不吃？”

“女朋友这么贴心，我不是得先感动一下吗？”

又开玩笑。今晚两人在一起之后，就好像触发了他身上的某项开关，让她看到了另外一个陈景迟——除了超脱同龄人的理性、成熟、通透，他也有幼稚、怕丢脸而强装淡定的一面。

不过她依旧喜欢，这样的他，或许只有自己才能看到。

谭卿抿了抿嘴角，顺着他的话说：“才剥个虾，那以后有人给你洗衣做饭，你是不是得以身相许啊？”

“这个，”他拆开一次性筷子，偏着头思考了一会儿，“也不一定，得分人，一般人肯定不行——”

他看着她，话说到一半，没后续了。

谭卿听懂了，小声催了句“你快吃”，又低头给他剥了一只小龙虾。

陈景迟看她是真不嫌费事，无奈又有些心疼地说道：“你自己吃。”

“那你呢？”

“我长手了啊。”为了不让女朋友太累，陈景迟戴上了手套，然后耐心地剥着小龙虾，剥好后还往她碗里丢了几个，“还你的。”

这行为真是幼稚死了。

两人有一搭没一搭地聊着天，然后吃着互相丢过来的小龙虾，隔壁桌突然传来了吵闹的声音。

“你在外面别这么无理取闹，行不行？”

“让你剥个虾就无理取闹了，别以为我不知道你一直在偷偷地看那边的女生。高正雨，你追我的时候可不是这样的。现在本性全露出来了是吧，又懒又不老实，让你干点事借口一大堆……”似乎是揭开了一个情绪爆发的口子，女生的声音越来越大。

男生显然受不了大庭广众之下被这样评判，他恼怒地说道：“是啊，我看了！我看人家女朋友都会给男朋友剥虾，你呢？天天就知道使唤我，还动不动就发脾气——”

“高正雨，你有点良心好不好！我使唤你？平时家务都是谁在做？你下班回来跟个大爷似的躺在那儿打游戏、看直播，还有你看看你那张脸和别人比配吗？你要长成那样，别说剥虾，就是让我给你挑火龙果上的籽也没问题。”

“那你也不看看你和别人的差距。”

女生最讨厌被比较，这句话彻底激怒了那个女生，两人吵得越来越凶，最后，老板不得不出来劝和，才勉强让两人离开。

谭卿一脸后知后觉的样子：“他们吵架了。”

“嗯。”陈景迟摘掉手套，拿了张纸，递给她，“你不遵循恋爱规则，引起公愤了吧。”

谭卿擦了擦嘴角沾上的汤汁，小声辩驳：“那她还说长你这样的，就是给你挑火龙果上的籽也不过分呢。”

“那你给挑吗？”

“这个啊——”谭卿停顿了一下，几秒后，颇为无奈地给出结论，“好像有点难。”

她还当真了。陈景迟被她一本正经的语气可爱到，忍不住笑道：“傻不傻啊，我不吃火龙果。”

谭卿“哦”了一声，又默默地低下头吃东西。戳了戳碗里的小龙虾，她想起刚才那个女生满脸愤怒，夹杂着哭腔跑出去的样子，轻叹了一口气。

“怎么了？如果你非要挑，那我也可以勉强吃点。”陈景迟以为她还在纠结刚才的玩笑。

谭卿摇了摇头：“陈景迟，你说以后万一我们吵架，你会不会像刚才那个男的一样骂我？”

两人才刚在一起，她就开始未雨绸缪了。陈景迟不知道该夸她想得长远，还是生气她对自己没信心，只好说：“你说呢，吵架是最无效的沟通方式。”

“也是。”像他这种冷静又理智的人，哪里会吵架？谭卿觉得自己的问题纯属天方夜谭。

陈景迟见谭卿神色有些怏怏不乐，就打开一瓶饮料，插上吸管，递到她嘴边。谭卿咬住吸管，咕噜喝了一口。

他又说：“还有，我舍不得，行不行？”声音里含着无奈和宠溺，但那眼眸里的光认真得灼人。

谭卿听清了，也记住了。

吃完饭，时间已经不早了。陈景迟没带着她再多逗留，将人直接送回了小区。

大概是刚刚在一起，脑子里的某根弦还没拨正，谭卿总觉得不真实，从门口走回来的短短一段路，都要抬头看他好几眼。

到了楼下，她又舍不得他走。谭卿自诩不是黏人的性子，却总想待在他身边，哪怕一句话不说，她也愿意。

陈景迟显然也察觉到了。但这才走到哪一步，总不能贸然进人家家里吧？显得他多不正经似的。盯着谭卿看了几秒，他微微张开双手，开口道：“要抱一下你的男朋友吗？”

谭卿没说话，直接用行动回答了他。这次，有他的准许，双手也很不老实地抱上了他的腰，脑袋窝在他温热的怀里，好半天都不愿意动。

让她抱了一会儿，陈景迟也怕自己抵不住诱惑，抬手摸了摸她的发顶：“好了吗？男朋友有点困了。”

肆无忌惮过后，羞耻心越发强烈，谭卿赶紧松开他。

“上去吧。”

谭卿“嗯”了一声，人却站在原地没动。

陈景迟失笑道：“放心吧，我明天还活着的。”

这人真是！谭卿还想说什么，但又觉得自己再不走，估计就要招人烦了，所以即使不情愿，还是转身上楼。楼道里的声控灯年久失修，一片漆黑。她对此早就习惯了，闭着眼就能走到家门口。当她掏出钥匙打开门，下意识地要伸手去按墙壁上的开关时，却发现客厅的灯亮着。

错愕了一瞬，她抬眼望去，余惠萍正站在窗户边，手里还夹着一支未燃尽的烟。那个位置，没记错的话，刚好能看到她和陈景迟在楼下的一举一动。

听到门口的动静，余惠萍转过身来，问了一句："回来了？"

见谭卿不咸不淡地"嗯"了一声，她又回头将烟摁灭在窗沿上。

余惠萍大概是怕在孩子面前抽烟影响不好。谭卿其实无所谓，她甚至觉得她妈抽烟挺有一股风情的。

见谭卿关上门，往厨房走去，余惠萍调整了一下表情，不紧不慢地跟过去，站在门外，状似无意地问："你饿吗？我和魏叔叔买了点夜宵回来。"

魏历华也来了？谭卿扶在冰箱门上的手停住了："不饿，我刚吃完回来。"

"哦，好。"余惠萍的脸上依旧挂着笑，声音里却有一丝无奈。

谭卿知道她其实是想问刚才看到的楼下的一幕。毕竟再疏于管教，自己还是她的女儿，又刚好处于这种对感情朦胧又渴望的时期，有什么感情问题，做父母的肯定想要了解一二。哪怕棒打鸳鸯，也是人之常情，而且余惠萍的眼神也充分暴露了她内心的想法。

谭卿拿完酸奶，就等着余惠萍开口。可余惠萍什么都没说，哪怕连旁敲侧击一句试探的话都没有。谭卿有时候挺厌烦她这种不坦诚的感觉，可彼此好像又早已习惯了这种相处模式，平时说句话都得在脑子里先拐个九曲十八弯。

很累，但找不到更好的方式。放在以往，余惠萍不问，谭卿肯定也不会主动提了。这件事大概就这么轻易过去了，但实际上在彼此心里都留了个疙瘩。

但现在，可能是和陈景迟待久了，也不知谭卿是变得比以前敞亮了，还是就单纯的心里不舒坦。谭卿准备回房的脚步突然停住，转过头看着余惠萍：“你有什么想问的，就问吧。”

余惠萍显然愣了下，但她很快又恢复了一贯的温和：“没什么，就是看到你好像和一个男孩子一起回来的？是同学吗？”

明明都给过坦白的信号了，偏偏余惠萍还要给自己找台阶，有点粉饰太平的意味。谭卿突然有些烦躁：“不是同学。”

“那是？”

“男朋友。”没有丝毫的犹豫，谭卿脱口而出。

余惠萍即使已经猜到，但听到谭卿亲口承认，心里还是有了那么一种说不清的惆怅，但终归是不愿意破坏她的心情。

“是吗？长得挺帅的。”安静了一会儿，余惠萍给出一句温和的夸赞。

谭卿突然觉得自己刚才有点失态了：“嗯，不过那么远，你能看清他的长相吗？”

余惠萍：“那孩子的身段很好，长得也不会差吧。”

“嗯，他原来——”大概是为了想证明什么，她犹豫了一会儿，还是说道，“是十三中的校草。”

“和你同校的？”

谭卿：“嗯，比我大三届，我们大学也会同校。”

“那很不错啊，长得帅，又聪明，基因好。”

两人难得卸去平日的伪装，没有深思熟虑地闲聊起来，而且话题还是她的男朋友。谭卿觉得这种氛围挺奇怪的，但潜意识里似乎又挺乐在其中的。

“那他也是黎川人吗？”

“不清楚，可能是京宁那边的。”

“挺好，以后你反正要去京宁上大学，这样也能照顾到你。对了，他父母是做什么的？”

“我们最近才在一起。”

没头没尾地聊了几句，余惠萍的视线突然停在她的手腕上：“这手链，是他送的啊？”

“嗯。”

“我说你怎么不愿戴魏叔叔给你买的那个，不过确实还是你男朋友的眼光更好。”

说到这里，魏历华刚好从里面出来，拖鞋上带着水，应该是才洗完澡。

“什么男朋友？”他只听到个末尾，好奇地问道。

余惠萍：“没什么，你能不能换一双干拖鞋再出来，地板被你踩得到处是水。”余惠萍无奈又不加掩饰地责备了一句。

魏历华好脾气地笑了笑：“没找到，这不是没来过几次嘛。”说完，他又看向谭卿，“卿卿，你妈妈和你说了吗？”

谭卿很不喜欢别人这么叫她，有种刻意亲近的感觉，她皱了下眉，但出于礼貌还是回答道：“什么？”

“就是我和你妈妈，准备七夕把证领了，她想问问你的意见。”

原来她今天是为了这个才来的吗？谭卿觉得有点可笑，尤其是她眼神里还装着几分难以启齿的愧疚，似乎决定权都在自己这里。要是她一不同意，就成了那个自私不懂事，要牺牲母亲幸福的“坏女儿”。

谭卿可不愿意接受这个角色，淡淡道：“我没意见。”

余惠萍松了一口气，但同时，还是有那么点不确定：“其实，你如果不太想——”

“真的没意见。”谭卿打断她，“你们结婚、要孩子，都可以。”

“不会，你放心，我和你魏叔叔不会要孩子的。”像是要证明什么，余惠萍着急承诺了一句，还看向魏历华，“对吧？”

魏历华配合地点头：“对，孩子只有你一个。”

虽然母女俩的关系一直挺疏远的，但谭卿心里其实还是不想多出一个人来分享这个称呼。她“嗯”了一声，问道：“那你们今晚，是要住在这里吗？”

“本来是这么打算的，但你魏叔叔在你回来前接了个电话，有点急事要回琴行那边一趟。”

这么晚了，大概只是他们离开的借口。不过谭卿也没挽留，自从刚才那个话题被挑破，三个人待在一间屋子里，气氛难免尴尬。

两人离开后，谭卿拿起进门时塞在玄关柜子角落的一袋活血化瘀的药，又去卧室拿了睡衣，连同手机一起带进了卫生间。

平时家里就谭卿一人，所以她习惯把日常用品都放在卫生间里，包括前一天换下来没及时洗掉的衣服，也被她扔进墙壁上挂的塑料衣篓里。她特意将塑料衣篓挂在离淋浴区远一点的位置，一般来说，里面的衣服都是干的。但现在，谭卿去放脱下来的衣服时，发现里面湿漉漉的，包括她的内衣。

就算没做格挡的玻璃门，花洒的水会溅得这么远吗？她皱紧了眉，把里面的衣服全部拿出来，盯着看了几秒，然后毫不犹豫地丢进垃圾桶。

洗完澡，她又把洗手台旁的牙刷和毛巾全换了，仔细地用消毒水将淋浴间消毒了一遍，才算安心。

回到卧室，她心里还是有一种莫名的不舒服。她按亮手机屏幕，看了一眼，没有陈景迟的消息。

这个点，他肯定是到家了。谭卿有点失落，但又不太敢主动找他，毕竟才分开了一会儿，他会不会觉得自己烦呢？

谭卿纠结地盯着那个对话框，一会儿切进去，一会儿切出来。大概是心乱，手不稳，她一下就点了好几个乱七八糟的表情图发了出去。

电话很快响起。谭卿闭了闭眼，接通后，语气中带着点做错事后的小心翼翼："喂？"

"怎么了？"

那边一片嘈杂，他的声音似乎还有点哑。谭卿有些疑惑，试探着问："你是在外面吗？"

"怎么，查岗啊？"

"不是，我——"她半天憋不出来一个理由。

那边低低地笑了声："是在外面，刚才楼下着火了，出去帮了一下忙。"

听到"着火"两个字，谭卿的神经立刻绷紧了，一时没说话。

那边似乎察觉到她的情绪，安慰道："放心吧，你男朋友没受一点伤，就是周协从阳台翻下去把小女孩抱上来的时候，手臂被防盗窗刮了道口子。"

谭卿默默地松了一口气，象征性地关心了一句："那严重吗？"

"没什么大碍，他这是报应。"那边故意拖长了语调，感觉欠欠的，大概是想让某人也听到。

周协确实听到了，不过也没说什么。倒是潘潇嘴快：“什么报应啊，陈狗，你不懂，他这是纯纯的心机，知道自己把许蔚惹毛了，对方不搭理他，就故意受点伤，好去她面前卖惨。”

周协咬着牙，骂道：“你的话能不要那么多？你看着点，你那棉签都快把老子的伤口戳大一倍了！”

潘潇：“我又不是医生！自己早滚去医院处理不就完事了！”

“他们，吵架了？”

两人听着火气都很旺，其实这两人的常态就是这样。但陈景迟怕吓到她，还是拿着手机走远，然后才说：“不管他们，你给我发那些表情图，是什么意思？”

听他这么说，谭卿把手机拿离耳边，瞧了一眼。只不过这一下，她呼吸都屏住了。

“你看到我的心了吗？它已经在你那儿转了一天.jpg”

“一分钟没见，我宣布想了你六十秒.jpg”

“我十拿九稳，就差你一‘吻’.jpg”

……

谁能告诉她，自己手机里怎么有这么多令人窒息的表情图！谭卿尴尬得想瞬间失忆。

陈景迟似乎心情还挺好的：“怎么，不想承认了？”

“不是。”谭卿心一横，悲壮地挤出几个字，“其实是我不小心压到手机，发错了。”

“嗯，然后呢？”

“然后表情图也是郜蓉之前帮我存的。”这种时候，姐妹情谊荡然无存。

陈景迟“哦”了一声：“所以，本来没想找我，是吗？”

虽说现在确实尴尬得想挂掉电话，可她更想听他的声音啊。纠结了一会儿，她还是没底气地说：“没有，是有事想和你说。”

“嗯？”

“今天我妈看到你了。”

“你家楼下？”

谭卿诧异他怎么会知道，但转念一想，也就只有那个时候能看到了。他又不傻，肯定能猜到。

“嗯。”

“那你男朋友没给她留下什么坏印象吧？”

谭卿：“没，她说你长得帅。”

“真的？”大概是觉得意外，陈景迟停顿了一下，才不着调地笑道，“好像说得也没错。”

还挺自恋的，谭卿没说话。

陈景迟不急不缓地说：“不过你妈妈还挺开明的，我以为她会对我有意见，毕竟这么晚才把她的宝贝女儿送回家。”

“嗯，是挺开明的。”谭卿不愿说太多自己和余惠萍之间的事，“那你爸妈呢，会干涉你谈恋爱吗？”

“这个啊，有可能。”

谭卿心一紧：“那会像不同意你学这个专业一样，不让你交女朋友吗？”

“你怎么知道他们不同意我学这个专业？”

谭卿反应过来自己一时口快，说漏嘴了，慌忙解释：“之前听潘潇提过一次，其实我觉得你学这个挺好的，导演这个职业也不错，学的内容很丰富。”

“嗯。”

谭卿总觉得他似乎生气了，但自己不会安慰人，苦恼地思考了一会儿，却没挤出半个字。

倒是陈景迟突然叫了她一声，声音慢条斯理的，又透着莫名的坚定：“谭卿，我最后还是选了自己想学的专业，你也一样。”

只要是他认定的东西和人，就算其他人有天大的意见，也改变不了他的选择。

谭卿那颗颤抖着的心终于在这个承诺里得到了慰藉，还冒出了一丝丝醉人的甜：“哦，那你早点去休息吧。”

“你呢？”

“我——”谭卿看着刚打开的电脑，脸不红心不跳地说，“我也睡了。”

“嗯，早点睡。虽然你男朋友不穷，但暂时还养不起‘国宝’。”

她才不是大熊猫呢！挂断电话后，被他那句话刺激到，谭卿对着桌上的小镜子仔细观察了一会儿，黑眼圈好像真的有点严重。

一旦产生这个认知，谭卿越看越觉得自己的一双眼睛像熊猫眼。不敢再大意，她一把关上电脑，然后在《玫瑰河》的连载帖子里，火速发了条新留言：不想变成“国宝”，请假一晚。

发完后，也不管帖子底下“引发众怒”的各种评论，她立即躺回床上，关灯睡觉，动作简直一气呵成。

这一夜，谭卿睡得很沉，还做了个梦。

梦里，她坐在一家很空旷的餐厅里，她的对面是陈景迟的母亲。女人打扮得高贵优雅，她礼貌地叫了一声“阿姨好”，对方就像都市情感电视剧里演绎的那样，缓缓推过来一张支票和一支签字笔。女人脸上还挂着几分讥讽，说只要她离开陈景迟，支票上的数字随便填。而梦里的谭卿真的填了，填了个500万。结果她刚写完，陈景迟就突然出现在她身边，睥着眼，盯着她。

谭卿想解释，却发现自己莫名地发不出声音来。而后，他的目光彻底冷淡下去，问她为什么才填500万，难道他只值这么点钱吗？！这把谭卿吓得一下子从梦中惊醒。

这个时候外面的天色才蒙蒙亮。谭卿摸过枕边的手机看了一眼时间：五点四十二分。

还好只是梦，她听着自己频率过快的心跳，起身喝了口水，又去翻看和陈景迟的聊天记录。看了好一会儿，心跳终于回稳，她抱着被子，重新躺下。

自从上次在剧组闹了事，又得知许蔚最后其实没选择去榕城上大学，周协心里的负罪感更重了。怕惹她心烦，他这两天便没敢出现在剧组。

而许蔚那段湿身被邓怀抱着的戏，陈景迟没再继续让她演，而是找了无时无刻不在剧组打酱油的鹿盈做替身。

正好两人身材相差不大，加上都是学表演的，都有经验。鹿盈也欣然同意了。她提前看过剧本，又是个善于沟通的性格，和邓怀稍微磨合了一遍，拍摄就十分顺利地过了。老汪直夸鹿盈省心。

结束拍摄，潘潇说要请全剧组的人去吃饭。他以往只会撺掇着陈景迟请客，今天头一遭这么大方，众人都怀疑他葫芦里卖的不是什么好药。

然而，大家听闻位子都订好了，吃饭的地方就在市里的风辉阁，一家在黎川贵且有名的中餐厅。

于是，剧组里的人一个个态度发生了一百八十度的转变。大家抓紧收拾完，都说要狠狠宰潘潇一顿。只有许蔚一脸漠然，没有要去的意思。

潘潇大概是猜到了原因，怕她走，他立马给郃蓉使了个眼色。

两人天天吵嘴培养出的默契度真不一般。郃蓉很快会意，三两步就蹭到她身边："许蔚，待会儿打车，你、我，还有刘飞逸一起吧。"

"我不去。"

果然——但郃蓉是谁，呼朋唤友的一把好手，她一秒换上可怜巴巴的表情："不行啊，你可是女主角。你不去，我们哪好意思去？而且我想去那家餐厅很久了，就是太贵了。今天好不容易有机会去吃一顿免费大餐，拜托了。"

"下次我请你去吃。"

这种富婆太"可恨"了！郃蓉咬了咬牙，断然拒绝道："不行，太贵了，我请不回来。"

"那潘潇，你就能请回来？"

"他喜欢吃辣条，我下次批发两箱送他就好了。"她一本正经地胡扯，"去嘛，再说人多热闹些。"

最终，许蔚还是招架不住郃蓉的软磨硬泡，被拉了过去。

猜到会喝酒，陈景迟就没开车，他打了辆出租车和谭卿一起坐进了后座。经过上一次"事故"，再加上最近两人越走越近，虽然没公开关系，但是剧组的其他人早看出他们之间有猫腻了。

大家谁也不想坐上前排那个尴尬的位置。最后，还是潘潇不情不愿地坐进去，砰的一声关上门，对司机说了句："师傅，开快点。"

"行嘞，不过市区这会儿可能有点堵，小伙子可得做好准备。"

潘潇叹了一口气，又自讨苦吃地瞥了眼后座的两人："我说陈景迟，右边的位置是坐着鬼吗？你非得挤在谭卿边上，你俩是准备系一个安全带？”

陈景迟不理他，握着谭卿的手，轻轻地捏了捏：“我有点累了。”

谭卿还没适应和他在外人面前这么亲密，她抬头打量了一眼陈景迟眼底的红血丝，加上他的声音也染着浓浓的倦意，就舍不得推开了。

“那要睡一会儿吗？”她心疼地问了一句。

陈景迟又坐近了些，头抵在她的肩膀上蹭了蹭：“靠一会儿，可以吗？”

温热的呼吸擦过颈间，让她觉得有些痒。可这样的他，谭卿哪里舍得推开，“嗯”了一声。之后她从口袋里掏出一个透明的小盒子，从里面取出耳塞，用空着的那只手轻轻塞到他的耳朵里。

潘潇内心直呼“要死吧”，但一对上司机看他时同情的眼神，还是选择闭上嘴。

一路上，没了他这个大喇叭吵嚷，车内难得安静一会儿。

陈景迟似乎真的睡着了，但不是很安分。谭卿没见过陈景迟睡觉的样子，她判断不出他哪里不舒服，只能尽量坐着不动，让他靠得舒服一些。

到了餐厅门口，陈景迟适时地醒来，结完账，牵着她的手下车，往里走。他们是最先到的，推开门，里面还有一个人，是周协。

谭卿其实出发前就猜到了，不然潘潇也不会那么努力地要许蔚一起过来。大概是想借着这顿饭，让周协把许蔚哄好吧。

没看到想看到的人，周协的眸光暗了下去，刚要起身，却被走过去的潘潇按住了肩膀：“急什么，在后面呢。”他“嗯”了一声，表情仍然有点冷。

潘潇见状，无奈地摇了摇头：“你是来赔罪的，不是来问罪的，别摆着一副别人欠你钱的臭脸行不行？来，笑一个。”

周协敷衍地扯了扯唇。

潘潇：“不是这种皮笑肉不笑，要发自内心的微笑，懂吗？”

“滚一边去。”

“你看，本性又暴露了。”潘潇遗憾地“啧啧”两声，又走到陈景迟身边，“来，陈狗，你教他一下该怎么笑？”

包厢里有一个茶台，陈景迟正不疾不徐地捣鼓着茶具。被潘潇喊了声，陈景迟抬起头，朝他伸了下手：“五百。”

“去你的，卖个笑五百，你怎么不直接去抢啊！”

“那算了，友情价都付不起。”陈景迟遗憾地瞥了潘潇一眼，又低下头，自顾自地拎起陶壶，朝茶碗里挨个倒茶。

潘潇见状，愤愤地走开了。坐在一旁的谭卿没忍住，轻笑了一声。

“笑什么？”

“没有。”谭卿止住笑，但眉眼还是弯的，被陈景迟握住手腕，拽到他的腿上。

陈景迟就坐在一张小圆木凳上，没有靠背的那种，谭卿怕不稳，下意识地搂上了他的脖子。但偏偏他还往后仰了仰身子，故意躲开：“没笑？”一只手扶在她的腰间，另一只手宠溺地捏了捏她的脸。

谭卿有些心虚地说道：“就笑了一下，不行吗？再说我也没你笑得那么贵。”

“五百就贵了？”

“有点。”不过对着他这张脸，好像价格也说得过去。

谭卿坐在他的腿上，屁股挪了挪，然后凑到他的耳边，小声嘀咕：“我给你五百。”

“真的啊？”陈景迟狭长漂亮的眼尾轻挑了下，那双琥珀色的眼眸，亮得灼人又勾心。

谭卿认真地点头：“嗯，我包里有。”

“好，小富婆。”她刚想去拿包，却被陈景迟一把抱起，往屏风后面的沙发走去。穿过走道时，陈景迟还不忘腾出一只手把包厢里的灯调暗了些。

潘潇一副“没眼看”的表情，他用胳膊肘捅了下周协：“我说，是你们年轻人现在谈恋爱花样都这么多，还是陈狗太骚了？”

周协一脸不耐烦，骂道：“傻帽儿。”

“哦，那我知道了，是他太骚了。”

其实也就十来分钟的时间，其他人也陆陆续续地到了。而之前坐在沙发上的两人也已经坐上了桌，谭卿有点做贼心虚，面色不太自然，反观陈景迟，早换上一副气定神闲的模样。

见周协也在，老汪他们怔了下。尤其是邓怀，脸色明显不好看。

不过也就那么一会儿，等周协拿出一套乐高，说是赔罪的礼物时，邓怀立马两眼放光，客气又难掩急迫地接过那套乐高，说早知道挨打能换这东西，就应该让他多打两拳。

两个人之间的干戈就这么轻易地化解了。包厢里的气氛一下子轻松起来，大家纷纷入座，周协旁边的那个空位置，众人很有眼色地没去坐。许蔚也懒得和周协周旋，一脸平静地坐过去了。

“想吃什么？”周协把菜单递给许蔚。

许蔚冷冷地扫了一眼，没有接菜单，也没有说话，摆明了还是不愿理他。周协自知理亏，又把菜单传给其他人，按照大家的喜好，加了几个菜。

有郃蓉和潘潇在，饭桌上的人很快聊开了，话题从各种奇葩的社会新闻，渐渐聊到拍摄结束后准备去哪儿玩。

郃蓉不加思考，说是要去西藏。

潘潇：“你不怕高原反应啊？”

“你不懂，没进过藏的人生不浪漫，而且听说去那边许愿很灵，我要系它个几十米，好让老天爷保佑我以后有钱有颜有帅哥。”

潘潇“呵”了一声：“你这也太为难老天爷了。”

“滚。”郃蓉翻了个白眼，往谭卿身边挤了挤，小声说，“宝贝，到时候我也帮你许个愿，愿你和陈大帅哥一生一世都幸福，你说灵的吧？”

谭卿笑了笑：“嗯，灵的。”听她一说，郃蓉有被安慰到。

有人忽然问起了鹿盈有没有男朋友，见鹿盈摇头，江奇还是难以置信：“真的没有吗？不应该啊，你长得这么漂亮，肯定有很多人追。”

刘飞逸：“人家不想找不行吗？你问那么多干吗，癞蛤蟆想吃天鹅肉啊。”

江奇尴尬地挠了挠头。

鹿盈温柔地笑了笑，解释道：“没事，我就是现在不想谈，还在读书，应该以学习为重。”

她这话说得那么善解人意，但郃蓉仔细一琢磨，就觉得不对味，于是长长地叹了一声，开口道：“也是，作为学生就该好好学习，可有的人就是一边谈恋爱，一边成绩还好得不得了。真是人比人，气死人！”她最后一句话讲得咬牙切齿，说完还故意纳闷地问谭卿，“你说是吧？”

“谁啊？”

“八班那个男生，今年的黎川市状元。”

谭卿装作茫然地思考了片刻，问道：“叫什么？”

“唐什么来着，忘了，反正之前谢思媛还对他有意思，结果人家说自己有喜欢的人了，还要去一个大学读书。”郤蓉说话的速度故意放慢了几分。

鹿盈的脸上有点挂不住了。

陈景迟在旁边听着，完全没有要插嘴的意思。

潘潇试图说点什么调剂下现场略显尴尬的气氛，忽然听到许蔚那边传来一声杯子落地的碎裂声。

只见周协皱着眉，一只手捂着自己的手臂，脸色发白。

“你手臂怎么了？”

“没事。”他声音发涩，听着像是在忍着疼痛。

许蔚不由分说，将周协的袖子往上掀，露出一道有些发脓的伤口，此时不但裂开还往外冒着血丝。许蔚眼神里透着担心，她赶紧起身拎起椅背上的包。

周协慌乱地跟着站起来：“真的没事，你别生气。”

“去医院，快点！”

见许蔚是真生气了，周协对陈景迟使了个眼色，来不及等他点头，立马追了出去。

包厢里又恢复了平静。江奇耐不住好奇：“他手怎么了？”

潘潇：“哎，没事。前两天我们楼下住户着火了，他去帮忙救人，被防盗窗刮伤了。”

“他这么有正义感啊，还真没看出来。”江奇小声地感叹道。因为上一次周协在剧组里闹事，加上他这人五官虽好看，但线条偏冷硬，稍一皱眉，看着就挺凶的。

潘潇：“你没看出来的多了去了，也有人表面是纯良无害的小白兔，内里是只恶狐狸。”他意有所指地瞥向郤蓉的方向。

郜蓉不屑地反驳他："那我也是只好看的狐狸！"

"我就说他这两天在家都裹着纱布，怎么今天拆了，还故意穿件长袖出门，原来苦肉计的精髓在这儿啊，学着点啊陈狗。"

陈景迟使坏地捏了捏桌子下那只纤细的手，声音懒懒地问："有必要吗？"

谭卿默默对他做出口型——没必要。

行，有女朋友了不起！潘潇不打算在陈景迟那儿自讨没趣还受虐，便和老汪他们又聊起其他的。

谭卿放在桌下的那只手乖乖地任陈景迟牵了一会儿。直到郜蓉靠过来拉了拉她的袖子，对了个暗号，谭卿才慢吞吞地抽出手，起身往外面的卫生间走。

"你说刚才鹿盈那话是不是在针对你？"郜蓉是个憋不住气的性子，所以她等不到散场，就把谭卿叫了出来。

谭卿揉着掌心里的洗手液，回道："是不是都无所谓，反正我们也针对回去了。"

"也是，不过我发现她好像真对陈景迟有意思啊，前天拍摄结束，我看她故意磨磨蹭蹭的，等着陈景迟一起走。"

前天？余惠萍说有事找她，她就先走了，陈景迟也没和她提过。谭卿眉头轻轻地蹙在一起："那他们后来是一起走的吗？"

"嗯，不过还有潘潇和我。放心吧，我替你看着呢，她和我坐在后座。"准确地来说，是她死缠烂打地把鹿盈拉上了后座。

谭卿"嗯"了一声，微微侧过头，余光敏锐地瞥了眼身后的转角处，然后利落地冲掉手上的泡沫，一把关上水龙头。

"走吧。"

这顿饭一直到晚上十点才结束。

快散场的时候，老汪有点喝高了，他拿着烟灰缸嚷嚷着要给众人拍合照。无奈之下，众人只好配合地拍了两张。然后江奇和邓怀趁着老汪放松警惕，强行架着他，把他塞进了出租车。

最后只剩下谭卿、陈景迟，还有鹿盈。

“你们不回去吗？”鹿盈问。

“回，”谭卿善解人意地笑了笑，“叔叔阿姨不是要来接你吗？我们等你安全上车再走。”

谭卿刻意用了“我们”，陈景迟也没反驳，那意思已经很明显了。

鹿盈听了，没有说什么，而是低头安静地拿出手机。大概十分钟后，一辆黑色轿车朝他们这边开来。车窗降下，前排坐着一对四十多岁的中年男女，应该是鹿盈的爸妈。

“鹿叔叔好。”陈景迟之前和鹿为元一起吃过饭，出于礼貌打了个招呼。两人又客套地聊了两句，陈景迟礼貌又不动声色地结束了话题。

鹿盈见状有点遗憾，但还是微笑着朝陈景迟挥了挥手，坐上了车。

关上车门，车子驶出一段距离之后，鹿盈的妈妈付霜兰突然拍了一下大腿，说道：“我想起来了，刚才那个女孩是老谭的闺女吧？我就说怎么这么眼熟！”

“谁的闺女，你怎么一惊一乍的？”

“妈，你在说什么呢？”

父女俩异口同声地说道。

付霜兰坐正身子，说道：“老鹿，你真不记得了吗？就咱们还在滨阳时，住咱们家对门的那个老谭。”

这么一说，鹿为元脑子里有印象了，但脸上瞬间写满了忌讳与嫌弃：“大晚上的，你提一个死人干吗？”

“死人？”鹿盈的眼底瞬间被震惊填满，她身子往前一倾，扒着椅背问，“妈，你刚刚说的那个老谭，就是谭卿她爸爸吗？他是怎么死的啊？”

付霜兰叹了一口气，解释道：“跳楼死的。我记得他原来还帮咱家换过灯泡呢，真是没想到——”

“你就记着这点事。”付霜兰的话还没说完，就被鹿为元打断了，“他哪是跳楼，是精神有问题，大半夜去点自家房子。结果烧着后，他不知道怎么爬到阳台上，就掉下来摔死了。”他的声音里，是满满的不屑。

付霜兰张了张嘴，又把话憋了回去。

好一会儿，鹿盈才回过神，问道：“那我怎么一点印象都没有？爸，这是真的吗？”

“真的，爸怎么会骗你。那时候你才上小学，而且当时正好放寒假，你被我们送回爷爷奶奶家了。”

鹿盈小的时候，鹿为元工作忙，每逢寒暑假她都会被送回爷爷奶奶家住一段时间。可她还是觉得疑惑：“我怎么感觉以前没见过谭卿？”

“那个姑娘啊。”鹿为元回想了一下刚才的碰面，“其实我对她也没什么印象了，她以前就不怎么爱出来吧，估计从小被她爸带的，性格怪阴冷的。”

付霜兰道：“也不能这么说，那孩子也挺可怜的，她爸死后听说家里都没亲戚过来领养，最后被人送去福利院了。”

“那能怪谁呢？要怪就怪她自己倒霉摊上这么个有病的爹呗，再说那姑娘本来长得也不太讨喜。”

人家明明长得明眸皓齿，一副白白净净的模样。付霜兰也不知道谭卿哪点不讨喜了，但又懒得和他辩驳，转过头问鹿盈：“盈盈啊，她现在是和你一个剧组吗？”

鹿盈：“嗯。”

“那也算是缘分，我看她和你们陈导挺亲近的，两人是在谈恋爱吗？”

想起之前在厕所门口听到的，还有两人今晚明里暗里的各种互动，鹿盈感觉心里被什么东西塞住了，顿时有些闷得慌。她靠在座椅上，神色冷淡了几分，声音依旧脆生生的：“不是啊，妈妈。她只是我们剧组暑假招的临时工。”

谭卿今晚没有回新乐小区，而是去了余惠萍那里。上次余惠萍说找她有事，结果刚见面屁股还没坐热，又因为琴行的事，中途离开了。所以趁着这次她刚好在附近，余惠萍也在家，索性就把事情谈了。

陈景迟将谭卿送到余惠萍家的小区门口。这里不像谭卿住的旧小区，进出没有什么限制。只要不是业主，无论是谁，进入小区都需要登记。所以陈景迟陪着谭卿一起下了车，然后在小区门口停下了，没有要陪她进去的意思。

谭卿也清楚，毕竟进进出出太耽误时间了，搞不好还会碰上余惠萍。

可终归她还是有点失落，又或者说舍不得他走。

以前，谭卿从来不觉得自己是个缺乏安全感的人。可自从和他在一起之后，患得患失的感觉就渐渐积压在她的心底，甚至有愈演愈烈的趋势。

就像今晚郜蓉说起鹿盈私下去找过陈景迟时，她表面上装作平静，其实心里像卡着一根刺。回来的路上，她几次想问他，哪怕以开玩笑的方式。但最终，她还是开不了口。她没把握，怕他觉得自己是个多疑又斤斤计较的人，更怕自己暴露出不完美的一面而让这段感情产生裂痕。

谭卿不敢任性。任性就像一把刀子，只有确定对方足够爱你时，才能毫无顾忌地展现出来。可她和陈景迟不是，至少目前她认为不是。

“怎么了？”陈景迟也发觉谭卿情绪有些异样。

谭卿摇头，沉默了好一会儿，喉咙里的涩意才压下去，轻声叫道：“陈景迟。”

“嗯？”

“能抱一下吗？”她的语气中带着一种小心翼翼的试探。

陈景迟没说话，一把揽过谭卿细瘦的肩，将人抱在怀里，下巴在她的头上轻轻地蹭了蹭：“三岁吗？”

“什么？”

“要人抱。”他轻声地笑道。

谭卿举在半空中，刚准备环住他腰的手停住了。几秒后，她将手悄悄地放了下来。

“好了。”她的脸埋在他的胸口，声音有点闷闷的。

陈景迟没听出异常，听话地松开手。

谭卿怕再耽搁下去，他会嫌自己烦，于是酝酿出最温柔得体的女朋友的语气：“那我先进去了，你到家给我——”

“自己抱舒服就赶人，有点无情啊。”

突然的打断，谭卿愣了一下，解释道：“我没——”

不过回想一下，自己刚才那话好像是有催人走的意思。谭卿有点心虚，但又不老实地生出了点儿别的心思。她状似无意地问：“那你想怎么样？”

“是不是应该偿还回来？”

正中她的心意，谭卿微微抬起双手，一副要任他抱回去的听话模样。

陈景迟却迟迟没动作。谭卿正纳闷，却听他低低地笑了一声：“我也没说抱一下就行啊？”

“啊？”

见谭卿皱起眉头，陈景迟宠溺地揉了一下她的脑袋，半开玩笑半认真地问她：“你们这里的保安会报警吗？”

谭卿不解：“有危险的话，会吧。”

“这样啊。”他好像还挺遗憾的，轻“啧”了一声，“本来还想亲一下，既然不行那就——”

所以他想吻她？谭卿突然有点后悔，眉头皱得更深了，小声反驳：“这个也不能算是危险。”

“是吗？我喝了酒，也可以？”

不能显得自己太急不可耐，谭卿半推半就地“嗯”了一声，被陈景迟握住手腕，拉到了一旁无人的花坛边。

树影遮住路灯的光线，幽深的夜色里，万物寂静。

淡淡的酒气在唇齿间散开，带着一点醉人的香。此刻只有喘息声和心跳声愈演愈烈，偶尔有风抚着树叶沙沙走过，却吹不散两人内心的灼热。

大概是年轻气盛，又初尝情爱，谭卿能感觉到彼此对于对方都有一种近乎浓烈的探索欲，他覆在她腰间的那只手烫得那一处肌肤仿佛都快灼烧起来了。而她也踮起脚去迎合他，甚至想破开阻碍，往更深处去，尝到属于他的味道。

不过，即使是这样，陈景迟的理智还是占了上风，在听到有汽车引擎的声音靠近时，他及时松开了她。

谭卿的呼吸还有点紊乱，头发也被风吹乱了。他用手指有一下没一下地穿过她的发丝，轻轻替她梳理着，等到谭卿的气息逐渐平稳，才温声问：“要上去吗？”

“嗯。”其实这个吻并没有多久，但对她来说，已经足够消除一晚上的不开心了。

她松开他的衣摆，抬起头，盯着那张好看的脸，纠结了两秒。最终，她还是壮着胆子，踮起脚，在他下巴上飞快亲了一口：“我先走了。”

指尖还留有少女的发香，人已经溜没影了。陈景迟失笑地摸了摸下巴。

回到家，余惠萍还坐在客厅里，显然是在等她。

“要吃点水果吗？冰箱里有切好的西瓜。”她说着起身往餐厅去。谭卿本来想说不用，但又不好拒绝她的好意，就沉默着走到沙发旁坐下。

这里是黎川近两年来最好的楼盘，余惠萍挑的大面积边套，户型很好，还专门找了装修公司设计。但谭卿来的次数屈指可数，她对这里很陌生。

余惠萍端着果盘出来，还给谭卿倒了一杯花茶。

谭卿象征性地喝了一口花茶，放下杯子，开门见山地问：“你上次想和我说什么事？”她是真的不擅长寒暄，哪怕是和家人。

余惠萍笑了笑：“也不是什么大事，就是之前妈妈和你说要与魏叔叔结婚的事。”

“我没意见。”

“不是，是关于婚前财产的事。房子、存款，还有一部分琴行的股份，我想把它们都转到你的名下。”余惠萍说得随意又理所当然，就好像在谈一件很不起眼的小事。

谭卿听后却怔住了。这些年来，她知道余惠萍赚了不少钱。余惠萍的琴行环境好，师资优质，加上经营多年，在黎川算是同行里名气最大的。尤其是现在，家长越来越重视小孩的兴趣培养，所以他们宁愿多花钱也要把孩子送过来学琴。不然，余惠萍也不会又是扩店，又是发展新校区了。

可现在，她要把她辛苦打拼下来的财产转给自己？大概是两人平时不甚亲近，谭卿从来没有过要继承父母财产的想法。在谭卿看来，她和母亲虽然有一层血缘和法律上的关系，但彼此都是独立的个体，没有谁一定要为对方付出什么。而且一直以来，她觉得余惠萍应该也是这样想的。

诧异之余，谭卿思考了几秒，一口回绝了：“不用，这些都是你辛苦打拼下来的，你没有必要——”

“谭卿，我只有你一个女儿。”余惠萍打断了她，一向随和的声音里，难得流露出几分笃定和固执。

意思很明确，这些都是要留给她的。谭卿突然有一种被横财砸中的不踏实的感觉：“那你和魏叔叔，商量过了吗？”

“没有，这些都是我的个人财产，不需要和他商量。”

好像也没错，谭卿一时也不知道再说什么。

余惠萍当她默认了：“那就这样定了，我找个律师把需要的材料整理好，你看看你最近什么时候有空，我们去把手续办了。”

“这么着急吗？”

余惠萍：“嗯，要在领证前办好。对了，你男朋友是不是还在黎川？”

突然提到陈景迟，谭卿茫然又有点紧张：“怎么了？”

“没事，就想说有空我请你们一起吃个饭。”

这算是见家长吗？可两人在一起也没多久，谭卿怕陈景迟不适应，也不敢随便代表他的意见，张了张嘴，最后还是糊弄了过去：“再看吧，他一直比较忙。”

“嗯，那你吃完西瓜早点睡，我先回房间了。”

“好。”

偌大的客厅，又安静下来。谭卿盯着桌上热气逐渐散去的花茶，想了想，拿出手机，只有一条郜蓉发来说自己到家了的消息。

她随手回了句“知道了”，又去点开陈景迟的头像。

没有改过备注，昵称还是最初加进来时的那个“C”，她知道很多情侣都会把对方设置成那种亲密的专属昵称。

她盯着备注栏，突然起了点心思。删删改改，一连敲打了好几个昵称，不是不适合，就是太矫情。

思来想去，她最终在备注栏里输入“阿迟”两个字。

也不知道是不是心有灵犀，她刚点下确认，手机就显示“您的好友阿迟发来了一条消息：‘到家了。’”。

她切回对话框，想着赶紧回复。结果不知道是输入法的问题，还是自己改备注改得魔怔了，不小心点到“a”键，“阿迟”两个字就自动跳了出来，后面还跟了“哥哥”两个字。

而她的手也非常不争气地一抖，“阿迟哥哥”四个字，一字不落地发了过去。

第五章 蒲公英

倘若不是有心见面，

哪里会有那么多的偶然相遇。

那时候，微信还没有撤回消息的功能。而对方的电话，很快就打了过来。

谭卿硬着头皮接起："陈景迟。"声音闷闷的，一听就是心虚了。

陈景迟很不给面子地轻笑了一声："怎么，不叫'阿迟哥哥'了？"

"我……不小心打错了。"真是很没底气的解释。

他淡淡地"嗯"了一声，没有下文。

谭卿猜他肯定不信，但也想不出搪塞的理由，只好硬着头皮转移话题："你是在卫生间里吗？"

"嗯，刚洗完澡。"陈景迟猜她是听到水声了，于是关掉洗手台上的水龙头，扯过架子上的干毛巾，盖在头上，随意揉了揉，"怎么了，有事要和我说？"

本来没事，但被他这么一问，谭卿想起今晚余惠萍和她说的事，突然有了和他分享的欲望。不过她还是没有说得太直白，而是试探性问了一句："陈景迟，你会喜欢一个有钱的女生吗？"

"这个啊？"陈景迟停顿了几秒，似乎真的在思考，"这得看多有钱了。"

"就一般有钱。"

"那也就，一般喜欢吧。不过，如果愿意叫一声'阿迟哥哥'的话，应该可以多喜欢一点。"

怎么又绕回这个话题上了？谭卿装傻充愣不说话。

陈景迟低低地叹了一口气，似乎很遗憾："真不叫吗？"

他真有这么想听吗？谭卿突然有点心软，其实也不是不能叫，就是叫哥哥总有一种在撒娇的感觉，她从小到大还没跟别人撒过娇呢。

这也太羞耻了。谭卿皱着眉头纠结了一会儿，还是不忍心让他失望。在做了许久的心理准备之后，她生硬又小声地挤出一句："阿迟哥哥。"

说完后，那边也跟着安静下来。是觉得不好听，后悔了吗？也是，自己的声音本身又不甜。看不到陈景迟此时的表情，谭卿心里忐忑起来，她咬了下嘴唇，又试探性地叫了声："陈景迟？"

"嗯。"那边声音似乎有些粗哑。

她还想问一句"怎么了"，一道暴躁的拍门声闯进耳膜："陈狗，你好了没？周协在外面厕所不知道磨叽什么，你这里借我用用。”

电话里传来潘潇的声音。陈景迟明显不耐烦地回答：“没好，等着。”

“不是，你都进去大半天了，你到底在里面干什么呢？”潘潇的声音很急，似乎下一秒就要暴跳如雷地踹门了。但是并没有，那边很快又恢复了安静。

谭卿慢半拍地回过神，顺着潘潇的话问：“周协还住在你那儿吗？”

“嗯，他明天走，还有事吗？”

谭卿“啊”了一声，听到陈景迟很轻地叹了一口气，然后说道：“我先挂了。”喑哑的声音里似乎搅进了一丝难忍的混乱。

“哦，好。”

那天之后，谭卿又把陈景迟的昵称改了回去。而陈景迟，应该是怕她脸皮薄不好意思，也没有再提过这事。

转眼到了八月初，郃蓉的录取分数线终于出来了。大概真是时运不济，这一年京宁的本科二批分数线，刚好比她的分数高了两分。

一个英语选择题的差距，可惜已成定局。郃蓉也没有选择复读，而是去了最后一个志愿填报的大学，在庐延。庐延离京宁很远，离黎川也不近。

那几天，郃蓉的心情肉眼可见地低落下来。无论潘潇怎么逗她损她，她一直是默默无言。

后来，有天下戏早，谭卿没和陈景迟一起走，而是约郃蓉去看了电影，一部在暑期爆火的友情片。散场后，郃蓉迟迟没有起身。她抱着爆米花桶坐在观影厅里，眼泪把她的妆都哭花了。她终于坦言，这些天一直情绪压抑的原因是害怕自己去了庐延后，她和谭卿之间的关系会逐渐疏远。

谭卿安慰郃蓉，保证她们之间的友谊海枯石烂永不变，但郃蓉只是摇头，说现在没有分开察觉不到，以后彼此面对的环境和人群不同，很多东西都会改变的。可复读太辛苦，也没有定数，就算有好运眷顾她考上了，那时谭卿的身边已经有了很多新鲜的人和事，而她还待在这个小城。

毕竟她们之间，已经落下了一年。距离和时间是最容易消弭感情的两样东西。

谭卿不知道怎么安慰郃蓉，只能不断给她递纸巾，一直陪她坐到电影院清场。

大概是哭过一场，情绪也发泄得差不多，郜蓉的状态慢慢恢复，但依旧不和潘潇插科打诨。潘潇也纳闷，追着郜蓉问，可惜人家也不理他。

谭卿其实能看出来郜蓉是有那么点喜欢潘潇的。不然，第一次聚餐的那个晚上，听他无所顾忌地聊前女友，郜蓉也不会那么反常，最后还把气撒到了陈景迟身上。

但谭卿没戳破，也没问她。谭卿不是一个喜欢八卦别人感情的人，而且潘潇看着没心没肺的样子，她更不想去掺和，以免让两人的关系变得尴尬。

剧组的工作依旧按部就班地进行着。其间，谭卿去陈景迟家的次数逐渐频繁，然后知道了他当时转学来黎川的原因是原户籍落在这里，要提前回来熟悉教材参加高考。

她也知道了陈景迟现在住的这套房子的来历，他的爷爷奶奶原来就住在这儿。小时候他每年都会来，后来奶奶过世了，爷爷也被接去了京宁。

大概是这个原因，谭卿瞬间觉得这房子很神圣，偶尔和陈景迟在沙发上接个吻，她心理上都会有压力。

大多数时候，两人都各干各的事。陈景迟在剪片子，她就在一旁画画。她有时候画他，有时候画剧组的海报，她给剧里的每个角色都画了一张标签式的角色介绍图，就等着之后电影上线宣传的时候用。

两个人都有空闲的时候，陈景迟就抱着她一起看电影，从国内的电影看到国外的电影。有些是英文原版的影片，她只能跟着画面和英文字幕，边猜边看。如果实在看不懂的地方，陈景迟就会给她翻译。

大概是情人眼里出西施，又或者优秀的人在每个领域都带着光芒。谭卿觉得陈景迟英语说得格外好听，不像以前英语听力课中那样腔调板正拗口，而是慵懒中又带着点勾人的情调。

这么一来，谭卿就故意选外语片，然后看几眼，就在他怀里抬起头，无辜又不动声色地看着他。

陈景迟每次都很有耐心地翻译给她听。只不过有些电影的尺度偏大，温香软玉在怀，陈景迟讲着讲着就不可控制地将人按到沙发上亲。

有次情到深处，他的手撩开了她身上轻薄的衣服，她还不知危险地睁着一双澄澈的黑眸，气息不匀地盯着他说：“我已经成年了。”嫣红的唇上还带着一层潋滟的水色。

有那么一瞬间，陈景迟是真想解开她的衣服。但最后他还是凭借着微弱的定力，起身理了理她那揉皱了的领口：“这么急啊。”

“没有。”

“放心，以后有机会，记得别跑就行。”

谭卿想说自己才不会跑呢，但她下意识低头看了他一眼，又犹豫着改口：“那看情况。”然后，她又被他攥住手腕扯回去，咬了一口脖子。

他不是真咬，但谭卿会趁这种时候在他脖子上留下点痕迹。大概是为了自己那隐秘的占有欲，也为了在鹿盈面前，不动声色地宣示主权，好让她收起对陈景迟不该有的心思。而陈景迟全然放任着她，没表现出任何不愿意的态度。

倒是鹿盈对她，表面上的和善彻底伪装不下去了，上一秒还和别人笑脸相迎，下一秒看到她，眼神瞬间就冷淡了下来。

谭卿对此丝毫不介意。这种虚伪的笑，她早就不想迎合了。

八月中，郜蓉的戏份杀青。她订了去西藏的机票，这次没有再缠着谭卿一起，只是聊天时无意提了一嘴。

整个剧本的拍摄大概还要两周才能结束。郜蓉看出谭卿的纠结：“没事啊，我本来就打算和李兆他们一起去的，你去了我还怕你们不熟玩不开呢。”

“那你们——”

“放心吧，都是熟人，而且是跟团，你就留在这里陪你的陈大帅哥吧，等寒假我再来天天霸占你的时间。”她说得云淡风轻。

谭卿酝酿了半天的说辞，一句也没派上用场。郜蓉就这么不声不响地走了，潇洒得连一条朋友圈都没发。

剧组这边的拍摄也进入了最后阶段。陈景迟白天拍摄，晚上剪片子。谭卿知道他原先其实是找了后期的，但因为那边做人不厚道，同时接了别的活，每次都把他的片子剪得很敷衍。陈景迟也不是好糊弄的人，最后就闹掰了。他现在只能先一边自己剪片子，一边物色新的后期。可这样连轴转下来，人很辛苦。

谭卿看着很心疼，她不敢再多打扰他，心里盘算着余惠萍那边的手续快准备齐全了。等过户之后，她先取出一部分钱给他，直接找一个靠谱的后期团队。这样的话，至少能让他睡个好觉。

等以后自己有钱了，她再把这笔钱补回去。可这么大的事要不要和余惠萍先说一声比较好呢？还有后期又上哪儿去找呢？一堆令人头疼的问题，谭卿还没想出个定论，剧组那边先有了变数。

最后一场戏，潘潇开着车在黎川各处转悠了快两天，一直找不到合适的景，但纯粹用后期效果又会大打折扣。

就在拍戏的进度停滞不前时，鹿盈说她有个很合适的地方，她在那里还有些兴许能帮上忙的熟人。她给众人看了照片，老汪和潘潇十分认同，陈景迟也没意见。

商议之后，众人打算这周就出发去那里拍最后一场戏。

但消息传到谭卿这时，她迟疑了——他们要去的那个地方是滨阳。自己生活了整整十二年的地方，也是她不愿再回去的地方。

晚上回去后，陈景迟大概也看出了她的不开心。

进门时，他把谭卿抱起来放在玄关处的矮凳上，然后蹲在她的面前，下巴抵在她的膝盖上，关心地问道："怎么了，不想去滨阳吗？"

谭卿的手指轻轻绕着他的发旋，没说话。

他又说："不过确实快开学了，你不去也没关系，刚好趁着这几天好好休息一下，或者提前去 A 大看看？我有几个朋友在那儿，你想去的话我安排——"

"陈景迟。"话音未落，谭卿突然打断他。

"嗯？"

"能不能换个地方？"

陈景迟知道她说的是滨阳，下巴在她的腿上蹭了蹭，手圈着她的腰，抬起头问："为什么？"

这段时间，剧组一直在赶进度，陈景迟似乎瘦了些，眼底也因为经常熬夜而生出了很多血丝，再漂亮的桃花眼也掩不住疲惫的样子。

谭卿突然感到一阵酸楚，声音堵在喉咙里。她弯下腰，伸手去抱住他的脖子。

陈景迟不知道她这突如其来的情绪为哪般，又怕她滑到地上，索性起身，一把将人抱到了腿上，耐心地问道："你到底怎么了？"

谭卿摇头："没事。"

其实她心里清楚暂时没有比滨阳更适合的地方了，这部电影对他又至关重要。前期已经付出了那么多的心血，不可能在最后临门一脚时，搞砸了。

那样，他会很失望的。谭卿一点也不想他难过。

"那就去滨阳吧。"她闷声说了一句。

"真的？"

谭卿清了清嗓子，语气尽量装得轻松："真的呀。"

陈景迟把她从怀里转过来，端详着她的脸，没发现什么异样，心里的不安才渐渐消散："那你在家等我，大概一周，很快的。"

不带她？可鹿盈不是也要去吗？谭卿当即摇头："我和你一起去。"

"也行，"陈景迟想了想，说道，"不过你妈会同意吗？挺远的，会不会觉得我要拐走她的宝贝女儿？"

谭卿想说余惠萍才不会干涉她的自由，但觉得这样又不太合常理，思考了几秒后，说道："我会好好和她说，她应该会同意的。"

陈景迟："那行，需要我出面帮忙解释吗？"

"不用。"

他一向思虑周全，谭卿很怕他又有什么顾虑，最后不让自己跟着去了。于是她双手揽上他的脖子，在他温热的唇上亲了一口。

大概是经过这段时间的相处，两人之间在这方面默契度变得异常高。平时一个动作，一个眼神，都能轻而易举勾起对方的回应。

这次也不例外。陈景迟揽着她的腰，另一只手扣住她的后颈，咬上了那软得要化的唇。

两个人的喘息声勾缠在一起，落在安静的客厅里，像是被放大了数倍，引人脸红心跳。

考虑到去外地不方便带电脑，谭卿还特意在《玫瑰河》的更新帖里请了个假。

留言区里一片哀号。她没敢多看，只留下一句“最久十天，回来更新”的承诺，飞快地退出账号。

出发前一天，众人去学校整理各种拍摄器材，做最后的清扫收尾工作。

谭卿上午和余惠萍找好的律师见了一面，把原定的办手续时间挪到从滨阳回来之后，下午也去了学校。

彼时，陈景迟不在，应该是去和校方的负责人交接了。老汪和江奇两个大老爷们儿正在一边搬桌椅，一边闲聊。见她来了，他们打了声招呼：“对了，你这次和我们一块儿去吗？”

谭卿：“去的。”

江奇揶揄道：“我就说嘛，迟哥特地让我加一张机票，还要他边上的位置。”

两人的关系，大家都默认了，谭卿也没欲盖弥彰地掩饰。

江奇：“对了，你晕机吗？潇哥和飞飞姐都晕机，你要是也晕，我今晚回去的时候多买点晕机贴。”

长这么大，她还没坐过飞机。当初从滨阳过来，她是辗转了一天一夜的大巴。后来，她也没怎么出过黎川，偶尔有远一点的比赛或者集训，也是坐的火车。

“不晕吧。”她思考着，给出个答复。

背后传来一道细碎的脚步声，是鹿盈。她手上拿着两瓶饮料，是给老汪和江奇的。经过谭卿身边时，她不咸不淡地瞥了一眼：“我不知道你在。”

谭卿丝毫不在意：“没事，我不渴。”

江奇见状，赶紧把自己的那瓶饮料塞给谭卿：“你喝吧，我去清点一下道具。”

“不用，我——”谭卿话没说完，人已经走了。

老汪拧开瓶盖，猛喝了几口，还打了个嗝：“那我也去忙了，谭卿你自己在这儿等会儿。陈导去行政楼那边了，估计还得一会儿才能回来。”

谭卿点头：“好。”

走廊上，只剩下她和鹿盈。下午毒辣的阳光洒进来，将地面晒得发烫。

谭卿低头看了一眼手里还在冒冷气的饮料，还给鹿盈，可她没有要伸手接的意思。两人对彼此的偏见，互相心知肚明。

谭卿自然不会要鹿盈的东西，只能把那瓶饮料放在身后的窗沿上，然后转头，自顾自地往行政楼的方向走。但刚走到楼梯口，鹿盈也跟了上来，叫住她："你要和我们一起去滨阳？"

谭卿淡淡地"嗯"了一声。

没料到，鹿盈立刻变了脸色："你别去。"

谭卿觉得有点可笑，问道："我为什么不能去？机票已经订好了。"

"你自己心里清楚。"

"你什么意思？"谭卿隐隐有种不太好的预感。

没来得及问，就听她又轻嗤了声："你原来就是滨阳人吧？你以为陈景迟不知道，其他人不知道，我也不知道吗？"

"你到底——"

"谭卿，你爸爸……"鹿盈见谭卿脸色微变，眼里流露出赤裸裸的讥讽和幸灾乐祸。

谭卿怔了那么一瞬，但她很快又垂下眼睫，默不作声地越过鹿盈，想要往楼下走。

可惜她刚迈下一级台阶，就被鹿盈一把扯住袖子。鹿盈继续道："被我说中了是不是？你没敢告诉过陈景迟吧，你是因为你爸做了伤天害理的事，没人要你才被送来黎川的吧。哦，对了，你爸不仅害了别人，自己还有精神病，你觉得陈景迟知道了这些还会和你在一起吗？"

谭卿下垂着的手不自觉地握紧："我爸不是精神病，还有你最好先松开我。"她的声音压在喉咙里，低沉得模糊。

鹿盈反而更得意了，她还拽着谭卿的袖子往上用力扯了扯："陈景迟和你可不一样，你知道他爷爷吗？他爷爷原来是很有名的外交官，他父亲也是。还有他外公是莱和医疗的创始人，就算他不介意，你觉得他家里人能看得上你这种身世有污点的人吗？"

鹿盈的话一字一句，像针一样扎进谭卿的耳朵里。谭卿眼神冷淡下来，回过头盯着鹿盈："这和你又有什么关系？"

“暂时是没有，不过你肯定不想他知道吧？如果这次你不和我们一起去，我就帮你保密，怎么样？”

鹿盈自以为这是很有筹码的威胁。

谭卿的目光变得更加冷厉：“我如果说，不呢？”

“那你就别怪我告诉他了，还有这部戏的投资——”她顿了一下，挑衅地盯着谭卿，“我如果让我爸撤回投资的话，你说大家知道是你的原因，会不会恨死你？”

“随便你。”

鹿盈没想到最后谭卿会是这种反应，她一开始胜券在握的气势瞬间崩塌，语气一下变得尖锐起来：“谭卿，你不要……”她本来想说不见棺材不落泪，但对上谭卿倏然阴冷下来的眼神，突然产生了几分惧意。

谭卿趁机扯回自己的袖子，拍了拍，准备转身离开。但鹿盈不知道是没站稳还是什么原因，身体突然晃了一下。她们就站在台阶中央，身边没有墙，也没有扶手。鹿盈今天脚上穿了一双米色的小高跟鞋。谭卿看见鹿盈眼底闪过一抹浓烈的惊恐，然后一瞬间，她就直直地往下栽去。

谭卿的手还悬在半空中，耳边传来一声震撼人心的撞击声。很快，她听到身后传来几道凌乱的脚步声，缓缓回过头，老汪和江奇一脸惊恐地冲下来。而陈景迟，就站在她身后不到一米的位置，此刻他眼神沉沉地盯着她。

当鹿盈威胁她时，她并不害怕，眼见着人摔下去的时候，她也无动于衷。但现在，仅仅是一个眼神，恐惧就像涨潮时的巨浪一样，向她席卷而来。

谭卿不知道救护车是什么时候到的。

她只听见陈景迟不许老汪他们去碰躺在地上的鹿盈，等医护人员匆匆上楼，把人抬上担架，他立马跟了上去。

他一个眼神也没留给谭卿。谭卿一直麻木地跟到救护车旁，陈景迟拦住她，声音没了以往的温和：“你先回去。”

谭卿杵在那儿，没有动。陈景迟又沉着眸光叫了一声江奇：“你先带她回去。”说完和老汪转头上了救护车，一把关上车门。

谭卿伸出去抓车门的手险些被夹住，幸亏江奇眼疾手快地拉了她一下。

救护车鸣着笛扬长而去。江奇讪讪地松开手："那个，我们还是听迟哥的，先回去吧。"大概是之前那一幕的冲击力太大，他这会儿看谭卿的眼神都透露着几分微妙的躲闪，应该是怀疑是她把鹿盈推下去的吧。

不过他既然没挑明，她也没必要解释，默默点了点头。

走到校门口，谭卿突然又停下脚步："你不用跟着我，我自己会回去。"

"可迟哥——"他为难地挠了挠头。

没等江奇说完，谭卿已经朝着马路对面的公交车站走去，她很快拦下一辆出租车，消失在空荡荡的街道上。

"姑娘，到哪儿啊？"

上车后，师傅重复问了三遍，谭卿才从窗外收回视线，冷冷地吐出一句："市医院。"

一路上，师傅没再多言。

到了医院门口，谭卿的脑子还是乱的。虽然她从小发育慢，但身体素质一直不错，极少生病。来黎川之后，她平时偶尔有个感冒头疼也只是去社区的诊所或者药店拿点药吃。除了上次被周协误伤，她从没来过这种大医院。

大厅里门诊取号和拿检查报告的人来来往往，上次有陈景迟陪着，现在只有她一个人。除了陌生，还有不适，她又没有开口问人的习惯。平时迷路，她宁愿自己先来回摸索着走几遍也不愿意向陌生人开口，所以这会儿她一时不知道往哪儿走才能找到陈景迟。

他们应该是在急诊吧？她环顾了一圈，犹豫片刻后，就跟着指示牌找了过去。她的猜测是对的。她穿过大半个医院，终于在急诊手术室外的走廊上，看到了那个熟悉的身影。

陈景迟背靠墙站着，整个人被头顶惨白的光线映照得很清冷，手插在兜里，头垂得有些低。

谭卿即将迈出的脚一下子像灌了铅，心里生出了几分胆怯。她停在那儿，心里焦灼着不敢上前。

突然一阵急促的脚步声传来，身边带起一阵风。

“怎么回事啊？盈盈她……怎么会从楼梯上摔下去呢？”赶来的是鹿盈的父母，她母亲满脸的泪，声音哽咽着。而鹿为元，大步走过去，气势汹汹地攥住陈景迟的衣领：“我女儿好好地去你们剧组拍戏，现在却躺在医院里！陈景迟，你是怎么负责的？！”他情绪暴躁，声音格外大。

陈景迟却一点没有要挣开的意思。谭卿心一紧，也顾不上考虑什么，突然就像解除了封印一样跑过去。

“你松开他。”她盯着男人青筋突起的手，冷声说道。

鹿为元没料到有人突然冒出来，情绪更失控了：“你是哪里来的丫头片子？！”

“我——”

“我知道了，你也是帮凶，你们害我女儿摔下去的是不是！”

谭卿：“不是，是她自己没站稳——”

“你住嘴，她那么大的一个人，怎么可能会平白无故地摔下去！再说她从小到大都格外爱惜自己，从来没受过伤！陈景迟我告诉你，我女儿要是有事，你也别想好过。”

见他频频打断自己，还将矛头全指向陈景迟，谭卿的戾气也一下被激起来，她试图扯开他的手。然而，还没来得及，鹿为元已经气急败坏地抬起手。很清脆的一声响，落在寂静的走廊里，空气在那一瞬间似乎都凝固住了。

失控的人完全不会控制力道，陈景迟被打得偏过脸去，冷白的皮肤上立刻浮上一层红印。

付霜兰哭声都停了，赶紧拉开他：“老鹿，你这是在干什么？！”

“你别管。”他丝毫不觉得自己有错，甩开付霜兰的手，又要上来拽陈景迟。

谭卿落空的手一点点收紧，陈景迟用余光扫了她一眼，舔了舔嘴角的血，往后退了一步：“鹿叔叔，是不是我的问题，也要等鹿盈先醒来再做定论吧。如果是，您再踹我几脚我都认。”说完，他一把握住谭卿的手腕，拉着人往外走。

走出有一段距离，确定后面那两人没跟过来，陈景迟才松开她的手：“谁让你过来的？”声音很阴沉，眸光也很冷峻。

谭卿那颗收紧的心被这句话一下撕开了个裂口，一个字也说不出来。陈景迟也没有要等她解释的意思："现在自己回去，不许再过来。"

谭卿眼眶发酸，任性地摇了摇头。陈景迟又握住她的手腕，这回把人拉到了医院门口，拦下一辆出租车，打开车门，半强迫地把人塞进去。

"师傅，送她去新乐小区。"他吩咐着司机。

谭卿用力摇下车窗，眼里有雾气："你是不是不相信我？"

没等到回答，司机已经踩下油门，车子一溜烟地开出去了。她扒着车窗回头看，那里已经没有陈景迟的人影了。

鹿盈当天晚上就醒来了。医生诊断她患有轻微的脑震荡，右手有轻微的骨折，以及一些由碰撞引起的瘀血。虽然不是特别严重，但需要时间慢慢恢复。

谭卿是第二天从潘潇那儿得到的消息。鹿盈对父母说是自己走太急了，才不小心从楼梯上摔下来。这让付霜兰很是愧疚，她向陈景迟道了歉。

但陈景迟一直没联系谭卿，从潘潇那儿套出他还在医院，谭卿心里的那根弦不仅没松下来，反而绷得更紧了。不过，她也不敢再不听他的话擅自去医院了。

她就这么一直魂不守舍地等到第三天，鹿盈终于出院了。谭卿稍微整理了一下自己，她打算去接陈景迟。然而刚到医院门口，她就远远地看见陈景迟陪着鹿盈母女二人从大厅出来。

之前两人见过两次面。一次是在晚上，路边的光线太暗，付霜兰坐在副驾驶座上，车窗没完全降下来。另一次是在急诊手术室外，心思都放在鹿盈身上，她根本没注意对方的长相。

直到今天，烈日高悬，光线明亮，她终于认出付霜兰就是当初住在她家对门的那个阿姨。怪不得，鹿盈会突然知道自己的过去。想必第一次见面，付霜兰就认出她了。只不过上次她满心都惦念着自己女儿的安危，所以才无暇顾及。

现在碰面的话，她肯定会认出自己。而且听上次鹿盈的那些话，她父母对自己应该印象也非常差。

万一她在陈景迟面前提起什么——谭卿突然改变了主意，她把帽檐儿往下压了压，往另一边走。

没一会儿工夫，那三人已经走到门外，上了一辆黑色的轿车。

同时，她手机振动了一下，是陈景迟发来的消息："你在医院？"

思考了几秒，她回："没有。"

一两分钟过去，那边没有下文了。

她又斟酌着发过去一条："听说鹿盈今天出院了，你要回来吗？"

C："嗯。"

Q："那我去你家等你。"

C："我回去应该会很晚。"

这是委婉地让自己别过去的意思吗？谭卿假装看不懂："没关系，我晚点过去。"

那边没有再回复。不确定他回去的具体时间，谭卿离开医院就去了陈景迟的小区，潘潇今天不在家，她也没有陈景迟家的钥匙，只能在门口默默地等着。

大概是她站的时间太久太引人注意，上上下下的住户，不知道是谁看出了端倪，告诉了保安。还是上次那个保安大爷，他手里夹着烟匆匆赶来，见到是她愣了几秒，然后掸着烟灰说："是你这个小姑娘啊，又在等那个小伙子？"

谭卿不太想搭理，只"嗯"了一声。

保安大爷："这种喜欢吊着人的小伙子，光长得好看没用，不靠谱。"

谭卿背过身去。大爷知道她不乐意听，叹了两声："那你是要一直在这儿等吗？你搞不搞得清他到底回不回——"

"他一会儿就回来了。"她突然气愤地打断保安大爷的话。保安大爷搓了搓手，知道劝不动，也就走了。

谭卿嘴里说的"一会儿"，一直等到暮色四合，才听到闷热的楼道里传来一阵不急不缓的脚步声。她突然有一种强烈的预感，拍了拍身上沾到的墙灰，从漆黑的角落里站起来。

头顶的感应灯被踩亮。终于，这次是她从忐忑等到麻木，直到看见那个一出现又让自己瞬间心跳不止的人。

陈景迟看到她，眼底也闪过一阵错愕，但他很快又恢复了平静："你什么时候来的？”

“刚到。”谭卿脱口而出。

陈景迟的目光在她身上停留了几秒，似乎没有怀疑：“晚饭吃了吗？”

谭卿想说吃过了，但又怕他让自己回去。犹豫片刻，她还是摇了摇头。

陈景迟掏出钥匙，打开门：“进来吧。”

谭卿跟在他身后，小心翼翼地从鞋柜里拿出一双粉色的拖鞋，这是两人在一起后去买的情侣款。陈景迟则脱掉鞋子直接走了进去，谭卿闻到他身上有一股淡淡的酒味，站在原地愣了一会儿。

厨房里传来他的声音：“吃什么？泡面可以吗？”

“可以。”她回过神，弯腰将脱下的鞋子摆整齐，这才起身走过去。

厨房里，水已经烧开了。陈景迟靠着料理台，头低垂着，闭着眼。谭卿轻轻地走过去，伸出手小心地环住他的腰，整个人趴在他的怀里。

“你喝酒了吗？”她小声地问了句。

陈景迟的下巴压在她的头上，“嗯”了一声，没有要解释的意思，也没有回抱她。

两人一时都没有再说话。直到水烧开发出嗡嗡的声响，陈景迟才提了提她的后衣领，把人拎开。

“我自己来吧。”谭卿从他手中接过撕开一半的泡面，倒进调料，加水盖上碟子，端着往外面的餐桌走去。她拉开两个座椅，陈景迟却在对面坐下了。

大概是这几天在医院没休息好，谭卿觉得他眼底的青灰更明显了：“你要不要先去睡一会儿？”

“不用。”

“那鹿盈，她没事了吧？”

“嗯。”

谭卿尽量找着话题，陈景迟的态度始终有些冷淡。不知道再说些什么好，她默默地拿开碟子，用筷子搅拌了一下。可能是焖得太久，面也泡烂了。

谭卿吃了两口就没胃口了，她挑起一筷子面又放下，迟疑着问出了酝酿已久的问题：“那……还去滨阳吗？”

“嗯，我和他们大概过两天就出发。”

和他们？谭卿拿筷子的手突然停住：“你的意思是，我不去吗？”

“你快开学了，还是别跑那么远了，在家休息几天。等到京宁，我再接你去A大报到。”

他这话说得通情达理的，谭卿却听出几分哄骗的意味。而且，为什么要去京宁才见面，他这半个多月都不回来了吗？

“我不累，我要去。”她的语气变冷。

陈景迟很轻地叹了一口气：“谭卿，你别——”

“鹿盈去不去？”

陈景迟盯着她的眸光深了几分，没说话。

谭卿有答案了，心里堆积了几天的酸痛和苦涩似乎被撕开了一个裂口，不断地冲撞着胸腔，让她阵阵发疼：“她是不是和你说什么了？”

“没有。”

“那你让我去，”谭卿盯着他，罕见地没控制住情绪，“或者你也别让她去，如果她拿投资威胁你，你不用理她，我有办法，我——”

“谭卿，别闹了，听话。”他的声音中有些无奈，又掺杂着几分懒于应付的厌倦，就好像她此时是一个无理取闹的疯子。

谭卿心里的那道裂口彻底被撕开，血液好像都在这一刻凝固住了。她攥紧冰凉的手心：“你还是觉得是我推的她，对吧？”

陈景迟沉默不语，她低下头，不敢对上他的目光：“你还是不相信我。”

“没有。”大概是真的失去了耐心，谭卿听到他拉开椅子，留下一句“吃完再叫我”就上了楼。

沉重的关门声撞得人心头一震。谭卿回过神，麻木地盯着碗里已经糊成一团的泡面。她有些吃力地松开微微湿润的手，拿起筷子重新挑起一口面，大概是因为凉了，味道变得很咸，咸得发苦。

她没吃完面，也没叫他，洗完碗后悄声带上门离开了。炎热的夜风吹得人心烦意乱，一路上她反复打开手机上的通讯录，看着鹿盈的联系方式，手指停在那儿，心想质问她，有用吗？搞不好还会被她反咬一口。

耳边传来尖锐的喇叭声，一辆车在斑马线前急急地停下，司机摇下车窗，探出头来大骂道：“你走路不看路，不怕被撞死啊！这年头，什么疯子都有！”

谭卿看了一眼对面的红灯，冷着脸又退回去。最终电话还是没有拨出去，她点开余惠萍的微信对话框，删删打打敲出几个字：“明天去办手续。”

余惠萍没有因为谭卿突然改变主意而多问几句。次日下午，两人在律师的陪同下，一切手续都办理得如预期一样顺利。

五点左右，手续就办理完了。余惠萍约好了两个合作商吃饭，谭卿没去，回来的时候她绕路去了一趟客运站，买了第二天下午去滨阳的火车票。

在某些方面，她知道自己是一个固执到死的人。所以即便陈景迟不让她去，也改变不了什么。

她把身份证和车票小心地收好。谭卿走出客运站，天色已经暗下来，还飘起了小雨，在昏黄路灯的照耀下，雨如针丝一般细，更显得她孤零零的。

谭卿没带伞，她低头看了一眼手上的文件袋，还是决定先回一趟余惠萍家，把东西放好。下雨天，车走得比平时慢。

到家大概八点钟，她输入密码推开门，刚按亮玄关处的灯，还没来得及换鞋，就听外面响起了一阵急促的敲门声。谭卿放下文件袋，打开猫眼，往外瞄了一眼，来人是魏历华。

余惠萍不在，他一个人过来干什么？谭卿下意识地收住声音，想装作没人，锁孔里突然传来钥匙转动的声音，比她去扣保险锁的动作更快。

咔嗒一声，门开了，一股浓浓的酒气扑面而来。

谭卿警惕地往后退了一步：“魏叔叔，我妈不在。”

魏历华没说话，目光停在进门柜子上的文件夹上，他拿起文件夹快速地翻了几页，看向她：“你妈不在，我就不能来了？”

谭卿眉头微蹙：“不是，那我先走——”她错开身子，准备往外走。

魏历华突然拽住她的手腕：“现在下雨了，怎么走？”

男人的力气很大，谭卿被他拽得往后退了几步，本能地扶住身边的柜子，站稳后质问他：“你想干什么？”

她眼神中流露出的警惕和抗拒，让魏历华的脸色一瞬间阴冷下来。他抓着她手腕的力气更大了，仿佛要捏碎她的骨头："我想干什么？你怎么不说你们这对精明的母女想背着我干什么？！"他的声音十分粗重，把那份文件朝她的脸上摔去。

纸张飘得到处都是，谭卿侧身躲了一下。

他更加愤怒了："余惠萍让我给她当牛做马，好不容易要结婚了，结果她却偷偷把财产都转移和公证给了你，这天底下哪有这么便宜的事！"

原来魏历华要和余惠萍结婚还有这一层目的。谭卿觉得十分恶心，但看他处在随时失控爆发的边缘，也不敢轻易刺激他。

"魏叔叔，我不太清楚你和我妈之间的事，不管你有什么不满意，你先放开我，我可以打电话叫我妈过来，你们再商量。"

"放开？"魏历华虽然喝多了，但脑子还没傻，"放开让你去报警吗？别以为我不知道，你和你妈是一路货色。"提到余惠萍，他眼里涌出一股恨意，"你说你妈那个老女人，不会真以为自己魅力这么大，能让比她年轻八九岁的男人真心喜欢她吧？"

"不是——"

"你也觉得不是对吧，不过你好像不错啊。"说到这儿，他的眼睛在谭卿的身上扫视着，突然笑起来。笑声和以往的温和不同，这次充满了狰狞和癫狂。

谭卿心里一惊，想起上次他去她家借用卫生间那次。某些肮脏龌龊的东西，一下子全都被打开了。谭卿想拼命挣开他的手，但一个成年男子的力气，又在酒精的刺激下，完全不是她徒手能抗衡的。

没挣扎两下，魏历华一把扯住谭卿的头发，将她强拖着往客厅里走。

大门还没关上。

谭卿被他按到沙发上，手上的那一条手链在他眼前晃了一下。

魏历华气急败坏地抓着她的手腕，一把扯断链子："男朋友送的是吧？听你妈说，你男朋友家境很不错，还是京宁人。你以后还能嫁过去吗，你们母女俩都是下贱的——"

话音未落，谭卿一口咬在他的手臂上。魏历华惨叫一声，一把扔掉手链，松了手。

谭卿疯了一般推开他，跪在地上一阵乱摸，摸到手链就赶紧往外跑。

可惜她跑到玄关处，刚摸到柜子上的包，魏历华就追了上来。因为她刚才的反抗，他整个人显得异常愤怒和兴奋，他直接掐住谭卿纤细的脖子往地上按。

谭卿听到自己身上的衣服被他粗暴地撕开，却又窒息得发不出声音。她颤抖着摸出包里的手机，胡乱拨出了一个号码，是熟悉的铃声。

“接电话啊，陈景迟！”她在心里默念着。

温柔的旋律在空旷的房子里回响，难闻的酒气贴过来，手机被魏历华一把抢过，扔得远远的。最终铃声变成了一段冰冷的挂断音。

没有了，她的手链被人扯断了。

谭卿蜷缩在身侧的手，小心拉开了背包上的拉链，从中摸出了一把刀。刀刃很锋利，脱鞘时甚至在她的手心上划出一道血口。

她拿着刀慢慢靠近男人的脖子，如果插进去，他是不是必死无疑？她是真的很想魏历华去死，或许一刀根本不够泄愤，她还会在他身上捅出一堆的窟窿。

但刀刃即将抵上他动脉的那一刻，她不知道又想到了什么，突然调转刀尖的方向，直直地刺进了自己的小腹。温热的液体涌出，很快浸透了身下米白色的地毯。

她躺在一片血淋淋的地毯上，耳边是男人惊恐的尖叫声。眼前越来越模糊，但好像又有画面，她感觉自己看见了陈景迟，和她曾经的梦里一样，对方冷着眼看她。

她的手捏紧了那条断了的手链，拼命地想抬起手，告诉他没有丢，或许能修好的。可惜，她一点力气也没有了。

两天后，谭卿在医院的病床上醒来。

病房里一个人也没有，她睁开眼，本能地想要爬起来，但刚翻了个身，就因为腹部的一阵疼痛又倒了下去。撑在床边的手打翻了床头柜上的保温杯，发出一声脆响。

门立马被推开，余惠萍脸上流露出几分惊恐，她跑过来拍响床头的呼叫铃。

医护人员很快赶到，是谭卿的伤口裂开了。护士替谭卿重新包扎好，又检查了她身体的各项体征。没有太大问题，但谭卿的表情始终不太对，目光也四处乱转。

“你是在找什么吗？”护士猜测着问。

余惠萍想到什么，赶紧翻开自己的包，找出一条断掉的手链。因为是从中间断开的，上面的小莲蓬坠子已经不知道掉到哪里去了。

谭卿盯了两秒，淡漠地接过手链，又问：“手机呢？”

“哦，在这里。”余惠萍赶紧又找出谭卿的手机。

屏幕碎得很厉害，她用力按了几下都没反应，不知道是坏了，还是没电了。她皱着眉，眸光有些冷淡地看了一眼站着不动的医生和护士。

那天救护车送谭卿来医院抢救的时候，两人看到了她身上穿的衣服，因此也能理解一般人在遭遇这种事情时的情绪。她们嘱咐了一句“注意休息，有事找我们”，然后轻轻地关上门离开了。

病房里只剩下谭卿和余惠萍。余惠萍不知道该怎么面对她，只好一声不吭。

空气安静得令人压抑。最终，还是谭卿先开口：“我是怎么被送来医院的？”

“是两个装修工人，搬东西上来的时候，看到门开着，地上有血，魏……他手里拿着刀，就报了警。”说到这里，她的情绪有点崩溃，“卿卿，妈妈——”

“你哭什么？”谭卿眨了眨眼，双目空洞，“我问你哭什么，我爸当初从楼上掉下去摔死我也没哭，我还活着。”

余惠萍收住了哭声，只是脸上的泪水仍然止不住地流下来。

谭卿捏紧屏幕碎裂的手机：“你是不是想让我放过他？”

“不是的，妈妈是觉得——”“对不起”三个字，在这时候显得尤为苍白无力。

余惠萍哽咽着，还是没说出口：“总之，我希望你能好起来。好起来之后，你想怎么处理这件事，都可以。”

“他现在人呢？”

余惠萍："被警察带走了。"

"另外两个报警的人呢，可以联系上吗？"

余惠萍："可以是可以，你是想？"

"我会起诉魏历华，但不想有其他人知道。"她刚醒来，声音还是哑着的，语速也很慢，但透着一股让人心尖发凉的冷意。

余惠萍沉默了好一会儿，才重重点头："好，还有其他的吗？"

"我想要一个充电器。"

下午，警察来做了详细的笔录。大概是基于保护受害者的心理考虑，和她沟通的是个年轻的女警。

谭卿虽然脸色很差，但整个过程下来，她情绪异常稳定，言辞也十分清晰有条理。

谈话中，她多次重申的就是：魏历华酒后强奸未遂，导致激怒他暴力持刀杀人。

到后来，女警看她的眼神里都带着一层雾气，认真地帮她记录每一句要说的话。

笔录结束，看着警察离开病房，谭卿拔下充了一下午电的手机。

手机很顽强，顺利地开机了。她点开通讯录页面，只有一通陈景迟的来电，是在她打出去后四个小时回拨的，响铃十二秒。除此之外，再也没有多余的消息。

那一刻，她伪装了一下午的盔甲被揭开，有一种尖锐的东西刺入她的身体，她突然感到剧痛。她抱着手机，揉着逐渐湿润和模糊的眼睛。

谭卿其实撒谎了。谭裕去世时，她当时吓得没有哭，但当晚被带到派出所时，她一直在哭。第二天醒来时，她没有听到谭裕叫她，发现已经错过上学时间，她又哭了起来。那段时间，她几乎每天都在哭，大概是把前面十几年的泪水都哭完了。

后来，她去了福利院，又辗转到了黎川，以为人生最难受的时候已经熬过去，不会再哭了。可现在，看着空荡荡的消息栏，泪水像失控了一样，大颗大颗地砸进屏幕的裂缝里。

哭声压抑在喉咙里。从一开始的无声无息到后面的小声啜泣，再到从病房里传来东西砸落在地的声音。医生进去后，又满脸同情地走了出来。

不知道过了多久，窗外又开始下起了雨，天色暗得比往常早一些。

谭卿用指腹一遍遍抹开屏幕上的水迹，手指不小心被锋利的碎片扎破了。星星点点的血珠很快冒出，但大概是心里更疼，手上的伤就显得无足轻重。她麻木地戳开陈景迟的头像，指尖不太灵敏地按在键盘上，来来回回，删了又打，终于拼凑出两个字：分手。

第三天，谭卿转到了一家私人疗养院。

余惠萍私下联系了那两个装修工人，给了他们一笔不菲的费用，对方再三承诺一定不会把这事散播出去。

而那条“分手”信息，在经过了 48 个小时后，依然没有回音。他应该是厌烦了这样的她，所以默认了分手吧，毕竟陈景迟不是那种喜欢撕破脸的人。就算结局不如人意，对他来说顶多只是一段不太愉快的经历。他很快就能调整好心情，重新踏上他鲜花盛开的人生之路。

第三天，谭卿半夜醒来，折断了那张手机卡，注销了微信。

起诉魏历华的事，余惠萍给她找了一个擅长处理这类官司的律师，并且向法院申请了不公开审理。

律师姓贺名商，相貌斯文秀气，只是那一双狭长上挑的凤眼里藏着几分痞气，但恰好被眼镜的金丝框给压住了。

第一天见面，他给谭卿带了一套限量版的芭比娃娃，假笑道：“小朋友，你好。”

最终，他被谭卿的冷眼给堵了回去。她的诉求很明确，希望能最大限度地争取对魏历华的量刑。

贺商微笑地记录着，梳理每一条对她有力的证据。案件的一切都在有条不紊地进展着。就是魏历华那边不肯认罪，疯了一样吵着要见谭卿，说自己并没有杀人，刀是她自己捅的，他只是喝多了一时糊涂才做了荒唐的事。

可是没有证据，有谁会相信一个年仅十八岁的小姑娘会将一把那样锋利的刀往自己身体里扎呢？那刀口和深度，就是成年男人看了也会胆寒。而且在取证中，刀柄和刀鞘上均发现了魏历华的指纹，他又存在充分的杀人动机，以及有目击者有力的证词。

所有的情理都倾向她。然而在开庭前一天，贺商微笑着和她确认：“你所说的一切都属实，包括那把刀，对吧？”

“是。”

贺商：“嗯，不过谭卿，我还是想告诉你，你才十八岁，还有大片光明的未来。”

还有吗？很多时候，她明明都觉得自己如同一把锈迹斑斑的刀。

她沉默地站在那里，贺商起身：“这不是安慰的话，是我作为朋友的真心话，希望你现在做的每个决定，以后想起来都会觉得庆幸，而不是污点。还有，如果你记错了什么，随时都可以告诉我。不管怎么样，我会合理地运用法律，最大限度地让他得到相应的制裁。”说完，他轻声关上房门，离开了。

当天晚上，他收到了一条谭卿发来的消息，依旧是冰冷的语气，又有点不常见的疑惑：“如果刀是他拔的，算二次伤害吗？”

最终，案件延期半个月后开庭。等资料重新整理好，他们才上诉。因强奸未遂，加上二次伤害，且受害人刚满十八岁，魏历华犯罪情节恶劣，被判处有期徒刑十年零三个月。

魏历华接受一审的判决结果，未上诉。

案子的清理工作结束时，已经到了十二月份。其间，余惠萍把琴行的股份陆续转让出去，带着谭卿搬到了京宁。这里比黎川大，也比黎川冷。

谭卿没有去A大报到，早在之前她就办理了退学手续，然后不声不响地和所有人断了联系。这么多年，她几乎没有朋友，除了部蓉，应该不会有人惦念她吧。

到了农历年的年末，谭卿的身体已经恢复得差不多了，但她依旧不想出门。余惠萍也不敢催她，只是每次在她洗澡时都默默计算着时间，一旦久了点，就会担心地来敲门。

谭卿知道她在担心什么，后来索性门也不锁了，就加了道不透光的帘子，好让她安心。她心理洁癖变得非常严重，稍微想起那晚的细枝末节，她都想吐，想疯狂地砸东西，但还没到让自己去死的地步。这大概就是人骨子里畏惧死亡的本性吧。

就这样一直在家待到来年开春，在一个气温明显回暖的日子里，她终于出了第一趟门，去了一所留学教育机构。回来的时候，她手里拿着一堆宣传单和课程收费明细。

余惠萍偷偷跟着她一起去的。谭卿也没想瞒着余惠萍，在思考了一个晚上后，她第一次敞开心扉地对她说：“妈，我准备去国外留学。”

异国他乡，举目无亲。虽然余惠萍很不放心，但也没办法不支持她走出的第一步，只好故作轻松地说好。

出国的计划就这么定下了。那时候，线下网课还没有兴起，谭卿每天都要出门坐公共汽车去上课。

恰好那一路公共汽车，途经A大大学城站。每次停靠，都有许多学生上上下下。这个时候，谭卿总会不由自主地抬起头，放眼望去，那么多张神采飞扬的面孔里，一次也没有见到过陈景迟。

也是，这么大的一座城。倘若不是有心见面，哪里会有那么多的偶然相遇。

她开始学会放下最后一点不现实的期待，在每一次夜晚的崩溃中拼命修复心态，全身心地投到课程学习中。

谭卿了解过国外几所艺术大学的招生标准，她的专业水平基本没问题，主要是英语，她的口语尤其差。

授课老师为了改变他们常年在应试教育中积累的毛病，让一起上课的学生们两两组队，通过不断沟通来练习口语。

和谭卿搭档的是一个男生，叫李偲航，他性格很外向，正在读大二，也是A大的编导系。他申请到了国外一所大学的录取通知书，准备在大三时去那里做交换生。

他和谭卿聊的话题大部分是关于电影的，偏偏他的口语也很蹩脚。谭卿每次都听得直皱眉，又会忍不住想起曾经自己靠在某人怀里，听他不厌其烦地给自己讲各种故事，声音干净好听。

几次之后，谭卿实在是和他交流不下去了，于是向老师申请换搭档。结果，第二天李偲航就垂头丧气地过来认错，说以后再也不用她不感兴趣的内容做交流了。

他好像误会了什么，谭卿也没挑破，“搭档情”就这么被他硬生生地留住了。两人交流的主要话题也被他以“迁就自己”为使命，换成了时尚、服饰、娱乐这些方面，有时候他还突发奇想地自己调制香水。

就这样，两人在相处中，渐渐熟悉起来。有一天，谭卿点赞了他的一条朋友圈，内容是几张电影的宣传海报，文案后面加了十几个叹号。他问有没有人一起去看，隔着屏幕都能感受到他的激动。

谭卿正要划过去，又觉得不太对劲，退回去点开大图，是陈景迟的那部电影《阳光下的呼喊》，初版的海报就出自她手。

心情顿时变得有点复杂，她又不好意思取消那个赞。而李偲航以为她感兴趣，立即给她发了好几条消息，兴奋地告诉她，这是他们系的一个学长拍的，还说那个学长有多厉害，去年去山区拍了一组公益片，还在国家公益映像节上拿了个不错的奖项。言辞里充斥着满满的崇拜，说完他还给她发了几个A大论坛的帖子。

谭卿没有回他。李偲航又转移了话题，说发现这部电影的美术顾问居然和她同名，这么奇特的缘分，一定要请她去看。

谭卿冷淡地回了句“有事不去”。

李偲航也不气馁，又说起A大下周的毕业典礼，问她要不要去看看。据说今年设计得很有新意，还找了他那个优秀的学长拍纪录片。

谭卿依旧冷漠拒绝了他的盛情邀请，但到了那个设置了日历提醒的日子，她还是去了。

那天，阳光强烈，天空万里无云。时隔将近一年，她再次见到了陈景迟。这次，他站在台上，作为毕业生代表发言。而她，站在台下的人群中，听着周围有关他的欢呼声和讨论声。

“天哪，为什么真的有这种颜值和才华共存的人！”

“可能上帝对别人是只开一扇门，对他是把天花板都掀翻了吧。”

“我真的后悔为什么没能早生两年，这样就可以多欣赏帅哥两年！命运弄人啊！”

“你可以去告白啊，听说他还没女朋友。”

“真的假的？可是我不敢啊……”

“学长，请问怎么才能追到你？”人群中，有个大胆的女生大喊着问了一句。

台上的人扶了扶话筒：“我觉得你们还是立志拿个诺贝尔奖比较靠

谱。”一个幽默而不针对那个女生的回答，底下顿时哄笑声一片。

“那请问，怎样才能像你一样拍好一部电影？”

“首先，你得先准备一部机器，然后按下开机键。”

“那要是失败了怎么办？”

“放弃或重来。”

因为他这轻松的回答方式，现场气氛又陷入一片火热中。

这是谭卿第一次见到在A大的陈景迟。他穿着一身T恤和黑裤，依旧保持着那副散漫又淡然的态度，但站在舞台中央，肆意又张扬。

曾经，她在《刺猬的优雅》里看到过这样一句话：“我们都是孤独的刺猬，只有频率相同的人才能看见彼此内心深处不为人知的优雅。”

当时她也深信自己和陈景迟就是那两个频率相同的人，所以她拼命地想靠近他。但后来，她清醒了。他那样的人，能跟得上任何人的频率，也能让任何人追逐他的频率。

可她不行。就像现在，那个台上的人，比今天的阳光还要热烈明媚。她想努力凑近看一眼，却被光线刺激得眼泪直流。

谭卿压低了帽檐儿，看向身旁的女生，轻声问：“能借我一张便笺吗？”

“你是要送礼物吗？”

“不是，还东西。”还本来就不属于她的东西。

谭卿接过女生大方递过来的便笺，她摸出包里的笔，端端正正地写下四个字：前程似锦。折好后，放进出门时特意带着的那个首饰盒里。

“麻烦你帮我转交给台上的人，谢谢。”她把盒子连同两张崭新的一百元钱递给女生。

“可是我不确定学长他——”

“没关系，如果他不收的话，你就扔了吧。”温声说完，她转头走出人群。

七月中旬，谭卿拿到了法国一所大学的录取通知书，出国的手续也都办好了。

坐在候机厅里，她自去年请假之后，第一次登上了那个贴吧账号。

私信多得数不过来，有关心的，有着急的，也有骂她不负责任的。

她草草地看了几眼，一条也没回，打开了自己的主帖。从第一张图开始往下翻，有女主角经过男主角高中的画面，也有公交车上她坐在男主角身旁的画面……

太多了，她没有翻到底，手指停在那儿，盯着看了好一会儿，最终还是点开了删除，然后选择了确定。

大厅里传来登机的广播，她收拾好随身物品，背上包，走过了登机台。

窗外，晴空万里。又是一年盛夏，白色机翼卷着滚烫的气浪飞上万米高空。而承载着她整个青春时期悄然发生又戛然落幕的心动，也在这一刻，终于跌落云霄。

第六章 天竺葵

心好像被什么东西来回地碾着，

让他握着方向盘的那只手更疼了。

京宁的云栖珑庭。

七个小时的时差，加上突然换了陌生的环境，谭卿这一夜都睡得很不好，中途还做了一个离奇的梦。

她梦到陈景迟了。梦里的她坐上了他的车，但下车时，前后门都被锁住了。她急着去敲窗户，却被他用一根绳子捆在了座椅上。他蹲在她的脚边，捏着她的下巴，发出令人胆寒的笑声，他说她长得很像他找了七年的爱人，所以这辈子都不能放她离开。

谭卿吓得瞬间从梦中惊醒，她摸了摸额头，额头上出了一层细密的汗。是最近恐怖电影看多了，还是重回故地容易想起旧人？可也不至于会做这么诡异的梦吧。

反正继续睡是不可能了。于是她摘下眼罩，摸过床头柜上充满电的手机，看了一眼，六点二十分。她抱着被子坐起来，盯着手机犹豫了一会儿，还是点开了郜蓉的联系方式，拨过去。

那边接得很快，语速也很快："喂，怎么了？"

谭卿的大脑有片刻的空白。

"喂喂喂，说话呀，谭大画家，你被绑架了吗？"

"我的行李箱落在你助理的车上了。"当时陈景迟的车停在那儿一直打着双闪，她心不在焉，一时就忘了这件事。

那边估计是有些无语，安静了三秒才说："那你打电话给小夏，让他给你送过来。"

"你打吧，我社交恐惧。"她是真的不愿意和不熟的人多交流一个字。

郜蓉："行，我还有事，先挂了啊。"

谭卿听她接电话时那火急火燎的语气，就知道她大概忙了一宿，配合地"嗯"了一声。

"哦，对了，你之前《长陵》那部漫画卖出去的版权，近期是不是要选角筹备开拍了？"挂之前，她又问了一句。

谭卿："嗯，怎么了？"

"算了，回去再和你说，我真的是比陀螺还忙，挂了。"

这回，是真没有声音了。谭卿放下手机，走到窗边，拉开遮光窗帘。外面的天已经蒙蒙亮，路灯还没熄灭，放眼望去，整座城市陷入一种黑夜和破晓之间的割裂感中。

谭卿和郜蓉恢复联系是在四年前。郜蓉大四实习时，因为没有任何社会经验，所以很不幸地被人骗进了一个传销窝点。好在她有次找到机会，给谭卿发了一条奇怪的QQ消息。而谭卿也立刻察觉到不对劲，报警后连夜回国。

那是她们自分别四年后的第一次见面，地点在一栋老旧的居民楼里。她推开那扇门，不算宽敞的客厅里站着七八个男女和两个民警。谭卿一眼就认出了其中耷拉着头，目光涣散的李兆，她冲上去狠狠甩了他两个耳光，民警拦都没来得及拦。

谭卿将人拖到了窗边，听他嘴里还念叨着“再找两个人就可以拿800万出局”的鬼话，她正言厉色地让他现在就跳下去，立刻给他800万。后来，所有人冲上来拦住他。

离开那栋房子后，谭卿一路上阴冷着脸。郜蓉抱着谭卿诉说着她的经历，说李兆也是被他一个同学骗进来的，自己因为听不懂他们说的东西，是他们中唯一没有被洗脑的，而且李兆没有对她做过什么出格的事。他们管理得都很严，天天要开会，还有上面的主任会来检查，平时连烟都不能抽的。

谭卿这才转头看了郜蓉一眼。之后，两人在庐延住了五天。

郜蓉不愿意回黎川，谭卿给她留了一点钱，让余惠萍在京宁给她找家靠谱的公司。

不过，郜蓉最终还是没有麻烦余惠萍，她自己找了一家经纪公司。郜蓉没有选择做艺人，而是面试了经纪人助理的职位。大概是她的性格天生适合这个职业，从一开始的助理，到执行经纪人，再到后来独立管理艺人。这一路，郜蓉走得顺风顺水。

两年前，郜蓉攒够了一笔钱，决定出来单干。她和谭卿合计后，开了一家艺人工作室，签下了几个小明星。这个工作室谭卿也有一半的股份，目前运转得不错。因为还处于创业初期，很多事都得自己干，谭卿又是个甩手掌柜，所以郜蓉非常忙。

以前读书时，郜蓉赖在被窝里扯都扯不起。现在，她通宵达旦地工作已经不是什么稀奇事。大概这就是风水轮流转吧。

谭卿看着远处逐渐退去的夜色，起身去倒了杯水，喝完又躺下。再次醒来已经十点多了。手机上多了两条微信消息，中间隔了一个多小时。

臻知棒："谭卿姐，你确定行李箱是落在车上了吗？后备厢整理出来的东西里，我没找到。"

臻知棒："我去问了修理厂那边，说是被当时一起拖过去的另一辆车的车主误拿走了，应该就是时雨的那个助理。"

那个大高个？谭卿皱了皱眉，很不客气地回道："那你去拿回来。"

臻知棒："嗯，我问保险公司要到他的电话了，他说帮我问问。"

什么叫问问，误拿走别人的东西难道有据为己有的道理吗？谭卿的眉头皱得更深了。

那边很快又发了一句："是这样，他说自己后来是坐他家少爷的车回去的，东西都放在那个少爷的车上了。"

谭卿忍不住了："嗯？你觉得他这样正常？总之，你快点沟通好把我的箱子拿回来。"

臻知棒："好的。"

还少爷，也不看什么年代了。再说，少爷还用得着亲自去接人？太扯了啊！谭卿一把关掉手机，扔到床头柜上，起身去了卫生间。

郜蓉平时总是在外地跑，所以她很少住在这套房子里。厨房里除了一些快过期的调味品，几乎没有任何食物。谭卿四处搜寻了一下，只好出门去采购一些食材。

京宁现在变化很大，这房子又处在商圈中心，周围全是各种一眼望不见顶的写字楼和商场。

走了将近十分钟，谭卿才勉强找到一家便利店。现在正好是饭点，有不少附近下班的年轻人过来买速溶咖啡和午饭。

谭卿站在放着各种便当的冷柜前，观望了好一会儿，还是没买。她去收银台买了几串关东煮和一杯辣汤。结完账，她看着窗外被风压弯的树枝，默默地挑了角落的一个位置，贴着没人的墙边坐下。

拿出手机，上面有两条未读消息。她先点开郜蓉发来的那条："我明天下午回去。"

谭卿想了想："之前不是说还要两天吗？"

芙蓉是朵霸王花：“嗯，本来是。但师菡的那个代言被人抢了，约好的广告拍摄，结果对方人都没来。”

师菡是最早一批签约进工作室的艺人。郜蓉提到过有人说师菡命里带财，事业运很旺，若遇贵人扶持，必定能大红大紫。而郜蓉也十分自信地认为自己就是师菡的那个贵人，所以对她就像亲生女儿一样，事事亲力亲为。但目前来看，成效并不显著。两年下来，除了一组比较出圈的杂志拍摄照片，好不容易打通关系塞进一个综艺节目里，拍到一半还被叫停了。

谭卿想劝郜蓉一句“命里无时莫强求”，但发出去的是：“谁抢的？”

芙蓉是朵霸王花：“时雨团队。”

这缘分……谭卿都不知道该说什么好。

那边抱怨起来：“你说这个时雨背后是不是有什么人啊？出道还没多久，资源好到不像话。之前《夜澜天华》那部剧的女二号，我本来还想替师菡争取一下呢，结果不声不响就被她拿下了，害得我白请那个制片吃了顿饭。”

谭卿：“应该是有人。”

芙蓉是朵霸王花：“你也这么觉得，对吧？”

谭卿：“呃，我可能看到了。”

芙蓉是朵霸王花：“嗯？”

谭卿把昨晚车追尾的事，简单地叙述了一遍。很快，郜蓉的电话就打了进来。

谭卿挂断：“我在外面，边上有很多人。”

那边应该是在语音输入，很快一大段文字跳出来：“你说你们昨晚追尾了？还是时雨的车？那你看清来接她的那个人没有？有没有拍照？”

谭卿按顺序回答：“是，是，没有，没有。”

芙蓉是朵霸王花：“那车牌呢，有没有看清？”

谭卿：“没有看。”

芙蓉是朵霸王花：“这真是天上掉馅饼你都不知道捡啊！！”

谭卿从两个叹号里看出了满满的恨铁不成钢。

那边又不懈地发来：“接她的那个男人老不老，这总能看得出来吧？

你知道时雨多大吗，19 岁，才读大二！”

谭卿手指停在键盘上，“还好”两个字都打了出来，看到她这句话，又删掉，一个一个字打。

“那是挺老的。”

打完字，点击发送。

突然，她的椅子腿被人踢了一下。她刚叉起的丸子又滚回纸杯里，回过头，对上一双眼型很漂亮的桃花眼，但眸光阴沉得看不清。

“麻烦往那边坐点，腾个位儿。”他的声音听着漫不经心的。今天，他戴了顶黑色的棒球帽，穿了一件同色系的飞行夹克，拉链拉到最上面，遮住那一截冷白的下巴。

明明半张脸都藏在阴影里了，但那五官真的过分出挑。如果谭卿从来不认识陈景迟，也能凭借昨晚的匆匆一面，就记起对方是送自己回家的男人。

不过京宁这么大，不到一天，竟然能遇到两次？谭卿真觉得挺不可思议的。而且一看到他，她就不自觉想起昨晚那个诡异的梦。所以即使心里不想让地方，还是不愿意多生事端，她拿起纸杯，椅子往另一边挪了挪。

“再过去点。”男人用脚钩过椅子，一只手端着泡面，没坐下，又得寸进尺地吩咐了一句。

谭卿皱了皱眉，捏紧纸杯，索性拉开椅子，起身。但由于心里不爽，动作大了些，从两把椅子中间出去时，手肘不小心擦带了下他的泡面桶。而且这人也不知是故意的，还是真没拿稳，泡面桶一翻，滚烫的汤带着面就这么朝着自己这边倒下来。

这边动静有些大，其他人纷纷看过来。整桶泡面已经摔在地上，他右手的手背很快泛起一片红。而谭卿，不知什么时候被他拉了一把，躲过了一劫。

谭卿咬了咬牙，抽回自己的手：“那个——”本来想说是他非要往这么窄的地方坐，自己也不是故意的。但碍于这么多人，她低着头说，“抱歉，是我不小心。”

他另一只干净的手压了压帽檐儿，侧过身抽了两张放在桌面上的纸巾，默默地擦着手，没有理她。

谭卿也不想在其他人探究的目光中煎熬下去，她摸了摸口袋，掏出买完关东煮剩下的现金，轻轻放到台面上。

八十一块，她倒是挺大方的。陈景迟看着玻璃窗外走远的人影，无奈地扯动了下嘴唇，默默拿起桌上的钱。

店内的员工拎着清洁用具走过来：“先生，您——”大概是被帽檐儿下的那张脸惊艳到，她声音忽然停住了。

陈景迟已经收敛起嘴角的弧度，又恢复了一贯的淡漠。店员自知失礼，忙回过神，微笑着说：“麻烦您往边上站一点。”

男人闻言往后退了两步，隔着面巾纸揉了揉火辣辣的手背，从钱包里掏出一张一百元人民币，递给店员：“麻烦了。”他在为自己不小心打翻泡面的事道歉。

店员愣了一瞬，摇了摇头：“没事的，先生，不用——”话音未落，男人已经将钱放在桌面上，转身离开了。

陈景迟身上也被溅到了一些汤水，上车后他脱掉了外套，摇下车窗，发动车子。深秋的风迎面灌入，吹得那一截冷白的锁骨变得更加瘦削，也吹得头隐隐作痛。

他又不可避免地想起刚才那个女人把钱放下离开时漠然的眼神，心好像被什么东西来回地碾着，让他握着方向盘的那只手更疼了。

经过一个路口时，他将车急急地靠边停下。他一把关掉烦人的广播，拿起一包烟，从中倒出一支，放在唇边点燃。袅袅的烟雾在车厢里散开，空气中带着呛人的辛辣。

没一会儿，烟就燃到了尽头。他灭掉烟后，又在那儿安静地坐了几分钟，最终摸出手机，给那个备注“陈时雨”的头像，发了一条微信消息。

半个小时后，敲门声响起。时雨不情不愿地放下游戏手柄，去开门。

“你不是知道密码吗，还敲门。”她不乐意地咕哝着。

陈景迟把外套丢到玄关处的椅子上，换了鞋往里走，没理她。

时雨看出他心情不好，也没再说什么，跟着走过去：“喝什么？”

“随便。”陈景迟走到沙发旁，看着坐在地毯上吊儿郎当玩着游戏的男人，踢了踢他的脚，“你来干吗？”

听听这嫌弃的语气，多欠揍啊！潘潇当机立断地退出这一局，拍了拍裤子起身：“我怎么不能来了？是你妹非要让我来给她送东西的。”

“什么东西？”

潘潇：“零食、糕点、水果。”

现在艺人大多要管控身材，时雨的经纪人宣姐就不许她乱吃东西，尤其是那种高热量的食品，每回来了都要没收一大堆。但时雨又实在嘴馋，自己不方便出去买，就只能缠着潘潇给她送来。

潘潇大爷似的坐到沙发上，跷起二郎腿，摸出一沓小票：“你自己看看啊，你们家大小姐吃的东西有多贵，赶紧给我报销。”

陈景迟用一种“你在异想天开”的眼神淡淡地瞥了一眼小票，走到另一边坐下。

潘潇：“你装哑巴什么意思？想赖账啊。”

“和我有关系？你自己去找她要。”

“哎，你这人，她是你亲妹，我不找你要找谁要？”他放下架着的腿，说着要起身走过去，好好跟陈景迟算算账。

时雨从厨房出来：“要什么啊，潇哥？”

“没、没什么。”他又一屁股坐下。

时雨把果盘里切好的水果和茶水拿出一份给潘潇。

潘潇本来还挺开心的，心想自己没白跑腿花钱，但看着小姑娘将剩下的全端到陈景迟面前，心里又不是滋味了。

“小时雨，要不要这么偏心啊？为什么我只有一小盘，他有一大盘，而且还有糕点。”

时雨有点心虚，她把糕点拿了几块给潘潇：“我哥心情不好，你就不要和他计较了。”说着，就转过头笑眯眯地看着陈景迟，“哥，这是潇哥从尚合坊买来的糕点。这个黄山毛峰呢，是我从爷爷那儿拿来的，陆伯伯送的，据说是清明前上好的品次，爷爷平时都舍不得喝。”

“确定不是骗来的吗？”她一向古灵精怪，陈家他们这一辈里又只有她一个姑娘，老爷子对她宠得要命，平时一两句话就被她忽悠得团团转。

时雨一副委屈的样子：“才不是骗来的呢。”

“你又不喝茶。”

“我、我送人不行吗？”她小声说了一句。

陈景迟也没问送给谁，只是不冷不热地说了一句：“行，不过下次还是送点别的吧，不然老爷子知道了得心疼死。”

“知道了。”她乖巧地应了一句。

陈景迟也没再和她较真，很给面子地端过杯子。只不过茶没到嘴边，诧异的惊叫声先传到耳边，导致他杯子里的茶水撒出去了一些。

“哥，你这手怎么了？”时雨盯着他的手。

褪去最开始的一片红，他那被烫伤的手背这会儿有点发紫，还起了几个小水泡。

她一叫，潘潇也跟着看过来：“你和人打架了？”

时雨：“不可能，我哥从来不和别人动手。”

潘潇脑子转了转：“那是被人揍了？你是惹到谁了？”

“吃泡面烫的不行吗？”

“服了，你有这么穷吗？总吃泡面，你都没觉得自己现在长得越来越像泡面了吗？”

“没有呀。”时雨小声维护他哥。

潘潇被她的话噎住了，挠了一把头发：“你家楼下不是有个便利店吗？你去那儿买点饭吃都比泡面好吧。”

陈景迟：“是去便利店吃的。”

“就那家？”

“不是，清辉路那家。”

清辉路。

潘潇仔细琢磨了一会儿：“我的天，你真是吃泡面吃昏头了吗？那不是广电大厦那边吗，离你家那么远，你跑去那儿吃？你不会是开车去的吧！”他越说还越来劲。

陈景迟懒得理他，喝了一口茶，放下杯子，看向时雨：“把那个箱子给我，我有事要先走了。”

时雨：“可是你的手，不用先擦一点药吗？”

“我回去会擦的，快点。”

“哦，好吧。”时雨怕自己真耽误他的事，赶紧跑回房间，推出一个24寸的行李箱，粉色的箱子上还贴了两张卡通贴。

潘潇傻眼了：“陈狗，你最近受什么刺激了？也不用买这么女性化的箱子惩罚自己吧！”他边说边要上手去摸，却被陈景迟一把拍开。陈景迟拎起箱子，直接越过他往门口走去。

“自己一个人在家小心点，下次不要让男人进来。”走到门口，他停顿了两秒，还是叮嘱了一句。

时雨：“可潇哥是自己人。”

“谁告诉你的，他更不行。”他故意没收着声音。

潘潇在里面听得一清二楚，他愤愤地咬了一口哈密瓜：“别拿你那龌龊的心思来衡量我，快滚吧你！”

砰的一声，他关上了门。

潘潇看着眉心微蹙走回来的人，问道：“你哥，最近都这样不正常吗？”

“也没有。”时雨歪着脑袋，思索了一会儿，“潇哥，我问你个问题啊。”

“你问。”

“我哥以前是不是谈过恋爱啊，还是刻骨铭心的那种？”

潘潇愣了一会儿，很快又不着调地笑起来：“没有啊，这怎么可能，你是电影电视看多了吧。你哥从大一开始单身到大四毕业，是学校有名的老‘单身狗’了。”

见她半信半疑，潘潇又打着哈哈：“再说他原来那么忙，哪有空谈恋爱，你见过他带女生回家吗？”

这倒也是。虽然身边不少人都调侃过她哥生得俊俏，尤其是那双桃花眼，一看就是会惹情债的。但从小到大，她就没见过她哥和哪个女生走近过，可她总觉得有点不对劲。

“那潇哥你发誓，如果你说谎的话，就一辈子找不到老婆。”

小时雨，你要不要这么狠啊！

谭卿一路走到家，还在和郜蓉聊那个男人有多老的问题。

郜蓉又痛心疾首地和她吐槽了圈内不少不好的现象，说这群该死的老男人有多没底线，这些小姑娘初出茅庐又有多容易被带偏，满屏都是批斗的话语。

谭卿都忍不住想解释一下，其实也没她想得那么老，更没严重到毁了时雨整个人生的地步。而且两人很有可能就是在正常谈恋爱，只不过碍于身份，不便公开罢了。

不过她几次都插不进话。夏臻的电话又打了进来，她接通后，夏臻说话有些吞吞吐吐：“谭卿姐，我发给你的微信，看到了吗？”

“还没看，什么事，你说吧。”

“就那个拿走你箱子的人，我联系他了，但他说要你本人过去取。”

这人怎么这么龟毛？谭卿想说把密码报给他验证一下，但转念一想里面有私密物品，还有两本证件和一件贵重的首饰。老坑冰种的满绿翡翠镯子，她曾经在一场拍卖会上以几百万的高价拍下的。由于怕戴在手上太显眼，回国时就收进首饰盒里了。

万一他变态去翻这些东西怎么办？谭卿：“算了，你把他的联系方式给我，我自己来处理吧。”

“好，我马上就发你。”夏臻像得到赦免逃离刑场一样，匆匆挂了电话。

一分钟后，对话框里多了一串号码。谭卿也想过会不会是陈景迟，但通过这两次的见面，他应该是不记得自己了，不至于会做出这种幼稚无聊的事。而且谁规定那个助理的少爷就必须和时雨有关？现在社会压力这么大，还不许人打两份工吗？她之前在国外的时候，有个室友起早贪黑，一天打四份工，周末还去做人体模特。

谭卿盯着那个号码看了一会儿，复制到短信上。

“你好，我是箱子的失主。”她编辑好短信后发送出去。

那边很快回复：“你好，箱子是在我这儿。”

有毛病吗，这人？谭卿有些无语道：“我知道，我想问我什么时候可以过去取？”

对方：“你什么时候有空？”

谭卿：“今天下午吧。”

这种事当然是越早越好，以免夜长梦多。但那边不知道在考虑什么，三分钟后才回信息："我下午有事，还是明天吧。"

这人真是擅长说废话。谭卿："好，那就明天早上，给我一个地址。"

这回怕他反悔，谭卿手快地进入下一步。

然而对方又停住了，半天才慢悠悠地发来一条消息："加个微信吧，这个手机号。"

谭卿："嗯？"

对方："发短信要钱，我没开通短信包月业务。"

谭卿彻底无语了，这么抠还说是少爷？自封的吧。

不过她还是输入了对方的手机号码，一搜索：头像是近距离拍摄的一盆兰花的照片，昵称是"心平气和"，一股浓浓的中年风格。

这是位年纪有点大的少爷。

谭卿添加他为好友之后，对方很快发过来一个地址：小月河。这不是在月山茶园附近吗？

郃蓉前段时间总和她吐槽说圈内人总爱玩这些花鸟鱼茶，送东西送不到点上，人家还不买账。正巧，她最近想争取的一个资源的负责人，那人就喜欢研究茶。她不懂，要么买不到对味的货，要么就是太上等的货价格太昂贵，实在划不来。

于是谭卿就想替她去那个小有名气的茶园看看。

谭卿一开始是想和对方约一个折中的地方，但自己之前就想着去月山茶园一趟，这下正好顺路了，于是她简单回了个"好"。

一两分钟后，对方又贴心地提醒了一句："明天会下雨，记得出门带伞。"

谭卿没有理睬他的关心。不过第二天，倒真应了他的话。

她一大早起床，拉开窗帘，整个京宁都笼罩在一片蒙蒙的雨雾中。出门的欲望瞬间降至零。但谭卿并不是那种喜欢爽约的人，所以她还是简单整理了一下，打车出门。

大概是太久没回国，出乎她意料的是——明明今天不是工作日，京宁的高架路上依旧堵得水泄不通。

半个小时后，她坐的车还在市区龟速地向前移动着。

谭卿看了一眼时间，眉心轻轻蹙了蹙。司机是个眼明心亮的人：“怎么？小姑娘赶时间啊，这个点没办法，等出了市区就好了。”

谭卿淡淡地“嗯”了一声，点开那个兰花头像。思索了几秒，她还是发了一条消息过去：“我可能会晚点到。”

心平气和：“发生什么事了？”那边几乎是秒回。

周末起这么早，看来真和她猜的差不多，对方年纪不小了，而且是个喜欢多管闲事，刨根问底的人。谭卿不太想理他。

隔了两分钟，那边又坚持不懈地问：“需要我去接你吗？”

这人是热情过度还是上了年纪脑子不太灵光？来接她，直接把箱子带过来不就好了？

谭卿其实很希望他能把箱子带过来，可自己已经出来了，不趁机去一趟茶园把事办了总觉得亏。而且现在这个状况，她抹开车窗上的白雾，望了一眼前后拥堵的车流，似乎没办法下车。

请离我远点：“不用，只是有点堵车。”

心平气和：“好的，不急，让司机慢慢开。”

她怎么知道自己打车的？刚冒出这个疑惑，那边紧接着又补了一句：“如果你是打车过来的话。”

谭卿心里有点疑虑，没有再回他。

二十分钟后，车子终于出了市区，也如司机所说的那样，接下来的路程畅通无阻。

谭卿在路边的大巴乘车点下车。这里类似于那种城乡接合部，不过应该是有相关部门的规划和扶持。一眼望去，整个地方修整得很有农家田园小镇的风格。

入口处竖着一块刻着“月河乡”三个字的巨大石碑。谭卿撑开伞，往里走，里面是自建房，外墙基本上粉刷成同一个色系，清爽又整洁。只是在这么多相似的房子里，哪一栋才是那位“少爷”的家。她不由得放慢脚步，四处张望。终于在绿植修葺的街道尽头，看见了一幢青灰色中式风格的三层小楼。

房子占地面积挺大的，围墙上有一组松树和白鹤的雕花，应该是松鹤延年的寓意。除此之外，瓦沿上也雕了一圈回纹图案。稍微走近看，都是精巧细致的活儿。

都说“无刻不成屋，有刻斯为贵”，谭卿之前还对这人的印象不太好，觉得十有八九是打肿脸充胖子。但现在看着房屋的设计和格调，倒真有几分不显山露水的讲究和贵气。

她站在门外回廊下静静地看了一番，手机振动了一下。

心平气和：“到了吗？”

大概这人是真的等急了。

请离我远点：“嗯，我在门口，请帮我把箱子拿出来就好。”

一时突然没了回复，谭卿猜他应该是用手写的，打字比较慢，又发了一句：“我待会儿还有事，麻烦了。”

每一次的停顿，谭卿的耐心就减少一点。

陈景迟看着窗外伞下的那个单薄的身影，皱了皱眉，还是回了一个“好”。拉上窗帘，他拿起床头旁的箱子。想了想，他又蹲下从柜子里找出一个透明的防护袋套上，然后才下了楼。

他叫住司机：“林叔，麻烦把这个箱子拿出去给外面的人。”

林叔在陈家做了几十年的司机，知道陈景迟这几年很少来老爷子这里。今天一早就摸黑赶过来，在这里等到现在，应该是在等门外的姑娘。可是现在人家到了，他反而不出去了。他感到很疑惑。

不过没等他问，陈景迟又补了一句：“问下她等下要去哪儿，你送她过去。”

“嗯，好。”

“对了，箱子提着走，别在地上拖着。”

这话说得好像有点画蛇添足。门外那姑娘，看身板都不像是能把这种箱子提一路的人，不过林叔也没有反驳，回了一句：“好的，少爷。”

在谭卿的耐心即将告罄时，院子里的门终于开了。出来的是一个大约五十岁的男人，年纪和她猜想的差不多，但看起来并不像她联系的那个人。

不管怎样，反正只要拿到箱子就好了。她接过箱子，撕掉上面那层碍事的防护袋，蹲下来背对着他打开了箱子。她迅速地检查了一遍，东西都在。

她起身，客套地说了句“谢谢”，准备离开，男人突然叫住了她。

谭卿：“您还有事？”

“不是，想问问小姐待会儿要去哪儿？我送您过去吧。”

“不用了。”

女人的声音很冷淡，像这天上飘着的雨。

林叔有些为难，他朝院内看了一眼，说道：“小姐，我还是送送您吧，雨天不好打车，万一有点什么事，我很难和少爷交代的。”

果然，来的不是那个男人，但你们家少爷是不是管得太宽了？谭卿拉着箱子：“你不好交代，和我无关。”说完，她转身走了。

林叔也不好强人所难，听到身后的脚步声，他回过头摊了摊手：“少——”

“林叔，你还是和以前一样，叫我小迟就好了。”

陈景迟是林叔看着长大的，他比一般孩子聪慧得早。他从小就懂世故，情商也很高。老爷子也一直引以为傲。但这几年，也不知道怎么了，虽然表面上看着礼数周到，但身边稍微亲近点的人都能感觉出他消沉了不少。

眼见他就要二十八岁了，到现在也没个女朋友。之前老爷子着急，自作主张给他安排相亲，两人因此吵了两次架。

爷孙俩关系闹得挺僵的，林叔夹在中间也不好说什么，陈景迟见了他也没了以往的亲昵，尤其是在老爷子面前。现在看来，原因估计就在这姑娘身上。

林叔叹了一口气：“小迟，那个姑娘，她好像不太愿意让我送。”

“嗯。”陈景迟看着在雨雾中逐渐走远的人，“没事，林叔，你先进去吧。”

“那你——”

话没说完，男人已经撑开一把直柄的黑伞，走进了绵绵秋雨中。

茶山离得有些远，但茶叶市场就在附近。谭卿跟着手机导航走过去，也就十来分钟。这里主要卖春茶，现在是淡季，市场里人很少。

谭卿走进其中一家比较大的茶店，老板正在电脑上玩游戏，见有人来也只是看了一眼，等游戏结束后才不慌不忙地起身。

“想买点什么茶？”

谭卿四处看了看，没说话。

男人猜她大概是第一次来这个地方，又问：“大概要什么价位的，自己喝还是送人呢？”

“送人，要最好的品次，清明前的茶叶。”虽说她不懂行，但也知道“明前茶，贵如金”的道理。

“现在哪儿还有什么——”男人拍了拍手，正打算回去坐下，电话突然响了起来。

“等会儿啊。”他瞄了一眼手机屏幕，背过身，走到帘子后面接起，那后面大概是个小型的炒茶场所。

几分钟后，男人出来，换上一副笑脸：“姑娘，你急着要吗？”

“还好。”

“那你稍微等几天，现在出货有点紧张，你先留个地址，等到货了再给你送过去，你看可以吧？”

时间上是没问题，但她不确定过几天还会不会住在郈蓉那里，况且她也不想把郈蓉的地址随便留给别人。

“我还是自己来取吧。”

男人心想还有这么不怕麻烦的客户，但嘴里还是客气地说道：“那也行。不如你留个电话，我到时候通知你。”

“好。”谭卿报了一遍自己的手机号码，想了想又问，“有自己喝的茶叶吗？”

“有的。你看这一款就不错，虽然不是明前茶，但口感细润，余味甘甜，自己喝的话包装不用太讲究的。”

不知为何，谭卿觉得店老板突然耐心了很多，大概是看出自己付钱爽快的潜质了。

“多少钱？”她问。

“这个啊，你稍微等下。”

原来他不是老板。谭卿看他拿出手机，敲敲打打不知道发了什么。只见他松开紧皱的眉头，说道：“一百八十块一斤，你要的话我给你拿两斤，包装就不收你的钱了。”

“可以。”

谭卿回到家，郃蓉也已经到了，整个人一脸沮丧地躺在沙发上。看到谭卿进来，手里还拿着一个箱子，她才慢吞吞地坐起来：“你提着箱子干吗，难道在我这儿住得不舒心吗？”

“不是。之前和你说过，箱子落在夏臻的车上了。”

郃蓉问道：“这小子没给你送来吗？”

谭卿把事情的来龙去脉简单地告诉了她，郃蓉的表情也从惊讶变成了无语：“这人是有病吗？拿走别人的东西居然没有一点愧疚感，是不是故意的？搞不好就是时雨指使的，不然她的助理哪有那么大的胆子。”因为抢代言的事，郃蓉现在对时雨怨气很重。

谭卿：“应该不是，她那天下车比我早，估计就是后面助理拿错了，又放到接他那人的车上了。”

“行吧，那人是谁？你今天去见着了吗？”

“没有，箱子还是司机送出来的。”

郃蓉“啧”了一声：“还挺神秘，你说会不会就是那天去接时雨的幕后金主啊？”

“不是，”说到这儿，谭卿似乎在想什么，郃蓉叫了她好几声，她才反应过来。谭卿犹豫地说道，“应该不是金主，估计是男朋友吧。”

“那这更有料了，娱乐圈新晋人气小花旦的地下恋情，放出来粉丝不得疯了？”

谭卿不太能理解，也不想再讨论有关时雨的话题，她把手上的盒子丢给郃蓉：“喏，给你的。”

“什么啊？”

“茶叶，你不是说半夜困得要命吗，泡浓点，茶比咖啡管用。”

“你这是要我熬夜熬秃头啊。”郃蓉嘴上抱怨了一句，但还是喜形于色地接过茶叶。她拆开盒子后问，“不会是在小月河那边买的吧？”

“嗯。”

“天哪，那边的茶叶价格据说贵得离谱。”

谭卿有点怀疑：“真的吗？其实还好吧。”

郜蓉："多少钱？"

"三百六十块。"

"三百六十块？你确定没少一个零？"郜蓉不信，觉得她是不好意思承认自己当了冤大头。直到谭卿打开付款记录给郜蓉看，她才一下子从沙发上坐起来，拆开一包，倒出一点茶叶，放进开水中。

"不对劲啊，这种成色、留香，老板只收你三百六十块？他这是脑子被撞了，还是做慈善啊？"

谭卿不关心这个，问了一句："你还要不要？"

"要的要的！我之前有个朋友去买了一种普通的茶叶，都花了一千多。"郜蓉赶紧将茶叶放进储物柜里。等放好后，她终于想起回来准备和谭卿说的事，"之前《长陵》的制作方，不是和你商量过让你担任编剧吗，你要不要考虑一下？"

"不考虑。"谭卿拒绝得很果断。

郜蓉苦着脸："不要这么绝情嘛，报酬我可以找人帮你再谈谈。"

"不是钱的问题。"现在大多数编剧都要进组，要经常和演员打交道，若是遇到那种耍大牌要现场改戏的演员，或者是想法又多又细碎的导演，就纯粹是给自己找罪受。她已经不亏待自己很多年了。

郜蓉试图劝说谭卿："那是什么原因？这个制作方的口碑在业内很好，他们工作人员也很好相处。"

"为什么想让我去？"

郜蓉叹了一口气，实话实说："他们比较注重剧本，编剧有一定的选角权。你还是原作者，这不是指望着你到时候能给师菡拿个角色吗。"

谭卿："走后门啊。"

"也不能这么说。"郜蓉觉得谭卿还是不够了解这个圈子，"现在很多剧本都不公开找演员试镜了，竞争的机会也越来越少。这个制作公司还算好的，一个剧本里会有几个角色拿出来试镜，但也扛不住一些投资方暗中塞人。师菡能力是有的，态度也绝对认真，就是差个机会。"

"嗯。"利益之下，一件事中有太多的人情世故。

郜蓉欣喜若狂："那你是同意了？可以的话过两天刚好有个饭局，我带你去聊聊，制片人、导演和两个投资方都会来。"

“没同意。”

“绝情！绝情的女人！”郜蓉翻了个白眼，见谭卿依旧不为所动，于是选择退而求其次，“那饭局陪我一起去嘛，你就去听听，觉得不错的话再考虑，不行就算了。”

“这个也——”

“也什么？”郜蓉知道她又要拒绝，抢先抹了一把微微湿润的眼睛。

这些年，她的演技还是在的。谭卿只好无奈地点头：“也……行吧。”

饭局定在一周后，正巧那天师菡没有工作安排，谭卿之前买的送人的茶叶也拿到了，万事俱备。收拾完，郜蓉带着两人出了门。

开车的是师菡的助理姚见，一个白白胖胖的男生，嘴很甜，见面就一口一个“姐”的，一看就是那种吃得开的热络性格。

可惜谭卿对这种嘴皮子利索的人一点也不感冒，她淡淡地应了声，就没再多言。

姚见是个擅长察言观色的，见状就不再打扰她，和坐在副驾驶座上的郜蓉聊起天来：“蓉姐，今晚来的是哪几个投资商啊？”

照理是导演选人，但在这种没钱寸步难行的时代，投资方的话语权很大。

郜蓉：“盛和传媒的老总，还有一个万籁娱乐的，是谁不清楚。”

“万籁，不会是那个什么范时正吧？要是他，你们可得小心点，听说他这人人品挺差的，之前他们公司不是还爆出艺人天价解约事件吗？”

郜蓉没想到他小道消息还挺灵通的：“你知道内情啊？”

姚见摇头，继续说道：“也没有，就听一个朋友说和他有点关系，反正酒桌上还是小心点。”这种场合，他作为助理，没办法进去。

不过郜蓉也是见惯了这种场面：“放心吧，我和你菡姐的酒量都还可以。对吧，师菡？”

“嗯。”后座的女生应了一声。

不知道是不是阴雨天光线偏暗的原因，谭卿总觉得师菡的脸色有些不正常的苍白。

“你不舒服？”趁着前面两人聊天没注意，谭卿问了一句。

两人只见过一两次面。师菡一直跟在郜蓉身边，知道谭卿是公司的另一位老板，但关系实在称不上熟悉。对谭卿这突如其来的关心，师菡显然诧异了一会儿，摇头：“没有。”

“没有不舒服。”师菡重复了一遍。

谭卿不是个喜欢究根问底的人，也没再追问。

到了约定的餐厅，服务员带着她们三个走到三楼的贵宾包厢。推门进去，里面已经坐了一圈人，好像就在等她们三个了。

郜蓉打了一圈招呼，介绍了一下两人，就要带她们入座。但她们还没坐下，不知道哪个爱生事的突然说了句“美女怎么能都坐在一起呢”。其他人也跟着起哄，非要三人分开坐。

谭卿不想让郜蓉为难，她面无表情地随便拉了把椅子坐下。师菡和她中间隔了一个位置，郜蓉被拉到两人对面。

全部坐下后，服务员过来上菜倒酒，饭桌上还有一个空着的座位，餐具也没撤掉。大概是还有人没到吧。

谭卿这么想着，包厢门突然被人推开。进来的是一个年轻的男人，面孔有些熟悉。

——李偲航。谭卿刚记起这个名字，男人已经笑着走过来：“抱歉啊，去接了个朋友，路上有点堵，耽误了一会儿。”

“这个朋友什么来头啊，还得劳烦您亲自去接。”桌上有人问了一句。

李偲航有点卖关子的意味：“反正就是你们平时不太见得到的。”说着，他往后看了一眼，见人没跟上来，又退回去拉开门。

这回，那人正好走到门口，也是一个年轻的男人，这张面孔谭卿更熟悉。他今天穿了一件圆领的深蓝色卫衣，外套挂在手臂上，另一只手插在兜里。

陈景迟这些年在电影上的成绩大家有目共睹，但为人极其低调。每一部电影的宣传和采访，他从不出席，就连奖项有两次也是别人代领的，更不用说圈内平时的应酬交际了。所以除了一些老朋友和志同道合的人，大多数都只听过他的名字，从没见过本人。在座的其他人面面相觑了一眼，也没反应过来。

直到李偲航叫了声“迟哥”，有个脑子转得快的才猜到：“不会是陈导吧？”

李偲航：“不然呢，圈内还有另一个叫陈景迟的吗？”

“那可真是稀客啊，来，赶紧坐下。”那位是制片人周继文，和李偲航关系不错，立马眼明心亮地招呼起来。

“陈导，你坐哪儿啊？要不先坐我这儿吧，我让服务员过来再加把椅子。”

“不用，我随便坐哪儿都行。”陈景迟一边说着，一边去墙边拉了把备用的椅子，目不斜视地走到谭卿和另一个男人中间。

“麻烦了，挤一挤。”

“哦，行。”那男人很识趣地往边上挪了挪。

但谭卿依旧冷漠地没动，也没有转过去看他。

陈景迟似乎也不在意，他把外套搭在椅背上，就着狭小的空间坐下。

之前李偲航的注意力都放在给众人介绍陈景迟身上，这会儿得空，才开始看向现场的人。扫到谭卿时，他显然愣了一下，随即又想起什么，拍了下脑袋：“哎，谭卿，是你啊！”

他的声音比较大，其他人也纷纷跟着看过来，有人打趣道：“怎么，李导认识啊？”

李偲航：“嗯，老朋友，很久没见了。”

“啧，瞧你这么说，很久没见还记得这么清楚，我看是前女友吧？”

虽然之前他真的想追谭卿，但经过一两次试探之后，他看出对方对他没意思，也就不强人所难了。这会儿他也不好占人家便宜。

“没有，就是单纯的朋友，别误会。”

“啧，我是不信。范总，你来说。这种男女感情的事，我们这些人中你经验最丰富，你觉得李导说的是真话吗？”

被提到的男人正是坐在谭卿和师菡中间的范时正。自入座起，他的目光频频飘到谭卿身上，不是那种普通的打量，而是给人感觉在盘算着什么事，总之让人很不舒服。

谭卿之前回了一个冷眼，他便收敛起来，转过去看师菡。

这时，他接到话题，又回过头，盯着谭卿：“这个啊，真不真不重要。重要的是，谭小姐现在和李导没关系了吧？”

谭卿依旧没理他。

“没关系的话，那也不用放不开了。”他自说自话，拿过桌上醒好的红酒，往她杯子里倒，“喝一个？”

“抱歉，我不能喝酒。”

酒桌上，要么千杯不醉，要么滴酒不沾。不然，有了第一杯，就会有第二杯、第三杯。谭卿深知这个道理，今晚也没打算要喝，她拒绝得很干脆。

范时正被拂了面子，有点不开心，眉头也皱了起来，语气变得咄咄逼人：“怎么就不能喝呢，谭小姐？是不喜欢这款酒呢，还是对我这个人有意见啊？”

“那个范总，她酒精过敏，我替她喝吧。”郜蓉见情势不太好，生怕谭卿和他起冲突，赶忙接过话。

范时正：“是吗？不过郜经纪人，替别人喝得双倍，是不是？”

郜蓉知道他是在故意为难，但也不能翻脸，爽快地喝下两杯。

这一点小插曲算是过去了。

谭卿默默地吃了点转到面前的菜，她用余光瞄了一眼身侧的陈景迟，只见他散漫地坐着，有人敬酒时就皮笑肉不笑地喝一口。除了有人递烟，他没有像以前那样以自己不抽为由拒绝，其他的没有任何异常。

一圈下来，郜蓉被灌得有些多，她给了谭卿一个眼神，起身去了外面的卫生间。

大概是看见人走了，范时正又把目光放到师菡身上：“听说你对《长陵》这个剧本很感兴趣？”

“嗯，我觉得这是一部很优秀的作品。”

“很有眼光，我当初也是这么觉得的。”他边说边给师菡的杯子里斟满了酒，“既然这么投缘，这杯干了吧。”

师菡之前已经喝了三四杯了，脸色有些不太对劲。

“范总，我——”

“你可别也不给我面子，我可是很看好你的。”他将杯子往师菡面前推了一下，人也顺势凑了过去。

谭卿警觉地往那边瞄了一眼，这个角度刚好能看到男人的手摸上了师菡的大腿。而且大概是觉得隔着裤子不尽兴，还往上摸去。

“快点，别让我等着。”他催促了一句。

其他人都在各自聊天，即便有眼尖的发现了，也当作什么都没发生一样。大概是大家对他的行为已经司空见惯了。

他见师菡还没动静，有些猴急地拿起杯子，要塞到她手里，揉着她腿的那只手已经扯开了她的衣摆。

谭卿眉心紧皱，一口喝完杯子里的果汁。她拎起玻璃杯，直接朝他端着酒的那只手，狠狠砸了过去。

一声杀猪似的惨叫声响起。范时正吃痛地放下杯子，杯子直接砸到地上，碎得四分五裂。红酒也淋了他一身，他穿的还是白色的衬衫，此刻像是被人捅了刀子。

其他人纷纷看过来，但不知是愣住了，还是被他这副惨状吓到了，没一个人敢上前劝解的。

范时正从尖锐的疼痛中回过神，他甩了甩手，一下踢开椅子，站了起来，对上谭卿挑衅的眼神。不用想，也知道是她。

“你什么意思？！”他的声音因为暴怒而变得有些嘶哑。

谭卿手搭在桌子上有一下没一下地敲着：“没什么意思，就是希望范总的手能老实一点，别干见不得人的事。还有，她说她不想喝酒了，你是聋了吗？”

他从来没被人这么直接戳破过，而且这种事，拿到台面上来说确实很丢脸。他更加气急败坏了：“谭卿，你给脸不要脸就算了，你哪只眼睛看到我做见不得人的事了？”

“两只，怎么样？”谭卿轻蔑地笑了笑，“范总，如果你今天道个歉，这事就算过去了。否则，就算你跪下磕十个头，我也不能保住你的手。”她说话的语气轻浅，但内容非常嚣张。

范时正没想到自己竟然会被一个女人威胁，他咬着牙说道：“你今天就是不想好过了是吧？我告诉你，我现在还可以给你最后一次机会。”

他拿起桌上的一瓶高度白酒，粗暴地拧开盖子：“你现在要是把酒喝了，再陪我一晚，好好道个歉，让我满意了，我就不和你计较，否则——”

“垃圾。”话没说完，谭卿一把抢过那瓶酒，砸向他的脚边。瓶子顿时四分五裂，酒水和碎片四处飞溅。

他怒气更甚，再也顾及不上维持任何颜面，一脚踹在谭卿的椅子上。

椅子晃了一下，谭卿迅速扶住桌沿，她站起来直接踢开碍事的椅子，鄙夷地看着他那张因为怒气而涨红的脸。

范时正这个人摘掉了那层虚伪的皮囊，骨子里就是个恶棍，私下打女人也是常有的事。

谭卿料到他要动手，但也没有丝毫要躲开的意思，她就站在那儿，放在身侧的手摸进大衣口袋。

然而，还没等她摸出里面的东西，手腕突然被人握住，往后用力扯了一把。

她有那么一瞬间的错愕，抬头，看到的是男人清晰分明的下颌线。旁边一直在默默看戏的陈景迟，不知道什么时候起身，挡在了她的面前。

“你——”她抽了抽手，发现扣着她的那只手又紧了几分。

陈景迟也没看她，而是挑了挑眉，盯着对面下一秒就要暴跳如雷的男人，一字一句，声音冷静而清晰：“范总，刚才的话，你最好还是收回去。”

“你什么意思？”范时正没想到陈景迟会帮这个女人说话，原本扬起的手一下停在了半空中。他虽然不认识陈景迟，但范家在京宁也算是有头有脸的门户。所以在李偲航介绍陈景迟时，范时正大概猜到他就是陈在礼那个搞电影的孙子，一时间多少还是有点忌惮的。

虽然大家都在同一个圈子混，但范家还是无法和陈家相比。而且范时正只是一个私生子，平时老爷子都不把他放在心上，而对方可是正儿八经的陈家长孙。要是闹起来，且不说老爷子要为这事罚他，搞不好以前那种睁一只眼闭一只眼的旧事，也会被揭出来和他一起算账。他翅膀再硬，还是不可能和老爷子与陈家对抗。

“你想怎么样？”他的气势一下子弱下去不少。

陈景迟抬了抬眼皮，遮住眼里的冷厉：“给她们好好道个歉，然后，马上滚出这里。”

“你——”第一次被外人指着鼻子让他滚，范时正咽不下这口气，但又不敢和他正面起冲突。他盯着两人的眼睛快冒出火来，咬了咬牙，正准备开口。

门却被人推开，郃蓉从卫生间吐完回来，整个人清醒了不少。看着都站起来一脸震惊又不敢动的一圈人，她迟疑地问了一句："怎么了啊？"

没人回答她。她加快脚步走到师菡这边，见她衣服上一片酒渍，又见谭卿被陈景迟扣住手腕，瞬间不镇定了："发生什么事了？陈景迟，你想干什么？！"

矛头似乎对错了人。师菡赶紧拉住她，指了指范时正，小声说："不是。蓉姐，是他。"

"他怎么了？你说话！"

反正已经闹成这样了，而且这个陈导看着好像来头更大的样子，还站在她们这边。师菡莫名有了底气："他不老实，摸我。他还逼谭卿姐喝酒，还让她陪他一晚——"

话音未落，郃蓉突然挣开她，拎起桌上的酒瓶冲着范时正就砸过去。

"去你的范时正，你有胆子把话再说一遍？还陪你一晚，老娘陪你去灵堂。摸我的人，老娘今天就把你的手剁了！"

范时正被突然砸向自己的瓶子吓得一个激灵，下意识就想躲开。郃蓉快步走过去，拽着他的衣服，朝着他的脸狠狠甩了一巴掌。

范时正还没从刚才那一茬中回过神，现在又被打了个猝不及防："你是不是有病？"

"谁有病，你别以为我给你面子就是怕你。我告诉你，你今天要出了这里，以后别让我在路上看到你，否则我开车撞不死你！"她情绪异常激动，语速又快。

眼看另一个巴掌又要落下来，范时正赶紧扯开她，朝其他人吼："都在看戏呢，把这疯女人给我弄走！"

他们倒是挺乐意看这人渣被人多打几个耳光的，但看郃蓉实在暴躁，怕真的闹出事，还是上来把人拉开了。

"都别拉我。"郃蓉气得抬脚去踹范时正，却被李偲航箍着腰拖走了。

范时正本来觉得谭卿已经够疯了，没想到来了个更疯的。于是，他也不道歉了，拽过自己的外套，急匆匆地就往外逃。

李偲航也快没了力气，只好放开郃蓉："郃小姐，请你冷静一下。"

郃蓉喘着气，伸手拿起桌上的一罐饮料咕咚咕咚喝了几口，这才缓过劲来。其他人都以为没事了，不料她咣的一声放下杯子，指着对面的人，呵斥道：“陈景迟，你还不放开她？”

对啊，陈导怜香惜玉英雄救美可以理解，但现在还不松手，是不是不太正常？其他人齐刷刷地看过去，陈景迟依旧没有松开手的意思。

也就这么一瞬间，郃蓉转过转盘，拿起上面没开的一瓶罐装饮料，毫不犹豫地砸了过去。

她是朝陈景迟砸的。有人吸了一口气，大喊：“陈导！”

陈景迟也没躲开，反倒是怕她砸错人，侧了下身子，整个后背挡在谭卿的前面。

温热的掌心托在她的脑后，因为距离的忽然拉近，谭卿能听到他有力的心跳声，就落在自己的耳边。

一群人都看傻眼了。李偲航最先反应过来，他赶紧上去拉住郃蓉：“郃小姐，你是不是误会了，陈导他是帮——”

“帮个屁，你给我撒手！”

眼看着又要争执起来。谭卿趁着他因为疼，肩膀颤抖了一下，立马用力抽回自己的手。这次，一下就挣开了。她拿起自己的包，给了师菡一个眼神，两人匆匆走到郃蓉面前，拉着人就往外走。

包厢里又安静下来，地上到处都是碎片，一旁装饰架上的瓷瓶也不知道什么时候摔碎了一个。可肇事者都走了，做东请客的周继文心里真是五味杂陈，正盘算着要赔多少钱时，陈景迟抬手揉了一下肩膀，声音不轻不重：“你们先走吧。”

什么意思，烂摊子可以甩出去了？周继文心里一亮，但脸上还是不敢表现得太明显：“陈导，这个不太好吧，责任主要——”

“这是我朋友的餐厅。”

有熟人啊，他再不顺着台阶往下走，恐怕没机会了。周继文客套地笑道：“那我们先撤了，到时候您看需要赔偿多少，直接联系我。”虽然知道陈景迟大概不会开这个口，但他还是做足了表面功夫，把名片放在了餐桌上。

只有李偲航愧疚地迟迟没动，毕竟是他把人叫来的，初衷就是吃个饭，没想到成了场闹剧，还害陈景迟平白无故地被人砸了一下。

陈景迟看出李偲航的愧疚，对着门的方向，朝他扬了扬下巴：“你也出去，还是说你想全部挂在你的账上？”

李偲航是想很有骨气地说自己来赔，可最近他资金确实有点紧，而且听说这家餐厅的老板是个从事建筑行业的，里面的设计都是亲自操刀，有些摆件都是收藏品。

他看着那个被砸碎的花瓶，瞬间没了底气：“那你还是联系周制片吧，他会想办法算进剧组经费里的。”

潘潇接到消息后，立刻马不停蹄地赶来，中途还差点闯了一个红灯。

一推开门，他看着一地的狼藉和散漫地坐在那儿玩着打火机的男人，气血瞬间涌了上来。

“陈景迟！这就是你说的摔坏了一点东西？”潘潇气得咬牙切齿，环视了一圈，发现角落里花瓶的残骸时，气得险些背过气去。

陈景迟见状不妙，起身走到潘潇身边，用脚尖踢了踢他：“哎，没事吧？”

“怎么没事！你知道这个花瓶，我费了多大劲才搞到手的吗？上好的北宋汝窑瓷，胎质难得一见！”

陈景迟见他都要哭出来，清了清嗓子：“多少钱？”

“我呸，这是钱的问题吗！”潘潇吼道，“有钱也买不到一样的，你懂个屁啊！”他越说越气，一拳砸在他的肩膀上。

陈景迟疼得轻“嘶”了一声。潘潇立马退后一步，盯着他：“你别碰瓷啊！”

“我是你吗？”

潘潇：“所以到底发生什么事了，吃个饭能吃成这样？你和谁动手了？”

陈景迟揉了揉肩膀，没说话。

潘潇：“你不说，我自己去看监控了啊！”他作势要往外走。

刚转过身，背后的人开了口：“谭卿。”声音很低，有些飘忽不定。

潘潇愣了一下，问道：“你说什么？谭卿她……回京宁了？”

“嗯。”

“你们今晚还见面一起吃饭了？”

“嗯。”

“然后她把这儿砸得一塌糊涂，还和你动手？”

虽说是她砸了瓶子和杯子，但听别人这么说，他心里挺不爽：“没有，东西是郃蓉砸的。”

“她也在？！我就知道她俩这些年还有联系，可她这次居然没拿把刀要把你杀了？”

这也不怪潘潇夸张。之前谭卿突然消失的时候，郃蓉旅游回来，找不到人，一口咬定就是和陈景迟有关，天天来找他闹，有次还把他家的窗户砸了个稀巴烂。后来，陈景迟回京宁后，她还来A大堵过几次人，在论坛里大肆骂他是渣男，闹了很久才消停。

潘潇越想越窝火：“你说她是不是有病？一声招呼都不打，突然人间蒸发的可是谭卿，这怎么能怪到你头上？况且你当时因为她还和鹿盈那边闹翻，搞得她爸撤资，电影拍不成，跑到鸟不拉屎的山沟沟里拍什么公益片。”

陈景迟眉头紧了紧，没说话。

潘潇又问：“所以她这次回来找你干吗？”

“她没找我。”

“你别说是你主动找的她啊。”

潘潇见他不说话，就知道是默认了：“陈景迟，你能不能有点出息！这么多年了，你走不出来也就算了，你表面上能不能装一下？别一见面又倒贴上去了，行吗？”

“你不懂。”

“对对对，就你懂，你是大情种。”身边的两个最好的朋友都在感情中遭遇了重大挫折，潘潇对他们真是恨铁不成钢。但转念一想，他又觉得不对劲，于是问道，“等会儿，你们该不会早见过面了吧？”

“你说，一个人性情大变会是什么原因？”陈景迟压根不想回答他的问题。

潘潇也被带偏了：“那多了去了，生病、受到重大打击，再说有些人长大后性格也会变。”

如果是这样，他宁愿是第三种。

潘潇见他又没声了：“你说的谁？”

“没谁。”

“三句话憋不出一个屁来，和你说话真费劲。”

陈景迟“嗯”了一声：“那就这样吧。”说完，他拿起桌上的那张名片，瞄了一眼，又扔下，往外走去。

另一边，师菡喝下一大杯红糖水，小腹的坠痛感缓解了不少，她抬头看着正坐在沙发上敷面膜的郃蓉：“蓉姐，你今天真是太帅了。”

“帅个鬼，那畜生摸你的时候，你怎么不给他两脚？”

说到这个，师菡也很委屈：“我这不是怕丢了角色，惹你生气吗？”

“平时就没见你这么老实过，再说我要生气也是因为你被那畜生占了便宜。”郃蓉心想，虽说自己以前没少说让师菡找个靠山之类的话，也深谙这个圈子里的不少潜规则，但心里还是护着她的。当然，郃蓉也从没想过要师菡真靠出卖自己上位。这种仰人鼻息又没尊严的方式，她其实很不屑。自己平时赔个笑脸就算了，真要让那种龌龊的东西沾上她手底下带的人，是绝对不允许的。

尤其是谭卿也在那里。她当时没有把酒瓶砸向对方的头部，所以还是保持理智的。

“那个家伙摸了你的腿？”

“嗯，他还没来得及做其他事情，就被谭卿姐丢过来的杯子砸到手了。”师菡如实回答道，“不过，这样一来，那个角色是不是就没了？”

郃蓉：“没了你就在家待业呗。”

“别吧，我可不想白吃饭。对了，今天那个陈导和你们是不是认识啊？他当时还让那个姓范的给我们道歉。蓉姐，你巴结那些投资商，还不如拉拢他——”

“等一下，你这话可别让你谭卿姐知道。”

说曹操曹操就到。话音刚落，谭卿已经吹干头发，从卧室走出来：“知道什么？”

“没什么，那个，小菡你去洗吧。”

师菡看出两人有话要说，识趣地离开了。

“你老实交代，你和李偲航是怎么认识的？”两人的关系已经不需要先用客套话铺垫一下了，郜蓉直接问谭卿。

谭卿：“之前在同一个留学教育机构上过课。”

“你们关系很熟？”

谭卿：“也没有，怎么了？”

“他是这部剧的导演，现在不是和姓范的那个浑蛋闹翻了吗？我想说你们如果熟的话——”

“算了。”谭卿可不再想和任何人套近乎了，“《长陵》的版权我准备收回了。”

“什么意思？”

“合同作废，我不卖了。”

郜蓉：“你知道违约金要赔多少钱吗？”

“知道，我刚才已经联系过制作公司了。”

郜蓉一时噎住，知道她这些年是比之前任性，但没想到能任性到这个程度。

“那边怎么说？”

谭卿：“让我再考虑考虑。”

“就是嘛，那个制作公司真的不错，就算师菡最后没拿到角色，也不会亏待你的剧本。”郜蓉试图劝说谭卿，毕竟白白损失一大笔钱，她看着都心疼。

但谭卿的态度依旧很坚决：“我已经拒绝了。”

“等等——”郜蓉又想到什么，“你是不是因为李偲航和陈景迟的关系，所以才不想把《长陵》交给他拍？哎，虽然我也不喜欢陈景迟，但也不能一竿子打翻一船人，李偲航在业内的口碑真的很好，他的专业水平很高，为人也很正直。”她苦口婆心地说了一大段。

谭卿听完，淡漠地摇了摇头：“不是，是那个投资商。”

“他就是个吃软怕硬的玩意儿，而且他又不能代表整个万籁娱乐，也不会参与拍摄，别和钱过不去。”郜蓉见她没有松动的意思，轻叹了一口气，“你实在不想就算了。对了，刚才回来的路上你妈给我发了个消息，问你是不是回国了，你没告诉她啊？”

“嗯。”

“那你不回去看看她？”郜蓉不知道这对母女之间发生了什么，关系疏离到要通过自己传话。

谭卿静默了几秒：“要的，过几天回去。”

“还过几天，你妈不是也在京宁吗？我开车送你过去就一个小时的事。”

“我这两天要去一趟黎川。”

印象里，她也没有其他朋友或者亲戚在那边。郜蓉想不通，问道：“你回黎川干吗？”

“秘密。”

黎川的秋天，阴雨绵绵。

谭卿和律师聊完出来，天色已经很暗了。黎川没有机场，要回去得先乘坐动车到省会，然后再转飞机回京宁。估算了一下抵达的时间，她还是选择在这儿住一晚。

新乐小区的房子倒是一直没卖，但这么多年没人打理，肯定是不能住人了。思考了一会儿，她拿出手机，在网上预订了高铁站附近的一家快捷酒店。

打车过去大约二十分钟。谭卿办理完入住手续，拿上随身物品，刷卡进了房间后就直接关门并扣上了保险锁。

她没吃晚饭，也没有要出去吃或者叫外卖的意思，她检查了一遍房间后，去洗了个澡，出来后拆了一桶泡面。

烧好水泡面时，手机突然振动了起来，是一个视频电话，班嘉喻打过来的。她在法国时唯一联系比较多的一个朋友，准确来说，是几天不联系，按他的性格就会主动黏上来，多少盆冷水都泼不灭他的热情。

谭卿头疼地接起电话，一个金发大男生就出现在了屏幕中央，眼睛是黑的。班嘉喻是混血儿，父亲是中国人，一名严谨的外科医生。母亲是法国人，和谭卿一样是一名画家，不过她专攻油画。大概是继承了母亲的艺术天赋，班嘉喻在小提琴上颇有造诣，现在是一名小有名气的小提琴家，但性格完全没遗传到他爸的稳重。

比如现在，开口就是他那吵得耳膜嗡嗡的指责：“谭，你到底什么时候回来，你的‘慢慢’今天爬到了我的浴缸里，还把沙子带得到处都是！”

慢慢是她养的一只爬宠：蓝舌石龙子，性格算是温顺的。她最近回国没办法带过海关，就送到了班嘉喻那里让他帮忙照料一段时间。之前他已经向谭卿吐槽过好几次，谭卿发了一大堆饲养守则给他，又解答了很久，没想到这么快又出问题了。

谭卿无奈地回答：“不知道，应该还要一段时间。”

“你上次就说一段时间，你言不由衷。”他中文并不算好，咬字发音带着一股浓浓的法语腔调，还总喜欢乱用成语。

谭卿忍不住笑了声，纠正他：“是言而无信吧。”

“我不管，反正你再不回来，我就把慢慢丢了。”

“随便你，想丢就丢。”谭卿说完，掀开泡面盖吃了两口，依旧是那副无所谓的态度。

班嘉喻觉得自己一拳砸在棉花上，有些气愤：“你——”

“等下。”话音未落，外面响起了一阵敲门声。

班嘉喻：“怎么了，有人吗？”

“不知道。”谭卿一开始以为是敲错了，但隔了几秒又听到敲门的声音，不免警惕起来。

“你别说话。”她拿着手机站起来，脱掉鞋子，赤脚走到门边。

外面的人像是听到了里面的动静一样：“谭小姐，你的外卖到了。”

“我没叫过外卖，你送错了。”酒店的房门没有猫眼，她没办法看到外面的情况，冷冷地说了一句。

“是不是你朋友帮你叫的？你先取一下，我要超时了。”

不可能，她今天住这儿，还没来得及告诉任何人，怎么会有人往这个地址叫外卖呢。但是她也没反驳：“那你先放在外面的地上吧，我待会儿再取。”

“谭小姐，你最好还是当面取货，不然到时候又投诉我们未送达或者餐品洒了等问题，我们是会被扣钱的。”他声音有点着急，似乎真的只是一个小心翼翼怕接受差评的配送员。

但谭卿依然没打算开门，她拎起一把椅子堵在门后面，准备让班嘉喻大声说句话时，一个来电突然打断了视频通话。这是个陌生号码，属地是京宁的，她犹豫了两秒，接通后还没来得及开口问对方身份，那边的声音先冲击到耳膜：“你现在是不是在酒店？别开门，听到没！”

声音有点喘，带着几分随时要爆发的躁动和紧迫。但谭卿还是一秒就听出来了，是陈景迟。他怎么也在这儿，而且他怎么知道她房间外现在有人？

没等她思考清楚，外面很快传来了一阵凌乱的脚步声，紧接着是几个人的交谈声和争执声。明明很嘈杂，但她突然有了踏实的安全感，靠在门后的椅子上，也没走开。

班嘉喻因为视频通话中断，现在又拨回来：“怎么了，发生什么事了？”

谭卿也不清楚具体状况：“不知道，有不认识的人敲门，现在应该是酒店保安到了。”

班嘉喻被她搞得也有点紧张：“不认识还敲门，这肯定是变态，你就应该把慢慢带着，让慢慢咬死他。”

“……慢慢胆子很小，而且从来没咬过人。”

“是吗？可它现在已经被我培养成了蜥蜴侠——Lizardman，理解吗？”

他喜欢看各种科幻的电影，而谭卿也是真的被他的话惹笑：“那它可能先把你咬死。”

“不会，我是它最忠诚的人类朋友。”他说得还很有自信。

两人漫无边际地聊了两句，外面又有人在敲门：“麻烦开下门，谭小姐。”

怎么又来？谭卿不为所动，大概静默了一分钟，她打算报警时，熟悉的声音隔着门缝传进来——

“没事了，开门吧，他们需要确认一下你的安全……”

话音未落，谭卿拖开椅子，扯掉保险锁，一把拉开门。

“现在确认好了吗？我很安全。”冷淡的声线中隐隐有些不耐烦。

保安大概没想到她会是这个态度，愣了一下：“呃，好了，我就是想问下，你上来时有没有发现有人跟着你？”

屏幕那边的班嘉喻听到男人的声音：“谁啊？又出什么事了，那个变态还没走吗？！”因为激动，他的音量直接冲出屏幕。

一直靠墙站着的陈景迟听到声音时，眸光突然颤动了一下。他看向她手上的手机，视频还没挂断，屏幕里是个男人。自从他发现好像有异常的人尾随她上了她住的这层楼，吓得心跳都快没了，一刻都不敢停地赶过来，现在还惊魂未定。结果，她穿着睡衣在和别的男人打电话。

他站在那儿，眸光冷得快冻住了。

保安察觉到了气氛不太正常，也不再过多询问：“那、那行，我们回去查一下监控，谭小姐有事就打前台电话，用座机直接按 828 就会转接。”说完，他又奇怪地看了一眼两人，匆匆离开。

空荡的走廊上，两人就这么默默地看着对方。

谭卿看了一眼手机那头一直追问的班嘉喻，说了句“没事”，便挂断了聒噪的视频通话。

空气又安静下来，是那种让人感到压抑的安静。

“你还有事吗？”最终，还是谭卿先开口。

其实经过上次的事，她知道陈景迟早就认出了自己，只不过和自己一样，不想回忆过去的陈年旧事，装作陌生人罢了。可既然这样，他这次为什么要管自己的事？

难不成他是因为自己才来的？这么想的话，自己似乎太自作多情了。见对方没有要回话的意思，谭卿揉了一把头发：“没事的话，我关门——”

手握着门把，刚要合上，男人的脚在门边抵了一下。他两只手插在兜里，垂眸看着她，神色有些冷漠，始终没有说话。

谭卿逐渐失去耐心：“你——”

“把门锁好，”男人打断她，声音有些哑，“有事就打电话，刚才那个号码也行。”

他说的是他的号码。说到这个，谭卿才想起什么：“你怎么会有我的号码？”

“前台查的。”他丢下四个字，率先收回脚，走了。

一夜平静过去。

第二天，谭卿去退房时，询问了昨晚发生的事情。

前台表示经过后来的核实，敲门的确实是一个外卖配送员，手上的订单也是他们酒店的，只是送错了楼层。但谭卿记得他昨晚叫的明明是"谭小姐"，难道订外卖的人和她同姓吗？不过这件事已经处理完毕，而且她也不想在黎川多停留，所以没有再深究。

她顺便问了一下是否有人查询过她的联系方式。前台回忆了一会儿，说确实有一位男士反馈称谭卿所住的那层楼发生了异常的动静，怀疑出了问题。前台当时有些慌乱，就把她的电话号码给了他。谭卿猜测那位男士应该就是陈景迟。

为此，前台还为谭卿免去了房费，表示是自己工作上的疏忽，希望她不要投诉。而且那位男士也立即叫来了保安，看起来很正派，应该不是坏人。

谭卿没有为难前台。

晚上回到京宁后，她去了一趟余惠萍那里。没想到谭卿会突然来，余惠萍晚饭都没准备，她有点手忙脚乱地放下挂面："你想吃什么？我现在出去买点菜。"

"不用了，就吃面吧。"谭卿也不想让她忙活，"我好久没吃了。"

"那好，要几个蛋？"

"一个就行。"

在弥漫的白气中，谭卿站在餐厅里看着余惠萍在厨房里忙碌，心里突然有些酸楚，还有些堵得慌。以前，大家都夸余惠萍长得年轻漂亮，郜蓉也羡慕她会享受生活。但这些年来，余惠萍好像突然老了许多，脸上也没有以前那种耀眼的光彩和气色了。

谭卿其实不希望余惠萍变成这样。

"好了，去那边坐着吧。"谭卿出神时，余惠萍端着面出来，"哎，我好像忘了洒点葱花了。"

"没事，反正味道差不多。"谭卿接过碗。

母女俩吃完面，谭卿见余惠萍又要起来去收拾洗碗，叫住她："我昨天回了一趟黎川。"

"怎么了？回去有什么事吗？"

"没事，就是想说之前那个老房子也卖了点钱，想给你换个好点的小区。"

"不用，我住这儿也——"余惠萍想说这儿也挺好的，但又觉得不太对。她知道郜蓉那家艺人工作室效益不错，里面有一半谭卿的股份，而且谭卿这些年收入也不低。就算要换房子，也不用她特地回黎川把老房子卖了。再说，卖房子手续哪会走得那么快。

余惠萍试探地问："是不是姓魏的，出来了？"

"嗯。"谭卿见她猜到了，也就不隐瞒了。

毕竟原来忙琴行生意的时候，余惠萍最擅长的就是看人心思和与人周旋，心比谁都亮，不是好糊弄的。

谭卿照实告诉她："他减刑了，上个月初出来的。"

余惠萍："他去找你了？"

"没。"谭卿其实不怕他来找自己，且不说世界这么大，他能不能找得到她。就算真找到了她，他能豁出去再报复她一次吗？牢狱之灾可不是谁都能承受的，他在里面待了七年多，应该深有体会才是。就算能报复她，顶多也是鱼死网破。

谭卿就是怕他来找余惠萍。但余惠萍显然比她更担心："那你有没有和警察那边聊过？"

"没有，他现在又没做什么坏事，警方也不能随便扣人。没事，再说现在社会治安还是挺好的。"

"那你现在住郜蓉那里？"

"嗯，她那个小区出入都要刷好几道门卡，挺安全的，放心吧。"虽然嘴上这么说，其实她私底下已经在找房子了，只不过没那么快。

余惠萍："那行，你要搬来我这儿住，也行。"

"算了，不方便，你最近晚上少出去。"

"嗯，知道了，那你还换地方吗？"余惠萍不是那种冥顽不化的父母，最不喜欢给她添乱。

谭卿："换吧，就这几天，我找好先租下，你再搬过去。"

"好。"

晚饭后，谭卿没有再多留。打车回去的路上，她倒是又接到一个电话，制片公司打来的，还是关于解约的事。不过对她来说，应该算是个喜讯，万籁那边撤资了，希望她能再考虑一下。

毕竟那天酒桌上闹成那样，想他们也看出自己解约的矛头了。只不过，投资方明明比她这个原作者重要多了吧？她怎么还从中听出一丝喜悦来。

谭卿故意遗憾地试探了一句："那投资方撤资了之后，后期的制作、宣传等方面会不会打折扣？"

"这个谭小姐不用担心，有新的投资方。"

新的投资方是哪家公司呢？她没问，对方也没细说，留下一句"等你消息"后，就挂了电话。

"回来了啊？"客厅里，郜蓉听到玄关处的动静，头也没抬地问了一句。

谭卿"嗯"了一声，换完鞋，走过去。郜蓉盘腿坐在沙发上，架着一台笔记本电脑，手边是一摞文件夹，散乱地放着。还有几张纸飞到了地上，谭卿开口问："你这是在忙什么？"

郜蓉："忙着怎么才能让师菡早日爆红，忙着策划我的金牌经纪人之路。"

"你还真的相信那个大师说的啊？"

"不然呢，那个大师很灵的，之前他还在微博上说过哪两个明星会结婚，最后他们俩真的喜结良缘了。还有某男星出轨被他老婆打进医院的事，也被他说中了。"

听郜蓉说完，顿时让人觉得更没可信度了。

"你这大师，还挺八卦啊，而且还有微博。"

郜蓉："那怎么了？总得顺应时代不是，你最近不是说要找房子吗？哪天我约他来帮你看看风水。"

居然还有上门服务，谭卿敷衍地笑了下："不用了，你还是让他再帮你算算巨星的事吧，万一有变数——"

"呸呸呸，不可能。"她很笃定。

“那现在有进展了吗？”

“暂时没有。”郜蓉叹了一口气，一边弯腰捡起地上的纸张，一边吐槽，“这些人真的是眼瞎，宁可选一个有丑闻的，也不用师菡。要么就是男艺人龟毛，说什么不和一米七的女生合作，自己长得矮还有理了。更可笑的是，有的不要天蝎座，说是和他相冲——”

谭卿瞄了一眼纸上写着的一排合作资源都画着红叉，突然打断她：“万籁那边撤资了。”

“撤就撤呗，就姓范的那个下流坯子……”一想起那天晚上，她不解气地又破口骂了一句。骂完后，她突然觉得不太对劲，“等等，他撤资了？”

“嗯。”

“他这么一撤资，那这部剧的拍摄岂不是要受影响？制作方会不会在解约上让你赔更多的钱啊？”

“应该不会。”谭卿想了想，没打算瞒她，“他们联系我说有新的投资方。”

“谁啊？这么有眼光。”

谭卿：“不知道，这个他们没透露。”

“搞得还挺神秘的。没事，我明天去找人打听一下。”她毕竟也在圈内混了几年，人脉还是有一些的。

谭卿其实不太感兴趣，不过还是没打击她的热情，配合地“嗯”了声。

郜蓉的眼神亮了，她见缝插针地又把话题转回去：“那你这下是不是可以不解约了？反正硌硬你的人已经滚蛋了。”

谭卿没说话，郜蓉赶紧笑眯眯地坐到她身边：“你顺便再尝试一下编剧？我金牌经纪人的第一步就掌握在你手里了。”

谭卿不吃她这套：“解约可能算了，但编剧，我是不会——”

“别嘛，师菡真的很需要这个角色，而且你知道吗？时雨那边也在接触这个本子，我可不想一而再，再而三地输给她的团队！”

这个谭卿还真的不知道。不过如果时雨真的想要其中某个角色的话，以李偲航对陈景迟恨不得把全部身家都献出去的态度，肯定能轻松拿到手吧。

莫名地不想让时雨出演自己的作品，谭卿也搞不懂这偏见是从何而来。

“怎么说啊？”郜蓉催促着又问了一句。

谭卿皱了下眉：“我考虑一下吧。”

“行，如果还是不愿意的话，你可以再考虑哟。”

谭卿洗完澡回到房间，躺在床上。一闭上眼，脑子里还是那个问题——要按郜蓉说的去尝试吗？还是算了，毕竟自己是个怕麻烦的人。可一想到自己的作品，万一以后被人谈起，第一个联想到的就是时雨，或者是和她相关的人。

不行，她又打开灯，坐起来，拿过手机，点开朋友圈。

“尝试？”她飞快地敲下这两个字，然后发送了出去。

一分钟过去后，如果点赞的人数是单数，她就尝试一下；如果是双数，她就放弃。

果然，第一条消息并没有出乎她的意料，只有郜蓉一个可怜巴巴的点赞和一条大张旗鼓的评论：“我劝你还是别挣扎了。”

她有些不服气，于是紧接着又发了一条消息。这次，点赞列表里多了一个班嘉喻。

斑马会飞：“尝试什么？谭，你是不是背着我找男人了！”

谭卿：“嗯？”

请离我远点：“我背着你找女人，也不关你的事。”

那边又发了个大哭的表情过来。

谭卿不再理会他，看着即将到来的一分钟，打算停止计时。突然，点赞列表里又多出了一个头像。

“嗯？”

她点开，发现是那个叫“心平气和”的人。上次拿完箱子后，两人没再有过任何交流，她就把他遗忘在好友列表里，忘记删掉。只不过，他睡得也挺晚啊。

谭卿点开他的名片，本打算把他从好友列表中清理掉，但手机突然振动了一下。

心平气和："遇到问题了吗？"

谭卿觉得有些莫名其妙，是不是年纪大的人都喜欢通过一条朋友圈来给别人灌输心灵鸡汤啊？她没有回复，也没有立刻删除他。

两分钟后，对方又发来了很多张图片，都是各种各样的花朵，有些品种她都不认识，但每一张都比他那个兰花头像好看多了。而且——

谭卿点开一张仔细看，背景应该是他家的院子。照片的构图都很讲究，画质一看就是用专业摄影器材拍摄的。如果不知道的话，还以为是什么摄影比赛的作品呢。

谭卿又想起他家那栋小楼。其实她挺喜欢那种风格的，虽然没有进去参观过，但从几张照片中，也能看出里面大约是那种细节讲究、韵味十足的布局。

不过，他为什么要把这些照片发给她看呢？虽然这个人挺奇怪的，但谭卿不觉得他是那种喜欢炫耀的性格。

她安静地欣赏了一会儿，试探地敲出几个字："挺好看的。"

心平气和："你喜欢吗？我可以送给你。"

请离我远点："不用了，我不喜欢养花。"

心平气和："嗯，那有人送过花给你吗？"

也许是夜晚容易让人情绪放大和表达欲提高的缘故，平时她肯定会想"关你什么事"，然后立刻把他拉黑。但现在，她耐心地回复："有人送过。"

本以为他会对此很感兴趣，和她聊一聊关于花的品种和种植之类的话题，结果对方却突然不再回复了。

谭卿觉得这个人真的很奇怪，于是点开他的朋友圈，刷了一会儿，最终决定暂时保留他为好友。因为他的朋友圈里有很多不错的照片，每一张都给她带来了灵感。

她可以把他的朋友圈当作一个灵感的源泉。这样想着，她突然感到困意袭来，关上灯躺下。

而陈景迟看着她那条简单的回复，从黎川回来后就焦躁不安的心，此时更乱了。

有人送过她花。他紧皱着眉头，打开搜索网页，继上次"一般是什么关系才会穿睡衣打视频电话后”，又带着情绪在键盘里输入：“一般是什么关系才会送花？”

这回，答案更统一了，百分之八十的人都觉得是情侣或者追求者。

陈景迟不甘心地在底下问：“家人、朋友应该也会送花吧？”

很快，有人评论他：“不一定，反正有一次我妈生日，我给她买花，她嫌我浪费钱，之后再也没送过。”

“我也是，我爸妈也没给我买过，他们说买花不如买点吃的用的实际。”

“作为女生表示，闺密之间也不会买花，多买两支口红，吃一顿小龙虾，它不香吗？”

底下回复他的人越来越多，每一条都是以亲身经历打击着他。

陈景迟黑着脸开启了禁止评论，准备起身去趟卫生间，陈时雨的电话打了进来。

他烦躁地接通电话，那边声音有些激动：“哥，爷爷的老宅好像进贼了，爸喊我们今晚过去一趟。”

“进什么贼？”

“偷茶贼。”

时雨以为他没听懂，又解释道：“爷爷之前不是和朋友出去玩了几天吗？回来后他发现茶叶被人偷了一部分，还是去年自己茶园的春茶，反正你先回来吧。”

陈景迟：“不回去。”

“为什么啊？”

“我又不是警察，回去没用。”

“可是——”没等她“可是”个所以然，这边已经很没耐心地挂了电话。

最终，谭卿在经过深思熟虑后，还是决定尊重“上天的旨意”，尝试接下编剧的活，就当是帮郜蓉一次。

况且，谭卿觉得自己也不了解时雨，万一她不适合这个剧本呢？不是对时雨有偏见，她只是想更好地呈现自己的作品罢了。

谭卿和制作公司的沟通十分顺利。制作公司的负责人甚至在她表明自己没有经验时，安慰她不必担心，说剧组有专业的编剧组。邀请她加入，不过是很多细节需要和原作者沟通，在尊重原作的基础上有一些更好的润色，呈现出更让人满意的结果。

这事就这么敲定下来了。各方皆大欢喜，唯一感到悲愁的就是她微博上的一些原著粉丝，他们不想让自己心中的纸片人被真人替代，更怕拍成电视剧后效果不好。

对此，她没有说什么安慰的话，毕竟她最擅长的就是装死。

但事实证明，粉丝在微博上愁苦了几天后，也试着接受这件事，并且开始讨论谁适合饰演《长陵》的女主角卫琦。

大家提名最多的是演技好又低调的两位影后：符南霜和许蔚。不过前者近几年都活跃在电影圈，后者因为去年出了点事一直在家休养，都没有接这部戏的可能。

其次就是最近火起来的各路女演员。时雨的粉丝群体是最庞大的，而且有不少媒体挖出她的团队最近有意争取这个剧本的消息。

总之，网上众说纷纭。事实上，半个月后，《长陵》的试镜在某家酒店里进行。

对这个剧本虎视眈眈的女演员不少，毕竟是大作品，演完容易红，制作公司又是有口皆碑。尤其是女主这个角色，一旦拿下，很有可能就跻身一线演员行列了。

在娱乐圈混，机遇真的是相当重要。试镜前，郜蓉还不忘念叨一遍她当初就不该同意什么公开试镜，搞得今天来的人这么多，到手的鸭子要是飞了，她就找根绳子把自己吊死在这儿。

谭卿笑着说她对师菡没信心，再说茶叶不都连夜送出去了吗？

她说没用，她送不代表别人没送，还有李偲航那个不给面子的死活不肯收，显然就是对自己有意见了。

谭卿说她想太多，人家可能就单纯不爱喝茶。

两人就这么闲扯着，直到试镜开始。

师菡排在第五个，这两天谭卿给她提过一些旁观者视角的意见，选的也是一段比较能凸显人物形象的戏。她领悟力很好，演技也强，试镜的效果很不错。

这一组的试镜结束，和谭卿预想的一样，师菡拿到的是最高表现分。但出乎意料的是，时雨并没有竞争这个角色，之前谭卿明明在名单上看到过她的名字。

难道是她迟到了吗？谭卿正疑惑，却见郜蓉春风满面地带着师菡走出来，然后高兴地说：“走吧，请你们回去吃大餐。”

谭卿看了一圈，没动弹。

郜蓉：“怎么了？”

“时雨今天没来？”

“来了啊，她好像临时换角色了，去了女二号那一组，我刚刚还看到她和经纪人一起走了。”

原来是这样。谭卿收回目光，状似无意地笑了笑：“那走吧。”

不知道是缘分就是这么奇妙，还是不对盘的人就容易狭路相逢。她们走到停车场时，正好碰上时雨和她的经纪人，她们站在空车位旁，应该在等助理开车过来。

好不容易扬眉吐气一回，郜蓉一点没收着，故意上去打招呼：“这么巧啊，罗姐，你们这也是刚下来？”

时雨的经纪人比郜蓉大几岁，看着是个干练又冷傲的性子，淡淡地“嗯”了一声。

郜蓉：“我看女二号那边人少，试戏早结束了，你们这是和李导聊了多久？”

“一会儿吧，主要是他说时雨可以试试女主角的戏，可她自己更喜欢女二号这个角色，我也劝不动，没办法。”罗萱也不是听不出郜蓉的意思，表面上温和客气，实际上夹枪带棒地回击了回去。

郜蓉轻蔑地“哼”了一声。师菡怕她和对方争执起来得不偿失，于是趁机开口：“罗姐，我们还有点事，先走了。”说完，她顺便偷偷拉了一把谭卿。

谭卿回过神：“嗯，走吧——”

“那个能等一下吗？”话音未落，刚刚一直在旁边默默打量谭卿的时雨突然叫住了她们，她看着谭卿，“不好意思，能麻烦你帮我签个名吗？”

其他几个人都愣住了。时雨赶紧从包里掏出一张明信片，上面印的是《长陵》的周边图。

“你就是‘风雨下西楼’吧，我是你的粉丝，很喜欢你的漫画。”她一副小粉丝的语气，其实在来之前听说编剧就是原画手时，她就跃跃欲试地想要签名很久了，但现场人太多，没好意思。

谭卿有点儿出乎意料，不过也不好当众拂了她的面子：“签在哪个位置？”

“随便，都可以。”时雨见谭卿接过了自己的明信片和笔，眼睛又弯了弯，“其实我们之前就见过一次，你还有印象吗？”

印象深刻，谭卿淡淡地“嗯”了一声。

她还想说什么，对面突然亮起的光线闪了一下眼，有一辆黑色越野车驶过来。

“好了没？”车子缓缓地停下，车窗摇下，男人的声音有点不耐烦。

谭卿拿笔的手抖了一下，抬起头，是上次黎川之后，就没再出现过的陈景迟。他今天是来接她的吧？谭卿看了下身边眼巴巴地盯着自己手中明信片的时雨。

“嗯，签好了。”谭卿把明信片递给时雨。

“谢谢！那我先走啦。”时雨眉眼弯弯地接过明信片，朝她们挥了挥手，赶紧跑到副驾驶座那边，踩着踏板，有些雀跃地坐上去。

谭卿垂了垂眼，准备目不斜视地转过身。那辆车又故意往后倒了一点，挡住了去路。车灯晃得她眼睛疼，谭卿抬手挡了一下，看向车内的男人：“还有事？”

“笔，给我。”

第七章 三色堇

像是万籁俱寂中尽数熄灭的灯光在这一刻重新被点亮，声音也跟着明朗：“终于肯记起来了？

陈景迟也在看着她，那双桃花眼里勾着一点淡薄的笑意，声音却冷得像山涧里的雪。

谭卿眼睫颤了一下，低头看着手里的那支笔。小猫咪的笔帽，一看就是女生用的款式。他这副态度就像是女朋友的东西被人霸占，他来撑腰要回去一样。

谭卿捏着笔的手僵了一下，过了会儿才把笔帽套回去，默不作声地从车窗递进去。

陈景迟慵懒地接过笔，温热的指尖状似不经意地碰了一下她的手背。他摇上车窗，从后视镜里看到，女人转过身，很快就走远了。

“哥，走不走啊？”坐副驾驶座的时雨见他停在那儿，催促着问道。

陈景迟收回目光：“走。”

“那你先把笔给我。”

“为什么？”他转着手中的笔，漫不经心地问道。

时雨无语了：“那是我的笔啊！”

“挺好看的，送我不行吗？”

“当然不行！”她当机立断地拒绝，“这可是我喜欢的画手太太摸过的，你要喜欢，我再给你买一支。”

“什么太太？”

时雨用一种“你真是没文化”的眼神看着他，不耐烦地解释：“就是刚刚帮我签名的那个人，《长陵》的原作者。我没想到电视剧的编剧居然是她本人，而且她本人居然长得这么好看！我从初中起就开始追她的漫画了。”

陈景迟：“那个明月下西楼？”

“风雨下西楼啦！”时雨白了他一眼，“快点还我笔。”

陈景迟之前就知道时雨很喜欢这个画手，但没想到竟会是谭卿。一时之间，他心情有些复杂。他盯着手中的笔，停顿了几秒，又淡淡地开口：“不还。”

“为什么啊？”

“我就喜欢这支，不行吗？”说完，他直接把那支笔扔进车内的储物格，一脚踩下油门，车子驶出地下停车场。

时雨没想到她哥有一天会幼稚到和她抢一支笔？她简直要抓狂，但看他正开着车，又不敢贸然扑过去抢。她只能默默地戳着手机，在朋友圈控告："我的粉蓝小猫咪笔被人抢了，还是西楼老师亲手签过名的笔（可恶！）。"

她这些年，一直混迹"风雨下西楼"的漫友圈，微信里有不少同圈的好友，此时纷纷义愤填膺地在底下评论：

"我的天，光听着就是要生气冒火的程度了！"

"雨雨，揍他！"

"什么？西楼开签售了？我为什么没接到消息？！"

好像暴露了什么，她小心翼翼地圆场："没有，西楼现在不是担任《长陵》的编剧吗？我刚好在这个剧组干了一天的杂活，运气超好地碰见了。"

"羡慕极了，请问剧组还招人吗？我想去看西楼老师。"

"同问，我可以干得多，吃得少，不要钱。"

"只有我想知道老师长什么样吗，雨雨？"

时雨："超级好看，像明星一样，不对，比明星还美。"对比了一下自己，她自信满满地回复了这条。

潘潇也在底下问了一句："谁这么大胆抢你的笔啊？你潇哥替你出头。"

"我哥……"

"……他最近是智商退化成小学生了吗？算了，别和他计较，这个西楼是谁，我帮你再去要几支。别说他摸过的，亲过的都行。"

真的吗？时雨兴冲冲地私信他："潇哥，她就是《长陵》的编剧。"

英俊潇洒潘大帅："那个剧本啊，编剧不止一个吧，叫什么？我和他们制片挺熟的，去帮你问问。"

毛毛雨："谭卿。"

一分钟后，对方正在输入中。

三分钟后，对方还在输入中……

一直过了五六分钟，那边才缓缓地发过来一句："那个，时雨你要不还是别跟你哥抢了吧，潇哥给你买新的，更好看的，一大筐。"

时雨："什么意思？"

英俊潇洒潘大帅："不太抢得过的意思。时雨，顺便去把你潇哥刚才的那条评论也删了，不太和谐。"

时雨还没想通为什么会不太和谐，那条动态底下，跳出一条回复，是回的潘潇。

C："亲你个头，大傻子。"

因为停车场的那个小插曲，三人到了预订好的餐厅，郜蓉依旧有点没反应过来："来接时雨的是陈景迟吧？我没看错吧？"

一路上，她重复问了三四遍，谭卿已经懒得理她了。

只有师菡还在耐心地回答："嗯，就是上次和我们一起吃饭的陈导。"其实经过上次的事，师菡能看出两位老板之前和陈景迟有些渊源，只不过谁都避之不提。她不敢问，也不清楚这渊源是好是坏。

"所以，你上次说你回国那天不会就是坐他的车吧？"郜蓉捋了捋，又看向谭卿。

谭卿："是啊。"

"所以你说的那个时雨背后的金主，也是他？"

自己什么时候说他是金主了，谭卿一时无语。

郜蓉以为谭卿回忆起以前的事不开心了，帮着她骂："这种男人早甩了好，表面上装得比谁都深情，背地里可一点没亏待自己，还找比他小那么多的，真是不要脸。"

师菡隐隐听出点头绪，壮着胆子问："蓉姐，你说的是那个陈导吗？他原来和你们是什么关系？"

"没什么关系，就是以前追过你谭卿姐。"

郜蓉喝了一口酒，继续气愤地说道："还是死乞白赖才追上的，也就你谭卿姐看他可怜没人要，才大发善心地答应。"

"是吗？"师菡回想了一下陈景迟的长相，不能说是绝无仅有，但也是万里挑一的。就连她这种混迹在娱乐圈，早就对帅哥审美疲劳的人，在那天陈景迟走进包厢时，也被惊艳到了。不说有多吃香，应该不至于没人要吧？难不成——

"蓉姐，他不会是整过容吧？"师菡试探着问了一句。

邰蓉："啊，对！原来长得可丑了，就跟被人砸碎的核桃似的，鼻子不是鼻子，眼睛不是眼睛的。"

谭卿心想：这是个怪物吧。

"你蓉姐喝多了，他没整过，以前就长这样。"见师菡一脸震惊，谭卿还是开口说了句。倒不是想维护他什么，她就是觉得事实歪曲得过于离谱了。

师菡一头雾水地"哦"了一声。

邰蓉很不服气："我才没喝多！反正他就是烂，自己有小情人了，上次在包厢里还拉着你不放。这种吃着碗里看着锅里的狗男人，亏我之前还因为他有次深更半夜突然来我这儿找你，同情过他一秒。"

"找我？"当时分手，双方的态度已经很明显了。谭卿不觉得他会是那种吃回头草的人，更不太可能半夜跑别人家做出这种不礼貌的事。

邰蓉："对啊，他就一直敲我家门，一个劲儿地给我发信息问你在哪儿。我没告诉他你在哪儿，所以害怕他报复我，就叫了保安过来，才发现他大概是酒喝多发疯了。反正，最后把人给轰走了。"她吐槽完，见谭卿不说话，又说，"你也别管他，反正男人都这样，喝了点酒一上头就容易想前任，其实就是找不到人消遣罢了。而且他也就找过那么一回，你可千万别心软啊。"

"嗯。"过去了就是过去了，和心不心软无关。毕竟，有些东西是时间修复不了的，而且他们现在有各自要走的路。他们要走的路，起点不同，终点也不同，陪伴的人也不同，如今各行其道才是最好的方式。

十月底，京宁的气温骤降，剧组的准备工作陆续完成。

其间，谭卿也找好了房子，两套都在一个小区，邰蓉还真帮她叫了那个大师过来看风水。

大师是个道士，和谭卿印象中不太一样。他穿着冲锋衣和马丁靴，裤子上还挂着一条闪闪的银链子，走路一晃一晃的，又潮又土。看完风水后，大师还送了谭卿两副卦，说贴在客厅的西北角，能够镇宅除凶。

邰蓉问大师有没有其他的卦，比如祈福、纳财、求姻缘之类的。大师说人不能贪心，她现在首要的是家宅安定。邰蓉又掏了两千块钱，他才改口，给弄了一副“八方来运”的卦挂在正南面，还赠送了一个做工粗糙的平安小香囊。

谭卿权当交了一笔智商税。

十一月份，一切准备完毕。关于那个空降的投资商，剧组还是没有透露丝毫信息。郃蓉找人打听了好几次，只知道是个近两年起来的游戏公司，背后的资本无从得知。

谭卿其实无所谓，反正合同上签的钱数，她都能到手就行了。

开机仪式过后，剧组定下了第一个取景地，在黎川。《长陵》是一个武侠剧本。黎川原本就是个山城，生态风光维护得很好，很适合做这部戏的外景。

没想到，兜兜转转，又回来了。谭卿的心情其实有点复杂，但刚开拍的几场戏，正是大家磨合的时候，她又不能现在就偷懒不去。

出发前，剧组工作人员一起吃了顿饭，谭卿被叫去走了个过场。

饭桌上，当李偲航问谭卿要不要和大家坐同一趟航班，可以帮她一起订票时，她迟疑了一下。

周制片是个老练的“人精”，从上次的事之后，他就猜到她和陈景迟之间肯定有点瓜葛，也猜到了她的顾虑。

“放心吧，李导的那个朋友这次可不去。”

李偲航好像也有点反应过来：“对，上次迟哥就是被我强拉来的。”

也是，他要去也是探时雨的班，怎么会和他们一起走呢。

谭卿抿了下嘴唇，李偲航以为她还有顾虑：“对了，告诉你一个秘密，迟哥他从来不坐飞机的，所以不用担心会遇到他。”

话音刚落，马上有人不信了：“陈导拍戏不也得各处跑吗，他上部片子不是还在国外取景的吗，怎么可能不坐飞机呢？”

“是啊，难不成他游过去的吗？”

李偲航：“真的，近点的地方坐高铁或自己开车，远一点的地方就坐国际列车、游轮，反正我真的没见他坐过飞机。”

“他不嫌麻烦吗？”

“谁知道呢，大佬的脑回路和我们一般人不同吧。”

“估计是‘恐飞’吧，我有个朋友就是。”

众人因为这个秘密纷纷打开了话匣子，七嘴八舌地聊起关于坐船的各种问题，比如时间久、价格贵，还有深海恐惧症。

只有谭卿，疑惑地怔在那里。如果她没记错的话，他不怕坐飞机，而且他当初来黎川就是坐飞机再转火车的。后来剧组要去滨阳拍戏，他也是叫江奇订的机票。但是看到其他人都在热烈地聊天，她没有再说什么。

出发那天是立冬，天气是谭卿回来后最好的一天。

她早早地出了门。等托运完行李，登机入座时，她扫了一眼旁边的男人，然后自顾自地脱掉外套，放下桌椅前的小置物板。突然她觉得有哪里不对劲，又抬起头，目光有那么一瞬间的停滞。

男人也放下手机，朝她看过来，眼底闪过一丝惊讶，很快又被浅淡的笑意取代。

"这么巧啊，谭编剧？"

这张脸，不是陈景迟还会是谁。谭卿真不知道他为什么会突然出现在这儿，不是说他不能坐飞机吗？看来都是忽悠人的鬼话。

谭卿淡淡地"嗯"了一声，没有理会他的意思。

陈景迟似乎也不在意她的冷淡，胳膊肘搭在置物板上，撑着下巴看着她。

"谭编剧，你这是去哪儿？"他不知好歹地又问了一句。

谭卿："黎川。"

"哦，是吗？"他的语气中流露出几分意外，好像李偲航真没告诉过他，剧组第一站去黎川取景一样。

谭卿不知道他这几年是拍多了电影自己也摸索出门道，还是经历过其他事情，演技都快赶上专业的了。

"我也去那儿。"他不紧不慢地说了一句。

谭卿这回连个"嗯"字都懒得回他，她翻出包里的平板电脑，放在置物板上，戴上耳机，一副准备屏蔽他的态度。他也不是个喜欢热脸贴冷屁股的人，慢悠悠地又靠回椅子上，继续玩着手机。

谭卿觉得这下可以清静下来，但没过几分钟，空姐端着一杯热咖啡走了过来。自己没要咖啡，显然是陈景迟的。

这人偏偏懒得很，就靠在椅子上，却没有半点要倾身过来拿的意思，空姐也不好越过谭卿走进来。

“先生？”空姐无奈地唤了一声，他却仍旧一副充耳不闻的架势。

谭卿非常不喜欢有人站在自己身边，只好出声：“给我吧。”

“好，麻烦了。”

她接过纸杯，放在他面前的置物板上，他的眼眸终于动了动：“谢谢。”

谭卿依旧没理他。然而令她没想到的是，这仅仅是个开始。后面的半个小时里，他又陆续叫了小糕点、果汁、毯子……而且每一次都不起身去拿，完全是把自己当成了免费劳动力。

后来，等空姐推着餐车过来，清点他要的餐时，谭卿终于忍无可忍了：“我们换个位置。”

“不要，我喜欢坐里面。”他的声音十分低沉，好像自己才是那个受委屈的人。

谭卿感到无语，但也懒得和他争辩，索性站起来，让空姐把东西全部给他摆好，才又坐回去。看着慢条斯理擦着餐具的人，她深吸了一口气：“陈导。”

“我没吃午饭。”他手停顿了一下，抬起头，眼睫轻轻压下，似乎在小心翼翼地控诉她连这么微小的诉求都不肯配合。

谭卿后面的话一下子卡在喉咙里。沉默了两分钟，她才重新酝酿出冷硬的语气：“我不管你吃没吃午饭，也不管你还有没有别的需求，我现在要睡觉了。”这几乎是她回国以来，和他说过的最长的一段话。

陈景迟安静了几秒，用叉子戳开盖子，声音淡淡地说道：“你睡吧。”

他能听懂自己的意思吗？谭卿怕他再装傻：“你不能再叫空姐过来了，会吵到我。”

“嗯，我知道。”

得到他的承诺，谭卿戴着耳机，闭上眼睛。

陈景迟的动作也开始尽量放轻下来，应付似的吃了两口饭。好像没什么食欲，他把东西全部推到一边，侧过身，双手抱在胸前打量着她。

她放松地闭着双眼，呼吸声很轻，并逐渐变得均匀——应该是真的睡着了。

他试探地伸出一只手，轻轻碰了一下她的手背，很凉。上次在停车场也是这样，这么冷的天，才穿这么点衣服，现在睡觉还把外套脱了。以为自己很扛冻？他的眉头不由得皱紧，拿起刚才向空姐要的毯子，轻手轻脚地盖在谭卿身上。

大概是被他的小动作惊扰到，谭卿动了一下。她的下巴在柔软的毯子上蹭了几下，很快又安稳下来。

陈景迟松了一口气，但他还保持着那个侧身的姿势，抿了抿唇，不知道在思考什么，还试探性地叫了句“谭卿”。

没有回应。他盯着睡熟的人，喉结滚了滚，撑在座椅旁的那只手小心翼翼地握住毯子下那只纤细的手。他发现她依然没有动静，才一点点小心地握进自己的掌心。

谭卿一开始其实没想睡觉，只是觉得他烦，于是找了个借口闭目养神。但没想到，她后来居然真的睡着了，而且还是深度睡眠。

谭卿醒来后，脑子蒙了好一会儿，直到感觉右手热热的，才用力睁开眼，下意识地看过去。不看不要紧，一看——

自己的手怎么被人握着了！而且那只手的主人还没有丝毫要松开的意思。

“陈导！”她冷声叫了句，用力抽回自己的手，眼神戒备又警惕地看着他。

陈景迟倒没有任何心虚和躲闪：“这不能怪我。”

“嗯？”

“刚刚你睡着了，嘴里说冷，我才给你盖的毯子，结果盖毯子的时候你抓住我的手不放，我也不敢吵醒你。”他说得不紧不慢，条理清晰，好像自己才是那个被占了便宜的人。

谭卿是真的一点印象都没了。除了怀疑，她也拿不出证据。算了，不要在这儿和他纠缠。谭卿拿下身上的毯子，犹豫了两秒，还是丢给了他。

陈景迟依旧是那副散漫的态度，只不过接过毯子时，又凑过来说：“放心吧，有毯子遮着，没人看到。”

他说的是两人牵手的事。

谭卿咬了咬唇：“你别说了！”

“好的。”

飞机开始降落，由于大家是分散坐的，提前约好了到出站口会合。

谭卿走得很急，到会合点时只有两三个人，又等了一会儿，其他人才陆续地出来。

最后出来的是李偲航，一副不慌不忙的样子。等走近了一看，他身后还有个人，正是刚才下飞机被谭卿撇在身后的陈景迟。两人有说有笑的。

周制片也是个喜欢结交朋友的人，尤其是陈景迟这种圈内的大腕，以后指不定能帮上忙。他赶紧迎上去，打了个招呼，还递了一支烟：“陈导，这么巧啊？你这是去哪儿？”

“黎川。”他很给面子地接过烟，但没抽，夹在冷白修长的手指间，百无聊赖地把玩着。

“这里人多。”他还贴心地解释了句没点火的原因。

周制片笑了笑：“是我考虑欠妥了。陈导，要和我们一起走吗？我们提前约了车。”

“不用了，我坐高铁。”

“那行。”周制片也不再强留，“那有空可以来我们片场指导指导我们，李导可天天在我耳边夸你。”

李偲航终于凑上话：“对啊，迟哥，你不是黎川人吗，谭卿也是。你俩到时候给我们介绍介绍黎川有什么好吃的。”

没想到他们还有这样一层关系，周制片趁机借题发挥：“那看来一顿饭是跑不了了，饭店你俩订，怎么样？”

陈景迟：“谭编剧没问题的话，我随意。”

看似通情达理，实际把难题都甩到了谭卿身上，这人真是好厚的脸皮。谭卿真想掉头就走，但这么多人看着，也不能做得太决绝。

“再说吧，我很多年没回来了，不熟。”她虚伪地挤出一个微笑，但声音很冷淡。

周制片尴尬地打圆场：“那就之后再说，我们先走了，陈导。”

男人淡淡地“嗯”了一声，目光又悄悄地落到谭卿身上。

四目相对，他扯了扯嘴唇，言语间有几分自嘲的意味：“注意安全。”

“李导，你这是忽悠人吧，你不是说他不坐飞机吗？”上了商务大巴车后，剧组有人立马问了一句。

李偲航也纳闷：“对啊，我也不知道，他原来真不坐飞机。之前我们去国外，真的就他一个人没订机票。”

周制片：“纠结这个干吗，人家心情好了就坐，不行吗？”比起这种无关紧要的小问题，他更感兴趣的是，“你和陈景迟什么时候认识的？有多熟？”

李偲航：“也不算特别熟，之前他拍电影《苏门》的时候，我在他的导演组干过，怎么了？”

“也没什么。”周制片轻叹了一声，“就听说陈在礼有个孙子，好像是搞电影制作的。”

这个李偲航是真不知道。虽然他这两年的成绩在同辈里算是突出的，但和周继文这些老油条比起来，他到底资历浅了点，平时也不喜欢打听圈内这些人的身份背景。

“所以你觉得陈导就是陈在礼的孙子？”

周制片：“嗯，我是这么猜测的。上次吃饭你也看到了，姓范的是什么人，平时作威作福惯了，尾巴恨不得翘到天上去，可那天被骂‘滚’也没敢吭气，这说明什么？他知道陈景迟来头比他大。”

而且，周制片知道陈在礼的祖籍就在黎川。所以今天一听李偲航说陈景迟也是黎川人时，才更确定了自己的猜测。

李偲航觉得他分析得挺有道理：“所以呢？”

“你得把这个朋友处好了啊，处牢了。”

“什么处好了？”周继文的声音大了些，前排的女生转过头问，“李导，你要和谁处对象啊？”

周继文：“和陈导。”

“啊？”女生一脸震惊。

李偲航无语地看了他一眼：“周制片开玩笑的，他觉得陈导是陈在礼的孙子……”又把刚才两人聊天的内容给她解释了一遍。

女生还是一副茫然的样子：“陈在礼是谁啊？”

周继文无奈地说道：“平时就让你们少关注八卦，多看点新闻，不认识就上网搜去。”

两分钟后，女生又“啊”了一声：“陈导原来这么有背景的吗？”

这回，声音比刚才还大。坐在她旁边的谭卿被吵醒了，睁开眼，看向她。

女生捂住嘴，把手机举给她看：“是周老师说，陈导是这个人的孙子。”

“嗯。”

这么淡定？女生：“你也知道？”

谭卿：“不知道，但和我没关系。”

好吧，谭编剧长得很漂亮，但人好冷漠啊。她吐了吐舌头，不敢再打扰她，转过去小声和周继文他们说话：“那周老师是见过他爷爷吗？”

“怎么想得这么天真呢？”

女生：“可您认识的人不是很多吗？”

“那也是有区别的。”像周继文他们人脉广，接触的大部分都还是圈内人，范时正已经算是背景强大的人物了。主要是范时正人很混，而且听说是私生子，没人管才那么嚣张。真正的高门子弟，基本都不会来蹚这个圈子的水。就算有，行为举止也是极其低调的。

女生半懂不懂：“反正您现在认识陈导了，那赶紧抱住他的大腿，他不是还答应我们一起吃饭来着吗？”

周继文：“那不是还得看谭编剧的意思吗？”他用眼神示意了一下女生。

女生纠结了一会儿，还是顶着对谭卿的畏惧，凑过去问：“谭编剧，要答应和陈导一起吃饭吗？”

“我不去，你们去吃吧。”

“可是你不去，陈导可能也不去了。”不知道是不是自己的错觉，女生总觉得之前在机场的时候，陈景迟多看了谭卿几眼。

谭卿：“那周制片可以先说大家一起去，到时候我临时有事不去。”

女生：“你这不是放鸽子吗？”

“嗯。”她的声音很平淡，没有一丝心理压力。

好吧，谭编剧不仅是个冷美人，还是个心机冷美人。

一行人抵达黎川时已是傍晚六点左右。

谭卿感觉有点累，没有和其他人一起去吃晚饭，而是先打车去了剧组预订的酒店，简单地冲了个澡就躺下睡了。

一觉醒来，外面是一片清冷的夜色。她摸了一把头上的冷汗，拿起枕头旁的手机看了一眼：凌晨两点十三分。饿得有点过头了，胃不太舒服，但头更疼。不知道为什么，她又做了那个噩梦。

安静地坐了一会儿，她漫无目的地划拉着手机屏幕，点开了微信，随便翻了翻通讯录，没有一个适合现在打扰的。她又点进朋友圈，第一条刷出的是那个“心平气和”的朋友圈。这段时间，他似乎很忙，发花花草草的频率比以往低了不少。今天发的这条是一张星空图，一片漆黑到看不着边际的苍穹中，一弯清月，星星甚寥。

反正也看不出是哪儿的夜色，谭卿友好地给他点了个赞。几分钟后，消息界面出现了一个小红点。

心平气和：“还没睡吗？”

凌晨两点三十七分，他也挺能熬夜的。

请离我远点：“你也没睡。”

过了两分钟那边才回复：“嗯，我在国外，有时差，现在还早。”

原来是出国了，怪不得这段时间都没怎么发他家小院里的花花草草了。

请离我远点：“国外的月亮也这么亮吗？”

心平气和：“嗯，你刻意找角度去看它就很亮。”

心平气和：“你呢？”

谭卿知道他问的是自己这么晚为什么不睡。和一个未曾谋面的人，隔着屏幕，那道冷漠的防线好像被削弱了一些。

请离我远点：“我做噩梦，醒了。”

心平气和：“什么噩梦？”

请离我远点：“梦到我被人杀了，地上好多血。”

可能是话题太血腥了，破坏了聊天气氛，那边一时没回复。一直等到七八分钟后，她打算起身拿点吃的，对话框终于跳出新消息。

心平气和：“梦都是反的，别害怕。”

后面还有一个小视频。谭卿点开一看，是一个四分多钟的剪辑视频，里面是一些治愈的电影片段集锦，还有可爱的配音。

谭卿一秒不落地看完：“谢谢，这是你剪的吗？”

心平气和：“是我的一个朋友。”

请离我远点：“那你的朋友很厉害，我可以保存这个视频吗？”

因为里面剪进的一只狐狸，是她最喜欢的卡通角色。

心平气和：“可以。”

请离我远点：“谢谢，我不会乱发到别的地方。”

她猜他的朋友应该是制作视频的博主，他们一般不喜欢自己的创作成果被人盗用。

心平气和：“没关系，你可以发。”

他肯定是不懂。谭卿也没和他解释，给他发了一句“早点休息”。

心平气和：“好，晚安。”

大概是那个治愈视频的功劳，又或许是后来吃了点东西，喝了热水，谭卿舒服了不少。那一夜，谭卿后来睡得很安稳。

只是黎川这儿天气多变，等她醒来时，外面淅淅沥沥地下起了小雨。到处都湿漉漉的，好在剧组的人多，所有准备工作都不用她动手。

谭卿在酒店躺了两天。到第三天，其他人提起那个随口说的“吃饭约定”时，她依旧没改变主意。

但是，不知道周继文是怎么和陈景迟说的，反正最后还是带着剧组的几个核心人员去了。其中也包括那天在车上坐谭卿旁边的女生，她是道具组的，叫谢思齐。谢思齐毕业后就被周继文带进公司，一直跟他的组。她的性格天真可爱，时不时会冒出一句无厘头又有点冷幽默的话，是剧组的开心果。

回来时，她来敲谭卿的门，原来是带了一份饭。

谢思齐站在门口，看谭卿的眼神小心翼翼的，又掩不住里面快溢出来的笑意。谭卿接过后，说了一声“谢谢”。她的脸色马上灿烂起来：“不客气，不过谭编剧你今天没去，真的有点可惜。”

“怎么了？”

“陈导请我们吃了好多好吃的，还被周老师他们套出一些小秘密。”

秘密？别是和自己有关的吧。谭卿不放心地试探：“什么秘密？”

谢思齐难得见她有兴致，眼神一亮：“就是陈导的感情八卦，他说他有个女朋友，谭编剧你猜是谁？”

现在的女朋友？他既然承认了，那不就只有——“时雨”两个字涌上心头，谭卿正思考着要不要验证一下猜测时，谢思齐又“嘿嘿”地笑了声：“猜不到吧，其实我们也不知道，他只是透露有，但也没说是谁。”

这姑娘，说话大喘气，差点把她绕进去了。不过也是，以时雨现在的身份，暂时没办法公开。他倒是为对方考虑周全。谭卿不动声色地揣测着，也没接话。

谢思齐没察觉到哪儿不对劲，继续大大咧咧地说：“没想到陈导已经名草有主了，好羡慕他的女朋友！有一个这么优秀、颜值还这么高的男朋友，光看那张脸都能延年益寿吧。”

谭卿不想打击她的热情，淡淡地“嗯”了一声。

谢思齐说得更起劲了：“而且我觉得他一点架子也没有，你说怎么会有这种长相、能力、品性都如此优越的人呢？”

谭卿没有急着回答她，倒不是因为不认同。是自己比她更早就知道，陈景迟就是这样的。他不会急于展示自己，更不会和一些所谓的优秀人士一样，需要靠保持高高在上的姿态，通过别人羡慕的目光，来建立自己的优越感。他永远都是温和又淡漠的。可就是这样，他身上的光芒才越耀眼，足够吸引人主动去驻足观望。

谢思齐对他有这么强烈的好感，谭卿其实一点也不意外，但还是摇头：“不知道。”

“大概这就是上天的偏爱吧。”她感叹了一句，“对了，谭编剧，你原来也是在黎川上的高中吗？”

“嗯。”

“哪个学校？”

谭卿停顿了两秒：“十三中。”

“哇，你和陈导还是校友啊，他也是十三中的。这缘分也太奇妙了，就是他为什么已经有女朋友了呢？！不然我感觉你俩——”她盯着谭卿，认真看了几秒，“好般配啊。”

谭卿被她看得有点不自然，清了清嗓子：“没有吧。”

“有，你俩真的很般配！一个导演，一个编剧，工作也这么搭，而且在机场，他还一直看你，我当时还觉得他可能对你有点想法呢。”

谭卿：“……这种玩笑还是别开了。”

“哦，抱歉。”好像有点激动了，万一谭编剧有男朋友了呢？谢思齐尴尬地挠了挠头，“那我先走了，你慢慢吃。”

“嗯。”

关上门，谭卿走到茶几旁，拆开袋子，三盒小炒加上一盒饭。她将它们一个个拿出来，发现底下还有一盒小龙虾。盖子上贴了一张便笺，上面写了一行字：多吃点，别饿肚子。字迹有些潦草，应该写得很仓促，但笔锋的回转还是眼熟得让她想到了某个人。

谭卿真搞不懂他现在明明已经有女朋友了，为什么还要隔三岔五地出现在她的身边，难不成他觉得两人还是朋友？可有些举动，放在朋友身上，也太没分寸了吧。

谭卿拿出那盒小龙虾，皱着眉看了一会儿，最后还是丢进了垃圾桶。

一周后，演员们也陆陆续续地到了。也不知道是不是故意的，郜蓉替师菡订了和时雨同一家酒店，两人的经纪人没少在暗中较劲。

正式开机那天，又出现了一个意外的小插曲，双方表面上的和平险些都要维持不下去了。

事情源于剧组的定妆照。早上，摄影老师给几位主演拍完定妆照后，《长陵》的官博先发布了时雨的照片，紧接着下一条才是师菡的。

这个操作顿时让师菡的一部分粉丝气炸了，他们在评论底下控诉凭什么女主角是女二号的待遇，是不是时雨加戏抢番位！

时雨的粉丝数量庞大，他们也不是吃素的，很快就把舆论的风向给逆转了过来，甚至有的说是时雨不要这个角色，才让师菡捡了个漏。

郜蓉气得在休息室砸了一瓶香水，说要去找李偲航讨个说法。师菡倒是不生气，劝她息事宁人。毕竟时雨现在人气正旺，剧组想拿她炒热度无可厚非，而且运营人员没注意也是有可能的。

郃蓉坚持是李偲航找的人夹带私货，这次不处理，以后这种事还会屡禁不止，到了宣传期更是吃亏。

正当两人僵持不下时，那条微博下突然又出现了新的动向。

《长陵》的作者“风雨下西楼”点赞了师菡那一条定妆照，不仅转发还配了一个土土的爱心符号。这一举动替师菡站台的意思昭然若揭。并且她只转发了那一条，时雨的粉丝等了几分钟，也没有等来关于自家的一点风吹草动。

这下一来，可更热闹了。不少粉丝纷纷转发了谭卿的微博，质问她是不是对时雨有意见，不然为什么会这样区别对待。

谭卿装瞎不回，挨个拉黑。这一番操作把郃蓉和师菡惊呆了，她俩同时看向刚才一直在旁边默默坐着的人。

师菡：“谭卿姐，你手滑了吗？”

郃蓉：“谭卿，你这是——”

“不是你生气说不公平吗？”谭卿理所当然地应了句，“现在，勉强公平了吧？”

不是，就算不公平，也不是这样的处理方式啊！哪有人随随便便就发微博的，还是这么有争议的内容。

郃蓉感觉自己的脑袋都要炸了：“你还是赶紧把剩下的几条微博也转发一下，第二条就转时雨的那条。”

“懒得转。”

郃蓉：“你这样做，大家都会以为你对时雨有意见。”

“你不是有吗？”谭卿反问。

郃蓉想给她跪下了：“是有，但也不能这么公开地表现出来，你能理解吗？”

“能，但是我懒得再发了，反正是我的微博号，和你们没关系。”她划拉了两下手机后关掉了。

郃蓉还想说些什么挽回一下，门外却传来工作人员的敲门声，说片场那边已经全部准备好了。不敢再耽搁，郃蓉陪着师菡先过去。关门时，她又突然觉得不太对劲，如果仅仅是为了维护自己工作室的艺人，她不至于对时雨有这么大的意见。算了，没时间了，回去再问。

谭卿独自在休息室坐了一会儿，拿起手机也去了片场。不再是当年她和陈景迟一起的那个小剧组了，《长陵》的导演组就有两个，李偲航是总导演，另外还有一个女导演，主要负责拍文戏部分。片场的人也很多，剧组的工作人员、演员、演员的助理，等等。

本该没人注意到谭卿，但估计是她之前发的那条微博，大部分人都知道了，所以现在不少人朝她看过来。

谭卿对他们视而不见，找了一圈郜蓉，正打算过去，一旁等戏的时雨先走了过来："西……谭编剧——"

"我有点事。"谭卿猜她是想问微博的事，打断她没有要交谈下去的意思。

时雨有点蒙："我是想问下，你有没有吃早饭？"

"嗯？"

"我带了红豆面包、双皮奶，还有蛋挞。这个蛋挞超级好吃的，我早上吃了一盒。"她伸出藏在背后的手，变戏法似的拿出一样样食物。

谭卿看得一时怔住，没来得及拒绝，那边传来叫时雨的声音，小姑娘纠结了几秒，还是把东西塞到她手上。

"哇，你从哪里找到这么多吃的？"不远处的郜蓉也发现了谭卿，她走了过来，打开了透明的袋子。

"这个双皮奶不是那家网红店的吗？听说排队要排很久，我昨天晚上让姚见去买，他死活不去，谁给你买的啊？"

谭卿回过神："时雨刚给我的。"

郜蓉"啧"了一声，赶紧又放了回去："看不出来，这姑娘还挺沉得住气，打算在你这儿越挫越勇啊。"

谭卿盯着手上的东西，一时没说话，周继文不知从哪儿冒了出来，插了句话："别把人想得那么复杂。"

郜蓉惊了一下，回头瞥了他一眼："偷听啊，周制片。"

"我可没有啊，恰好听到。"他笑了笑，又冲谭卿说道，"谭编剧，你看这个小时真的挺喜欢你的，你那个微博要不多转两条？虽说吵一吵有流量，但第一天还是得和气生财不是？"

谭卿眼不见心不烦，可官博底下现在已经吵得不可开交。

郜蓉："你别看我，我随便你。"说完，收到周继文的眼神，她想了想又改口，"要不还是听周制片的吧，不然待会儿你可能要被她的粉丝刷上热搜榜。"

"嗯。"谭卿若有所思了几秒，拿出手机。电话突然响了起来，是个陌生又有点眼熟的号码。

"稍等，我接个电话。"谭卿撂下一句，举着手机，走到稍微人少安静的地方，接通电话。

"谭编剧——"熟悉的声音通过听筒传来。

陈景迟？！不用想，他肯定是为了时雨来向自己兴师问罪的。谭卿没吭声，立马挂断了电话。半分钟后，对方又打过来，她依旧挂断了。

对方锲而不舍地打了三遍，谭卿皱着眉头拉黑了那个号码。最终，谭卿也没有再上微博。

倒是剧组收工时，官方微博的人发布了一条说明，解释是因为当时网速卡顿，导致后面那条微博先发了出去。

师菡："对不起，是卫琦的假发太厚卡住了。"

美得不见经传的时雨："不！明明是被你的美丽给卡住了。"

郑越霖："怪不得，我今天在片场打游戏突然一动不动，最后还输了！"

沈默："你确定输不是因为送了十三个人头吗？"

在这条说明微博下，几位主演纷纷互动，一下打破了不和的传闻，粉丝们终于鸣金收兵，开始相亲相爱起来。

"宝贝，假发厚，保暖！不许嫌弃！"

"一定要戴好了，这样就可以遮住你的秃头了。"

"救命，你确定你们不是假粉丝吗？"

"两位大美女都好可爱，我宣布都爱上了。"

"楼上的不许爱，时雨说她不是那种花心的女人！"

"时雨因为你这句话已经给我打了一个小时的电话解释了。"

"只有我想知道郑越霖的技术到底有多差吗？"

"沈默，我给你一块钱，说出他的账户名。"

“我出两块，以后要是排到我对面，我要狠狠地揍他，让这个男人平时连敷衍都懒得敷衍我们！”

很快，不少路人被吸引过来，加入扒出郑越霖游戏账号的队伍中。

而谭卿那边，也有不少原著粉出来替她解释，是因为“西楼”自己很喜欢卫琦这个角色，才单独转发的。这场风波才算是完美平息下来。

一周后，剧组的进展一直很顺利。师菡下戏回来时，说时雨要请大家去吃晚饭，待会儿一起走。

经过这段时间的相处，两人关系变得很不错。时雨表面上是那种看着很娇惯的女生，但实际上性格很好，人也大方，对每一个工作人员都很尊重，完全没有传闻中说的那样喜欢耍大牌、欺负工作人员。

郜蓉说师菡被收买了，其实自己也对时雨讨厌不起来，问：“去哪儿吃？”

“风辉阁。”

这不就是当初潘潇请他们去过的那家店吗？郜蓉看向谭卿：“走吗？”

“你们去吧，我不去。”

“真不去啊？小公主说不定就是为了请你呢。”这几天，从时雨对谭卿的各种示好中，郜蓉已经看出来，她妥妥的一个真爱粉。要搁自己身上，指不定早就扛不住了。

“嗯，不去。”谭卿不紧不慢地穿上外套，走到门边，又想到什么，“帮我和她说一句，我就是困了，回去睡觉。”

“这么早睡什么觉，借口！你自己和她说。”

谭卿：“那算了。”

郜蓉知道她的德行，现在谁也拉不动，只好作罢：“那你等下，我让姚见送你，你去停车场那儿等他一下。”

“嗯。”

“不是，停车场你知道在哪儿吗？”

“知道。”谭卿挥了挥手，无奈地关上门。

已经是初冬了，天色暗得格外早。谭卿拢了拢身上的羊绒大衣，走向影视城外的停车场。停车场是这两年新修建的，很大，一眼望不到头。

不知道是不是没设计好，路灯间隔的距离挺远，光线因此很暗。她又有一定度数的散光，晚上看东西总不太清晰。

她打开手机上的手电筒，眯了眯眼睛。凭着对姚见的大概印象，朝着不远处站在车旁的一个身影走了过去。这个点，在这儿等着，应该是他。

谭卿加快脚步，走上前。当她发现对方低着头没看见自己，准备叫他一声时，男人突然抬起头。她手里的手机晃了一下，灯光下映出一张过分清俊的五官。

自己好像认错人了。

“抱歉。”谭卿张了张嘴唇，打算立刻转身离开。

手腕突然缠上一抹温热，男人跟着上前一步，高大的身影挡住了谭卿的去路：“认错了吗？再看看？”他的声音依旧懒懒的，但大概是离得近，又掺进了几分夜色的缱绻。

谭卿的思绪有那么一瞬间被抽空，萧瑟的风一吹，她立刻又清醒过来，低下头，用力想抽回自己的手。但对方就像和她作对一样，一下子收紧了力道。

谭卿咬了咬唇：“陈导，麻烦你放开，有人在等我。”

“是吗？”话音刚落，陈景迟动作极其嚣张地把人往怀里拉了一把，“那我偏不放。”

谭卿没想到陈景迟现在居然变得这么厚颜无耻，但她又挣脱不了他的禁锢，只能抬头冷冷地盯着他：“陈导，你知道你现在在干什么吗？”

“知道啊，想请你吃个饭。”他的声音淡淡的，另一只手却盖上了她的头顶，不轻不重地揉了一把，“去不去？”一双轻佻的桃花眼里盛着漫不经心的笑意，像逗弄小猫一样。

谭卿的眼睫颤动了几下，好像有什么堆积的情绪在这一刻莫名地泄了闸，冲得她眼眶发涩。

“我让你放开。”她咬着牙，佯装平静。

“不放。”他的语气依旧轻飘飘的。

谭卿再也忍不住了：“陈景迟！”因为没控制住，声音一下尖锐了几分。

陈景迟也怔住了，对上那双瞪着自己的眼睛，不再是重逢以来的如古井般毫无波澜，而是夹杂着汹涌的情绪。

他突然笑了笑，像是万籁俱寂中尽数熄灭的灯光在这一刻重新被点亮，声音也跟着明朗："终于肯记起来了？"

"对。"谭卿见已经败露，索性破罐子破摔，"所以你赶紧放开我，不然——"

威胁的话没到嘴边，外面的空道上传来叫她的声音，是姚见。

"不然什么，喊人过来教训我一顿？"陈景迟替她说完，丝毫没有畏惧的意思。

姚见找不到人，电话打了进来。

陈景迟见她捏着手机，迟疑着没接，猜她应该是不想两人现在的一幕被人看到，直接替她挂掉。

"你——"

"不挂啊，那你再打回去，喊他过来看看。不过你别想我放开，他动手都没用。"他收起那副散漫的态度。

谭卿知道他是来真的，也不敢轻举妄动，默默攥紧手机，冷声问道："你想怎样？"

"上车，吃饭。"

"那我不——"脚步声越来越近，她一下收住声音。

陈景迟："和我在一起，这么怕被人看到啊？"

到底是谁该怕啊！谭卿瞪着他，没说话。

陈景迟也不再吓她，扣着她的手腕朝车子走去。刚拉开车门，谭卿不小心踩到了碎石子，扭到了脚，脑袋差点撞在门上。

好在陈景迟反应快，掌心迅速在她的后脑勺垫了下。一声闷响，姚见还是闻声走了过来。

谭卿下意识地扯了下他的衣角，陈景迟会意到，倾身松开她的手，揽上她的腰，把整个人往怀里抱了抱，挡得严严实实的。

谭卿头抵在陈景迟的胸口，能听到他起伏的心跳和压在喉咙里的闷笑。这死男人，这种时候还笑。感觉到她的不安，托在她后脑勺上的那只手轻轻地拍了拍。

两人这个姿势和角度，在外人看来就是一对正在接吻或者说情话的情侣。

脚步声很快远去，直到彻底消失，谭卿推了推他的胸膛："放开。"

他"嗯"了一声，下巴依旧压在她的肩膀上不动。

"陈景迟！"

"知道了，无情。"他的声音低沉，像一只被抛弃的小狗一样可怜，还趁机蹭了一下，才不情不愿地直起身子，松开她。

谭卿整理了一下头发，想要走。他一只手搭在车门上，又挡住了她的去路："上车。"

"我——"

"不许反悔。"

谭卿无语，但看了看自己的状况，只好一边给姚见发了一条消息，一边在他的注视下坐进了副驾驶座。

而他，好像怕自己要逃跑一样，也没有绕到另一侧上车，给她系好安全带后，直接从副驾驶座跨了过去。关门、锁门、点火，动作一气呵成。

车子驶出一段路，谭卿摸了摸发烫的脸，犹豫了几秒钟："能不能把窗户开一点？"

"不能。"

"嗯？"

"我怕你跳车。"

他怎么变成现在这样无赖又不讨喜了？谭卿说："我没那么不珍惜生命，我有点热，你开一点就行。"

"热？"刚好遇到红灯，车停下来，陈景迟侧头看了她一眼，那张小脸上好像确实有点不正常的红色。

"不舒服？"他问道。

"没有。"

他不太放心，还是伸手摸了一下她的额头。谭卿吓了一跳，连忙拍开他的手："你干吗？"

他皱起眉头，等手背上的痛感消失后，轻轻吐了口气："我看看你有没有发烧。"

“没有。”谭卿冷冷地回答。不过怕他又做出什么出格的举动，她侧过头盯着他，语气有些认真，“陈景迟。”

“嗯。”

“我们之间不适合再这样。”

“怎样？”

他又装傻。谭卿觉得不把话一次性说清楚都不行了：“我们现在没关系了，不能再有这种亲密的举动。”

“是谁说我们没关系了？”他说话看似从来不带攻击性，但很容易把别人带进他的思维里。

在言语方面，谭卿真的没他那么有天赋，不能和他继续纠结这种无意义的问题，只好直接切入主题：“那你总得有点道德感吧，不怕你女朋友有一天知道你是这种人吗？”

“女朋友？”

“嗯。”

他好像听到了什么笑话，轻笑了一声：“你觉得我还有其他女朋友？”

谭卿觉得这人有点莫名其妙：“这不是你自己说的吗？”

“我说的？”他眯起眼睛，回忆了一会儿，又“哦”了一声，“可那天你不是放我鸽子没去吗？你怎么知道，你还特意打听啊？”

他说这话时带着几分愉悦，好像在嘲笑她表面装作不在意，私底下却一直偷偷关注自己。

谭卿被他的话噎住了，不知道怎么解释，皱起了眉头：“没有，反正以后我们不要再——”

“谭卿。”

“嗯？”

“打听我也没关系，不丢人，只是希望你的观察力能好一点。”

她的观察力哪里不好了？不对，重点是自己明明没有打听！谭卿一时接不上话，只听他轻笑了一声，然后缓慢地说道：“时雨她不是我的女朋友，别乱想。”

什么意思？可印象里，两人的关系显然不寻常。而且他这个人虽然看起来待人温和，但实际上非常懂得分寸，不会三番五次地去接一个普通的异性朋友。

谭卿怀疑地看了他一眼，认真地说道：“你不用遮遮掩掩，我不会把你们的关系传出去，郃蓉也不会，但如果是包养的话——”

话音未落，车子突然晃动了一下，她下意识地抓住车门旁的扶手。

陈景迟急刹车，将车子停在道路一侧的停车位上，转过头盯着她：“在你眼里，我真的会做这种没有底线的事吗？”

他好像生气了，但明明是他自己不承认他们是正当的男女关系。谭卿抿了抿唇，偏过头看向窗外，不想和他争吵。

陈景迟解开安全带，伸手捏住她的下巴，将她的脸转过来，生气又有些无奈地告诉她：“时雨是我妹妹。”

“嗯？”

“亲妹妹。”

大概是怎么都没猜到这一层关系，一直到包厢时，谭卿都没有缓过神来。

倒是其他人，看到两人同时进来，陈景迟还贴心地替她拉门，起哄地“哇哦”了几声，有人问：“陈导怎么和我们谭编剧一起来的啊？”

陈景迟：“路上碰巧遇到的。”

“那真是太巧了。”

“你懂什么？无巧不成姻——啊呸，书。”

众人你一言我一语地说着。

陈景迟垂眸看了一眼她的脸色，转移话题：“菜点好了没？”

“放心吧，今晚吃得你钱包空空。”

周继文：“那可能有点困难。”

闲聊间，谭卿试图降低存在感，她走到郃蓉身边的空位坐下。

郃蓉一脸震惊，凑过来问：“你不是说不来吗，怎么回事？”

好像一时有点难以解释。

“是不是陈景迟那个浑蛋强迫你了，他是不是对你做了什么？”

谭卿觉得郃蓉的想象力太丰富，再不说点什么，她可能又要扔个杯子或者碗过去。

“没有，我只是觉得回酒店也没什么吃的，还是过来好了。”

郜蓉怀疑道：“那你怎么会和陈景迟——”

“碰巧遇到。”谭卿打断她，刻意强调前两个字。

陈景迟确认完菜单，走到谭卿身边拉开椅子坐下。其他人的目光又不约而同地看过来，满眼都是八卦。

陈景迟看了一眼对面的时雨，小姑娘接收到眼神，清了清嗓子：“哥，要不要再点个羊肉煲，我想吃。”

“对，冬天吃羊肉是挺好的，御寒——”李偲航跟着说了句，但下一秒突然又反应过来不对劲，“哥？？”

郑越霖：“小雨，你这哥是真的假的？”

几人的注意力瞬间被转移到这个话题上。

时雨：“当然是真的，他可是我亲哥哥。”

众人大概是觉得太不可思议了。上一秒还因为陈景迟坐到谭卿身边，众人都在猜测三人之间奇怪的关系。下一秒，结果这俩是亲兄妹？！

不过她现在一说，几人看了看陈景迟，又打量起时雨来，发现他俩长得真挺像。尤其是那双眼睛，都是桃花眼。只不过长在时雨脸上，是偏温柔多情的。长在陈景迟脸上，温柔中又多了几分放荡的撩人。

谢思齐震惊了好半天才回过神：“那你们怎么一个姓时，一个姓陈呢？是一个跟爸爸姓一个跟妈妈姓吗？”

“没有啊，我也姓陈，时雨是艺名。”

郑越霖：“大家在一起这么多天了，你居然还有马甲！快快报上你的真名。”

“陈时雨啊。”

“你这艺名取的意义也不是很大。”

时雨撇了撇嘴，说道：“爷爷不喜欢我进娱乐圈嘛，我一生气，就不用本姓了。”还真是一个货真价实的傲娇小公主。

周继文开玩笑似的说：“那陈导怎么不早说呢？”

说到这个，时雨轻“哼”了一声：“他小气，不让我靠他的关系，不过我现在也不要让他蹭我的热度，所以你们要保密哟。”

“那必须的。”郑越霖人有点可爱，但很讲义气，“我一定守口如瓶，宁死也不招。”

沈默：“宁死不招是没问题，但我怕你采访的时候嘴瓢。”

郑越霖：“你小看我！”

谢思齐：“郑老师，这是夸你心直口快呢。”

郑越霖：“别以为我不知道你是他的粉丝，我上次都看到你手机的壁纸了。”

谢思齐把手机按亮给他看：“没有啊。”

“你心虚，换了！”

几个年轻人嬉笑着又聊起别的话题，陈景迟不动声色地低了低头，凑到谭卿耳边：“这下信了吧？”

谭卿眼睫垂着，假装没听到。

陈景迟悠悠地叹了声：“还不信啊，那下回领你上我们家，户口本给你看看。”

谁要上他家。等等，他现在不会以为这事解释清楚，自己就会跟他和好了吧？谭卿拿着筷子的手停顿了一下，刚抬头，就对上了他那勾着浅浅笑意的眼，放在桌下的手被他握住了。

“你干吗？”她声音压得极低。

男人笑得散漫又无赖：“牵一会儿。”

谭卿想挣开，但一想到之前在车上他手背撞出来的伤，又只好放弃。算了，他那伤多少是因为自己造成的。

谭卿蹙了下眉头，默默地任他牵了一会儿，手心出了汗，轻声开口：“陈景迟，我要出去一下。”

“去哪儿？”

“上厕所。”

“真的！”见他怀疑，谭卿咬了咬牙，重复了一遍，陈景迟才松开她。

谭卿去的是包厢外的卫生间，洗完手后，她看着镜子里脸色有些苍白的自己，又走到吸烟区点了支烟。袅袅的烟雾穿过肺，辛辣的味道让她的大脑瞬间清醒了几分。她掸掉一截烟灰，身后传来一阵脚步声。谭卿回过头，瞧见来人是陈景迟。

大概是没想到谭卿还会抽烟，他眼尾的弧度一下绷紧。谭卿没有要遮掩的意思，不过也没有继续抽下去，当着他的面把烟摁灭，丢进了垃圾桶。

“什么时候……学会抽烟的？”他声音里有一丝僵硬。

谭卿抬了抬眼睫，尽量挤出一点笑：“陈景迟，我一直都在抽烟，烦的时候抽，画不出画的时候也抽。只不过怕你不喜欢抽烟的女生，才装作不抽，你懂了吗？”

陈景迟听得出自己的声音有点哑：“你什么意思？”

“意思就是，那个乖巧、安静、温柔、懂事的谭卿，是为了和你在一起装出来的，现在才是真实的我，你看清了吗？”她没半点停顿，一口气说完后，才终于释然。

陈景迟站在那儿，盯着她的眸光，有一瞬间的黯淡。不是讨厌她抽烟，也不是不喜欢她现在这副浑身带着刺的模样，只是感觉自己在她的生命里一下变成了空白。过去的她，这七年中的她，自己一直缺席，一丝痕迹也没留下，也根本不知道她遭遇过什么。那种深深的无力感，一点点压垮他的脊梁。

谭卿以为他是失望了：“算了，反正我们已经分手了，看不看清也不重要——”

“我什么时候说分手了！”话音未落，压抑的声音突然从喉咙里吼出来。

谭卿愣了一下，随即又平静下来：“那条短信，你默认了。”

说到这个，他似乎被刺激到了：“你是说你那两个字的分手短信吗？我当时在岭岩寨拍一组公益片，你是不是听都没听过这个地方？”

谭卿错愕地看着他。

“我也没听过，那是地图上都快找不到的一个地方。你给我打第一通电话的时候，我当时就在去的飞机上，我没接到，等进了村子我才看到。但那地方信号很差，我们去的前一天，因为下了场大雨，信号塔被冲坏了，电话根本打不出去。”

陈景迟没告诉她那一通好不容易打出去的电话，是他跑了好几个地方，最后跑到了半山腰上才打出去的。但也只持续了几秒，就又断了。后来又接连下了两天的暴雨，整个村子都断了电。

陈景迟也是第一次去那样偏僻又贫穷的地方，村民对停电已经习以为常，甚至没人要去上报。他们被困在那里四天，最后维修队才来。但信号塔已经损坏严重，一时半会儿修不好。他那几天想她想得要命，满脑子都是她。中途他还负气撂挑子要走，被组里其他几个有经验的人给拦住了，说他年轻气盛，不懂这种天气有多危险，指不定遇上暴雨塌方，贸然走很危险。他们是来拍片的，不是来送命的。

大概没想到会是这样的原因，谭卿一时回不过神，脑子混乱得有些疼："那短信——"

"短信是我出村子那天看到的。"他以为她是因为他没接电话要小脾气才发的，当时也很生气。尤其是想到自己来这个鬼地方也有一部分是因为她时，更加打定主意冷落她几天。毕竟他再成熟，那个时候也不过才二十岁出头。在感情上也有男生的心性，也会生气、难过和委屈。

但他还是没忍住，在下飞机的当天晚上，就打了她的电话。可是电话打不通，他以为对方还在跟他生气。一直到他打了将近一天，消息发了无数条，都没人回复，才开始慌了，四处找人打听她的消息，但无人知晓。

后来，好不容易熬到 A 大新生入学，他抱着最后一丝希望去了美术学院，在大名单上一个个名字找过去，看到没有她时，一盆冷水浇得他心如死灰。

"谭卿，在一起时，我问过你的意见，你答应了。那分手，你是不是该尊重一下我？"见她怔在那儿，他突然上前一步。头顶明亮的灯光洒下，两人的影子交叠在一起，就好像她被男人抱在怀里。

谭卿看着他眼中映照出的自己，想靠近的冲动在下一秒被理智狠狠拉住，她眼睫轻颤了一下，强压住内心的软弱，佯装镇静，咬字清晰地回答他："是，那我当你没收到那条消息，现在再通知你一遍——我们已经分手了，陈景迟。"

谭卿说完就走了，步子迈得冷漠又决绝，一眼都没回头看。但只有她自己知道，她其实是落荒而逃的。这么多年，她一直在麻痹自己，对他的爱意似乎早已消磨得丁点不剩，但他刚才一个痛苦的眼神，还是轻易就将她打回了原点。

她承认，自己没有办法对他毫不在意。不然，这段时间，她不会对时雨耿耿于怀，更不会在今晚坐上他的车来这里。毕竟她当时有很多种方式可以走掉。唯一妥协的原因，就是她还是有那么一瞬间被他蛊惑，心软了。

回到包厢，谭卿和郜蓉换了个位置。

陈景迟大概是十分钟后回来的，目光在谭卿身上停留了片刻，又移开。他的脸色很冷，不是平时那种面无表情的寡淡，而是真正压抑着的冷淡。

桌上其余几人也察觉到了，交谈声不约而同地小了下去，气氛逐渐凝固。想来是两人出去时发生了不愉快的事，但也没人敢开口问。

最后，还是周继文扯了句郑越霖要带大家分组打游戏，才把这现场的尴尬掩盖过去。

谭卿是坐不住了，她麻木地吃了两口东西，丢给郜蓉一个眼神。

郜蓉配合地看了一眼时间，找了个理由，带着她和师菡先撤。

回去的路上，郜蓉开门见山地问："你和陈景迟发生了什么？"

"没什么。"

"少来。"郜蓉显然不相信，"我感觉陈景迟坐在我旁边时，温度都降了几度。老实说，你们是不是在外面吵架了？"

谭卿："嗯，吵了，几句而已。"

"吵什么了？"她追根究底。

谭卿叹了一口气："忘了，没什么吧，和前任吵架不正常吗？"

郜蓉知道她在敷衍自己，但好像又挑不出什么错，毕竟分手后大打出手的情侣大有人在，吵架再平常不过了。

车子安静地驶出一段路，谭卿突然叫了她一声："你知道他以前拍过一个公益片吗？"

郜蓉愣了一下，一时没想起来。

师菡："是岭岩寨的那个吗？"

谭卿："你知道？"

"我看过，那个公益片很火的，前段时间又被A站的一个大博主剪出来推荐。不少人都想去那儿旅游打卡，拍得真的超好。听说还是陈导大学时候的作品，还拿过最佳影像奖。”师菡的语气里流露出一丝崇拜。

郃蓉想起来了：“就那个啊，我好像也刷到过，感觉也没多好，破房子破土的，一看就是穷乡僻壤。万一还停水停电的，去那儿不是找罪受——”

“他当时为什么要去拍这个？”谭卿打断她。

郃蓉被问得愣了一下：“我不知道。”

那时候郃蓉在外面旅游玩得正疯，连谭卿几天没回消息都没察觉到异常，只以为谭卿忙着和陈景迟谈恋爱没空搭理她。

见谭卿的眼神变暗，郃蓉仔细想了想，说道：“不过，他好像就是拍完我们那个剧本去拍的这个公益片，后面第三个故事也没拍。”

“没拍？”

“对啊，你不知道吗？他那部电影上映的时候就只有前两个故事。”

她真的不知道。出于抗拒心理，那部电影她一直没去看过，甚至连听到都会刻意避开。

“那鹿盈呢？”

“她没出演啊，后面都没拍了她演空气啊。我估计是内容的问题，他太剑走偏锋了。鹿盈她爸估计也是因为女儿没出演撤资了，反正听说他们闹得挺不愉快的，电影延迟了快半年才上映。”

她说到这里，又有些不服气：“但不知道是他踩了狗屎运，还是找了人，这部电影后来排上院线了，我气得当时还发了好几天朋友圈来抵制它。”

谭卿良久没回应，郃蓉凑过去拍了拍她的肩：“嘿，你有没有听？”

“听了，你抵制你自己的电影啊？”

“那不是得和你统一战线吗？我说过会永远站在你这边的。”她一副理所当然的语气，“所以你不感动吗？”

谭卿：“感动。”

郃蓉趁机套话：“那你今晚和那个男人到底怎么了？”

“没怎么。”

“没怎么你干吗突然问这些？”郃蓉又不是傻子，况且谭卿也不是那种喜欢八卦的人。

“随口问问。”

最终，郜蓉套话还是失败了。

谭卿回到酒店后，洗了个澡上床，闭上眼躺了许久，毫无睡意，脑子里一片混乱。

今晚陈景迟和郜蓉的话，好像被剪成了电影里无数细碎的片段，不时地在她脑海里反复放映。本来已经认定了陈景迟当初是采取冷处理的方式默认分手，她也花了一段时间去接受这个结果。但现在，他突然言之凿凿地告诉她当时事出有因，他根本没同意分手。这就好像她参加一场付出了所有心血和精力的考试，最后结果不尽如人意。她笃定是阅卷老师批改出现了问题，但时隔很久后，意外看到自己的考卷，发现是自己当初过于仓促填错了答案。

一切问题的根源又回归到她身上。除了那张被撕碎的试卷和罪魁祸首的自己，她找不到任何可以责怪的人。可她也觉得委屈，那么多个无法入睡的夜晚，稍一想起心脏就被酸涩填得满满当当。她埋怨过陈景迟为什么没接那个电话，但现在想想，就算接了，那么远的路程，他也根本没办法及时赶到。

事情会有改变吗？不会，反而只会看到自己的惨状。然后对她是同情，还是愧疚？谭卿忽然又庆幸他没来，她根本不想，也没办法接受对方看到自己的那副惨状。她拼命暗示自己，事情已经过去了，维持现状就是最好的结果。

手机突然响了起来，是班嘉喻打来的。她没有心情接，一秒挂断，对方又开始发消息，她不耐烦地看了一眼，都是些无关紧要的。

正要拉黑，手机振动了一下。消息来自剧组拉的晚上吃饭的群，她还没来得及屏蔽它。

周继文：“都安全到家了吧？”

谢思齐：“到了。”

郑越霖：“已经在泡澡了。”

周继文：“时雨呢，你和你哥没事吧？”

谭卿瞥了一眼千篇一律的回复，正要退出去，周继文突然又发了这么一条：“陈景迟他出什么事了吗？”

时雨：“我们刚到，我没事，我哥的头和手被撞了下，也不太严重，回去擦点药就好了。”

郑越霖：“啊，是回去的路上出什么事了吗？”

时雨：“嗯，有辆车突然超车，我助理想避开，结果不小心撞到护栏上了。我哥坐前面，头撞到车窗上了。”

郑越霖：“大晚上的，谁开这么急啊？”

时雨：“不知道，那人可能有急事吧。”

几人又闲聊了几句。

谭卿的目光停在屏幕上，手指一点点僵住。不知道是她太敏感，还是这些年骨子里的悲观情绪都被演化出来，一点超出预料的小事，都会让她往最坏的方面想。

她没有顾忌时间已经很晚了，她给贺商打了个电话——她七年前那个案子的辩护律师。

那边如她所愿地接了电话，声音略显疲惫：“有什么事？”

“你知道魏历华出狱后去哪儿了吗？”

贺商：“谭小姐，我是律师，不是侦探。”

“那能帮我查到吗？多少钱，你可以开个价。”谭卿知道他是有这个能力的。

贺商无奈地笑了笑：“难道还得每隔二十四小时向你汇报他做了什么？”

“如果可以的话，我不介意。”

“你这属于非法监视，谭卿。”贺商猜到她想说什么，“就算他曾经是一个犯人，但现在已经刑满释放了，并且出狱后也没有任何违法或者危害社会的倾向，他有人身自由的权利。”

谭卿没说话。

贺商：“还是说你最近看到他了？”

“没有。”

“那就行了。”为了再给她吃颗定心丸，贺商想了想还是没瞒她，“魏历华出狱后，回潜溪了。”

“哦？”

“他老家。”

大概真的是自己想多了。谭卿淡淡地“嗯”了一声：“知道了，没事我——”

“不过，你既然不安心的话，不如找个保镖。”

“不需要。”她现在住的是酒店，经常还要去片场，带着保镖太奇怪了，而且她本来就排斥陌生人接近自己。

贺商：“行吧，还有件事。”

“什么事？”

那边似乎在认真思考，好一会儿才不紧不慢地开口：“谭卿，你不觉得你需要去看一下心理医生吗？我上个月压力太大，自己也去——”

“不觉得。”谭卿挂断了他的电话。

窗外的夜色越来越深浓。谭卿独自坐了一会儿，还是起身走到衣柜旁，拿出行李箱里的安眠药，倒出一小片咽下去。

放下药瓶后，她坐回床边，拿起正在充电的手机，找到微信群里时雨的头像，犹豫着要不要添加好友。

通讯录里跳出了一个“1”，申请人正好是时雨。

谭卿添加了她为好友，那边似乎有点紧张，正在输入中卡了一两分钟，发过来一个“小狗挥手”的表情。

请离我远点：“有事吗？”

毛毛雨：“那个谭编剧，你和我哥，原来是不是认识啊？”

请离我远点：“嗯？”

那边很快发过来一张照片。谭卿点开它，是一个巴掌大的精致小相框，里面的照片——她双指一拉，放大后看到一位少女穿着白色的短裙，站在夕阳点缀的书桌前。

这不是那个暑假，郜蓉帮自己拍的吗？他怎么会有这张照片？

请离我远点：“你哥呢？”

毛毛雨：“酒喝多了，睡着了。”

怕她不信，时雨很快发了两张照片过来。男人微蜷着身子躺在床上，被子没盖，房间里的灯大开着，能清楚地看到他凌厉的眉峰紧蹙着，搭在身侧的手背上一片紫红，好像还擦破了皮。

这是药也没上吗？谭卿不知道该怎么问。

毛毛雨：“对了，我哥刚刚好像还叫了你的名字，你们真的不认识吗？”

请离我远点：“不认识，照片可能只是相似，我不爱穿裙子。”

毛毛雨：“好吧，那谭编剧需要我把我哥的嘴巴封上吗？”

请离我远点：“嗯？”

毛毛雨：“不认识还叫你名字，占便宜、臭流氓。”

那天过后，陈景迟没有再来打扰谭卿。想来也是，他那样骄傲的人，被她那么直白地当面拒绝，和她划清界限都来不及，怎么可能还会对她再死缠烂打。

生活又恢复成和冬天一样漫长而平淡。谭卿没有再去问时雨那张照片的事，因为看对方的反应，也是毫不知情。关于那起小事故，谭卿倒是留意了一下。超速的是一辆黑色的本田SUV，牌照是当地的，车主姓王，和魏历华八竿子打不着。最后车主负了全责，扣分和罚款一样没少。

大概真是她被害妄想症太严重了。

陈景迟偶尔也会来剧组。毕竟亲妹妹在这里，探班很正常，每次来都给大家带一些吃的。

而时雨对这个亲哥哥似乎不是太待见，每次都会把吃的一股脑搬到谭卿面前，然后把他晾在那儿。手上的伤，他自己也不处理，眼看着天气越来越冷，手背上一堆伤口，很容易长冻疮。

谭卿每回都看得眉头一紧。后来索性他来的时候她就待在师菡的休息室，眼不见为净。

这天，他又来了，给剧组带了好多烤红薯和奶茶。

时雨还没下戏，他一个人来到后场，推开休息室的门，把一份烤红薯和奶茶放在谭卿面前的桌子上。

“我不——”

“那你自己丢了，不然她待会儿怪我没给你拿。”他声音冷冷的，带着几分被差使的不快。

谭卿愣然了两秒，默许他放下。

可这男人也不知道干吗，放下后没走，拎了把椅子在她旁边不远不近的位置坐下，然后慢悠悠地掏出口袋里的东西。一瓶碘伏，一支药膏，还有医用棉球和纱布。他拧开碘伏的盖子，直接倒了一些在手背上，然后用医用棉球随便抹了抹，还没干就挤了一截药膏上去。

谭卿看得眼角直跳，终于忍不住说道：“你得先等碘伏干了，再擦药，而且也没擦匀。”

“你会啊？那你来。”他丢下湿透的医用棉球，看过来。

“不是，这——”她想说这是基本常识。

男人已经伸手拉了一把她椅子的扶手，可旋转的椅子，轻而易举地拉过去了。他手臂懒懒地撑在她椅子的扶手上，受伤的手举到她面前，似笑非笑地说：“送了这么多天吃的，帮个忙，不过分吧？”

自己又没吃！他怎么还一副她占了便宜的态度。但谭卿看了一眼他那状况不太好的手背，还是皱了皱眉，拿出医用棉球，小心地先抹掉他自己瞎涂的那层，然后消毒，耐心地将药膏一点点在伤口处抹开。

听见男人闷哼了一声，她的手顿了一下。

“不疼，随便擦。”

还挺要面子。谭卿动作放轻了些，等药膏也干了，才小心地用纱布缠住手，然后绕了两圈。刚要收尾，外面突然响起急促的敲门声。

谢思齐激动的声音破门而入：“谭编剧，外面来了一个抱着一大束玫瑰花的金发大帅哥，说是找你的，人超级帅！”

金发？大帅哥？难不成是班嘉喻！谭卿脑海里刚冒出一个最可能的答案，门已经被推开。

谢思齐没想到陈景迟也在，而且谭编剧好像还在给他擦药？两人距离那么近，男人一只手还搭在谭编剧椅子的扶手上，只要稍微一低头，都能吻上她发顶。

谁能告诉她现在是什么情况？她该怎么办呢？是假装若无其事地关上门出去吗？谢思齐一时不知所措。而谭卿的脸色也僵硬了片刻，她赶紧用剪刀剪断纱布末尾，随便粘了一下，然后推开椅子站了起来。

“你说有人找我？”她清了清嗓子，试图掩饰一丝不自然。

谢思齐“啊”了一声，回过神来：“对对对，一个外国的帅哥，很高，皮肤很白，长得超级……”

不知道是不是错觉，陈导的脸色怎么好像越来越冷了。

她立刻停下了后面的话，小声询问：“那个谭编剧，你要不要过去看一下啊？”

“嗯。”谭卿匆忙拿起外套，一边穿一边往外走。

砰的一声重响。陈景迟看了看手上没粘好又开了的纱布，有些烦躁地踢了一脚转椅的轮子。

去见那个男的就这么急？还送花？玫瑰花……他低着头，默默地把纱布重新缠好，桌上的东西也没收拾，扶正那把椅子，起身跟了出去。

来的人真是班嘉喻。因为那一头金发太显眼，此时正被剧组不少小姑娘围着。

“哇，小哥哥你是哪国人？他的眼睛是黑色的。”有人拿着手机，照着翻译问。

班嘉喻：“中国，法国。”

“他会说中文啊！”

“人家说了中国和法国，肯定是中法混血啊，会说中文不奇怪。”

“他真的好可爱啊。”

“等等，你有没有觉得他有点眼熟啊。”美术组的一个女生眼尖地发现了什么，拿着手机思考着输入了一个名字，很快一组组照片出现在屏幕上。

“你就是那个小提琴家克罗宁？”班嘉喻完全没有被认出后的不好意思，大方地点头，“对，不过我今天没有带琴，没办法给你拉。”

古典音乐圈和娱乐圈一直有壁垒。

现场的大多数人平时很少关注，也不了解古典音乐圈，现在认出来后，都嗷嗷惊叹了几声：“原来拉小提琴还有长这么帅的啊，沈晴你怎么认出来的，你是他的粉丝吗？”

“算半个吧，我姐是学小提琴的，也在法国。最喜欢的小提琴家就是他，据说十五岁进了维也纳爱乐乐团，十八岁就获得了帕格尼尼国际大赛金奖，业内都说他是百年一遇的天才音乐家。”她颇有几分得意地解释完，又腼腆地看向班嘉喻，“请问，能给我签个名吗？”

“我也要！”几个姑娘热情地凑上去。

班嘉喻一边说，一边把那一大束玫瑰花往自己怀里藏：“可以，但是不要碰到我的玫瑰花。”

谁知道动作太大，另一个提着四方盒子的手晃动了几下，盒子外面罩着的那层不透光的布哧溜一下，掉落到地上。

“啊！有蛇！”突然间，不知道是谁喊了句，一群人尖叫着散开。

班嘉喻看着缩在箱子角落的慢慢，又无辜地看向惊恐的人：“不是蛇，是宠物。”

可这些小姑娘哪养过这玩意儿，只觉得帅哥是好看，但养的宠物好可怕。旁边的谭卿叹了一口气，再也看不下去，走上前去捡起地上的布，一把盖在透明的小箱子上。

班嘉喻惊喜地眨了眨眼睛：“谭！你终于来了，他们说让我在这里等，你马上就来，我还以为他们骗我！”

“哎哎哎，等一下！”看着激动地就要上来抱自己的男生，谭卿抬手挡了挡，但还是被他搂过肩膀，浅浅拥抱了一下。她无奈地问，“你突然怎么来了？”

“你不接我电话啊，我就来了，你看我还把慢慢一起带来了。”他邀功似的把箱子举到她面前，“对了，还有玫瑰花，你快拿着，都要被我压扁了。”

一大捧，艳丽得像燃烧的火。谭卿看着有点头疼，但看他一只手确实不太好抱着，又这么一圈人看着，还是接了过来。但不知道是不是自己的错觉，她接过玫瑰花时，感觉后背都要被某道目光盯穿了。余光扫过去，她似乎瞥见某人走开的身影。

算了，不管他。谭卿看了下满眼都是八卦的众人，带着班嘉喻先返回休息室，给郜蓉打了个电话。那边说自己今天不在，姚见要忙着照顾师菡，只能等今天的戏拍完再送他们回去。

谭卿说了声“没事”，准备带班嘉喻打车先走。她收拾完自己的东西，背上包和班嘉喻走到影视城外，不远处一辆车朝他们鸣了声喇叭。定睛望去，车内的人是陈景迟。

谭卿不太想坐他的车，尤其现在还带着班嘉喻。但还没来得及掉头，那辆车就开了过来，缓慢地在他们面前停下。

车窗降下，陈景迟淡淡地瞥了一眼两人："上车。"

"不用了，我们叫了车。"

"我们？"陈景迟轻嗤一声，"快点，这里不能停车，待会儿被拍了。"

他一副非要和自己争执到底的态度。谭卿退后两步，拉开后座车门，对班嘉喻招手："上来吧。"

班嘉喻有些茫然地坐进去。谭卿紧随其后，关上车门。还好他的车后排空间够大，谭卿把玫瑰花慢慢放在地毯上，自己坐在中间。

陈景迟忍着脾气看了一眼后视镜，想说副驾驶座是不能坐人吗？但话到嘴边，还是变成冷冷的一句："安全带系上。"

"系好了。"

陈景迟："我说你朋友。"

"哦，班嘉喻你——"谭卿怕他慢慢吞吞地讨人嫌，索性想直接帮他拉过来。但刚伸出手，前面的男人不耐烦地挑了挑眉："他没长手吗？"

班嘉喻也听懂了，抬起头，挑衅地瞪着他，一副随时会爆发的架势。

谭卿以前从来不担心陈景迟会和人起冲突，毕竟什么事他似乎都能游刃有余地解决。但现在，自己也摸不清他这个脾气了，尤其对上班嘉喻这个非常容易冲动的人。怕两人待会儿真会动起手，谭卿拍了拍班嘉喻的袖子，示意他先听自己的。

"你住哪个酒店？"系好安全带，陈景迟的语气也缓和了不少，他装作不知道地问了一句。

谭卿："送我们回新乐小区吧。"

那不是她家吗，她要带这个男人回家住？陈景迟虽然从一开始听到有人来找她，心里就很不舒坦，但也能从她的反应中看出来，两人应该只是朋友。可现在，他也产生了一丝怀疑。

"你要带他回家？"他不再收敛情绪，转过头盯着她。

那双琥珀色的桃花眼里似乎有什么东西破裂了，谭卿被看得心一颤："嗯，你不顺路的话——"

"谭卿！"

“Qu’est - ce que tu lui cries dessus?(浑蛋，你吼她干吗？)”

班嘉喻气得都不会说中文了，用法语骂了一句脏话，就要解开安全带去揍他。谭卿赶紧拦住：“不是，我得先把宠物带回家安置，再送他去酒店。”

真是气昏头了。陈景迟瞥了一眼那个箱子里的小东西才意识到，酒店不允许宠物入内，尤其还是这种万一跑出来还容易引起恐慌的动物。他默默地松了一口气：“坐好，送你过去。”

一路上，班嘉喻对着他的后脑勺翻了好几个白眼，和谭卿小声用法语吐槽：“你这是从哪里找的司机？脾气这么差，放在巴黎刷马桶都没有人要。”

他贬低起人来特别毒舌。谭卿听了一会儿，无奈地说道：“他不是司机，是我的……同事。”

“同事？哦，和这样的人一起共事一定很痛苦吧，你看他的脸比债主还丑陋！”他喋喋不休，就像一个自带词库的吐槽小能手，各种奇怪的词语层出不穷地冒了出来。

谭卿一时也接不上话，只庆幸陈景迟听不懂。

到了小区门口，终于因为要下车了，班嘉喻才被迫停止谴责。

陈景迟也没有要走的意思，而是把车停在空车位上，下了车跟在他们身后。

谭卿有点搞不懂他的意思，停下脚步：“你？”

“服务不是得改善得周到点吗？不然刷马桶也没人要。”

原来他听得懂啊！一想到那么多刺耳的话，虽然不是自己说的，但谭卿还是莫名地心虚起来，不敢去看他的眼神。

“给我吧。”陈景迟也没有要为难她的意思，伸手拿过她手上的透明箱。

里面的小家伙爬了一圈，最后停靠在他掌心的位置，虽然隔着一层厚厚的玻璃，没有任何触感。但那小家伙抬起脑袋，和他对视的那一下，陈景迟额角的青筋还是跳了跳，不由得加快脚步，紧抿着嘴唇，一声不吭地往记忆里的那栋楼走去。

太久没回来，房子里是一股厚重的尘味。谭卿打开所有窗子，吹了会儿冷风，气味才散去些许。

班嘉喻倒是很新奇，从客厅跑到阳台，眼珠子转得就没停下来过：“谭，这就是你以前住的地方吗？这个地板会动哎。”

蠢货，那是地板质量不好，时间久了就受潮发胀变形了。谭卿懒得和他解释：“慢慢的东西呢，在哪个箱子里？”

“什么东西？”

谭卿感觉到不妙，指了指那两个大行李箱：“你这里面装的不会都是你自己的东西吧？”

“对啊。”

“那慢慢吃的用的……”

班嘉喻这才意识到，自己头脑一热就来了，压根没管小家伙，他苦恼又歉意地挠了挠头。

谭卿对他产生了强烈的怀疑：“所以你是怎么把慢慢带过来的，不会是偷渡来的吧？”

“当然不是，那种船那么脏！我坐飞机来的，私人飞机。”他有些生气，特意强调了一句。

行，是自己想多了。他这种吹毛求疵，钱又烧得慌的金贵小少爷，确实干不出偷渡这种事。但现在问题是，他只带了自己的日常用品过来。

谭卿打开慢慢的箱子盖，摸了一把里面的土，湿度还是够的。而且慢慢是成体的蓝舌石龙子了，这种石龙子科的蜥蜴，成体一周进食 2-3 次就可以。

问题就是现在黎川的温度太低了。谭卿摸了摸它呆呆的脑袋，去厨房给它喂了点水后把箱子抱回了卧室。还好，空调还能启动。谭卿调好温度，关上门出去。

刚进门就看到散漫地靠在玄关处的陈景迟轻笑了一声：“走吧。”

“嗯？”

“不用去给你的宠物买点必需品吗？”

谭卿：“我得先查一下这边有没有爬宠用品店。”

毕竟爬宠在国内不算热门，饲养的人比起猫猫狗狗来说不是很多，黎川这种小城市不一定会有爬宠店。

陈景迟："新时代影院那边有一家。"

"你怎么知道？"

"刚刚查了。"他晃了一下手里的手机，"所以，走吧。"

好像坐他的车确实比较方便。谭卿犹豫了几秒，还是"嗯"了一声，拿起钥匙。

班嘉喻也想跟着去，被陈景迟嘲讽地扫了一眼："你先在这儿待着吧。"

"为什么？"

"你带来的宠物，你得在这儿看着它吧，万一跑了，怎么办？"陈景迟特别耐心地吓唬他。

班嘉喻刚想说不会跑，被谭卿先用话堵住了："你先留在这儿吧，我们很快就回来。"

主要是他这头金毛太扎眼了，指不定遇上粉丝就被认出来了，万一再被团团围住，想想就挺头疼的。

班嘉喻知道自己做错了事，委屈地点了点头。

事实证明，没有班嘉喻，陈景迟那张脸也挺惹眼的。从停车场过去的一路上，没少引人注目。

谭卿都怕那些目光射到自己身上，刻意加快脚步，走在他前面。但抵不住男人腿长，他两步就跟了上来，还顺势一把握住她的手。

"你干吗！"谭卿诧异地看着他。

陈景迟："你没发现你走得那么快，别人都觉得我像个尾随的变态吗？"

有吗？谭卿也不太确定，不过也没有当众和他拉扯："那我走慢点，你别拉着我。"

"不行，牵一下，假装情侣逛街。不然那么多人盯着我看，我怕他们认出我。"

谭卿无语："你不是电影宣传都不露面的吗？"

毕竟这些年，除了他的作品，谭卿从来没在公众平台上看见过有关他的消息，更别说他长什么样了。

陈景迟："你怎么这么清楚啊？"

见她不说话，陈景迟又笑了笑："是不露面，但我原来不是A大校草吗？万一遇见校友呢。"

真能给自己贴金。且不说今天这里有没有A大的学生，就算真是A大校草，您都毕业多少年了，谁还能认出您。谭卿不知道他现在脸皮怎么这么厚，但又不想浪费时间和他争吵，只能冷淡地配合他一会儿。

可是这个人真的太无赖了。进了宠物体验店之后，他说自己怕这些宠物，不能放开她的手。谭卿让他出去等，他又说外面太冷。最终，只能任由他牵着，表面上"恩爱"地买完了东西。

回去的路上，两人又去了一趟商场，买了些日用品和被子。把慢慢一只爬宠丢在家，她肯定是不放心的，也不能让班嘉喻住在这里照顾。在做出决定后，只能她自己搬过来住几天，找个空闲的时间再带回京宁选一家环境好的宠物店寄养。

买完所有东西，回到家时，天色已经暗下来，班嘉喻也等得快不耐烦了。

三人去附近吃了饭，谭卿给他订好了自己那家酒店，陈景迟开车送他过去。谭卿本想自己走路回去，但又被他以"服务要到位"为由，强行拉上了车。他真的是不厌其烦，瞻前顾后地陪他们耗了一下午，最后送完班嘉喻，还要绕路把她送到小区楼下。

"谢谢。"上楼前，谭卿难得心平气和地和他说了一句。

"感觉也不是很真诚。"明摆着是得了便宜还卖乖。

谭卿无语。

"算了，你先上去吧。"

谭卿见他完全没有要走的意思："你不回去吗？"

"回去，看你先上楼，就当是真诚感谢我了，行吗？"他无奈地扯了扯嘴角，声音带着点倦意。

谭卿觉得这个小要求，如果还不满足，好像有点不人道，"哦"了一声，和他挥了挥手。

摸黑上了楼，她掏出钥匙，打开门。门把上夹着的什么东西，突然咔嗒一声掉了下来。她捡起来，借着手机屏幕的光看了一眼。好像是一个寄文件的快递信封，密封口是撕开的。她倒出里面的东西，是一张卡片。

准确来说，是打印出来的照片，照片上是一辆车，车牌号很眼熟。

好像是陈景迟那辆车！车子拍照的地点就是今天他们去的那家宠物店附近，陈景迟当时停车的地方。心一瞬间悬了起来。她打开手电筒，看了一眼快递信封上——空的，什么内容都没有！

她没有章法地撕开整个信封，里面也没有，又把照片翻到背面。这下，发现正中间有一行端正的字：这是你七年前的那个男朋友吧？谭卿。

（未完待续）

番外　黎川爱意

年少时爱的人，

现在醒来睁开眼就在自己身边

陈景迟和谭卿的婚礼定在秋天。

具体日子是老爷子选的，说是百年难得一见的好日子。

在陈景迟看来，能和谭卿结婚，不管皇历上写着宜嫁娶还是万事不宜，都是天底下最好的日子。

婚礼的准备工作，基本不需要谭卿操心。

陈家人脉亨通，把所有事情都安排得井井有条又不失礼数。

而且陈老爷子虽然以前穷养孙子，但对谭卿真是一点也不含糊，什么都是往顶配的安排。而陈景迟的外公叶胜德又一向财大气粗，如果不是陈景迟和谭卿想在京宁办婚礼，他恨不得专门买座岛给他们办婚礼。

所有人都在为了他们的婚礼奔忙，这么一来，谭卿成了最闲的那个，也诚然有些惶恐。

陈景迟也察觉到了。

这天，陈景迟替她吹完头发，把人抱上床，没关灯，而是侧着身盯着她看了一会儿。

谭卿："怎么了？"

"你不开心？"

"没有啊，"谭卿一边否认，一边担心陈景迟会察觉到自己的情绪，想要转过身，却被陈景迟先一步揽住腰，拉回怀里。

"是因为婚礼的事吗？"

自己的小心思还是被他发现了。

谭卿把头埋进他的胸口，闷声点了下头。

陈景迟轻轻地顺着她的长发："是不想让爷爷他们插手吗？"

"不是，是感觉大家都在忙，我像是坐享其成的那个，是不是有点不太好？"

"不会，他们都乐在其中。尤其是老爷子，他退休后无聊了很久，天天催我结婚，现在终于找到想做的事，估计半夜都在偷着乐。而且你也不是没事可做——"

他说到这里，不着调地亲了亲她的耳尖，压低声音："比如，我们继续？"

"不要。"

谭卿怕他来真的，赶紧拉开那只悄无声息撩开自己衣摆的手：“我困了，我要睡觉。”

说完，她还装模作样地揉了揉眼睛。

陈景迟不再逗她，关掉床头的灯，亲了亲她的眉心：“睡吧。”

之后，两人再也没有谈论这件事，但在婚礼的重要事项上，他们最终都会征求她的意见。

她知道，陈景迟已经和他们沟通过了，他总是会小心翼翼地呵护她的感受。

婚礼那天，由于陈家和叶家的关系，再加上陈景迟一向人缘很好，尽管控制了人数，但还是有很多人来参加。

伴娘是师菡、时雨和谢思齐。

郜蓉作为谭卿人生中最亲密的朋友，最后因为怀孕无法担任伴娘，但是她每个眼神都恨不得刀死同来参加婚礼的潘潇。

潘潇本来可以担任伴郎，但他拒绝了，并在陈景迟他们的发小群里炫耀自己是最早当父亲的那个。

不过没过两分钟，周协就跳出来说：“郜蓉又没答应和你结婚，到时候想让谁当孩子的父亲就让谁当。”这句话让潘潇有些气馁。

这天，潘潇把自己打扮得人模人样的，准备好好表现一番，但刚到宴会厅，郜蓉那双十厘米高跟鞋就把他吓得心脏快停止了。他大步走上前，拉住她：“你穿这双鞋，不怕摔倒吗？”

“我是傻子吗？再说，我爱穿什么就穿什么，关你什么事？”郜蓉推开他的手，“今天是谭卿的婚礼，我不想和你吵架，离我远点。”

潘潇说：“不行，你得换双鞋，否则我就一直跟着你。”

郜蓉对他的死皮赖脸已经见惯不怪了，她向不远处的一个人招了招手。

一个长相俊逸的金发男人走过来，接过她的手包，挽着她离开。

潘潇愣在原地，脸都气绿了。

等他想追上去，周协一把拉住他：“那是谭卿的朋友。”

“不是，她的朋友也不能挖我的墙脚啊，我还给她包了一个大红包，陈狗还管不管他老婆了？”

周协说：“你觉得呢？”

“算了，你们都是有异性没人性的，而且那是个外国人吧？我的孩子总不能最后找个外国人当爹吧。”

“他是中法混血。”许蔚不知什么时候凑了过来，“嘿，你不认识吗？他是天才小提琴家，非常有名，以后可以教你的孩子拉小提琴，然后让郃蓉培养他成为一个大明星，比跟你去建筑工地好多了。”

“……”

潘潇一个人说不过两张嘴，他生无可恋地叹了一口气。

周协看他实在太惨，也不再欺负他：“行了，人家就是来参加谭卿婚礼的，对你的郃蓉没意思。”

“真的假的？”

“嗯，要真说挖墙脚，他原来倒想挖阿迟的墙脚来着。”

“嗯？”潘潇好像想到了什么，“他就是那个班……”

许蔚：“班嘉喻，你真不知道啊？”

“不知道，我又没见过。”

而且陈景迟也从来没在他们面前提过谭卿以前在国外的事，就这么个模糊的印象，还是有次听时雨提了一嘴。

“请以前的情敌来参加自己的婚礼，不愧是陈狗，杀人诛心，我服了。”

周协：“那走吧，去看看杀人诛心的某人。”

潘潇想了想，道：“你们去吧，我还是得去找郃蓉。”

许蔚：“我想去看看新娘。”

周协果断放弃阵线：“我陪你去。”

最终，三个人齐聚谭卿的化妆间。

幸好化妆间够大，进进出出的虽多，但完全不显拥挤。

许蔚穿过人群，直奔谭卿而去，看到镜子里的人，她眸光亮了亮：“好美啊，谭卿。”

“真的吗？”

虽然幻想过很多次，但第一次应对这种重要的日子，她心里还是紧张。

坐在沙发上吃水果的郜蓉：“真的，美炸了，卿卿，我觉得陈景迟待会儿见到你都要走不动道了。”

潘潇：“不会吧，陈狗虽说色欲熏心，当着这么多人的面，也不至于那么掉份吧。”

郜蓉不知道他怎么也跟过来了，嗤了声：“谁知道呢，卿卿今天这么美。”

“可陈狗长得也不赖。”潘潇不愿意自己的兄弟落下风，“周协，你还记得不，当初陈狗要转学的时候，咱们班有些女生都偷偷哭了。”

周协挑了些水果放在小碟子上，他走到许蔚身边，递给她：“不知道，没注意过。”

“你真的不厚道。”

几个人吵吵嚷嚷。

谭卿的紧张感被冲淡了几分。

终于到了陈景迟来接人去拍外景，谢思齐她们把门堵得死死的。

包括时雨，坑起亲哥来更是毫不手软。

好在对面伴郎有孟苏，加上有潘潇这个身在曹营心在汉的间谍，里应外合，成功让陈景迟开了门。

倒是他自己，进来后，站在那里不动。

“迟哥，快抱人走啊。”端着摄像机的江奇都急了。

郜蓉：“看吧，我就说走不动道吧。”

潘潇：“……”

最后谭卿忍不住朝他抬了抬手：“要不要抱？”

“要。”

他弯下腰，把人拥进臂弯里，下巴在她的耳边蹭了蹭，沉声道：“老婆，你今天好美。”

谭卿想说他今天也好帅，还好自己不用走路，不然也会腿软了。

但表面上她还是要维持新娘子的形象，于是她优雅端庄地搂住他的脖子，在他的脸侧飞快地亲了一下。

婚礼大局是陈老爷子操持的，没有放任何媒体进来。

晚宴开始，谭卿换上了那套惊艳众人的主婚纱，被余惠萍牵着交到陈景迟手里。

没有人不喜欢盛大的婚礼。

但这一刻，看着璀璨的灯光，高朋满座的热闹，听着亲朋好友的祝福，除了满足，谭卿突然有了想落泪的冲动，可哭了拍照会不好看。

陈景迟可是特地找了李偲航来做拍摄婚礼的导演。

她用力地眨了眨眼，一只温热的手抚上她的脸侧，指尖轻轻蹭过她的眼尾。

“没事的，我也想哭。”

谭卿成功被他打破气氛：“不行，你回去再哭。”

“行，那先接个吻？”

没等谭卿回答，陈景迟搂过她的腰，低头，深情地吻上她的唇。

底下立刻响起一阵如潮的尖叫。

他们在万众瞩目下，接了一个绵长的吻。

盛大的浪漫婚礼过后，就是累。

谭卿第二天醒来时，已经是中午了，陈景迟还在睡，手习惯性地圈在她的腰间，呼吸绵长，睡颜安静又温和。

睫毛真长啊。

谭卿无声地感叹了一句，伸手想碰，又怕吵醒他。

昨天他应该很累。

自己上了车就睡得不省人事，他又忙活了大半宿，好像还帮自己洗了澡换了睡衣。

谭卿低头看了一眼身上舒适的睡衣，头顶被轻轻碰了碰。

陈景迟半睁开眼，正看着她。

“我吵到你了？”

“没有。”他握住她的手，塞进被子里，“睡够了？”

不知道为什么，她总觉得陈景迟这话有点危险的预兆。

谭卿没答。

陈景迟又抬手捏了捏她的脸：“想什么呢？又想歪了？”

“我没有，不要诬陷我。”

“是吗？那是谁昨晚我想帮忙脱个衣服都说不要不要的，最后发现只是洗澡又乖乖坐好了。”

这事她是一点印象都没有了，就算有，现在打死也不会承认。

再说这只能证明他平时的行为有多恶劣。

谭卿装死地把头埋进被子里。

几秒后，她被他轻轻松松地揪出来。

“刚结婚，你就欺负我。”她控诉。

陈景迟把人压着亲了一口：“没有，不敢，再说我们是刚结婚吗？”

严格算起来，两人已经领证两个多月了。

但不知道为什么，那两本结婚证书并没有给谭卿太大的真实感和心理上的转变，直到昨天办完婚礼，看着参加他们婚礼的宾客，她才有了一种真真切切、尘埃落定的感觉。

或许这就是举行婚礼仪式的意义吧。

就像是高考结束，处理掉高中三年的书本试卷，收拾完书包，走出校园，一如平常。

而当到了毕业宴上，看着大家脱去校服穿上自己的衣服，面目一新，或为毕业开心，或为分别流泪，才会有一种那三年真的已经过去了的强烈感觉。

“陈景迟。”她突然抬起头，叫了他一声。

陈景迟揉了揉她的头发：“怎么了？”

“我好开心。”她柔声说道。

正午的阳光破开窗帘的缝隙，悄悄溜进来，好像一瞬间全部坠进她那双乌黑的眼眸里。恍惚间，仿佛穿越时光回到了黎川的那个夏天。

在阳光炽烈的午后，少女偷偷地望着他，心中充满了爱意。

陈景迟喉结滚动了一下，轻轻地将她拥入怀中：“我也很开心。”

“那你去做早饭吧，我肚子饿了。”谭卿用手戳了戳他的下巴。

“好的，你想吃什么？”

“烧卖和灌汤包，你会做吗？”

“会的。”

“真的假的？”谭卿只知道他做菜很有天赋，不知道他还会做这种小吃。

陈景迟：“真的，你亲我一口，我现在就去给你做。”

谭卿按照他的话在他的下巴上亲了一口。

“不是亲这里。”

她又亲了一口他的侧脸。

“也不是这里。”

他哄着她占尽便宜，谭卿终于忍不住了，愤愤地转过身去。

窗帘缓慢地拉开。

陈景迟放下遥控器，抱着谭卿走向衣柜旁边。

午后的阳光洒满了整个房间，曾经年少时爱的人，现在醒来睁开眼就在自己身边，对他微笑，和他闹。

他想，这世间不会有比这更美好的事情了。